U0720223

日藏詩經古寫本刻本彙編

（第一辑）

第六册

王曉平 編著

中華書局

毛詩輯疏（下）

卷七——卷十二

毛詩輯疏

卷七

毛詩輯疏卷七

日南 安井 衡著

曹蜉蝣詁訓傳第十四 國風

曹國四篇。十五章。六十八句。

蜉蝣三章。章四句。

蜉蝣。刺奢也。昭公國小而迫。無法以自守。好奢而任小人。將無所依焉。釋文。國小。一本作昭公國小而迫。案鄭譜云。昭公好奢而任小人。曹之變風始作。此詩箋云。喻昭公之朝。是蜉蝣爲昭公詩也。譜又云。蜉蝣至下泉四篇。共公時作。今諸本此序。多無昭公字。崔集注本有。未詳其正也。阮元云。集注是也。譜正義云。蜉蝣序云。昭公。昭公詩也。鄭於左方中。皆以此而知。是正義所見鄭譜左方中。不云蜉蝣至下泉四篇共公時作。釋文所見乃誤本。因是而去此序昭公字耳。

蜉蝣之羽。衣裳楚楚。興也。蜉蝣渠略也。朝生夕死。猶有羽翼。以自修飾。楚楚鮮明貌。箋。興者。喻昭公之朝。其羣臣皆小人也。徒整飾其衣裳。不知國之將迫脅。君臣死亡無日。如渠略然。釋文。楚楚如字。說文作䵄䵄云。會五綵鮮色也。渠本或作蟝。音同。其居反。略本或作蛒。音同。沈云。二字並不施虫。是也。正義。釋蟲云。蜉蝣渠略。孫炎曰。夏小正云。蜉蝣渠略也。朝生而暮死。郭璞曰。似蛣蜣。身狹而長。有角。黃黑色。聚生糞土中。朝生暮死。豬好噉之。陸璣疏云。蜉蝣方土語也。通謂之渠略。似甲蟲。有角。大如指。長三四寸。甲下有翅能飛。夏月陰雨時地中出。今人燒炙食之。美如蟬也。

心之憂矣。於我歸處。箋。歸依歸也。君當於何依歸乎。言有危亡之難。將無所就往。正義。蜉蝣之小蟲。朝生夕死。而不知己之性命死亡在近。有此羽翼。以自修飾。以興昭公之朝廷皆小人。不知國將迫脅。死亡無日。猶整飾此衣裳。以自修絜。君任小人。又奢如是。故將滅亡。詩人之言。我心緒爲之憂矣。此國若亡。於我君之身。當何所歸處乎。衡案。於我歸處。鄭云。君當於何依歸乎。言有危亡之難。將無所就往。是解其意。而不解其文。言國既亡。君無所就往。人見其無所就往而憫之。曰。且於我歸處。其終必將至於此。我心預爲之憂矣。此於我二字。指不知何人之詞。故序云。將無所依焉。而鄭以於何釋之。正義釋於我。爲於我君之身。古詩雖簡奧。恐亦不至於此。

蜉蝣之

翼。采采衣服。采采。衆多也。正義。以卷耳芣苢言采采者。衆多非一之辭。知此采采亦爲衆多。楚楚在衣裳之下。是爲衣裳之貌。今采采在衣裳之上。故知言多有衣服。非衣裳之貌也。衡案。衆多者。言君臣皆整飾其衣服也。上章言楚楚。則此衣服亦楚楚可知。故不復言衣裳之貌。省文便句。孔釋衆多爲一人多有衣服。衆字不可通。心之憂矣。於我歸息。息。止也。蜉蝣掘閱。麻衣如雪。掘閱。容閱也。如雪。言鮮絜。箋。掘閱。掘地解閱。謂其始生時也。以解閱喻君臣朝夕變易衣服也。麻衣。深衣。諸侯之朝。朝服。朝夕則深衣也。正義。此蟲土裏化生。閱者悅懌之意。掘閱者。言其掘地而出。形容鮮閱也。定本云。掘地解閱。謂開解而容閱。義亦通也。戴震云。說文引此作堀。云突也。突者掘起之意。即箋所謂掘地也。李黼平云。邶風。我躬不閱。傳。閱容也。言我躬尙不能自容。遑恤我後世子孫。此傳容閱當同邶傳。正義以容爲形容。以閱爲悅懌。不知何據。說文。堀突也。詩曰。蜉蝣堀閱。从土屈省聲。突猶竈突。漢書曲突徙薪。魯連子一竈而五突。說文。堪。地突也。玉篇。突。穿也。突義與穴同。故從穴部。然則毛傳詩時。經字作堀。言此蟲依地突以自容。不知夕之將死也。傳意當然。鄭箋詩時。經字作掘。故云掘地解閱。定本謂解開而容閱。是也。衡案。堀窟同。穴也。其義易知。故傳不釋。特以容釋閱。鄭恐後人以堀閱爲容閱。故釋堀爲掘地則穴成也。非毛時經文作堀。鄭時作掘也。餘李說得之。箋朝服朝。恐當作朝朝服。言諸侯之朝廷。朝出則朝服。夕出則深衣也。心之憂矣。於我歸說。箋。說猶舍息也。釋文。說音稅。協韻如字。李黼平云。閱从門說省聲。而說字从兌。雪从彗得聲。古音兌彗自諧。無取協今韻也。衡案。古無入聲。說讀如稅。不必煩多辨也。

候人四章。章四句。

候人。刺近小人也。共公遠君子。而好近小人焉。

彼候人兮。何戈與祋。候人。道路送迎賓客者。何揭。祋殳也。言賢者之官。不過候人。箋。是謂遠君子也。釋文。祋都外反。又都律反。正義。夏官序云。候人上士六人。下士十有二人。史六人。徒百有二十人。其職云。候人各掌其方之道治。與其禁令。以設候人。注云。禁令。備姦寇也。以設候人者。選士卒以爲之。卽引此詩。明知此詩所陳是彼候人之士卒者。若居候人之職。則是官爲上士。不以身荷戈祋。不得刺遠君子。以此知賢者所爲。非候人之官長也。案秋官環人掌訝。又掌送迎賓客者。環人掌執節導引。使門關無禁。掌訝以禮送迎。詔贊進止。候人則荷戈兵。防衞姦寇。雖復同是送迎。而職掌不同。故異官也。祋字從殳。故知祋爲殳也。李黼平云。傳言賢者之官。不過候人。則是賢者爲官。非爲士卒。經言何戈與祋。則是此候人。選士卒以何之。必知毛意如此者。下三百赤芾傳云。大夫以上赤芾乘軒。言彼小人得爲大夫也。候人職上士六人。下士十有二人。是其官爲上士下士。傳言不過候人。猶言不過爲士耳。此可卽下傳以明之者也。衡案。卒徒不當言官。傳云其官。則不指徒明矣。何戈與祋者。乃其徒耳。而經云候人何之者。候人與何戈祋者伍。亦猶躬親何之。言其職賤也。

彼其之子。三百赤芾。 彼彼曹朝也。芾韠也。一命縕芾黝珩。再命赤芾黝珩。三命赤芾葱珩。大夫以上赤芾乘軒。箋。之子。是子也。佩赤芾者三百人。

正義。玉藻說韠之制云。下廣二尺。上廣一尺。長三尺。其頸五寸。肩革帶博二寸。書傳更不見芾之別制。明芾之形制亦同於韠。但尊祭服。異其名耳。一命至葱珩。皆玉藻文。彼注云。韍之言蔽也。縕赤黃之閒色。珩佩玉之珩也。黑謂之黝。青謂之葱。傳因赤芾。遂言乘軒者。僖十八年左傳稱。晉文公入曹。數之以其不用僖負羈。而乘軒者三百人也。且曰獻狀。彼正當共公之時。與此三百文同。故傳因言乘軒。以爲共公近小人之狀。李黼平云。鄭玉藻注云。玄冕爵弁服之韠。尊祭服。異其名耳者。以上文言韠。此變言芾。望文爲解。非定說也。詩赤芾金舄。會同也。赤芾在股。來朝也。朱芾斯皇。軍行也。芾之用非專祭服矣。衡案。韠常名也。尊之則稱芾。鄭意在尊之。但玉藻上文擧祭服。故以祭服言之。非以芾爲祭服專稱也。

維鵜在梁。不濡其翼。 鵜洿澤鳥也。梁水中之梁。鵜在梁。可謂不濡其翼乎。箋。鵜在梁。當濡其翼。而不濡者。非其常也。以喻小人在朝。亦非其常。

正義。

鶘洿澤。釋鳥文。郭璞云。今之鵜鶘也。好羣飛。入水食魚。故名洿澤。俗呼之爲淘河。陸璣疏云。鵜水鳥。形如鶚而極大。喙長尺餘。直而廣。口中正赤。頷下胡大如數升囊。若小澤中有魚。便羣共抒水。滿其胡而棄之。令水竭盡。魚陸地。乃共食之。故曰淘河。毛以爲維鵜鳥在梁。可謂不濡其翼乎。言必濡其翼。以興小人之在朝。可謂不亂其政乎。言必亂其政。衡案。鵜在梁必濡其翼。以偸梁魚。以喩小人在朝。必汚其行以偸朝祿。郭璞。諸本作郭朴。前後正義皆作璞。不當此獨作朴。今以意訂正。魚陸地。當作魚在陸地。今本脫在字耳。

彼其之子。不稱其服。 箋。不稱者。言德薄而服尊。

維鵜在梁。不濡其咮。 咮喙也。

彼其之子。不遂其媾。 媾厚也。箋。遂猶久也。不久其厚。言終將薄於君也。正義。重昏媾者。以情必深厚。故媾爲厚也。

薈兮蔚兮。南山朝隮。 薈蔚。雲興貌。南山。曹南山也。隮。升雲也。箋。薈蔚蔚小雲。朝升於南山。不能爲大雨。以喩小人雖見任於君。終不能成其德敎。

正義。隮升釋詁文。定本及集注皆云。隮升雲也。衡案。據正義。其本無雲字。傳上文云。薈蔚雲興貌。此不必言雲。衛風蝃蝀。朝隮于西。傳云。隮升也。亦不言雲。無雲字是也。今本轉寫者。據定本妄增耳。又案。傳云。薈蔚雲興貌。而箋云。小雲朝升。不能爲大雨者。蓋本蝃蝀也。蝃蝀云。朝隮于西。崇朝其雨。傳云。隮升。崇終也。從旦至食時。爲終朝此亦云南山朝隮。故知不能爲大雨也。

婉兮孌兮。季女斯飢。婉少貌。孌好貌。季人之少子也。女民之弱者。箋。天無大雨。則歲不熟。而幼弱者飢。猶國之無政令。則下民困病也。正義。采蘋云。有齊季女。謂大夫之妻。車舝云。思孌季女逝兮。欲取以配王。皆不得有男在其間。故以季女爲少女。此言斯飢。當謂幼者並飢。非獨少女而已。故以季女爲人之少子女子。皆觀經爲訓。故不同也。伯仲叔季。則季處其少。女比於男。則男強女弱。不堪久飢。故詩言少女耳。定本直云歲不熟。無穀字。衡案。據正義所說。其本箋歲字下有穀字。此亦後人依定本刪之。非也。

鳲鳩四章。章六句。

鳲鳩。刺不壹也。在位無君子。用心之不壹也。釋文。鳲音尸。本亦作尸。正義。經云。正是四國。正是國人。皆謂諸侯之身。能爲人長。則知此云在位無君子者。正謂在人君之位。無君子之人也。李黼平云。經言。正是四國。四國非曹君所得正。傳言。正長也。箋言。可爲四國之長。言任爲侯伯。俱非指曹君。此詩與下泉署同。下泉思明王賢伯。此則專陳賢伯。以刺當時之伯。其意殆謂晉文。僖二十八年城濮之捷。王命尹氏及王子虎。內史叔興父。策命晉侯爲侯伯。傳箋所謂四國之長。任爲侯伯也。是役也。實執曹衛之君。分曹衛之田。其後許復曹衛。而歸國有先後。同罪異罰。候獳識之。僖三十一年左傳。取濟西田。分曹地也。而衛地之分。傳絕不載其事。則曹田分。而衛田不分。其用心之不壹甚矣。此詩所以刺與。若指曹君。序當言刺共公。不當言刺不壹也。衡案。李說辨矣。然未達序意。亦未達大史采詩之意矣。候人序言。共公遠君子而近小人焉。此序承之。故云。在位無君子。言共公遠君子而近小人。故在曹朝之位者。無有君子。其不言刺共公者。亦以承上序也。大史之觀風。足以見其國之治亂存亡者。則采之。此詩果刺晉文。則當載之唐風。黎臣賦式微旄丘。而載之衛風。乃其例也。今不載於唐。而載於曹。明刺曹朝在位之大夫無君子也。若下泉。序明言思明王賢佐。與此自別。說又互詳於經文下。

鳲鳩在桑。其子七兮。興也。鳲鳩。秸鞠也。鳲鳩之養其子。朝從上下。莫從下上。平均如一。箋。興者。喻人君之德。當均一於下也。以刺今在位之人。不如鳲鳩。釋文。秸居八反。又音吉。鞠居六反。莫音暮。正義。鳲鳩秸鞠釋鳥文。鳲鳩之養七子也。旦從上而下。暮從下而上。其於子也。平均如壹。蓋相傳爲然。無正文。淑人君子。其儀一兮。箋。淑善。儀義也。善人君子。其執義當如一也。其儀一兮。心如結兮。言執義一。則用心固。正義。此美其用心均壹。均壹在心。不在威儀。以儀義理通。故轉儀爲義。段玉裁云。經傳一字。疏內皆作壹。爲長。上文箋云。淑善。儀義也。善人君子。其執義當如一也。此傳云言執義一。則用心固。文句相承。分屬傳箋。必有一誤。衡案。此傳轉儀爲義。則上箋不當言儀義也。此注執義一則用心固。緊承上注執義當如一。必是鄭箋言字上誤脫箋字耳。孔云。均壹在心。不在威儀。不知威儀均壹。則其心亦均壹。古人觀人。必先觀其威儀。毛不訓儀字。蓋讀如字。

鳲鳩在桑。其子在梅。飛在梅也。衡案。其子雖在他樹。亦必養之均壹。以喻仁君不以疏遠殊其恩。

淑人君子。其帶伊絲。其帶伊絲。其弁伊騏。騏騏文也。弁皮弁也。箋。其帶伊絲。謂大帶也。大帶用素絲。有雜色飾焉。騏當作璂。以玉爲之。言此帶弁者。刺不稱其服。釋文。騏音其。璂文也。說文作⿱綦馬。云。弁飾也。往往置玉也。或亦作璂。音其。正義。馬之青黑色者。謂之騏。此字從馬。則謂弁色如騏馬之文也。春官司服。凡兵事韋弁服。視朝皮弁服。凡田冠弁服。凡弔事弁絰服。則弁類多矣。知此是皮弁者。以其韋弁以即戎。冠弁以從禽。弁絰又是弔凶之事。非諸侯常服也。且不得與絲帶相配。唯皮弁是諸侯視朝之常服。又朝天子亦服之。作者美其德能養民。舉其常服。知是皮弁。玉藻說大帶之制云。天子素帶朱裏終辟。諸侯素帶終辟。大夫素帶辟垂。是大夫以上大帶用素。故知其帶伊絲。謂大帶用素絲。故言絲也。璂結也。皮弁之縫中。每貫結五采玉。以爲飾。謂之璂。衡案。說文詩從毛。而騏作璂。云。弁飾也。則其所見毛傳作璂。義與箋同。

鳲鳩在桑。其子在棘。淑人君子。其儀不忒。忒疑也。正義。忒疑釋言文。其儀不忒。正是四國。正是也。箋。執義不疑。則可爲四國之長。言任爲侯伯。正義。傳言正長釋詁文。非爲州牧。不得爲四國之長。故任爲侯伯也。段玉裁云。正是也。不誤。鄭乃易爲正長也。下章箋正長也三字。蓋本在執義不疑上。衡案。其儀不疑。威儀習熟。無所疑惑也。古本。岳本。小字本。傳是也作長也。蓋據正義傳言正長釋詁文改之也。不知正義之例。經傳箋皆分釋之。其釋傳。先揭一傳字。次標傳起止。然後擧傳文釋之。未有言傳言者。傳言二字。爲後人妄增明矣。其標箋起止。亦當作正長至侯伯。今本或改傳正是也。作正長也。遂移箋正長也於下章。試思。傳既訓正爲長。箋必不重訓。益信傳訓正爲是。謂是正之。其訓長者。乃箋義也。段說洵是。正是四國者。言若有威儀習熟之君子。國勢必振。遂足以是正是四方之國。而今一不能均壹其國。擧至盛以駁至衰耳。鳲鳩在桑。其子在榛。淑人君子。正是國人。正是國人。胡不萬年。箋。正長也。能長人。則人欲其壽考。釋文。榛側巾反。木名也。實似小栗。衡案。言不敢復望其是正四方。苟能是正國人。亦可以得萬年之壽矣。誘掖之。欲其進道也。

下泉四章。章四句。

下泉。思治也。曹人疾共公侵刻下民。不得其所。憂而思明王賢佐也。

冽彼下泉。浸彼苞稂。興也。冽寒也。下泉。泉下流也。苞本也。稂童梁。非溉草。得水而病也。箋。興者。喻共公之施政教。徒困病其民。稂當作凉。凉草蕭蓍之屬。正義。七月云。二之日栗冽。字從冰。是遇寒之意。故爲寒也。釋水云。沃泉縣出。縣出。下出也。李巡曰。水泉從上溜下出。此謂下泉。謂泉下流。是爾雅之沃泉也。稂童梁釋草文。舍人曰。稂一名童梁。陸璣疏云。禾秀爲穗而不成。崱嶷然。謂之童梁。今人謂之宿田翁。或謂宿田也。大田云。不稂不莠。外傳曰。馬不過稂莠。皆是也。此稂是禾之秀而不實者。故非灌溉之草。得水而病。衡案。凡穀物尤忌冷水。稻本溉草。冷水溉之。其實必少。況陸種乎。故經以浸彼苞稂興共公侵刻下民。而傳以童梁釋之。言下泉所浸。皆爲童梁。非謂下泉獨溉童梁。而不溉禾也。箋疏既誤會傳意。後儒又據郭璞稂莠類之言。以童梁爲稂一名。稂莠類別是一草。非梁不實者。因疑稂害苗之草。鉏而去之。唯恐不盡。而詩人反憂其見傷何也。其護傳者則曰。三農失業。石田荒草。直有稂無禾。皆非經傳之意也。

慨我寤歎。念彼周京。箋。愾歎息之意。寤覺也。念周京者。思其先王之明者。正義。序云。思明王。故知念周京。是思先王之明者。周京與京師一也。因異章而變文耳。周京者。周室所居之京師也。京周者。京師所治之周室也。桓九年公羊傳云。京師者何。天子之居也。京者何。大也。師者何。衆也。天子之居。必以大衆言之。是說天子之都名爲京師也。洌彼下泉。浸彼苞蕭。蕭蒿也。陳啓源云。蕭以祭。蓍以筮。皆草之可貴者。愾我寤歎。念彼京周。洌彼下泉。浸彼苞蓍。蓍草也。愾我寤歎。念彼京師。芃芃黍苗。陰雨膏之。芃芃美貌。四國有王。郇伯勞之。郇伯郇侯也。諸侯有事。二伯述職。箋。有王。謂朝聘於天子也。郇侯。文王之子。爲州伯。有治諸侯之功。正義。以經言郇伯。嫌是伯爵。故言郇伯郇侯也。知郇爲侯爵者。定四年左傳。祝鮀說文王之子。唯言曹爲伯。明自曹以外。其爵皆尊於伯。故知爵爲侯也。諸侯有事。二伯述職。謂東西大伯。分主一方。各自述省其所職之諸侯者。昭五年左傳云。小有述職。大有巡功。服虔云。諸侯適天子曰述職。謂六年一會王官之伯。命事考績。述職之事也。僖二十四年左傳說富辰稱。畢原酆郇。文之昭也。知郇伯是文王之子也。箋謂時爲州伯。有治諸侯之功。謂爲牧下二伯。治其當州諸侯也。易傳者。以經傳考之。武王成王之時。東西大伯。唯有周公。召公。大公。畢公。爲之。無郇侯者。知爲牧下二伯也。衡案。成康之時。刑措不用。昭王雖南征不復。周道未衰。此所稱郇伯。安知其不文王之孫若曾孫。而康王昭王之時爲二伯哉。毛時古籍尚多。其說必有所據。未可以經傳無文。而遽易之也。

豳七月詁訓傳第十五　國風

豳風七篇。二十七章。二百三句。

七月八章。章十一句。

七月。陳王業也。周公遭變。故陳后稷先公。風化之所由。致王業之艱難也。箋。周公遭變者。管蔡流言。辟居東都。正義。經八章。皆陳先公風化之事。此詩主意於豳之事。則所陳者。處豳地之先公。公劉大王之等耳。不陳后稷之敎。今輒言后稷者。以先公脩行后稷之敎。故以后稷冠之。衡案。國語周語曰。昔我先王世后稷。以服事虞夏。及夏之衰也。棄稷不務。我先王不窋。用失其官。而自竄于戎狄之間。不敢怠業。又曰。后稷勤周。十有五世而興。云后稷勤周則指不窋爲后稷。不窋嘗爲后稷。始徙居于豳。周業基於此。故此亦以后稷言之。事昭據史記。以不窋爲棄子。故以夏衰爲大康之時。然自大康至文王。殆千年。其間僅十五王。每王六十四五生子。始能數此數。有此理乎。世后稷。謂世世爲后稷。不窋蓋棄十餘世之孫。夏之衰。蓋指紂時。史遷脫畧世字。遂以不窋爲棄親子耳。

七月流火。九月授衣。火大火也。流下也。九月霜始降。婦功成。可以授冬衣矣。箋。大火者。寒暑之候也。火星中。而寒暑退。故將言寒。先著火所在。正義。哀十二年左傳曰。火伏而後蟄者畢。今火猶西流。司歷過也。謂火下爲流。故云流下。昭三年左傳張趯曰。火星中。而寒暑退。服虔云。火。大火心也。季冬十二月平旦。正中在南方。大寒退。季夏六月黃昏。火星中。大暑退。是火爲寒暑之候事也。戴震云。案月令。季夏之月。日在柳。昏火中。故孟秋之月。火西流。此惟周時則然。虞夏書堯典。日永星火。以正仲夏。與夏小正所云。五月初昏大火中者合。蓋六月流火也。今時寔八月流火。正授衣之時。凡以星紀候。二千一百餘年差一次。於時差一月。所以然者。恒星右旋。二萬五千餘年。而一周。其東移甚微。以是爲星直黃道之差數。謂之歲差。日發斂一終。而成歲差。數生於恒星。不生於黃道。是故歲功終古不忒。而夏小正月令之中星。隨時爲書。以示民。定十二次之名。屬恒星。中氣節氣屬黃道。恒星歲歲漸移。而日躔黃道。無過不及。斯可於古今星象之不同無惑也。

一之日觱發。二之日栗烈。無衣無褐。何以卒歲。一之日。十之餘也。一之日。周正月也。觱發。風寒也。二之日。殷正月也。栗烈。氣寒也。箋。褐毛布也。卒終也。此二正之月。人之貴者無衣。賤者無褐。將何以終歲乎。是故八月則當續也。正義。言一之日者。乃是十分之餘。謂數從一起。而終於十。更有餘月。還以一二紀之也。既解一二之意。又復指斥其一之日者。周之正月。謂建子之月也。二之日者。殷之正月。謂建丑之月也。下傳曰。三之日。夏之正月。謂建寅之月也。正朔三而改之。既言三正事終。更復從周爲說。故言四之日。周之四月。卽是夏之二月。建卯之月也。此篇設文自立一體。從夏之十一月。至夏之二月。皆以數配日而言之。從夏之四月。至於十月。皆以數配月而稱之。唯夏之三月。特異常例。下云。春日遲遲。蠶月條桑。皆爲建辰之月。而或日或月。不以數配。參差不同者。蓋以日月相對。日陽月陰。陽則生物。陰則成物。建子之月。純陰已過。陽氣初動。物之芽蘖將生。故以日稱之。建巳之月。純陽用事。陰氣已萌。物有秀實成者。故以月稱之。夏之三月。當陰陽之中。處生成之際。物生已極。不可以同前。不得言五之日。物既未成。不可以類後。不得稱三月。故日月並言。而不以數配。見其異於上下。四章箋云。物成自秀葽始。明以物成故稱月也。稱月者。由其物成。如稱日由其物生也。若然。一之日二之日。言十之餘。則可矣。而三之日。四之日者。乃是正月二月。十數之初始。不以爲一二。而謂之三四者。作者理有不通。辭無所寄。若云一月二月。則羣生物未成。更言一之二之。則與前無別。以其俱是陽物皆未成。故因乘上數。謂之三四。明其氣相類也。陳啓源云。說文引此詩作一之日滭冹。明分勿反。其引采菽詩。作滭沸濫泉。下泉大車兩詩孔疏。皆引七月二之日栗冽。以證冽字。當从仌。不當从水。則此詩古本元作栗冽。唐初尚然矣。今本烈字。豈衞包所改乎。戴震云。自大撓作甲子。以十二支正四方。卯爲正東。午爲正南。酉爲正西。子爲正北。丑寅爲東北之維。辰巳爲東南之維。未申爲西南之維。戌亥爲西北之維。堯典又以四方配四時。春東作。夏南訛。秋西成。冬朔易。則十二支之爲十二月。建由來久矣。十二支始正北。子爲一。丑爲二。寅爲三。卯爲四。以之繫日。子月可云一之日。丑月可云二之日。寅月可云三之日。以次而終於十二。若言十有一月觱發。十有二月栗烈。則失詩辭之體。故變文稱一之日二之日下三之日四之日。不復稱正月二月。連文

也。九月十月。若言十有一之日。十有二之日。亦失詩辭之體。故卒章因二之日連至四之日。下變文稱九月十月。詩中又曰春日。又曰蠶月。紀時之法。不泥一定。各隨乎

文之自然。而要之止用夏正。非雜擧周正。是以二之日而言卒歲。凡所以表民時莫善於夏正也。衡案。一之日二之日。傳云十之餘也。則謂十一月之日十二月之日固

以夏正言之。戴云。子月可云一之日。丑月可謂二之日。是本於宋儒一陽之日二陽之日。而小變其說。其云言日言月。詩辭之體當然。則得之。正義以日月分配生成根

據於漢儒五行之說。執泥甚矣。傳云夏正月殷正月周正月者。先擧三正。因以明周兼用夏正也。必明之者。此詩全用夏正。恐後人惑之也。堯典記舜攝位曰正月上日。

受終于文祖。鄭玄云。堯正建丑。舜正建子。此時未改堯正。故云正月上日。卽位乃改堯正。故云月正元日。然則武王伐紂。卽改殷正。不待周公制作禮樂也。周雖以十一

月爲正。祭祀田獵之屬。凡以時擧行者。及表示民事。則皆用夏正。案周禮。其用周正者。月而不時。冢宰職正月之吉始和之屬是也。用夏正者。時而不月。小宰職正歲帥

治官之屬。及大司職春蒐夏苗。秋獮冬狩。媒氏仲春之月。令會男女之無夫家者之類是也。故隱元年經書元年春王正月。而左氏釋之曰。春王周正月。王爲周王。則王

正月爲周正月可知矣。而傳必釋之者。傳中擧夏正者。不一而足。故加一周字而斷之。曰春秋所書之月皆周正。非夏正也。以明傳所書或用夏正。其示後人可謂深切

著明矣。周公作此詩之時。周既改正朔矣。然七月之篇。專說民事。於法當用夏正紀時。但改正未久。專用夏正。或惑民聽。故以一之日紀周正。次殷正。又次夏正。四之日

卽周四月。辭句既勻。改正朔之意又明。下乃依夏正以月紀之。傳知其意所在。故以三正及周四月解之。洵非後儒所能企及也。或因此詩謂周人改月不易時。則春秋四時十二月皆非夏正。是又何說也。春日遲遲。可通二月三月。蠶事從掃卵至成繭。以五十三日爲度。暖鄉始於二月。而終於四月。寒鄉則三月至五月。皆可稱蠶月。故不以數配日月。正義云。三月當陰陽之中。處生成之數際。故日月並言。而不以數配。鑿矣。栗烈段玉裁訂本據下泉正義及玉篇廣韻文選古詩十九首注。改作凓冽。今從之。

三之日于耜。四之日舉趾。同我婦子。饁彼南畝。田畯至喜。 三之日。夏正月也。豳土晚寒。于耜。始脩耒耜也。四之日。周四月也。民無不舉足而耕矣。饁饋也。田畯田大夫也。箋。同猶俱也。喜讀爲饎。饎酒食也。耕者之婦子。俱以饟來。至於南畝之中。其見田大夫。又爲設酒食焉。言勸其事。又愛其吏也。此章陳人以衣食爲急。餘章廣而成之。

正義。于訓於。三之日於是始脩耒耜。月令季冬。命農計耦耕事。脩耒耜。具田器。孟春天子躬耕帝籍。然則脩治耒耜。當季冬之月。舉足而耕。當以孟春之月。今言豳人以正月脩耒耜。二月始耕。故云晚寒。孫毓以爲。寒鄉率早寒。北方是也。熱鄉乃晚寒。南方是也。毛傳言晚寒者。豳土寒多。雖晚猶寒。非謂寒來晚也。耕以足推。故云。無不舉足而耕。傳不解至喜之義。當謂田畯來至。見勤勞。故喜樂耳。陳啓源云。七月所紀。人事物候。較遲於月令。毛傳以豳土晚寒釋之。後儒推明其說。各有不同。孫毓以爲豳土寒多。雖晚猶寒。陸德明釋文以爲晚節而氣寒。陸義較優矣。至鄭答張逸。以爲晚温亦晚寒。孔疏取其說。以述毛。因指舉趾藏冰之類。爲温晚之驗。隕蘀入室之類。爲寒晚之驗。宋嚴粲駁之。謂温晚寒當蚤。鄭言寒晚。非是。此最得之。而猶未盡也。源謂地氣温寒之異。分南北。不分東西。南方近日則温。北方遠日則寒。若南北相同。則雖東西懸絶。總爲日道所必經。温寒無異也。故層冰飛雪。多在極北之地。至西域諸國如于闐身毒大秦。皆和煦饒物產。此可證矣。豳乃漢栒邑。在中國西。不在北也。不應温寒頓殊。況月令作於秦相不韋。當據秦風土著書。秦豳皆雍地也。藉田較閱二事。亦見於周禮及周語。周亦雍地也。咸陽豳鎬。總在二三百里内耳。温寒尤不應相異。今案。傳箋所指晚寒有三條。于耜舉趾。在正二月。與月令季冬脩耒耜。孟春耕帝藉異期。一也。七月鳴鵙。與月令五月鵙始鳴。不同。二也。纘武即大閲之禮。不以仲冬。而以二之日。三也。孔疏所指晚寒有六條。月令仲春倉庚鳴。此在蠶月。一也。月令季秋草木黄落。此云十月隕蘀。二也。月令季秋令民入室。此以改歲。三也。月令季秋嘗稻。此云十月穫稻。四也。月令仲秋嘗麻。此云九月叔苴。五也。月令季冬取冰。此云三之日納于凌陰。六也。九者非人事。即物候耳。論人事則一在夏商之間。一在周秦之際。相去千四五百年。制度之變更。土俗之沿革。難以一律論矣。論物候。則鳥之鳴。木之落。非一鳴而遽止。一落而輒盡者也。紀其始則早。咏其繼則遲。何必悉同。至五穀之種類。各有早晚。天子嘗新薦廟。當在物初之時。豈得與民間收穫同期。季秋入室。季冬脩耒耜。言出令之始耳。踰月而民畢從令。理或然也。孟春始耕。仲春則無不耕。舉趾。言其耕耳。非必原其始也。季冬取冰。卽是二之日鑿冰。藏之或遲一月。不足異也。大閱纘武。子丑兩月皆可行。周家既有天下。或稍更先公之制。未可知也。總之豳風月令。所主各不同。月令所主。在布政教。必舉其初而言之。豳風所主。在紀風俗。多舉其盛而言。自不無先後之異。非地氣使然也。毛公晚寒之說。不必過泥。衡謂陳駁箋疏晚寒之說皆是也。其幷非毛傳則失之。管子云。冬至後七十五日。首種入地。首種謂稷。雖節有早晚。冬至後七十五日。當在正月末二月初。經云。黍稷種稑。則豳地亦宜稷。凡耕種之法。先耕而後種。若豳地非晚寒。而孟春始脩耜。則其惰農事亦甚。田畯何喜。而周公亦何咏之。以爲王業之基哉。陳又云。地氣温寒之異。分南北。不分東西。咸陽豳鎬。總在二三百里内耳。温寒尤不應相異。是特知寒温有南北之異。而不知有山川向背。人烟稀稠之殊。凡地勢南川北山温。反之則寒。人烟稀少則寒。稠密則温。相距二三十里。物候便不同。況於二三百里乎。豳地在梁山之北。而處山谷之間。又有涇汭二川。皇過二澗。必非温鄉。國語云。不窋竄於戎狄之間。謂之戎狄之間。其地必荒涼。公劉爲其孫。雖積德施仁。其蕃盛必不能及岐周。則其寒可知矣。故毛云晚寒。而孫毓釋之云。雖晚猶寒。其說是也。月令季秋。令民入室。謂農事既畢。自野廬入邑居之室。此篇則入塞向墐戸之室。以避寒。其文雖同。其義則異。而陳以爲出令之始。亦失之。

七月流火。九月授衣。箋。將言女功之始。故又本於此。

春日載陽。有鳴倉庚。女執懿筐。遵彼微行。爰求柔桑。 倉庚。離黃也。懿筐。深筐也。微行。牆下徑也。五畝之宅。樹之以桑。箋。載之言則也。陽溫也。溫而倉庚又鳴。可蠶之候也。柔桑。穉桑也。蠶始生。宜穉桑。釋文。離本亦作鵹。又作鸝。正義。倉庚一名離黃。卽葛覃黃鳥是也。懿者。深邃之言。故知懿筐深筐也。衡謂。倉蒼通。其鳥小於黃雀。而色雜蒼黃。故又名離黃。至春載鳴。巧囀可喜。與黃鳥啄粟者別。黃鳥段玉裁以爲黃雀。近是。

春日遲遲。采蘩祁祁。女心傷悲。殆及公子同歸。遲遲。舒緩也。蘩白蒿也。所以生蠶。祁祁。衆多也。傷悲。感事苦也。春女悲。秋士悲。感其物化也。殆始。及與也。豳公子躬率其民。同時出。同時歸也。箋。春女感陽氣而思男。秋男感陰氣而思女。是其物化所以悲也。悲則始有與公子同歸之志。欲嫁焉。女感事苦而生此志。是謂豳風。正義。遲遲者。日長而暄之意。故爲舒緩。計春秋漏刻多少正等。而秋言凄凄。春言遲遲者。陰陽之氣。感人不同。凄凄是涼。遲遲是暄。觀文似同。本意實異也。釋詁云。胎始也。說者皆以爲生之始。然則殆胎義同。故爲始也。此言是謂豳風。六章云。是謂豳雅。卒章云。是謂豳頌者。春官籥章云。仲春晝擊土鼓。吹豳詩。以迎暑。仲秋夜迎寒氣。亦如之。凡國祈年於田祖。吹豳雅。擊土鼓。以樂田畯。國祭蜡。

則吹豳頌。以息老物。以周禮用爲樂章。詩中必有其事。此詩題曰豳風。明此篇之中。當具有風雅頌也。別言豳雅豳頌。則豳詩者是豳風可知。故籥章注云。此風也。而言詩。詩總名也。是有豳風也。且七月爲國風之詩。自然豳詩是風矣。既知此篇兼有雅頌。則當以類辨之。風者諸侯之政教。凡繫水土之風氣。故謂之風。此章女心傷悲。乃是民之風俗。故知是謂豳風也。雅者正也。王者設教。以正民。作酒養老。是人君之美政。故知穫稻爲酒。是豳雅也。頌者美盛德之形容。成功之事。男女之功俱畢。無復飢寒之憂。置酒稱慶。是功成之事。故知朋酒斯饗。萬壽無疆。是謂豳頌也。陳啓源云。周禮籥章。仲春擊土鼓。歈豳詩。以迎暑。仲秋迎寒。氣亦如之。凡國祈年於田祖。歈豳雅。擊土鼓。以樂田畯。國祭蜡。歈豳頌。以息老物。鄭氏箋詩。三分七月篇。以當之。雖屬臆度之見。然於義無害也。朱子非之。以爲風中不得有雅頌。是壞六義之體。不知節南山云。家父作誦。誦頌字本通用。崧高亦云。吉甫作誦。又云。其風肆好。彼皆雅也。而得蒙風頌之名。則豳風何害爲雅頌哉。至朱子所取三說。以爲皆通者。吾未見其可也。一說謂。楚茨諸篇爲豳雅。噫嘻諸篇爲豳頌。夫楚茨諸篇。乃幽王刺詩。噫嘻諸篇。乃祈年報社稷等樂章。此古序之說。張程蘇呂諸儒皆遵用之。並無異解。至朱子廢序。始易以他說耳。不得據己之臆見。以爲故實。遂取雅頌諸篇。彊別之以豳也。一說取王安石謂豳自有雅頌。今皆亡逸。夫豳侯國耳。方自奮戎狄閒。安得有雅頌。假令有之。則詩有三雅四頌矣。季札觀樂時。詩未刪也。亦未火也。魯人何不併歌之。一說謂。七月全篇。隨事而變其音節。可爲風。可爲雅。可爲頌。夫風雅頌詩篇之名。非樂調之名也。豈因音節而變哉。如因音節而變。則孰風。孰雅。孰頌。必待奏樂而後分。國史編詩。不應預額以四詩之目矣。況風也。而歈之可雅可頌。獨不爲壞六義乎。是又自戾其初說也。然則玆三說者。殆無一通也。衡謂。陳說辨矣。然風也。而謂之雅頌。竟覺未妥。今案。二雅中詠豳事者。唯公劉一篇。詩中又有迺場迺疆。迺積迺倉。及既庶既繁。既順既宣等之語。序雖言召康公戒成王。不妨取以祈年於田祖。籥章所云豳雅。豈謂此與。天作序云。天作。祀先王先公也。雖詩中止言大王文王。然序言先公。乃指諸盩以上至不窋。凡周頌中及豳事者。亦唯天作一篇。而息老物與祀先公。義又相近也。疑籥章豳頌指天作也。此誠臆說。姑錄以質於後哲。

七月流火。八月萑葦。薍爲萑。葭爲葦。豫畜萑葦。可以爲曲也。箋。將言女功自始至成。故亦又本於此。正義。釋草云。菼薍。樊光云。菼初生葸。息利反。騂色。海濱曰薍。郭璞曰。似葦而小。又云。葭葦。舍人曰。葭一名葦。樊引詩云。彼茁者葭。郭璞曰。即今蘆也。又云。葭蘆。郭璞曰。葦也。然則此二草。初生者爲菼。長大爲薍。成則名爲萑。初生爲葭。長大爲蘆。成則名爲葦。小大之異名。故云。薍爲萑。葭爲葦。月令季春說養蠶之事云。具曲植莒筐。注云。曲薄也。植槌也。薄用萑葦爲之。故云。豫畜萑葦。可以爲曲也。段玉裁云。萑依字當艸下萑作雚。近古但借萑雀字。非從艸也。

蠶月條桑。取彼斧斨。以伐遠揚。猗彼女桑。斨方銎也。遠枝遠也。揚條揚也。角而束之曰猗。女桑。荑桑也。箋。條桑。枝落之。采其葉也。女桑。少枝長條不枝落者。束而采之。釋文。銎曲容反。說文云。斧空也。荑徒兮反。正義。破斧傳云。隋鍪曰斧。方鍪曰斨。然則斨即斧也。唯鍪孔異耳。劉熙釋名曰。斨。戕也。所伐皆戕毀也。女是人之弱者。故知女桑柔桑。言柔弱之桑。其條雖長。不假枝落。故束縛而采也。集注及定本皆云。女桑荑桑。取周易枯楊生荑之義。荑是葉之新生者。李黼平云。角者卷曲之意。傳謂卷曲其枝而加束縛耳。據正義。其本傳作柔桑。今本挍書者依集注定本改之也。當仍作柔桑。乃合原本。

七月鳴鵙。八月載績。載玄載黃。我朱孔陽。爲公子裳。

鵙博勞也。載績。絲事畢而麻事起矣。玄黑而有赤也。朱深纁也。陽明也。祭服玄衣纁裳。箋。伯勞鳴。將寒之候也。五月則鳴。豳地晚寒。鳥物之候。隨其氣焉。凡染者。春暴練。夏纁玄。秋染夏。爲公子裳。厚於其所貴者說也。

釋文。暴蒲卜反。正義。鵙伯勞釋鳥文。樊光曰。春秋云。少皞氏以鳥名官。伯趙氏司至。伯趙鵙也。以夏至來。以冬至去。郭璞曰。似鶹鷅而大。考工記鍾氏說染法云。三入爲纁。五入爲緅。七入爲緇。注云。染纁者。三入而成。又再染以黑。則爲緅。緅今禮記作爵。言如爵頭色也。又復再染以黑。乃成緇矣。凡玄色者。在緅緇之間。其六入者與。士冠禮云。爵弁服纁裳。注云。凡染絳。一入謂之縓。再入謂之赬。三入謂之纁。朱則四入矣。三則爲纁。四入乃成朱色。深於纁。故云。朱深纁也。月令仲夏鵙始鳴。是中國正氣。五月則鳴。今豳地晚寒。鳥始鳴之候。從其鄉土之氣焉。故至七月。鵙初鳴也。凡染至染夏。天官染人文。引此者。證經載玄載黃。謂以夏日染之。非八月染也。實在夏。而文承八月之下者。以養蠶績麻。是造衣之始。故先言之。染色作裳。是爲衣之終。故後言之。衡謂月令仲夏云。鵙始鳴。猶仲春云雷乃發聲。特擧其始。以記其物候耳。其鳴且發聲之殷。皆在浹月之後。傳云晚寒者。謂其寒至晚未去耳。鄭以爲寒來晚。皆大謬也。諸本鵙作鵙。今從唐石經。

四月秀葽。五月鳴蜩。八月其穫。十月隕蘀。不榮而實曰秀。

葽葽草也。蜩螗也。穫禾可穫也。隕墜。蘀落也。箋。夏小正曰。四月王萯秀。葽其是乎。秀葽也。鳴蜩也。穫禾也。隕蘀也。四者皆物成。而將寒之候。物成自秀葽始。正義。釋草云。華。榮也。木謂之榮。不榮而實者。謂之秀。榮而不實者。謂之英。李巡曰。分別異名以曉人。則彼以英秀對文。故以英爲不實。秀爲不榮。出車云。黍稷方華。生民說黍稷云。實發實秀。是黍稷有華。亦稱秀也。釋蟲云。蜩。蜋蜩。螗蜩。舍人云。皆蟬。方言曰。楚謂蟬爲蜩。宋衛謂之螗蜩。陳鄭謂之蜋蜩。秦晉謂之蟬。是蜩蟬一物。方俗異名耳。物之成熟。莫先葽草。故云。物成自秀葽始。微見言月之意。由有物成故也。陳啓源云。宋曹粹中據爾雅葽繞棘蒬語。又參以劉向苦葽之說。以爲卽今藥中小草。名物疏非之。謂不榮而實曰秀。小草有華。不得云秀。如秀吐華。則葽繞華以三月開。不以四月。源謂。曹說得之。秀字原象禾實下垂。吐華非本訓也。況此章以成物之始。紀將寒之漸。其言秀者。專取成實之義。小草以三月華。正當以四月成實。又何疑乎。不榮而實曰秀。榮而實者。亦可通名曰秀。如黍稷言方華。

亦言實秀。荼有華如野菊。而月令言苦菜秀。皆是也。說文。葽草也。詩曰。四月秀葽。劉向說。此味苦。苦葽也。劉許皆漢人。已訓此詩之葽爲苦葽。其來古矣。今藥中小草。味極苦澁。醫家以甘草煮之。方可用。又有葽繞之稱。曹說信爲有本。戴震云。葽者幽葽也。戰國策曰。幽莠之幼也。似禾。夏小正。四月秀幽。幽葽語之轉耳。衡謂。凡物爲穗曰秀。故茅吐穗曰秀。論語又有秀而不實之語。爾雅不華而實。正指茅秀之屬。故與榮英對言。散則凡爲穗者。皆可言秀矣。陳說是也。莠似禾。戰國策幽莠。亦指亂禾之莠耳。非秀葽也。蜩尤多種。隨種異名。而蜩其統名也。凡草木禽蟲之屬。不止彼此異名。其彼有而我無。我有而彼無者亦多。予粗於物產之學。今皆不能的指其物。姑擇古說近理者。而載之後。皆倣此。

一之日于貉。取彼狐狸。爲公子裘。于貉。謂取。狐狸皮也。狐貉之厚以居。孟冬天子始裘。箋。于貉。往搏貉。以自爲裘也。狐狸以共尊者。言此者。時寒。宜助女功。正義。于往也。于貉。言往不言取。狐狸。言取不言往。皆是往捕之。而取其皮。

故傳于貉謂取狐狸皮。幷明取之意也。孟冬天子始裘。月令文。陳啓源云。貉本作貈。左豸右舟。今經傳皆作貉。惟爾雅作貈。貉本莫白切。北方豸種也。今以貊代貉。而貉則以代貈。不可復正矣。傳于貉二字當讀。謂取二字當句。于往也。經言往不言取。故傳補言取。傳狐狸二字當讀。皮也二字當句。經言狐狸不言皮。故傳補言皮。皆以補爲釋也。且狐狸言皮。則貈之爲皮可知。義又互相備也。康成善會毛意。故不更解。但分別用裘之不同。

二之日其同。載纘

武功。言私其豵。獻豜于公。纘繼。功事也。豕一歲曰豵。三歲曰豜。大獸公之。小獸私之。箋。其同者。君臣及民。因習兵。俱出田也。不用仲冬。亦豳地晚寒也。豕生三曰豵。衡謂。公劉國于豳。禮文未備。二之日其同。蓋亦隨宜爲之。未足以爲豳地晚寒之證也。

五月斯螽動股。六月莎鷄振羽。七月在野。八月在宇。九月在戶。十月蟋蟀。入我牀下。斯螽。蚣蝑也。莎鷄。羽成而振訊之也。箋。自七月在野。至十月入我牀下。皆謂蟋蟀也。言此三物之如此。著將寒有漸非卒來也。釋文。莎音沙。徐又素和反。沈云。舊多作沙。今作莎。音素何反。屋四垂爲宇。韓詩云。宇。屋溜也。訊音信。本又作迅。同。正義。斯螽蚣蝑。釋蟲文。又云。螒天鷄。樊光云。謂小蟲。黑身赤頭。一名莎鷄。李巡曰。一名酸鷄。郭璞曰。一名莎鷄。又曰樗鷄。陸璣疏曰。莎鷄如蝗而斑色。毛羽數重。其翅正赤。或謂之天鷄。六月中飛而振羽。索索作聲。幽州人謂之蒲錯。是也。以入我牀下。是自外而入。在野在宇在戶。從遠而至於近。故知皆謂蟋蟀也。退蟋蟀之文。在十月之下者。以人之牀下。非蟲所當入。故以蟲名附十月之下。所以婉其文也。崔應榴云。斯螽動股。毛傳斯螽·蚣蝑也。周南螽斯羽。毛傳螽斯蚣蝑也。是螽斯斯螽互言之。實一物也。爾雅蜇螽即螽。斯蚣蝑。郭注蚣蝑也。俗呼春黍。陸疏。幽州人謂之春箕。蝗類。長股青色。五月中以兩股相槎作聲。聞數十步。又案爾雅翰天雞。云云。與正義所引同。今節。蟋蟀蛬。郭注今促織也。亦名青蛪。陸疏似蝗而小。黑色。有光澤。如漆。有角翅。一名蛬。楚人謂之王孫。幽州人謂之促織。里語曰。促織鳴。懶婦驚。是也。斯螽莎雞蟋蟀三種之蟲。顯然各別。自來疏解甚明。朱子以爲一物隨時變化而異其名。不知何據。

穹窒熏鼠。塞向墐戶。穹窮。窒塞也。向北出牖也。墐塗也。庶人華戶。箋。爲此四者。以備寒。釋文。塞向如字。北出牖也。韓詩云。北向窗也。墐音覲。牖音酉。正義。窒塞釋言文。以窒是塞。故穹爲窮。言窮盡窒其窟穴也。士虞禮云。祝啓牖嚮。注云。嚮牖一名也。明堂位注云。嚮牖屬。此爲寒之備。不塞南窗。故云北出牖也。儒行注云。華戶。以荊竹織門。以其荊竹通風。故泥之也。

嗟我婦子。曰爲改歲。入此室處。箋。曰爲改歲者。歲終。而一之日觱發。二之日栗烈。當避寒氣。而入所穹窒墐戶之室而居之。至此而女功止。釋文。曰爲上音越。下于僞反。一讀上而日反。下如字。漢書作聿爲。正義。月令云。孟冬命有司。閉塞而成冬。此經穹窒墐戶。文在十月之下。亦當以十月塞塗之矣。云曰爲改歲者。以仲冬陽氣始萌。可以爲年之始。故改正朔者。以建子爲正。歲亦莫止。謂十月爲莫。是過十月。則改歲。乃大寒。故改歲之後。方始入室。若總一歲之事。則寒暑一周。乃爲終歲。寒氣未過。是爲未終。故上言無衣無褐。不得終歲。謂度寒至春。二者意小異也。衡謂。毛詩序時。例用夏正。此言改歲漸近。寒氣隆重。我婦子當入此室居。箋謂。改歲之後。方始入此室居。一篇之中。乍用夏正。乍用周正。且如其說。非改歲爲年不通。皆非傳意也。曰音越。爲如字。是也。

六月食鬱及薁。七月亨葵及菽。八月剝棗。十月穫稻。爲此春酒。以介眉壽。

鬱棣屬。薁蘡薁也。剝擊也。

春酒凍醪也。眉壽豪眉也。箋。介助也。既以鬱薁及棗。助男功。又穫稻而釀酒。以助其養老之具。是謂豳雅。

正義。鬱棣屬者。是唐棣之屬也。劉稹毛詩義問云。其樹高五六尺。其實大如李。正赤。食之甜。本草云。鬱一名車下李。一名棣。生高山川谷。或平田中。五月時實。言一名棣。則與棣相類。故云棣屬。薁蘡薁者。亦是鬱類。而小別耳。晉宮閣銘云。華林園中有車下李三百一十四株。薁李一株。車下李即鬱。薁李即薁。二者相類。而同時熟。故言鬱薁也。棗須就樹擊之。所以剝爲擊也。春酒凍醪者。醪是酒之別名。此酒凍時釀之。故稱凍醪。天官酒正。辨三酒之物云。一曰事酒。二曰昔酒。三曰清酒。注云。事酒。今之醳酒也。昔酒。今之酋久白酒。所謂舊醳者也。清酒。今之中山冬釀。接夏而成者。然則春酒彼三酒之中清酒也。人年老者。必有豪毛秀出者。故知眉謂豪眉也。李黼平云。文選上林賦。李善注引張揖云。薁山李也。山李薁李倶木。本定非蘡薁。相如傳櫻桃蒲桃。集解引郭璞曰。蒲桃似燕薁。可作酒。燕薁即蘡薁也。陶隱居云。蒲桃即是此間蘡薁。本草云。俗名野蒲桃。蒲桃藤本而蘡薁似之。故說文玉篇歸艸部。然則蘡薁非薁李。

乃蒲桃。陶隱居之說是也。段玉裁云。剝擊也。謂剝卽攴之假借也。故普木切。攴今字作朴。衡謂薁李。又作郁李。亦以六月熟。然傳云蘡薁。則是草類。非薁李。當以李說爲正。棗就樹擊之。其聲剝啄。故訓剝爲擊耳。夏小正云。剝棗。栗零。故棗必就樹擊之。栗落而後拾之。物之宜也。

七月食瓜。八月斷壺。九月叔苴。采荼薪樗。食我農夫。

壺瓠也。叔拾也。苴麻子也。樗惡木也。箋。瓜瓠之畜。麻實之糝。乾荼之菜。惡木之薪。亦所以助男養農夫之具。

正義。以壺與食瓜連文。則是可食之物。故知壺爲瓠。謂甘瓠可食。就蔓斷取而食之。說文曰。叔拾也。亦爲叔伯之字。下章納穀有麻。在男功之正。此說男功之助。言叔苴者。以麻九月初熟。拾取以供羹菜。其在田收穫者。猶納倉以供常食也。段玉裁云。壺瓠也。謂假借。衡謂麻多種。苴謂績皮爲布者之子。儀禮喪服傳。苴經者麻之有蕡者是也。下章納穀之麻。乃油麻。與此自別。

九月築場圃。

春夏爲圃。秋冬爲場。箋。場圃同地耳。物生之時。耕治之。以種菜茹。至物盡成熟。築堅以爲場。

正義。烝民云。柔亦不茹。茹者。咀嚼之名。以爲菜之別稱。故書傳謂菜爲茹。

十月納禾稼。黍稷重穋。禾麻菽麥。

後熟曰重。先熟曰穋。箋。納內也。治於場。而內之囷倉也。

釋文。重直容反。

注同。先種後熟曰重。又作種。音同。說文云。禾邊作重。是種穋之字。禾邊作童。是種蓺之字。今人亂之已久。穋音六。本又作稑。音同。說文云。稑或從翏。後種先熟曰穋。正義。禾稼者苗幹之名。此言納禾稼。謂納於場。但既言治於場。遂納於倉。下句唯言既同。不見納倉之事。故箋連言之耳。禾稼禾麻。再言禾者。以禾是大名也。非徒黍稷重穋四種而已。其餘稻秫苽粱之輩。皆名爲禾。麻與菽麥則無禾稱。故於菽麥之上。更言禾字。以總諸禾也。衡謂。收麥在四月。亦於此言之者。冢宰待諸穀盡收。從年之豐凶。以制國用。民家亦傚此。以制其財。故待我稼既同。以言麥耳。古書納多作內。此經蓋亦作內禾稼。故箋訓爲納。後人依箋改經內爲納。而箋不可通。乃又依經改箋。遂致內納互訛耳。

嗟我農夫。我稼既同。上入執宮功。入爲上。出爲下。箋。既同。言既聚也。可以上入都邑之宅。治宮中之事矣。於是時。男之野功畢。正義。言治宮中之事。則是訓公爲事。經當云執於宮公。本或公在宮上。誤耳。今定本云。執宮功。不爲公字。阮元云。此傳箋無公字之訓。箋云。執宮中之事。與上載纘武功。傳功事也相承。當以定本爲長。衡謂。段玉裁訂本。依正義。改功作公。謂上武功原亦作公。傳既訓事。故此無訓。若然。正義當引武功傳。以訂此功字。今猶據箋治宮中之事。斷公訓事。則武功不作公明矣。正義訓公。今本作訓功。李恒春云。當作訓公。今從之。

晝爾于茅。宵爾索綯。宵夜。綯絞也。箋。爾女也。女當晝日往取茅歸。夜作絞索。以待時用。王引之云。索者糾繩之名。綯卽繩也。索綯猶言糾繩。于茅索綯。是文正相對。趙岐注孟子曰。晝取茅草。夜索以爲綯。是也。淮南氾論篇。緂麻索縷。高誘注曰。索切也。切與絞同。謂切撚之使堅也。是索爲糾繩之名也。爾雅綯爲絞者。絞亦繩也。哀二年左傳。絞縊以戮。杜注曰。絞所以絞人物。墨子辭過篇曰。古之民未知爲衣服。時衣皮帶茭。茭與絞同。是絞亦繩也。箋曰。夜作絞索。則是以索爲繩索之索。爾雅訓綯爲絞。而郭注曰。糾絞繩索。則是以絞爲糾絞之絞。胥失之矣。衡謂王說是也。傳訓綯爲絞。絞會意糸交爲絞。則可以訓繩。亦可以訓糾。但此與于茅對言。當以訓繩爲正。茅以蓋屋。繩以束之。皆供乘屋之用。趙注孟子。似謂糾茅以爲繩。而箋疏亦不言其所用。疏矣。

亟其乘屋。其始播百穀。 乘升也。箋。亟急。乘治也。十月定星將中。急當治野廬之屋。其始播百穀。謂祈來年百穀于公社。 正義。亟急釋言文。以民治屋。不應直言升上而已。故易傳以乘爲治。下句言其始播百穀。則乘屋亦爲田事。且上云。塞向墐戶。是都邑之屋。故知此所治屋者。民治野廬之屋也。衡謂經云乘屋。必不徒乘之。其葺治之可知矣。故傳唯訓乘字。而不釋其義。鄭恐後人或不達。故以治述之。非易傳也。趙岐注孟子曰。及爾間暇。亟而乘蓋爾野外之屋。春事起。爾將始播百穀矣。言農民之事無休已。是也。箋以乘屋以下爲皆十月之事。迂矣。但上章塞向墐戶。是備寒之事。此乘屋此備雨之事。春雨將降。故備雨在備寒之後。其乘屋亦當謂都邑之屋。其野外之廬。蕞爾容膝。臨時治之。亦不妨於事。不必鄭重陳之也。趙亦失之。

二之日鑿冰沖沖。三之日納

于凌陰。四之日其蚤。獻羔祭韭。冰盛水腹堅。則命取冰於山林。冲冲。鑿冰之意。凌陰。冰室也。箋。古者日在北陸。而藏冰。西陸朝覿。而出之。祭司寒而藏之。獻羔而啓之。其出之也。朝之祿位。賓食喪祭。於是乎用之。月令仲春。天子乃獻羔開冰。先薦寢廟。周禮凌人之職。夏頒冰掌事。秋刷。上章備寒。故此章備暑。后稷先公禮敎備也。釋文。冲直弓反。聲也。凌力證反。又音陵。說文作滕。正義。月令季冬。冰方盛。水澤腹堅。命取而藏之。冲冲非聲非貌。故云鑿冰之意。箋於是乎用之以上。皆昭四年左傳文。故引之。王制云。庶人春薦韭。亦以新物。故薦之也。凌人職注。刷。清也。李黼平云。說文仌云。凍也。象水凝之形。此今冰字也。冰云。水堅也。此今凝也。滕云。仌出也。从仌朕聲。詩曰。納于滕陰。凌云。滕或从夌。如說文。則凌原作滕。斬冰當作仌。三其凌。明是滕字。鄭注禮時。字體未改。故注云仌室。與此傳同。玉篇滕云。冰室也。與此傳合。說文用毛詩古文。亦應言仌室。今本說文乃作仌出。正與詩義相反。出字訛。當據此傳正之。衡謂。釋文云。冲直弓反。聲也。則陸本作冲冲鑿冰之聲。求之音理。陸本似勝。寒甚。水氣著地上者凝結。爲仌字形。故說文云凍也。象水凝之形。如川澤冰合。蕩蕩堅平。未嘗爲仌字形。故云。冰。水堅也。李不能解說文。互易其義。謬甚。九月肅霜。十月滌場。朋酒斯饗。曰殺羔羊。肅縮也。霜降而收縮萬物。滌埽也。場功畢入也。兩尊曰朋。饗者。鄉人飲酒也。鄉人以狗。大夫加以羔羊。箋。十月民事男女俱畢。無飢寒之憂。國君閒於政事。而饗羣臣。正義。肅音近縮。故肅爲縮也。霜降收縮萬物。言物乾而縮聚也。洗器謂之滌。則是淨義。故爲埽也。朋者輩類之言。此言朋酒。則酒有兩樽。故言兩樽曰朋。埽場是農人之事。則斯饗是民自飲酒。故云饗禮者。鄉人飲酒。以狗爲牲。大夫與焉。則加以羔羊。言曰殺羔羊。是鄉人見大夫。而始發此言。故稱曰也。鄉飲酒經云。尊兩壺於房戶之間。有玄酒。是用兩樽也。衡謂。曰。爰也。本多脫埽也二字。今從古本。岳本。小字本。鄉人飲酒也。諸本俱脫。段玉裁訂本。據正義及說文補之。今亦從之。躋彼公堂。稱彼兕觥。萬壽無疆。公堂學校也。觥所以誓衆也。疆竟也。箋。於饗而正齒位。故因時而誓焉。飲酒既樂。欲大壽無竟。是謂豳頌。釋文。兕徐履反。本或作光。觥虢朋反。本亦作觵。正義。箋以斯饗爲國君大飲之禮。以正齒位。故因是時而誓焉。使羣臣知長幼之序。令之不犯禮也。月令注云。天子諸侯。與羣臣飲酒於大學。以正齒位。謂之大飲。則此公堂謂大學也。知在大學。亦正齒位者。以國君大飲。與黨正飲酒。皆農隙而爲。俱教孝弟之道。黨正於序。知國君於大學。黨正飲酒。爲正齒位。知國君飲酒。亦正齒位也。衡謂。傳云。公堂學校也。則亦不以爲民自飲酒。蓋爲黨正飲酒也。黨正職云。國索鬼神而祭祀。則以禮屬民。而飲酒於序。以正齒位。索鬼神而祭祀。卽蜡祭。其事在十二月。序卽學校也。故經於末章言之。此篇所詠。皆民間之事。而先公風化之美自見。故傳以爲鄉人飲酒也。黨正飲酒。謂之鄉人飲酒者。論語曰。鄉人飲酒。杖者出斯出矣。是也。其稱萬壽無疆者。豳人蒙仁君之澤。皆願萬壽無竟。其所以自祝。卽所以祝其君也。康成欲成其豳頌之說。故以爲君臣大飲之禮。然通篇所詠。皆民間之事。而至末章。忽陳君臣大飲之事。於文爲不倫。蓋康成氏之學。該博精粹。三代以下。未見其比。然其箋詩。則不如毛遠甚。不獨此篇爲然。益信毛氏之學。遠源乎七十子也。

鴟鴞四章。章五句。

鴟鴞。周公救亂也。成王未知周公之志。公乃爲詩以遺王。名之曰鴟鴞焉。 箋。未知周公之志者。未知其欲攝政之意。 釋文。遺唯季反。本亦作貽。此從尚書本。正義。毛以爲。武王既崩。周公攝政。管蔡流言。以毀周公。又導武庚與淮夷。叛而作亂。將危周室。周公東征而滅之。以救周室之亂也。於是之時。成王仍惑管蔡之言。未知周公之志。疑其將簒。心益不悅。故公乃作詩言不得不誅管蔡之意。以貽成王。名之曰鴟鴞焉。鄭謂怡悅王心。定本貽作遺字。則不得爲怡悅也。陳啓源云。周公居東。卽是東征。辟卽致辟。孔氏書傳本無誤也。毛公詩傳雖無明文。然訓旣取我子二語。則云寧亡二子。不可毀我周室。蓋亦以鴟鴞詩。爲作誅管蔡之後矣。鄭氏誤以金滕居東。爲避居。故解鴟鴞詩。種種害義。朱傳從毛。盡掃鄭謬。當矣。乃後之述朱者。因其晚年與蔡仲默書。遂舍集傳。而別爲之說。何其悖也。衡謂陳說是也。但讀辟爲致辟。則失之。說又互詳于東山。

鴟鴞鴟鴞。既取我子。無毀我室。興也。鴟鴞。鸋鴂也。無能毀我室者。攻堅之故也。寧亡二子。不可以毀我周室。箋。重言鴟鴞者。將述其意之所欲言。丁寧之也。室猶巢也。鴟鴞言已取我子者。幸無毀我巢。我巢積日累功。作之甚苦。故愛惜之也。時周公竟武王之喪。欲攝政成周道。致太平之功。管叔蔡叔等流言云。公將不利于孺子。成王不知其意。而多罪其屬黨。興者。喻此諸臣。乃世臣之子孫。其父祖以勤勞。有此官位土地。今若誅殺之。無絕其官位。奪其土地。王意欲誚公。此之由然。正義。鴟鴞鸋鴂。釋鳥文。方言云。自關而東。謂桑飛曰鸋鴂。陸璣疏云。鴟鴞似黃雀而小。其喙尖如錐。取茅秀爲巢。以麻紩之。如刺襪然。縣著樹枝。或一房或二房。幽州人謂之鸋鴂。或曰巧婦。或曰女匠。關東謂之工雀。或謂之過鸁。關西謂之桑飛。或謂之襪雀。或曰巧女。陳啓源云。韓詩謂鴟鴞之愛養其子。適以病之。不託於大樹茂枝。而託於葦蒿。此與荀子所言蒙鳩事相合。蒙鳩亦名巧婦。卽小毖篇桃蟲也。故趙岐注孟子。以鴟鴞爲小鳥。陸疏釋鴟鴞。亦以爲巧婦。說皆同。惟王叔師楚詞注云。鴟鴞鸋鴂。貪鳥也。則與巧婦別鳥矣。爾雅鴟鴞鸋鴂。郭注云。鴟類。殆祖王說。而陸氏埤雅力證其是。今用之。焦循云。韓詩外傳云云。即陳所引。今節。說苑載客說孟嘗君云。臣嘗見鷦鷯巢於葦之苕。鴻毛著之。已建之安。工女不能爲。可謂完堅矣。大風至。則苕折卵破者。其所託者使然也。二說相類。而一云鷦鷯。一云鸋鴂。是鸋鴂卽鷦鷯也。物之以鴂稱者。多通名鴂。伯趙名百鴂。又名鴂。蟬名蛥蚗。又名蛁蟟。此鷦鷯一名鸋鴂。亦其類矣。衡謂。鴟及鴞皆惡物。此鳥合二字以爲名。而經又云。既取我子。似謂鴟鴞小鳥之子。故王逸以爲貪鳥。而郭取以注爾雅。後儒之惑。竟不可解矣。不知鳥獸草木之名。自古相傳。而於詩尤詳。故曰。多識鳥獸草木之名。毛云。鴟鴞鸋鴂。而楊雄劉向以下。皆以爲小鳥。蓋亦古來相傳之說。不得輒臆改之。且求之詩。二章以下。皆爲鳥自言。而予手拮据。風雨所漂搖。尤與荀韓及說苑所載合。則鴟鴞之爲小鳥。無可疑者矣。若以爲貪鳥。二章以下爲鳥自言者。果爲何鳥。不出一篇所主之鳥名。唯於首章。一舉其子貪鳥之名。而鳥自言所懼。則唯巢下之民。及風雨所漂搖。絕不復及取子之貪鳥。此又何說也。今案。鴟鴞周公自喻也。重言之者。自悼其所遭遇也。既取我子者。喻討管蔡也。無毀我室者。喻不可毀壞我王室也。言已遭世患難。寧亡二弟。不肯毀壞王室。故下以恩斯勤斯。鬻子之閔斯承之。

恩斯勤斯。鬻子之閔斯。恩愛。鬻稚。閔病也。稚子。成王也。箋。鴟鴞之意。殷勤于此。稚子當哀閔之。此取鴟鴞子者。言稚子也。以喻諸臣之先臣。亦殷勤于此。成王亦宜哀閔之。正義。釋言云。鞠稚也。郭璞曰。鞠一作毓。是鬻爲稚也。閔病釋詁文。衡謂。恩斯勤斯之斯。與閔斯之斯同。皆當爲語辭。傳訓閔爲病。蓋亦憂病之義。正義釋爲病害。恐非傳意也。言己所以寧亡二弟。而不肯毀王室者。以憂念成王之身。勤勞成王之事。憂病成王之禍也。成王信流言。仍疑周公。故以誠心告之。

迨天之未陰雨。徹彼桑土。綢繆牖戶。迨及。徹剝也。桑土。桑根也。箋。綢繆。猶纏綿也。此鴟鴞自說作巢至苦如是。以喻諸臣之先臣。亦及文武未定天下。積日累功。以固定此官位與土地。釋文。土音杜。注同。小雅同。韓詩作杜。義同。方言云。東齊謂根爲杜。字林作𣏵。桑皮也。正義。王肅云。鴟鴞及天之未陰雨。剝取彼桑根。以纏綿其戶牖。以興周室積累之艱苦也。衡謂。序言鴟鴞周公救亂也。成王未知周公之志。公乃爲詩。以遺王。則此篇所陳。皆周公之事。此亦述己先天下未亂。以堅固周室之意耳。傳意例與序同。必不以爲先王積累之艱苦也。

今女下民。或敢侮予。箋。我至苦矣。今女我巢下之民。寧有敢侮慢欲毀之者乎。意欲恚怒之。以喻諸臣之先臣。固定此官位土地。亦不欲見其絕奪。予手拮据。予所捋荼。予所蓄租。予口卒瘏。拮据。撠挶也。荼。萑苕也。租。爲。瘏病也。手病口病。故能免乎大鳥之難。箋。此言作之至苦。故能攻堅。人不得取其子。釋文。韓詩云。口足爲事曰拮据。蓄勑六反。本亦作畜。租子胡反。又作祖。如字。韓詩云。積也。撠京劇反。本又作戟。挶俱局反。說文云。持也。正義。說文云。撠持撠挶。謂以手爪挶持草也。七月傳云。蓷爲萑。此云萑苕。謂蓷之秀穗也。出其東門箋云。荼茅秀。然則茅蓷之秀。其物相類。故皆名荼也。租訓始也。物之初始。必有爲之。故云。租爲也。經言予口卒瘏。直是口病而已。而傳兼言手病者。以經予手拮据言手。予所捋荼不言手。則是用口也。予所蓄租。文承二者之下。則手口並兼之。上既言手。而口文未見。故又言予口卒瘏。言口病。則手亦病也。李黼平云。租本訓始。有進始作始之義。爾雅造作俱訓爲。故傳訓爲。曰予未有室家。謂我未有室家。箋。我作之至苦如是者。曰我未有室家之故。正義。曰者。陳其管蔡之言。予者。還周公自我也。王肅云。我爲室家之道至勤苦。而無道之人。弱我稚子。易我王室。謂我未有室家之道。衡謂傳易曰爲謂。則亦爲人評謂我也。王說得之。予羽譙譙。予尾翛翛。譙譙。殺也。翛翛。敝也。箋。手口既病。

羽尾又殺敝。言已勞苦甚。（釋文。譙字或作燋。同。在消反。翛素彫反。注同。殺色界反。又所例反。段玉裁云。唐定本。宋監本。越本。蜀本皆作修修。唐石經。宋集韻。光業石經皆作修修。蓋毛詩本用合韻。淺人改爲消。又或改爲翛翛。今本釋文亦是淺人所改。集韻所引釋文未誤。衡謂。翛脯也。中谷有蓷。熯其翛。謂無生色。疊韻多以聲爲義。然亦有用字義者。傳云。修修敝也。與脯義相近。翛修雖通。恐當以作翛爲正。）

予室翹翹。風雨所漂搖。予維音嘵嘵。翹翹危也。嘵嘵懼也。箋。巢之翹翹而危。以其所託枝條弱也。以喻今我子孫不肖。故使我家道危也。風雨喻成王也。音嘵嘵然。恐懼告愬之意。（衡謂。此章述世將亂。而已憂懼之狀。千載之下。若目覩其勢。信聖人之筆也。）

東山四章。章十二句。

東山。周公東征也。周公東征。三年而歸。勞歸士。大夫美之。故作是詩也。一章言其完也。二章言其思也。三章言其室家之望女也。四章樂男女之得及時也。君子之於人。序其情而閔其勞。所以說也。說以使民。民忘其死。其唯東山乎。箋。成王既得金縢之書。親迎周公。周公歸攝政。三監及淮夷叛。周公乃東伐之。三年而後歸耳。分別章意者。周公於是志伸。美而詳之。正義。一章言其完也。謂歸士不與敵戰。身體完全。經云。勿士行枚。言無戰陳之事。是其完也。二章言其思也。謂歸士在外。妻思之也。經說果贏等。乃使人憂思。是其思也。三章言其室家之望汝也。謂歸士未反。室家思望。經說洒埽穹窒。以待征人。是室家之望也。四章樂男女得以及時也。謂歸士將行新合昏禮。經言倉庚于飛。說其成昏之事。是得其及時也。說以使民。民忘其死。是周易兌卦彖辭文。汪中云。逸周書作雒解。武王克殷。乃立王子祿父。俾守商祀。建管叔於東。建蔡叔霍叔於殷。俾監殷臣。武王既歸。乃歲十二月崩於鎬。肂於岐周。周公立相天子。三叔及殷東徐奄。及熊盈以畧。疑當作畔。周公召公。內弭父兄。外撫諸侯。元年夏六月。葬武王於畢。二年。又作師旅。臨衛攻殷。殷大震潰。降辟三叔。王子祿父北奔。管叔經而卒。乃囚蔡叔於郭陵。凡所征熊盈族十有七國。俘維九邑。俘殷獻民。遷於九畢。俾康叔宇於殷。俾中牟父宇於東。列子楊朱篇。武王既終。成王幼弱。周公攝天子之政。召公不說。四國流言。周公居東三年。誅兄放弟。說文。辥治也。書金縢云。武王既喪。即云管蔡流言。周公居東。則是武王崩。管蔡即流言。周公即東征也。或曰。詩序三年而歸。書言居東二年。其錯何也。曰。書言其辠人斯得之年。詩言其歸之年也。尚書文簡而事覈。毛公淵源子夏。偏得詩事。逸周書經緯年月。節目尤詳。列子次第明了。最可據依。史記於周本紀。管蔡。宋微子二世家。並不誤。勝魯周公世家。許叔重稱書孔氏。乃周古文。辟之從并。訓治。孔壁遺簡。安國講授。其相承固然。衡謂汪說是也。但謂之流言。則始不知誰唱之。周公欲鎭靜人心。故與二公謀。避之東都。以察物情。思先王致王業之艱難。而恐小人破之。於是賦七月。以見己志。居二年。得辠人主名。乃從而誅之。於是賦鴟鴞。以遺成王。後成王感風雷之變。迎周公而反之。於是大夫美之。而賦東山。幷爲三年。故序云。三年而歸也。鄭解鴟鴞東山二篇。及書金滕。極多謬說。但訓辟爲避。求之當時情形。似當從焉。

我徂東山。慆慆不歸。我來自東。零雨其濛。慆慆。言久也。濛。雨貌。箋。此四句者。序歸士之情也。我往之東山。既久勞矣。歸又道遇雨濛濛然。是尤苦也。正義。此篇皆言序歸士之情。而獨云此四句者。以此四句意皆同。故特言之。

我東曰歸。我心西悲。公族有辟。公親素服。不舉樂。爲之變。如其倫之喪。箋。我在東山。常曰歸也。我心則念西而悲。正義。辟。法也。謂以法得死罪。文王世子云。公族有死罪。則磬於甸人。公素服。不舉樂。爲之變。如其倫之喪。無服。親哭之。注云。不於市朝者。隱之也。甸人掌田野之官。縣而縊殺之。曰磬。素服於凶事爲吉。於吉事爲凶。非喪服也。倫謂親疏之比也。不往弔。爲位哭之而已。是其事也。傳言此者。解周公西悲之意。以公族雖有死罪。猶是骨肉之親。非徒己心自悲。先神亦將悲之。是將欲言歸。則念西而悲之。箋以此爲勞歸士之辭。不宜言己意。故易傳。孫毓云。殺管叔。在二年。臨刑之時。素服不舉。至歸時。踰年已久。無緣西行而後始悲。箋説爲長。衡謂東山。周公勞歸士。大夫美而作之。非周公自著也。故欲序勞歸士之美。先序周公親親之美。歸士皆完全。而獨喪兄弟。能無耿耿於心乎。如毛傳。可謂能得作者意矣。亦可謂能得周公友愛之心矣。毛引文王世子者。解周公在東曰歸時之意。非謂緣西行而後始悲也。孫説非是。

制彼裳衣。勿士行枚。 士事。枚微也。箋。勿猶無也。女制彼裳衣而來。謂兵服也。亦初無行陳銜枚之事。言前定也。春秋傳曰。善用兵者不陳。 釋文。士行。毛音衡。鄭音銜。王戶剛反。正義。枚微者。其物微細也。大司馬陳大閲之禮。教戰法云。遂鼓。銜枚而進。注云。枚如箸。銜之有繣結項中。軍法止語。爲相疑惑。是枚爲細物也。段玉裁云。周南傳。枝曰條。幹曰枚。是本義。此枚微也。與魯頌枚枚礱密也。皆是假借。謂枚爲微之假借也。謂之微者。兵事神密也。一章言其完。故云。勿士行微。阮元云。鄭箋行陳銜枚之事。以釋經之行枚。釋文云。行。鄭音銜。自是陸氏之誤。衡謂微段訓神密。是也。裳衣無傳。一章言其完。則蓋以爲常服也。

蜎蜎者蠋。烝在桑野。 蜎蜎。蠋貌。蠋桑蟲也。烝寘也。箋。蠋蜎蜎然特行。久處桑野。有似勞苦者。古者聲寘塡塵同也。釋文：寘音田，又音珍，一音陳。字書云：塞也。大千反，從穴下眞。寘塡塵，依字皆是田音，又音珍，亦音塵。正義：釋蟲云：蚅，烏蠋。樊光引此詩，郭璞曰：蟲大如指，似蠶。韓子云：蠶似蠋。言在桑野，知是桑蟲。李黼平云：爾雅釋文引說文云：蠋，桑中蟲也。與毛傳合，當是許氏原本，今本說文誤蜀葵中蠶也。

敦彼獨宿，亦在車下。箋：敦敦然獨宿於車下，此誠有勞苦之心。衡謂：三章有敦瓜苦，傳：敦猶專專。疏云：敦是瓜之繫蔓之貌。則此敦亦謂兵士在軍，如瓜之繫蔓也。

我徂東山，慆慆不歸。我來自東，零雨其濛。果臝之實，亦施于宇。伊威在室，蠨蛸在戶。町畽鹿場，熠燿宵行。果臝，栝樓也。伊威，委黍也。蠨蛸，長踦也。町畽，鹿跡也。熠燿，燐也。燐，螢火也。箋：此五物者，家無人則然，令人感思。

釋文：伊威，並如字，或傍加虫者，後人增耳。室本或作堂，誤也。蠨音蕭，說文作蠨，音夙。町，他典反，或他頂反，字又作圢，音同。畽本又作疃，他短反，字又作墥。委黍，鼠婦也。本或並作蛜蝛。燐，洛刄反，字又作𤇺。正義：釋草云：果臝之實，栝樓。孫炎曰：齊人謂之天瓜。本草云：栝樓葉如瓜葉，形兩兩相拒值，蔓延青黑色，六月華，七月實，如瓜瓣是也。伊威至長踦，釋蟲文。郭璞曰：舊說伊威，鼠婦之別名。長踦，小蜘蛛長脚者，俗呼爲喜子。陸璣疏云：伊威在壁根下甕底土中生，似白魚者是也。蠨蛸，荆州河內人謂之喜母。此蟲來著人衣。當有親客至。有喜也。幽州人謂之親客。亦如蜘蛛。爲羅網居之。是也。鹿場者。場是踐地之處。故知町畽是鹿之跡。段玉裁云。熒火與列子天瑞淮南氾論說林二訓。說文。博物志所說皆合。謂鬼火熒熒者也。淺人誤以釋蟲之熒火卽炤當之。又改其字從虫。其誤蓋始於陳思王也。思王引韓詩章句。鬼火或謂之燐。然則毛韓無異。又毛多云。行道也。宵行。正謂夜間之道。由室戶而場。而行。由近及遠也。衡謂。經序五者。以不可畏也承之。則五者不近人之物。箋云家無人則然。是也。若熒火卽炤。人反愛之。原非可畏之物。其飛行又不關人有無。故傳以爲燐。然亦不謂兵死之血爲鬼火者。古人質。蓋指夜間有光者爲燐耳。今荒草朽塵間。宵中蠕動有發光者。蓋謂此也。經云宵行。不言飛。亦以此。段行訓道。兵士之思。恐不及道。非也。

不可畏也。伊可懷也。 箋。伊當作繄。繄猶是也。懷思也。室中久無人。故有此五物。是不足可畏。乃可爲憂思。 衡謂。此章序兵士在東。想像家鄉之情。言荒蕪如此。似可畏怖。然其實不可畏。特可懷戀耳。可謂曲盡征人思家之情矣。序下疏云。歸士在外。妻思之。非也。

我徂東山。慆慆不歸。我來自東。零雨其濛。鸛鳴于垤。婦歎于室。洒埽穹窒。我征聿至。 垤蟻塚也。將陰雨。則穴處先知之矣。鸛好水。長鳴而喜也。箋。鸛水鳥也。將陰雨則鳴。行者於陰雨尤苦。婦念之則歎於室也。穹窮。窒塞。洒灑。埽拚也。穹窒。鼠穴也。而我君子行役。述其日月。今且至矣。言婦望也。正義。陸璣疏云。鸛。鸛雀也。似鴻而大。長勁赤喙。白身黑尾翅。樹上作巢。大如車輪。卵如三升杯。望見人。按其子令伏。徑舍去。一名負釜。一名黑尻。一名背竈。一名皁裙。又泥其巢。一傍爲池。含水滿之。取魚置池中。稍稍以食其雛。若殺其子。則一村致旱災。陳啓源云。毛韓兩家師授各異。然毛傳之意。有得韓而始明者。如東山詩鸛鳴于垤。是也。毛云。垤。蟻塚也。將陰雨。則穴處先知之。鸛好水。長鳴而喜。此但言蟻之知雨。及鸛之好水。至鳴之必於垤。初不言其故。箋疏亦無明解。案韓詩薛君章句曰。鸛水鳥。巢居知風。穴居知雨。天將雨而蟻出壅土。鸛鳥見之。長鳴而喜。蓋鸛鳥本不知將雨。見垤而知之。故喜而鳴也。傳意始曉然矣。

有敦瓜苦。烝在栗薪。敦猶專專也。烝衆也。言我心苦。事又苦也。箋。此又言婦人思其君子之居處。專專如瓜之繫綴焉。瓜之瓣有苦者。以喻其心苦也。烝塵。栗析也。言君子又久見使析薪。於事尤苦也。古者聲栗裂同。釋文。敦徒丹反。注同。栗毛如字。鄭音列。韓詩作蓼。力菊反。衆薪也。專徒端反。下同。綴張衞反。瓣盧遍反。又迫莧反。說文云。瓜中實也。正義。敦是瓜之繫蔓之貌。故轉爲專。言瓜繫於蔓。專專然也。段玉裁云。我心苦。事又苦也。毛意取義於興。鄭箋非毛意也。焦循云。瓜之苦喻心苦。烝在栗薪。何以喻事苦。釋文引韓詩作蓼。蓼卽蓼字。周頌予又集于蓼。毛傳云。言辛苦也。蓼爲辛苦之菜。而瓜繫於其上。故喻心苦事又苦。心苦謂瓜瓣之苦。事苦謂集於蓼之苦。毛本當作烝在蓼薪。與韓詩同。鄭所見本已作栗。遂讀爲裂。以析薪爲實指所苦之事。失毛義。傳以敦爲專。專謂專於此。而不移也。箋云。專專如瓜之繫綴焉。亦非以專專爲瓜蔓。前章敦彼獨宿。箋云。敦敦然獨宿於車下。卽用此事專之說也。正義謂敦是瓜之繫蔓之貌。故轉爲專。謂瓜繫於蔓專專然。亦未明。衡謂段玉裁亦讀栗爲蓼。然不若焦說之詳悉。故今收焦。焦云。毛本亦作蓼。案毛詩多假借。傳云。事又苦。則讀栗爲蓼。無可疑者。其本未必作蓼也。正義云。軍之苦在久。不在衆。故箋易傳。以烝爲塵。訓之爲久。案傳訓烝爲衆。謂所苦之事衆。下句云。自我不見。于今三年矣。所以思之甚也。

我徂東山。慆慆不歸。我來自東。零雨其濛。箋。凡先著此四句者。皆爲序歸士之情。

倉庚于飛。熠燿其羽。箋。倉庚仲春而鳴。嫁娶之候也。熠燿其羽。羽鮮明也。歸士始行之時。新合昏禮。今還。故極序其情。以樂之。

正義。毛以秋冬爲昏。此義必異於鄭。宜以倉庚爲興。王肅云。倉庚羽翼鮮明。以喻嫁者之盛飾。是也。衡謂序言四章樂男女之得及時也。謂得及男三十女二十之時。下經云。之子于歸。又云。親結其縭。皆新昏之詞。毛云。母戒女。施衿結帨。則經序傳皆以爲歸後嫁娶矣。鄭蓋謂周公東歸。卽勞歸士。大夫從而賦之。其間不容行六禮。故爲行前合昏。不知周公攝大政。一日二日萬機。而今東征三年始歸。機務重積。非三五日所能了。卽急於勞歸士。亦必有旬月之頃。行前納徵。亦可以親迎矣。況歸後納幣。亦可言男女得及時。九十其儀。特舉其成昏者。以例其餘耳。鄭說拘甚。

之子于歸。皇駁其馬。黃白曰皇。騮白曰駁。箋。之子于歸。謂始嫁時也。皇駁其馬車服盛也。正義。黃白至曰駁。釋畜文。又按。黃白曰皇。謂馬色有黃處。有白處。則騮白曰駁。謂馬色有騮處。有白處。孫炎曰。騮赤色也。

親結其縭。九十其儀。縭。婦人之褘也。母戒女。施衿結帨。九十其儀。言多儀也。箋。女嫁。父母既戒之。庶母又申之。九十其儀。喻丁寧之多。正義。釋器云。婦人之褘。謂之縭。縭緌也。孫炎曰。褘帨巾也。郭璞曰。卽今之香纓也。褘邪交絡帶繫於體。因名爲褘。緌繫也。此女子既嫁之所著。示繫屬於人。義見禮記。詩云。親結其縭。說者以褘爲帨巾。失之。母戒女。施衿結帨。士昏禮文。彼注云。帨佩巾也。不解衿之形象。內則云。婦事舅姑。衿纓綦屨。注云。衿猶結也。婦人有衿纓。示有繫屬也。然則衿謂纓也。衿先不在身。故言施。帨則先以佩訖。故結之而已。傳引結帨。證結此縭。則如孫炎之說。亦以縭爲帨巾。其意異於郭也。數從一而至於十。則數之小成。舉九與十。言其多威儀也。

其新孔嘉。其舊如之何。言久長之道也。箋。嘉善也。其新來時甚善。至今則久矣。不知其如何也。又極序其情。樂而戲之。正義。舊訓爲久也。言久長之道理。未知善惡。所以戲之。衡謂此二句。序父母慮後之辭。新昏甚善。喜之也。未知久長如何。慮之也。喜極而慮其後。父母之情也。女嫁三月。廟見。還車馬。然後成爲婦矣。必待三月者。婦人有歸宗之義。聖人不强人情所不能也。故傳訓舊爲久長之道。鄭爲行前合昏。故以此二句爲牀第戲謔之言。雖淫詩所陳。恐亦不至此。況大夫美周公勞歸士。樂男女之得及時。而敢爲此媟慢之言乎。正義以箋述傳。非也。

破斧三章。章六句。

破斧。美周公也。周大夫以惡四國焉。箋。惡四國者。惡其流言毀周公也。正義。案金縢。流言者。管叔及其羣弟耳。今并言惡四國流言毀周公者。書傳曰。武王殺紂。繼公子祿父。及管蔡流言。奄君薄姑謂祿父曰。武王已死。成王幼。周公見疑矣。此百世之時也。請舉事。然後祿父及三監叛。管蔡流言。商奄即叛。是同毀周公。故并言之。地理志云。成王時。薄姑氏與四國作亂。則薄姑非奄君名。而云奄君薄姑者。彼注云。玄疑薄姑齊地名。非奄君名。是鄭不從也。衡謂金縢云。管叔及其羣弟流言者。書亂所由而起。史之直筆也。此云惡四國者。指作亂者而言之。與狼跋序四國流言。其意差別。豳風七篇。皆周公遭難之事。而經序未嘗一言及管蔡。其不得不言者。以四國該之。皆推周公親親之情。乃詩人忠厚之至也。又案昭二十年左傳。載晏子對景公言曰。昔爽鳩氏居此地。季萴因之。有逢伯陵因之。蒲姑氏因之。而後大公因之。蒲薄古同聲。蒲姑氏卽薄姑氏。武王克殷。封大公於齊。則成王之時。薄姑氏亡已久矣。薄姑地名。時人因其所都。稱爲薄姑氏。猶晉君居鄂。稱爲鄂侯耳。書序云。成王踐奄。遷其君於薄姑。蓋管蔡流言之時。奄君漏網。及後又叛。成王遷之於薄姑。書傳幷前後稱之。以見成王所踐之奄君。卽爲勸祿父叛之奄君。非晏子所謂蒲姑氏也。

旣破我斧。又缺我斨。 隋銎曰斧。方銎曰斨。民之用也。禮義。國家之用也。箋。四國流言。旣破毀我周公。又損傷我成王。以此二者爲大罪。

正義。如傳此言。則以破缺斧斨。喻四國破毀禮義。故孫毓云。猶甘誓說言毀壞其三正耳。然則經言我斧我斨。乃是家之斧斨。爲他所破。此四國自破禮義。與他破斧斨不類。而云我者。此禮義天子所制。此四國破天子禮義。故云我。孫毓云。王者立制。其諸侯受制於天子。故言我。傳意或然也。衡謂敬以直內。義以方外。禮以敬爲主。狹而長曰隋。與直相近。故以斧喻禮。以斨喻義。君臣之際。禮義而已。今四國叛亂。其破缺禮義。孰大於此。故云我耳。足利學古本曰斧下有方銎曰斨四字。與七月正義所引合。今從之。挍勘記以七月正義爲誤。謂古本采彼正義而致誤。不知我古本傳自隋初。歷世寶守。不敢移易一字。不類朱明以後。任意增損經傳。豈能采孔穎達正義。而補之哉。足利學又有宋板注疏。其書。易。戴記板心。有剞劂氏李忠王定名氏。此二人亦見淳熙板荀子。及東坡集。則此三經爲淳熙中所刻。而周易第十三卷。有陸子遹手書跋云。端平二年。正月十日。鏡陽嗣隱陸子遹。遵先書手標。以手點傳之。時大雪始晴。謹記。子遹。陸務觀第六子。先書手標。謂務觀。此最可寶重。其餘雖係附釋文本。據板式書樣。亦皆純然宋板。而挍勘記以爲朱明嘉靖間所翻刻。肆其醜詆。阮元著挍勘記。撰生員有才學者。各付一經。毛詩乃嘉應李恒春所挍。就其所言而視之。其人敖很自用。不能潛心求至當。性又偏僻。有意於抑我所傳諸善本。以故謬誤最多。阮元晚年。欲廢挍勘記。良有以也。

周公東征。四國是皇。四國。管蔡商奄也。皇匡也。箋。周公既反攝政。東伐此四國。誅其君罪。正其民人而已。惠棟云。董氏曰。齊詩作匡。賈公彥以爲據。則是皇讀爲匡。段玉裁云。皇匡也。謂假借。李黼平云。傳云。皇匡也。則爲正四國君罪。而哀其民人。箋以正其民人。卽是哀其民人。傳箋當有別。衡謂。是時天下既正。其作亂。唯管蔡商奄而已。故傳以四國爲管蔡商奄。後儒或以爲四方之國。豈謂當時天下大亂邪。不思之甚也。孟子曰。誦其詩。讀其書。不知其人而可乎。是以君子尚論其世。豈不然乎。或又以是吪是遒例。是皇爲四國自正。然匡謂正之。不謂自正。周公正之。然後四國自吪自遒。事之序也。古人立文。不必如是拘拘也。箋以是皇爲誅其君罪。而正其民人。是以皇字屬民。非傳意也。其言既反攝政。然後東征。亦非。詳見東山序下。

哀我人斯。亦孔之將。將大也。箋。此言周公之哀我民人。其德亦甚大也。衡謂。既正四國君罪。則民人皆免禍亂。是哀憫之甚大也。

既破我斧。又

鈌我錡。鑿屬曰錡。釋文。韓詩云。木屬。正義。此與下傳木屬曰銶。皆未見其文。亦不審其狀也。周公東征。四國是吪。吪化也。段玉裁云。此謂假借。哀我人斯。亦孔之嘉。嘉善也。既破我斧。又鈌我銶。木屬曰銶。釋文。銶音求。徐又音虯。韓詩云。鑿屬也。一解云。今之獨頭斧。段玉裁云。說文云。梂鑿首也。衡謂。管子輕重乙曰。一事必有一斤。一鋸。一釭。一鑿。一銶。一軻。然後成爲車。釭車轂中鐵。軻車接軸。蓋亦用鐵。其餘皆任器也。上傳云。鑿屬曰錡。狀其形也。此傳云。木屬曰銶。蓋指其柄。此承上傳。故云木屬。不然。木屬大汎。非訓解之詞。然則錡銶一物。其鐵名錡。其柄名銶。故說文从木。訓鑿首。鑿首謂柄出錡上者。管子論鐵利而言一銶者。猶稱鉏爲耒。以柄統鐵也。蓋錡亦方銎。故以喻義也。周公東征。四國是遒。遒固也。箋。遒斂也。正義。遒訓爲聚。亦堅固之義。故爲固也。亦使四國之民心堅固也。哀我人斯。亦孔之休。休美也。

伐柯二章。章四句。

伐柯。美周公也。周大夫刺朝廷之不知也。箋。成王既得雷雨大風之變。欲迎周公。而朝廷羣臣。猶惑管蔡之言。不知周公之聖德。

疑王迎之禮。是以刺之。正義。王肅云。朝廷斥成王。孫毓云。疑周公者成王也。明周公者羣臣也。書曰。史與百執事對曰。信。噫。公命我勿敢言。二公下至百執事。皆明周公如此。復誰刺乎。且夫朝廷。人君所專。未有稱羣臣爲朝廷者。漢魏稱人主。或云國家。或言朝廷。古今同也。曷以不言刺成王。刺成王。當在雅。此詩主美周公。故在豳風。是以略言刺朝廷。傳意或然。衡謂此序及九罭序。皆言刺朝廷之不知。今詳考詩詞傳文。周公既平四國。周室君臣。不知其有聖德而速迎之。故先言美周公。然後言刺不知。是時成王幼冲。罪有所分。故言朝廷也。以時言之。以下三篇。當在東山之前。然東山事大而事美周公。以下三篇兼有刺意。故退在下也。

伐柯如何。匪斧不克。柯斧柄也。禮義者。亦治國之柄。箋。克能也。伐柯之道。唯斧乃能之。此以類求其類也。以喻成王欲迎周公。當使賢者先往。正義。毛以爲。柯者爲家之器用。禮者治國之所用。言欲伐柯以爲家用。當如何乎。非斧則不能。以興欲取禮以治國者。當如之何乎。非周公則不能。言斧能伐柯。得柯以爲家用。喻周公能行禮。得禮以治國。能執治國之禮者。其唯周公耳。

取妻如何。匪媒不得。媒所以用禮也。治國不能用禮。則不安。箋。媒者。能通二姓之言。定人室家之道。以喻王欲迎周公。當先使曉王與周公之意者。又先往。正義。又言。取妻如之何。非媒則不得。以與治國如之何。非禮則不安。以媒氏能用禮。故使媒則得妻。以喻周公能用禮。故任周公則國治。刺王不知周公而不任之也。衡謂傳斧柄喻禮義。則匪斧不克。喻非用禮義。國不可得而治焉。媒以喻用禮。則匪媒不得。喻非周公則無能用禮。言周公能用禮。王何不速迎之以爲政也。

伐柯伐柯。其則不遠。以其所願乎上。交乎下。以其所願乎下。事乎上。不遠求也。箋。則法也。伐柯者必用柯。其大小長短。近取法於柯。所謂不遠求也。王欲迎周公使還。其道亦不遠。人心足以知之。正義。毛以爲。伐柯之法。其則不遠。喻治國之法。其道亦不遠。何者。執柯以伐柯。比而視之。舊柯短則如其短。舊柯長則如其長。其法不在遠也。以喻交接之法。願於上。交於下。願於下。事於上。其道亦不遠也。言有禮。君子恕以治國。近取諸己。不須遠求。能如是者。唯周公耳。衡謂。禮行於與人相接之間。而其意在恕。故以所執柯喻上。以所伐柯喻下。言以禮教道民。上下相接如此。治國易易耳。

我覯之子。籩豆有踐。踐行列貌。箋。覯見也。之子。是子也。斥周公也。王欲迎周公。當以饗燕之饌行。至則歡樂以說之。正義。禮事弘多。不可偏舉。言其籩豆有列。

見禮法大行也。衡謂詩人言我見周公禮法周備，乃至籩豆踐爲行列，使之爲政，天下必大治。刺朝廷不速迎之也。

九罭四章，一章四句，三章章三句。

九罭，美周公也。周大夫刺朝廷之不知也。

九罭之魚，鱒魴。興也。九罭，緵罟，小魚之網也。鱒魴，大魚也。箋，設九罭之罟，乃後得鱒魴之魚，言取物各有器也。興者，喻王欲迎周公之來，當有其禮。釋文，緵，子弄反，又子公反，字又作總。罟音古，今江南呼緵罟爲百囊網也。正義，毛以爲九罭之中，魚乃是鱒也魴也，鱒魴大魚，處九罭之小網，非其宜，以興周公是聖人，處東方之小邑，亦非其宜，王何以不早迎之乎。釋器云，緵罟謂之九罭，九罭，魚網也。孫炎曰，九罭，謂魚之所入有九囊也。段玉裁云，釋文，罭本又作或，今本或作罭，非也。或，古域字。九域，言域之多，域謂罔目也。傳云，緵罟，即數罟。魚麗傳，集注作緵罟，定本作數罟，是也。故曰小魚之網。衡謂緵總同，召南羔羊素絲五總，傳，總，數也。段云，緵罟即數罟，是也。羔羊又云，素絲五緎，傳，緎，縫也。凡字以或爲聲者，皆有界限之義，故从絲爲縫，从木爲門限，从土爲區域，从口爲邦國，則从罔爲網目，是字義之可推者也。蓋網長一尺九目，則一目之長，一寸一分一厘，周尺短，一寸當我曲尺七分三厘弱，故傳云，小魚之網也，不必從釋文又作本，改罭爲或，轉爲域也。

我覯之子。衮衣繡裳。所以見周公也。衮衣。卷龍也。箋。王迎周公。當以上公之服。往見之。釋文。衮古本反。六冕之第一章也。畫爲九章。天子畫升龍於衣。上公但畫降龍。字或作卷。音同。卷卷冕反。衡謂。所以見周公。承上傳而言。言小邑有聖人。猶數罟有大魚。東都之人。所以得見周公也。今見周公。衮衣繡裳。此是上公之服。不宜久留小邑。王何不速迎之也。

鴻飛遵渚。鴻不宜循渚也。箋。鴻大鳥也。不宜與鳧鷖之屬。飛而循渚。以喻周公今與凡人處東都之邑。失其所也。段玉裁云。說文曰。鴻者鴻鵠也。鴻鵠卽黃鵠也。黃鵠一舉。知山川之紆曲。再舉知天地之圓方。最爲大鳥。故箋云大鳥。傳云不宜循渚陸。非鴻宜止。非謂大鴈也。小雅傳云。大曰鴻。小曰鴈。此因下言鴈。決上言大鴈。乃鴻字假借之用。而今人遂失鴻本義。衡謂。段說是也。若是鴻鴈之鴻。循渚是其常。傳不應言不宜。

公歸無所。於女信處。周公未得禮也。再宿曰信。箋。信誠也。時東都之人。欲周公留不去。故曉之云。公西歸而無所居。則可就女誠處。是東都也。今公當歸復其位。不得留也。正義。言周公未得王迎之禮也。再宿曰信。莊三年左傳文。公未有所歸之時。故於女信處。處女下國。周公居東歷年。而曰信者。言聖人不宜失其所也。再宿於外。猶以爲久。故以近辭言之。衡謂。傳以禮字解所字。蓋讀所字。如民各得其所之所。王禮之。卽周公之所。今王不禮之。是無所也。言公宜歸。而未得其所。然王將迎之。今且於女信處。諷王使速迎之之辭也。女指東都人。

鴻飛遵陸。陸非鴻所宜止。**公歸不復。於女信宿。**宿猶處也。正義。毛以此章東征。則周公東征久矣。不得以不復位爲言也。當訓復爲反。王肅云。未得所以反之道。傳意或然。衡謂。傳不解復字。意與上章同。王說得之。

是以有袞衣兮。無以我公歸兮。無與公歸之道也。箋。是是東都也。東都之人。欲周公留之爲君。故云是以有袞衣。謂成王所齎來袞衣。願其封周公于此。以此袞衣命留之。無以公西歸。衡謂。是以。承上公歸無所。公歸不復二句。言公未得西歸鎬京。是以東都有袞衣兮也。

無使我心悲兮。箋。周公西歸。而東都之人心。悲恩德之愛至深也。正義。傳以爲刺王不知。則心悲謂羣臣悲。故王肅云。公久不歸。則我心悲。是大夫作者言己悲也。經直言心悲。本或心下有西。衍字。與東山相涉而誤耳。定本無西字。衡謂。箋解此篇。觸處皆謬。至此章。謂東都人欲留周公君其地。顯與序傳戾。乃大謬也。而朱傳襲之。抑又何也。

狼跋二章。章四句。

狼跋。美周公也。周公攝政。遠則四國流言。近則王不知。周大夫美其不失其聖也。　箋。不失其聖者。聞流言不惑。王不知不怨。終立其志。成周之王功。致大平。復成王之位。又爲之大師。終始無愆。聖德著焉。　衡謂。序言。周公攝政。遠則四國流言。近則王不知。則武王已崩。周公卽攝政。與金縢武王既喪。管叔及其羣弟乃流言于國。合。金縢不言攝政者。若周公不攝政。管叔及其羣弟。無由流公將不利于孺子之言。故詳于流言。而略于攝政。以其可推知也。序遠近。傳進退。皆指經二章上二句。鄭以公爲周公。解孫爲遜遁。遂以不失其聖。爲及復辟後留爲大師之事。果然。大史何以編之豳風也。不思甚矣。

狼跋其胡。載疐其尾。　興也。跋躐。疐跲也。老狼有胡。進則躐其胡。退則跲其尾。進退有難。然而不失其猛。箋。興者。喻周公進則躐其胡。猶始欲攝政。四國流言。辟之而居東都也。退則跲其尾。謂後復成王之位。

而欲老。成王又留之。其如是聖德無玷缺。釋文。疐本又作疐。丁四反。又陟值反。正義。老狼有胡。謂領垂胡。進則躐其胡。謂躐胡而前倒也。衡謂傳進退卽序遠近。猶言前後。箋以跲其尾。爲復辟後成王留之之事。乃是寵任之。非所謂難也。公孫碩膚。赤舃几几。公孫。成王也。豳公之孫也。碩大。膚美也。赤舃。人君之盛屨也。几几。絇貌。箋。公周公也。孫讀當如公孫于齊之孫。孫之言孫遁也。周公攝政七年。致太平。復成王之位。孫遁辟此成功之大美。欲老。成王又留之以爲太師。履赤舃几几然。正義。傳以雅稱曾孫。皆是成王。以其是豳公之孫。碩大。釋詁文。膚美。小雅廣訓文。天官屨人。掌王之服屨。爲赤舃黑舃。注云。王吉服有九。舃有三等。赤舃爲上。冕服之舃。下有白舃黑舃。然則赤舃是舃之最上。故云人君之盛屨也。屨人注云。服屨者。著服各有屨也。複下曰舃。單下曰屨。古之人言屨。以通於複。今世言舃。以通於單。俗易語反。然則屨舃對文有異。散則相通。故傳以屨言之。士冠禮云。玄端黑屨。青絇繶純。爵弁纁屨。黑絇繶純。純博寸。注云。絇之言拘。以爲行戒。狀如刀衣鼻。在屨頭。繶縫中紃也。屨順裳色。爵弁之屨。以黑爲飾。爵弁尊。其屨飾以繢次。云几几絇貌。謂舃頭飾之貌。以爵弁祭服之尊。飾之如繢次。屨色纁。而絇用黑。則冕服之舃。必如繢次。舃色赤。則絇赤黑也。王肅云。言周公所以進退有難者。以俟王之長大有大美之德。能服盛服以行禮也。李黼平云。詩書稱成王。或曰沖人。或曰沖子。或曰孺子王。或曰鬻子。或曰曾孫。此經獨稱公孫者。七月篇。陳后稷先公。致王業之艱難。題爲豳國之風。鴟鴞以下。皆周公事耳。身未致王。何以得附豳風。正以周公東征。無非欲輔導成王之大美。以上繼先公之業。則此六篇者。雖爲周公而作。其義實繫成王。故得附于豳風也。周大夫見鴟鴞之詩。明著鬻子。周公之心。已如青天白日。故于此詩復表公孫。使六詩相爲首尾。其意遠矣。傳已釋公孫爲成王。而復言豳公之孫。亦以明此六詩附豳風之義。可謂深得經旨矣。焦循云。說文手部。掔固也。讀若詩赤舄掔掔。己部巹。讀若詩云赤舄己己。几有踞義。舄上之約。取義於拘。在屨頭。所以爲行戒。其象拘直。故曰几几。拘直卽有固義。几几掔掔同也。張仲景傷寒論云。大陽病項背强几几。項背强。則拘直不能左右動搖。正與屨上約相似。仲景用几几二字。正同於詩。衡謂序言周大夫美其不失其聖。則此詩之作。在周公西歸輔成王之後。周之王業。公劉始之。周公終之。而周公之終之。在輔成王而成其大美。首二句序周公往日之難。下二句美成王今日之德。在艱難之中。終能玉其君於成。以終文武之業。其美成王。卽所以美周公也。故序言美周公。其稱成王爲公孫者。詩人原王業之所基。故近舍文武而遠項於后稷先公也。豳風七篇。始於七月。而終狼跋。詳其所詠。進不可以入二南。而周公不踐祚。亦不得升之二雅。以其能拯大難。終豳公之業。專繫之豳。名爲豳風。亦所以達周公之志也。李黼平謂。周公東征。輔成王以繼先公之業。雖爲周公而作。其義實繫成王。故其詩得附于豳風。是以豳風爲雅屬。舛矣。

狼疐其尾。載跋其胡。公孫碩膚。德音不瑕。瑕過也。箋。不瑕。言不可疵瑕也。

毛詩輯疏卷七終

毛詩輯疏卷七　　　　崇文院

毛詩輯疏

卷八

毛詩輯疏卷八上

日南安井衡著

鹿鳴之什詁訓傳第十六。

正義。周禮小司徒職云。五人爲伍。五人謂之伍。則十人謂之什也。故左傳曰。以什共車必克。然則什伍者。部別聚居之名。風及商魯頌。以當國爲別。詩少可以同卷。而雅頌篇數既多。不可混併。故分其積篇。每十爲卷。卽以卷首之篇爲什長。卷中之篇皆統焉。言鹿鳴至魚麗。凡十篇。其總名之是鹿鳴之什者宛辭。言四牡之篇等。皆鹿鳴之什中也。

小雅

鹿鳴之什。十篇。五十五章。三百一十五句。

鹿鳴三章。章八句。

鹿鳴。燕羣臣嘉賓也。既飲食之。又實幣帛筐篚。以將其厚意。然後忠臣嘉賓。得盡其心矣。箋。飲之而有幣。酬幣也。食之而有幣侑幣也。

呦呦鹿鳴。食野之苹。興也。苹蓱也。鹿得蓱。呦呦然鳴而相呼。懇誠發乎中。以興嘉樂賓客。當有懇誠相招呼。以成禮也。箋。苹。藾蕭也。正義。苹藾蕭。釋草文。易傳者。爾雅云。苹蓱。其大者爲蘋。是水中之草。召南采蘋云。于以采蘋。南澗之濱者也。非鹿所食。故不從之。陳啓源云。傳苹蓱也。鄭以水草非鹿所食。故訓爲藾蕭。宋羅願謂。鹿豕亦就水旁求食。食蓱容有之。不必易傳。近儒趙宦光亦言。嘗畜麋鹿。性嗜水草。然經明言野苹。箋義長矣。李黼平云。說文苹。蓱也。無根浮水而生者。从艸平聲。蓱云。苹也。从艸洴聲。苹蓱互訓。一依毛傳。苹既爲水草。非鹿所食。而詩言野苹。則爲陸草。鹿得食之。毛許大儒。曾不以爲異者。凡蓱非是江湖始有。雖潢汙行潦亦有之。故詩言野苹。既野水有苹。水落苹枯。褋於衆艸。鹿亦自應食之。吉日漆沮之從。傳云。漆沮之水。麀鹿所生。鹿固逐水艸者矣。衡謂野有水。水中生苹。亦可稱野苹。不必待其生陸。而後言野也。苹水中浮草。然不皆在水中央。從風東西南北。其著岸者。可口牽而食之。況狹池淺沼。鹿能涉之。何待水落草枯而始食之哉。李說亦未盡焉。

我有嘉賓。鼓瑟吹笙。吹笙鼓簧。承筐是將。簧。笙也。吹笙而鼓簧矣。筐。篚屬。所以行幣帛也。箋。承猶奉也。書曰。篚厥玄黃。李黼平云。簧者。管器中金薄鍱也。傳以經言簧。恐人誤爲別器。故以笙實之。曰吹笙而鼓簧。明其爲笙之簧。非竽笙之簧也。

人之好我。示我周行。周。至。行。道也。箋。示當作寘。寘。置也。周行。周之列位也。好。猶善也。人有以德善我者。我則置之於周之列位。言己維賢是用。

正義。王肅述毛云。謂羣臣嘉賓也。夫飲食以饗之。瑟笙以樂之。幣帛以將之。則能好愛我。好愛我。則示我以至美之道。衡謂王以人爲羣臣嘉賓。是也。言羣臣賓客若好愛我。願示我以至美之道也。古者於旅也語。此亦謂乞言合語之類耳。

呦呦鹿鳴。食野之蒿。蒿。菣也。釋文。菣去刃反。字林作⿱艹堅。同。本或作牡菣。衍字耳。正義。蒿菣釋草文。孫炎曰。荊楚之間。謂蒿爲菣。郭曰。今人呼爲青蒿。香中炙啖者爲菣。陸璣云。蒿。青蒿也。今荊豫之間。汝南汝陰。皆云菣也。本或云牡菣者。牡衍字。牡菣乃是蔚。非蒿也。與蓼莪傳相涉而誤耳。陳啓源云。蒿之類甚多。惟青蒿得專蒿名。爾雅云。蒿菣。詩亦云。食野之蒿。皆直云蒿耳。不若莪蘩蔞蔚之屬。必以他名相分也。本草綱目云。諸蒿皆白。此蒿獨青。殆以此異與。又云。二月生苗。莖葉俱深青。七八月有黃華。甚細。結實如粟米。本經名草蒿。又名方潰。列於下品。

我有嘉賓。德音孔昭。視民不恌。君子是則是傚。恌。愉也。是則是傚。言可法傚也。箋。德音。先王道德之教也。孔。甚。昭。明也。視。古示字也。飲酒之禮。於旅也語。嘉賓之語。先王德教。甚明。可以示天下之民。使之不愉於禮義。是乃君子所法傚。言其賢也。釋文。恌他彫反。愉他侯反。又音踰。正義。鄉射記曰。古者於旅也語。言嘉賓於旅之節。語先王之德教。甚明。可以示天下之民。使不愉薄禮義。愉音臾。說文訓爲薄也。定本作愉。段玉裁云。恌說文作佻。衛謂。釋文愉他侯反。正義定本作愉。皆當作偷。偷愉音殊。而皆訓薄。故兩存之。我有旨酒。嘉賓式燕式敖。敖。遊也。呦呦鹿鳴。食野之芩。芩。草也。釋文。說文云。蒿也。正義。陸璣云。莖如釵股。葉如竹。蔓生澤中下地鹹處。爲草貞實。牛馬亦喜食之。我有嘉賓。鼓瑟鼓琴。鼓瑟鼓琴。和樂且湛。湛。樂之久。我有旨酒。以燕樂嘉賓之心。燕。安也。夫不能致其樂。則不能得其志。不能得其志。則嘉賓不能竭其力。

四牡五章。章五句。

四牡。勞使臣之來也。有功而見知。則說矣。箋。文王爲西伯之時。三分天下有其二。以服事殷。使臣以王事。往來於其職。於其來也。陳其功苦。以歌樂之。正義。作四牡詩者。謂文王爲西伯之時。令其臣以王事出使於其所職之國。事畢來歸。而王勞來之。衡謂。箋云往來於其職。謂使臣以其職。往來於諸國。孔云。出使於其所職之國。是訓職爲主。屬之文王。非箋意也。

四牡騑騑。周道倭遲。騑騑。行不止之貌。周道。岐周之道也。倭遲。歷遠之貌。文王率諸侯。撫叛國。而朝聘乎紂。故周公作樂。以歌文王之道。爲後世法。釋文。倭本又作委。於危反。遲。韓詩作夷。正義。少儀曰。車馬之容。騑騑翼翼。騑行不止。不廢其容。騑騑也。衡謂。使臣自遠國來歸。故經云周道逶遲。而傳釋之云。歷遠之貌也。

豈不懷歸。王事靡盬。我心傷悲。盬不堅固也。思歸者。私恩也。靡盬者。公義也。傷悲者。情思也。無私恩。非孝子也。無公義。非忠臣也。君子不以私害公。不以家事辭王事。正義。左傳曰。文王率殷之叛國以事紂。是率諸侯使朝聘之事也。文王率諸侯使朝聘耳。非謂令此使臣自聘紂。或以經云王事。謂此使臣聘紂而反。知不然者。以此經序無聘紂之事。傳言率諸侯朝聘於紂。不言自遣人聘也。

若其自遣人聘。安得連朝言之。豈勞使臣之聘。而言身自朝也。崔集注及定本。皆無箋云兩字。衡謂。盬字義詳見于鴇羽疏。正義本傳思也下。有箋云二字。段玉裁訂本。從集注本定本刪之。今詳文意。是傳語。非箋申傳也。今亦從之。

四牡騑騑。嘽嘽駱馬。嘽嘽。喘息之貌。馬勞則喘息。白馬黑鬣曰駱。陳啓源云。傳訓騑騑爲行不止貌。嘽嘽爲喘息貌。駸駸爲驟貌。皆取疾苦之義。故又云。馬勞則喘息。蓋以馬之勞。見使臣之勞也。采芑嘽嘽。毛云衆也。常武嘽嘽。毛訓盛貌。此爲勞使。彼皆出軍。義各有當。訓解亦殊。始知古人釋經。用意精密也。說文云。嘽嘽息也。則喘息卽本訓矣。

豈不懷歸。王事靡盬。不遑啓處。遑暇。啓跪。處居也。臣受命。舍幣于禰。乃行。正義。案聘禮云。命使者。使者辭。君不許。乃退。厥明賓朝服。釋幣於禰。注云。告爲君使也。又曰。釋幣于行。遂受命。乃行。注引曲禮曰。凡爲君使。已受命。君言不宿於家。是臣出使。舍幣乃行之事也。如聘禮。既釋幣於禰。乃行。又云。遂受命。在釋幣之後。此云臣受命。舍幣於禰。似受命在釋幣前者。此云受命。謂聘禮命使者。使者辭。君不許。受。此被遣將使之命。其事在釋幣前也。聘禮又云。遂受命者。謂受君言語。聘彼之意。與此臣受命者別也。引此者。證不遑啓處。言臣受命卽行。是不遑啓處也。

翩翩者鵻。載飛載下。集于苞栩。鵻。夫不也。箋。夫不。鳥之慤謹者。人皆愛之。可以不勞。猶則飛則下。止於栩木。喻人雖無事。其可獲安乎。感厲之。釋文。鵻音隹。本又作隹。夫方于反。字又作鳺。同。不方浮反。又如字。字又作䳕。同。陳啓源云。爾雅云。隹其鳺䳕。郭注。今鵓鳩。蓋夫鳺鵓。不䳕鳩。各音韻同。而字形異也。呂記引郭注云。今鵓鳩。集傳亦云。今鵓鳩。嚴華谷論鵻有十四名。而鵓鳩勃鳩兩名並列。大抵鵓鵓字形相似。始也誤鵓爲鵓。繼則鵓鵓分爲兩稱。謬以仍謬。是可哂矣。案爾雅注疏。廣雅。方言。陸氏草木疏諸書。皆無鵓鳩之名。鵓字不見說文。而玉篇有之。云步忽反。鵓鷫鳥。鷫音速。不言是鳩名也。惟埤雅辨鵓鳩非鳴鳩。亦不言與祝鳩一鳥。則鵓鳩之名。殆始於宋。山井鼎云。爾雅疏作鵻夫。無其字。是。王事靡盬。不遑將父。將。養也。翩翩者鵻。載飛載止。集于苞杞。杞。枸檵也。王事靡盬。不遑將母。駕彼四駱。載驟駸駸。駸駸。驟貌。釋文。駸楚金反。字林云。馬行疾也。七林反。豈不懷歸。是用作歌。將母來諗。諗。念也。父兼尊親之道。母至親而尊不至。箋。諗。告也。君勞使臣。述序其情。女曰。我豈不思歸乎。誠思歸也。故作此詩之歌。以養父母之志。來告於君也。人之思恒思親者。再言將母。亦其情也。正義。諗念釋言文。左傳。辛伯諗周桓公。是以言告周桓公。故知諗爲告也。毛以爲。汝使臣在塗之時。其情皆曰。我豈不思歸乎。我由汝誠有思歸。是以作此詩之歌。以勞汝。知汝以養母之志而來念。猶言念來養母。故王述曰。是用作歌。以勞汝乃來念養母也。段玉裁云。傳念下當有言字。衡謂。來如勞來之之來。猶撫也。言是用作歌。撫念女欲養母之意也。

皇皇者華五章。章四句。

皇皇者華。君遣使臣也。送之以禮樂。言遠而有光華也。箋。言臣出使。能揚君之美。延其譽於四方。則爲不辱命也。釋文。不辱命。一本作不辱君命。

皇皇者華。于彼原隰。皇皇猶煌煌也。高平曰原。下溼曰隰。忠臣奉使。能光君命。無遠無近。如華不以高下易其色。箋。無遠無近。維所之則然。

駪駪征夫。每懷靡及。駪駪。衆多之貌。征夫。行人也。每雖懷和也。箋。春秋外傳曰。懷和爲每懷也。和當爲私。衆行夫既受君命。當速行。每人懷其私相稽留。則於事將無所及。正義。每雖懷和。本皆如此。此既以每爲雖。懷爲和。卒章傳云。雖有中和。當自謂無所及。王肅以爲。下傳所言。覆說此也。故述毛云。使臣之行。必有上介衆介。雖多內懷中和之道。猶自以無所及。是以驅馳而咨諏之。鄭亦述毛也。但其意與王肅異耳。案魯語。穆叔曰。皇皇者華。君教使臣曰。每懷靡及。臣聞之曰。懷和爲每懷。是外傳以爲懷和。故鄭引其文。因正其誤云。和當爲私。爲和誤也。鄭必當爲私者。晉語。姜氏勸重耳之語曰。駪駪征夫。每懷靡及。夙夜征行。不遑啓處。猶懼不及。況其縱欲懷安。將何及乎。西方之書有之云。懷與安。實病大事。鄭詩曰。仲可懷也。鄭詩之旨。我從之矣。觀此晉語之文。及鄭詩之意。皆以懷爲私懷之義。明魯語所云。亦當爲懷私。不得爲和也。鄭所以引外傳而破之者。以毛傳云懷和。是用外傳爲義。故引而破之。言毛氏亦爲私也。如鄭此意。傳本無每雖二字。若每爲雖。縱使變和爲私。亦不得與毛同也。此既改傳和當爲私。下復解傳中和爲忠信。爲之終始立說。明其不異毛也。蓋鄭所據者。本無每雖。後人以下傳有雖有中和之言。下篇每有良朋之下。有每雖之訓。因而加之也。定本亦有每雖。陳啓源云。案魯語。穆子曰。懷和爲每懷。韋昭注引鄭後司農云。和當作私。則是魯語原文。本作和。其作私者。亦卽鄭說耳。惟晉語姜氏引此詩戒重耳。順身縱欲。又引西方書。及鄭詩之言。懷皆爲私義。要是斷章立說。未必此詩本訓也。懷私恐非毛旨。又末章毛傳云。雖有中和。當自謂無所及。此正首章每雖懷和之解。王肅卽用以述毛。於義允當。孫毓詩評亦謂。毛傳上下自相申成。得之矣。衡謂。詩本義蓋謂懷和爲懷。毛傳簡奧。故直云懷和也。穆叔義解。故云懷和爲每懷。不復解每字。以義既足也。毛公字詁。故云每雖懷和也。其義始不異也。箋及正義中。懷和爲每懷。及疏以爲懷和三和字。今本皆作私。推文義。皆當作和。今訂正。

我馬維駒。六轡如濡。箋。如濡。

毛詩輯疏卷八上

言鮮澤也。釋文。駒音具恭反。本作驕。衡謂作驕是也。說詳于株林。鮮澤。鮮明有光澤也。載馳載驅。周爰咨諏。忠信爲周。訪問於善爲咨。咨事爲諏。箋。爰於也。大夫出使。馳驅而行。見忠信之賢人。則於是訪問求善道也。釋文。咨本亦作諮。正義。三章傳云。咨事之難易爲謀。四章傳曰。咨禮義所宜爲度。卒章傳曰。親戚之謀爲詢。此皆出於外傳也。左傳曰。訪問於善爲咨。咨親爲詢。咨禮爲度。咨事爲諏。咨難爲謀。毛據彼傳。因以義增而明之。其忠信爲周一句。魯語文也。魯語無訪問於善一句。又云。咨才爲諏。咨事爲謀。與左傳異。韋昭以爲字誤。故從左傳。曰。才當爲事。又曰。事當爲難。是也。餘與左傳同。我馬維騏。六轡如絲。言調忍也。釋文。忍音刄。載馳載驅。周爰咨謀。咨事之難易爲謀。我馬維駱。六轡沃若。載馳載驅。周爰咨度。咨禮義所宜爲度。我馬維駰。六轡既均。陰白雜毛曰駰。均調也。載馳載驅。周爰咨詢。親戚之謀爲詢。兼此五者。雖有中和。當自謂無所及。成於六德也。箋。中和謂忠信也。五者。咨也。諏也。謀也。度也。詢也。雖得此於忠信之賢人。猶當云已將無所及於事。則成六德。言愼其事。正義。左傳云。臣獲五善。是也。魯語曰。重之以六德。是傳之所據。王肅以毛傳云。雖有中和者。卽上每雖懷和是也。孫毓亦以爲然。故其評曰。案此篇毛傳。上下說自相申成。下章傳曰。雖有中和。當自謂無所及。卽是上章謂每懷靡及。每雖懷和之義也。陳啓源云。春秋內外傳說皇華詩。有五善六德之說。咨諏謀度詢爲五善。內傳本文自明。注亦無異義。至外傳之六德。韋昭注於五善之外。取周以備數。與毛公詩傳不合。孔氏申之言。周者彼賢之質。不應數爲使臣之德。故傳云。自謂無所及於事。則成六德。無所及。是謙虛謹愼之義。當以之爲一也。源謂。毛義誠勝。但孔疏之言猶未盡也。外傳之六德。本文亦自明矣。云懷和爲每懷。咨才爲諏。咨事爲謀。咨義爲度。咨親爲詢。忠信爲周。言咨於忠信之人。卽內傳訪問於善爲咨耳。周咨一義。韋分爲兩德。是其誤也。懷和爲每懷。在五善之外。雖有中和。自謂無及。傳以備六德之一。與外傳正相符。義不可易矣。且穆叔以懷和爲一德。而康成破和爲私。懷私可謂德乎。又謂傳中和是釋周義。而指爲六德之一誤。又與韋等。孔疏雖曲爲囘護。不能掩其私也。王引之云。謹案。小雅皇皇者華篇。左傳謂有五善。國語謂有六德。而其說小異。襄四年左傳曰。皇皇者華。君敎使臣曰。必咨於周。臣聞之。訪問於善爲咨。咨親爲詢。咨禮爲度。咨事爲諏。咨難爲謀。臣獲五善。敢不重拜。所謂五善者。咨也。詢也。度也。諏也。謀也。魯語曰。皇皇者華。君敎使臣曰。每懷靡及。諏謀度詢。必咨於周。敢不拜敎。臣聞之曰。懷和爲每懷。咨才爲諏。咨事爲謀。咨義爲度。咨親爲詢。忠信爲周。君況使臣以大禮。重之以六德。敢不重拜。所謂六德者。每懷也。諏也。謀也。度也。詢也。周也。左傳之五善。則無每懷與周。而有咨。國語之六德。則有每懷與周而無咨。此其不同者也。毛傳誤以五善六德合而爲一。故其說曰。每雖懷和也。忠信爲周。訪問於善爲咨。咨事爲諏。咨事之難易爲謀。咨禮義所宜爲度。親戚之謀爲詢。兼此五者。雖有中和。當自謂無所及。成於六德也。夫五善無周。有周則六善矣。六德無咨。有咨則七德矣。傳列周咨諏謀度詢凡六事。而曰兼此五者。加以懷爲中和之德。凡七事。而曰成於六德。欲彌縫五善六德之參差。參差愈甚。失之矣。衡謂忠信爲周。國語之文。訪問於善爲咨。左傳之文。此二句毛據內外傳。釋周咨二字之義。諏謀度詢。所問各異。而皆帶咨言之。明此四事皆問於忠信之人也。故周咨又得爲一善。內傳兼周咨解之。故云訪問於善。外傳上文有必咨於周。咨字既明。故特解周字。訪問於善。卽咨於周。毛非分周咨爲各一善也。故此傳統承之曰。兼此五者。不爾。毛非喪心者。豈不知六之不可爲五哉。內外傳有五六之異者。左氏以己所獲立言。不敢謂己獲每懷靡及之德。故曰。臣獲五善。魯語以君所賜立言。無嫌於并數每懷。故曰。重之以六德。言各有當也。毛知之。故曰。成於六德。言五者必以每懷靡及而成也。王不能通傳意。詆毛爲不辨五六之數。多見其不知量也。

常棣八章。章四句。

常棣。燕兄弟也。閔管蔡之失道。故作常棣焉。箋。周公弔二叔之不咸。而使兄弟之恩疏。故召公爲作此詩。而歌之以親之。正義。此序。序其由管蔡而作詩意。直言兄弟至親。須加燕飲。以示王者之法。不論管蔡之事。以管蔡已缺。不須論之。且所以爲隱也。咸和也。外傳云。周文公之詩曰。兄弟鬩於牆。外禦其侮。則此詩自是成王之時。周公所作。以親兄弟也。鄭答趙商云。凡賦詩者。或造篇。或誦古。所云誦古。指此召穆公所作誦古之篇。非作之也。此自周公之事。鄭輒言召穆公事。因左氏所論。而引之也。左傳曰。王怒。將以狄伐鄭。富辰諫曰。不可。臣聞太上以德撫民。其次親親以相及也。昔周公弔二叔之不咸。故封建親戚以藩屏周。召穆公思周德之不類。故糾合宗族於成周而作詩曰。常棣之華。鄂不韡韡。凡今之人。莫若兄弟。周之有懿德。如是。猶曰莫若兄弟。故封建之。其懷柔天下也。猶懼有外侮。扞禦侮莫若親親。故以親屏周。召穆公亦云。是周公弔二叔之不咸。召公作詩之事也。檢左傳。止言周公弔二叔之不咸而封建親戚。不言爲恩疏作常棣。下云召穆公思周德之不類。糾合宗族於成周。而作常棣。則周公本作常棣。亦爲糾合宗族可知。但傳文欲辟之於後。故於封建之下不言周公作常棣耳。末云召穆公亦云。明本常棣是周公之辭。故杜預云。周公作詩。召公歌之。故言亦云。是也。

常棣之華。鄂不韡韡。興也。常棣。棣也。鄂猶鄂鄂然。言外發也。韡韡。光明也。箋。承華者曰鄂。不當作拊。拊鄂足也。鄂足得華之光明。則韡韡然盛。興者。喻弟以敬事兄。兄以榮覆弟。恩義之顯。亦韡韡然。古聲不拊同。釋文。常棣棣也。本或作常棣移。音以支反。又是兮反。案爾雅云。常棣移。正義。毛以爲常棣之木華鄂鄂然外發之時。豈不韡韡而光明乎。以衆華俱發實韡韡而光明。以興兄弟衆多而相和睦。豈不強盛有光明乎。王述之曰。不韡韡言韡韡也。以興兄弟能內睦外禦。則強盛有光耀。若常棣之華發也。常棣棣釋木文也。郭璞曰。今關西有棣樹。子如櫻桃。可食。是也。此與唐棣異木。故爾雅別釋。段玉裁云。鄂字从卪号聲。今詩作从邑地名之鄂者誤也。衡謂。外發者。喻威德光明發見於天下也。移棠棣也。與常棣別。正義與唐棣異木。故爾雅別釋。是也。

凡今之人。莫若兄弟。聞常棣之言爲今也。箋。聞常棣之言。始聞常棣華鄂之說也。如此則人之恩親。無如兄弟之最厚。正義。傳以凡今者多對古之稱。故辨之。既聞常棣之說。則知兄弟宜相親。故以聞常棣之言爲今。謂從今以去宜相親也。王述之曰。管蔡之事以次。而爲常棣之歌爲來今。是也。阮元云。疏以次當作已缺。以已多相亂者。次缺形近之訛。序下正義云。以管蔡已缺。卽用此述毛語也。衡謂。阮說是也。而爲之爲亦誤。當作謂。

死喪之威。兄弟孔懷。威畏。懷思也。箋。死喪可畏怖之事。維兄弟之親。甚相思念。

原隰裒矣。兄弟求矣。裒聚也。求矣。言求兄弟也。箋。原也隰也。以相與聚居之故。故能定高下之名。猶兄弟相求。故能立榮顯之名。程頤云。此章序兄弟相賴之事。當死生患難之可畏。則思兄弟之助。方困窮離散。羣聚郊野時。則求兄弟相依恃。衡謂。原隰裒。與死喪對言。亦是患難可畏怖之事。傳訓裒為聚。蓋謂遇難去家。聚居於原隰之時。但訓釋簡奥。後儒不能喻耳。程未必申傳。而傳意得之益明。古人惡執一廢百以此。

脊令在原。兄弟急難。脊令。雝渠也。飛則鳴。行則搖。不能自舍耳。急難。言兄弟之相救於急難。箋。雝渠水鳥。而今在原。失其常處。則飛則鳴。求其類。天性也。猶兄弟之于急難。釋文。脊井益反。亦作䳭。又作鶺。皆同。令音零。本亦作鴒。同。正義。脊令雝渠。釋鳥文也。郭璞曰。雀屬也。陸璣云。大如鷃雀。長脚長尾尖喙。背上青灰色。腹下白。頸下黑。如連錢。故杜陽人謂之連錢。是也。衡謂。脊令有二種。一陸所說是也。一腹背白。首尾翼皆黑。比背上青灰色者差大。其長脚長尾。飛則鳴。行則搖。則同。好居水邊。邦人謂之川脊令。箋云水鳥。蓋指此鳥。

每有良朋。況也永歎。況茲。永長也。箋。每雖也。良善也。當急難之時。雖有善同門來茲。對之長歎而已。戴震云。按茲今通用滋。說文茲字注云。艸木多益。滋字注云。益也。韋昭注國語云。況益也。詩之辭意。言不能如兄弟相救。空滋之長歎而已。焦循云。出車箋解僕夫況瘁云。況茲也。御夫則茲益憔悴。用此傳之訓。而申云茲益。則是況之訓為茲益。滋茲皆有益義也。

兄弟鬩于牆。外

御其務。閱很也。御禦。務侮也。兄弟雖內閱。而外禦侮也。釋文。務如字。爾雅云。侮也。讀者又音侮。此從左傳及外傳之文。段玉裁云。此傳十五字本國語。今本衍箋云二字。非也。作正義時未誤。定本改御禦二字爲禦禁二字。不知御禦見於谷風傳矣。正義疑爾雅有禦禁。而無御禦。不知爾雅御禦禁三字互訓。務。侮也。此謂侮之假借。衡謂。牆。宮牆也。古者自命士以上。父子異宮。是故有東宮。有西宮。有南宮。有北宮。經所以言閱于牆也。每有良朋。烝也無戎。烝塡。戎相也。箋。當急難之時。雖有善同門來。久也猶無相助己者。古聲塡窴塵同。衡謂。或訓烝爲衆。似矣。但良朋難得。不得有衆。故傳訓塡。喪亂既平。既安且寧。雖有兄弟。不如友生。兄弟尚恩。怡怡然。朋友以義。切切偲偲然。箋。平猶正也。安寧之時。以禮義相琢磨。則友生急。正義。定本熙熙作怡怡。節節作偲偲。依論語。則俗本誤。衡謂。正義本怡怡作熙熙。偲偲作節節。今本依定本。而脫偲偲二字。今從定本。儐爾籩豆。飲酒之飫。儐陳。飫私也。不脫屨升堂。謂之飫。箋。私者。圖非常之事。若議大疑於堂。則有飫禮焉。聽朝爲公。釋文。儐賓胤反。飫於慮反。正義。飫私釋言文。孫炎曰。飫非公朝。私飲酒也。

周語有王公立飫燕禮云皆脫屨乃升堂少儀云堂上無跣燕則有之是燕由坐而脫屨明飫立則不脫矣故云不脫屨升堂謂之飫知飫禮爲圖非常議大疑者以周語云王公之有飫禮將以講事成禮建大德昭大物言講事昭物是有所謀矣明圖非常議大疑而爲飫禮也段玉裁云私也當作燕私也脫屨升堂惟燕私爲然飫韓詩作醧其說曰脫屨升席曰宴能者飲不能已曰醧宴醧是一事毛公渾言之毛謂飫乃醧之假借也左思賦曰愔愔醧讌以古韻訂之从酉區聲乃與豆具孺叶韓用正字毛用假借衡謂飫燕比饗皆私也故傳云私也但有脫屨與不脫屨之別傳欲見其別故又云不脫屨升堂謂之飫正義引外傳釋之曰燕由坐而脫屨明飫立則不脫矣是也此章陳飫下章陳燕自疎入親言之次也段據韓詩以飫燕爲一遂謂韓用正字毛用假借不知內外傳皆有飫字其義與毛合則毛是正字韓則假借字也且韓說脫屨升席曰宴釋宴以見飫之立而不脫屨能者飲不能已釋醧以見宴之及無算爵本互見爲義而段强合而一之謬甚箋云圖非常之事亦失之大重矣

兄弟既具和樂且孺九族會曰和孺屬也王與親戚燕則尚毛箋

九族從已上至高祖下至玄孫之親也屬者以昭穆相次序正義爲此飫及燕禮之時

兄弟既已具集矣九族會集和而甚欣樂且復骨肉相親屬也言由王親宗族故宗族亦自相親也孺屬釋言文李巡曰孺骨肉相親屬也衡謂九族漸疎故名其會曰和說文屬連也从尾蜀聲徐云屬相連續若尾之在體故从尾是屬有連著之義九族易離故解孺爲屬也飫燕皆私而燕禮現存故傳舉燕明飫非謂飫燕雜陳也

妻子好合。如鼓瑟琴。箋。好合。志意合也。合者。如鼓瑟琴之聲相應和也。王與族人燕。則宗婦內宗之屬。亦從后於房中。正義。宗婦者。謂同宗鄉大夫之妻也。內宗者。同宗之內女嫁於鄉大夫者。衡謂。序言常棣燕兄弟而此章及卒章。及妻子者。兄弟之不睦。多由婦女起也。箋志意。本多作至意。今從岳本。小字本。兄弟既翕。和樂且湛。翕合也。釋文。湛答南反。又作耽。韓詩云。樂之甚也。宜爾室家。樂爾妻帑。帑子也。箋。族人和。則得保樂其家中之大小。阮元云。唐石經。閩本。監本。並作室家。與十行本同。古本。岳本。小字本作家室。誤倒。禮記引作室家。以家帑圖乎為韻。唐石經可據也。衡謂。段玉裁依岳本。小字本作家室。今從石經。箋保樂。本多作保一。古本作保樂。與正義合。今從古本。是究是圖。亶其然乎。究深。圖謀。亶信也。箋。女深謀之。信其如是。正義。汝於是深思之。於是善謀之。信其然者否乎。

伐木三章。章十二句。本皆作六章章六句。今據正義訂正。說詳于序下。

伐木。燕朋友故舊也。自天子至于庶人。未有不須友以成者。親親以睦。友賢不棄。不遺故舊。則民德歸厚矣。正義。

燕故舊。節二章卒章上二句是也。燕朋友。節二章諸父諸舅。卒章兄弟無遠是也。陳啓源云。伐木篇毛傳分爲六章章六句。呂記朱傳從劉氏說。分爲三章章十二句。劉氏以三伐木爲章首。故分爲三章。其說良然。然此不自劉氏始也。案傳箋下疏語。統釋一章。例置每章之末。此詩若從毛。當六句一疏。分爲六條。今乃總十二句爲一疏。作三次申述。又小序下疏。指伐木許許。釃酒有藇。爲二章上二句。伐木于阪。釃酒有衍。爲卒章上二句。又指諸父諸舅。爲二章。兄弟無遠。爲卒章。是此詩三章章十二句。孔氏已如此。不始於劉也。但孔疏釋詩。專遵毛鄭。何此詩分章。忽有異同。又不明言其故。劉欲改毛章句。當援孔疏爲說。而竟以己意斷之。朱呂亦止云從劉。俱若未見孔疏者。此皆不可解。阮元云。案序下標起止云。伐木六章六句。正義又云。燕故舊。節二章卒章上二句是也。燕朋友。節二章諸父諸舅。卒章兄弟無遠是也。與標起止不合。當是正義本自作三章章十二句。經注本作六章章六句者。其誤始於唐石經也。合併經注正義時。又誤改標起止耳。衡謂孔作正義。遵守毛鄭。其有異同。鑿鑿言之。不敢妄易一字。今據正義所說。舊本作三章章十二句。審矣。今本作六章章六句者。阮云。始於唐石經。案石經多誤。當時已有名儒不窺之誚。蓋指此類。阮說洵是。

伐木丁丁。鳥鳴嚶嚶。興也。丁丁。伐木聲也。嚶嚶。驚懼也。箋。丁丁。嚶嚶。相切直也。言昔日未居位。在農之時。與友生於山巖伐木。爲勤苦之事。猶以道德相切正也。嚶嚶。兩鳥聲也。其鳴之志。似於有友道然。故連言之。正義。下云。出自幽谷。遷于喬木。則本是其鳥驚懼而飛遷矣。故知嚶嚶然驚懼。言此鳥爲驚懼而鳴耳。嚶嚶非驚懼之聲也。故下云。嚶其鳴矣。不復驚懼鳴亦嚶。是也。然釋訓云。丁丁嚶嚶相切直也。彼意以此伐木鳥鳴。喩相切直之事。今傳解詩經之文耳。爾雅徑訓與喩之義。釋訓云。顒顒卬卬君之德也。藹藹萋萋臣竭力也。皆徑釋其義。不釋詩文。王肅亦云。鳥聞伐木。驚而相命嚶嚶然。故曰丁丁嚶嚶相切直。以與朋友切切節節。其言得傳旨也。言相切直者。謂切磋相正直也。衡謂鳥聞伐木之聲。驚懼相戒以鳴嚶嚶然。以喩患難相戒。傳意不過如此。互詳于下。左傳曰。直曲曰直。

出自幽谷。遷于喬木。幽深。喬高也。箋。遷徙也。謂鄉時之鳥。出從幽谷。今移處高木。

嚶其鳴矣。求其友聲。君子雖遷於高位。不可以忘其朋友。箋。嚶其鳴矣。遷處高木者。求其友聲。求其尚在深谷者。其相得。則復鳴嚶嚶然。陳啓源云。伐木首章。一與而取義凡三。聞伐木而驚鳴。喩朋友相切直。一義也。既鳴而遷。喩友自勉厲。得升高位。二義也。處高木者。鳴求在深谷者。喩君子居高位。不忘故友。三義也。毛傳取興本優。鄭易傳不爲興。止因二三章皆承伐木爲端耳。殊不知擧伐木。可兼鳥鳴。古多省文也。李氏以四牡詩將母例之。良有見。衡謂序云。自天子至于庶人。未有不須友以成者。謂首四句。友賢不棄。不遺故舊。謂嚶其鳴矣。求其友聲。此詩燕朋友故舊。所重在此二句。故毛至此始說正意。下二章。則不過敷衍此章之意。而仍以伐木起端者。以伐木之人既貴。釃酒招友。以喻王不遺朋友故舊也。何則王未曾伐木。故知其非正意也。

相彼鳥矣。猶求友聲。矧伊人矣。不求友生。矧況也。箋。相視也。鳥尚知居高木呼其友。況是人乎。可不求之。神之聽之。終和且平。箋。以可否相增減曰和。平齊等也。此言心誠求之。神若聽之。使得如志。則友終相與和而齊功也。衡謂。言神聽我求友之誠。亦默助之。雖離索不同地者。亦終氣和而心平矣。二章微我弗顧。微我有咎。三章民之失德。乾餱以愆。皆述此意也。鄭泥相切直之義。訓和爲可否相增減。訓平爲齊等。恐非傳意也。

伐木許許。釃酒有藇。許許。柹貌。以筐曰釃。以藪曰湑。藇美貌。箋。此言許者。伐木許許之人。今則有酒而釃之。本其故也。惠棟云。說文引許許作所所。云伐木聲也。从斤戶聲。許所古通字。漢書疏廣傳。數問其家金餘尚有幾所。師古曰。幾所猶言幾許。尋詩意。毛說爲長。李黼平云。此章以伐木之有柹。喻人君之有朋友故舊也。史記惠景間侯者年表曰。諸侯子弟若肺腑。索隱曰。肺音柹。腑音附。柹木札也。附木皮也。以喻人主疏末之親。如木札出于木。樹皮出于樹也。傳言。彼伐木者。其柿許許然。柿出于木。猶朋友故舊之託于君。故今釃酒以燕之也。衡謂。李說巧矣。然以許許爲喩。疏末之親。則末章伐木于阪。亦以喩何等也。可謂不通之甚矣。**既有肥羜。以速諸父。**羜。未成羊也。天子謂同姓諸侯。諸侯謂同姓大夫。皆曰諸父。異姓則稱舅。國君友其賢臣。大夫士友其宗族之仁者。箋。速召也。有酒有羜。今以召族人飲酒。正義。聘禮注云。饗謂亨大牢以飲賓也。今此唯肥羜而已。是非饗禮明矣。今燕禮者。是諸侯燕其羣臣及賓客之禮。禮記云。其牲狗。不用羊豕。此云有肥羜者。天子之禮異於諸侯也。宣十六年左傳曰。王饗有體薦。燕有折俎。公當饗。卿當燕。王室之禮。是天子燕饗之禮。異於諸侯。牲亦不同也。**寧適不來。微我弗顧。**微無也。箋。寧召之適自不來。無使言我不顧念也。**於粲洒埽。陳饋八簋。**粲。鮮明貌。圓曰簋。天子八簋。箋。粲然已灑掃矣。陳其黍稷矣。謂爲食禮。正義。案周官掌客職。五等諸侯。簋皆十二。又公食大夫禮。上大夫六簋。此天子云八簋者。據待族人設食之禮。其掌客所云。謂飧饔餼之大禮。於肥羜之下。既言以速諸父。又別言於粲洒埽。以速諸舅。明二者各爲一禮。上句爲燕。下句爲食。燕言諸父。食言諸舅。互文以相通也。**既有肥牡。以速諸舅。寧**

適不來。微我有咎。咎過也。伐木于阪。釃酒有衍。衍美貌。箋。此言伐木于阪。亦本之也。籩豆有踐。兄弟無遠。箋。踐陳列貌。兄弟總上父之黨母之黨。正義。以上言諸父爲父黨。則諸舅爲母黨。此言兄弟。總上父舅二文。故知父黨母黨也。衡案。諸本無總上二字。浦鏜云。兄弟下當有總上二字。今從之。民之失德。乾餱以愆。餱食也。箋。失德。謂見謗訕也。民尚以乾餱之食。獲愆過於人。況天子之饌。反可以恨兄弟乎。故不當遠之。有酒湑我。無酒酤我。湑。莤之也。酤。一宿酒也。箋。酤買也。此族人陳王之恩也。王有酒。則泲莤之。王無酒。酤買之。要欲厚於族人。曾釗云。序云。燕朋友故舊也。天保序箋云。鹿鳴至伐木。皆君所以下臣也。據此。則此爲王者燕朋舊之事。無緣買酒於市。論語。沽酒市脯不食。而謂王者燕朋舊。乃沽酒。亦非其理矣。竊謂。酤从酉古聲。與沽苦並通。沽苦皆訓粗略。此一宿酒。亦粗略之甚。故名爲酤酒。衡謂。古者祭神燕賓。飲食之物。皆不買於市。士大夫尚然。況天子乎。箋訓酤爲買。非也。且王燕朋舊。必無無酒而爲之酤之理。此蓋虛序以述王厚於朋舊之意。非實事也。言民之失德。乾餱以愆。故王之於朋舊。當使之言有酒爲我湑之。無酒爲我酤之。坎坎爲我鼓。蹲蹲爲我舞。及我暇日。相與飲此湑。然後爲得也。鄭以爲實事。故又云。族人陳王之恩。夫王燕族人。而伐之陳己之恩。有此理乎。可謂謬矣。

坎坎鼓我。蹲蹲舞我。蹲蹲。舞貌。箋。爲我擊鼓坎坎然。爲我興舞蹲蹲然。謂以樂樂己。釋文。坎如字。說文作贛。音同。蹲本或作壿。同。爾雅云。喜也。說文云。士舞也。从士尊聲。

迨我暇矣。飲此湑矣。箋。迨及也。此又述王意也。王曰。及我今之間暇。共飲此湑酒。欲其無不醉之意。焦循云。五我字一貫。爲屬文之法。鄭氏拙於屬文。而以上四我字爲族人。下一我字爲王。正義謂傳亦然。誣矣。

天保六章。章六句。

天保。下報上也。君能下下。以成其政。臣能歸美。以報其上焉。箋。下下。謂鹿鳴至伐木。皆君所以下臣也。臣亦宜歸美于王。以崇君之尊。而福祿之。以答其歌。正義。詩者志也。各自吟詠。六篇之作。非是一人而已。此爲答上篇之歌者。但聖人示法。義取相成。此鹿鳴至伐木於前。此篇繼之於後。以著義。非此故答上篇也。何則上五篇非一人所作。又作彼者。不與此計議。何相報之有。鄭云亦宜者。示法耳。非故報也。衡謂。當時君臣。實有是事。周公及詩人。就其跡而詠之。大史編此詩於五篇之次。以示君臣相與之美。故云報其上。非後世所爲賦後詩以答前詩之類也。

天保定爾。亦孔之固。固堅也。箋。保安。爾女也。女王也。天之保定女。亦甚堅固。俾爾單厚。何福不除。俾使。單信也。或曰。單厚也。除開也。箋。單盡也。天使女盡厚天下之民。何福而不開。皆開出以予之。惠棟云。潛夫論引此。單本作亶。故傳訓爲信。鄭本作單。故爲盡。亶與單古今字。段玉裁云。毛兩釋。皆謂單爲亶之假借。衡謂。單訓信。當爲虛辭。厚猶大也。言天使文王信厚大。箋謂天使文王厚天下之民。此篇主贊美。無勉厲之意。恐非傳意也。下多益戩穀之屬皆倣此。俾爾多益。以莫不庶。庶衆也。箋。莫無也。使女每物益多。以是故無不衆也。天保定爾。俾爾戩穀。罄無不宜。受天百祿。戩福。穀祿。罄盡也。箋。天使女所福祿之人。謂羣臣也。其舉事盡得其宜。受天之多祿。焦循云。俾爾戩穀。直謂予爾福祿。俾爾遐福。直謂予爾遠福。不必增出臣民。箋義非傳旨也。罄無不宜。橫言之。維日不足。縱言之。降爾遐福。維日不足。箋。遐遠也。天又下子女。以廣遠之福。使天下溥蒙之。汲汲然如日且不足也。天保定爾。以莫不興。箋。興盛也。無不盛者。使萬物皆盛。草木暢茂。禽獸碩大。衡謂。王及子孫宗族。以至家道。盡皆興盛。如山如阜。如岡如陵。言高廣也。高平曰陸。大陸曰阜。大阜曰陵。箋。此言其福祿委積高大也。如川之方至。以莫不增。箋。川之方至。謂其水縱長之時也。萬物之收。皆增多也。吉蠲爲饎。是用孝享。吉善。蠲絜也。饎酒食也。享獻也。箋。謂將祭祀也。釋文。蠲吉玄反。舊音堅。饎尺志反。正義。王既爲天安定。民事已成。乃善絜爲酒食之饌。是用致孝敬之心。而獻之。衡案。饎酒食。釋訓文。注云。猶今云饎饌。皆一語而兼通。疏云。饎一字。通酒食兩名也。李巡云。得酒食則喜歡也。禴祠烝嘗。于公先王。春曰祠。夏曰禴。秋曰嘗。冬曰烝。公事也。箋。公先公。謂后稷至諸盩。釋文。禴本又作礿。餘若反。盩直留反。周大王父名。陳啓源云。毛訓公爲事。謂四時之祭。往事先王也。案周之追王。雖止大王王季。然后稷以下。亦統稱先王。如書武成稱后稷爲先王。周禮大宗伯皆稱先王。外傳不窋稱先王。又數、后稷至文王、爲十五王、皆是此詩言、先王、足兼諸盩已上矣、傳義不必易。君曰卜爾、萬壽無疆。君、先君也。尸所以象神、卜予也。箋、君曰卜爾者、尸嘏主人、傳神辭也。李黼平云、釋詁云、卜予也、與傳合、正義未引。神之弔矣、詒爾多福。弔、至。詒、遺也。箋、神至者、宗廟致敬、鬼神著矣、此之謂也。釋文、弔、都歷反。民之質矣、日用飲食。質、成也。箋、成、平也。民事平、以禮飲食、相燕樂而已。陳啓源云、民事盡平、則爲君上者、惟有日以飲食燕樂而已、易需卦需于酒食、與此義同。虞之無爲、周之垂拱、所以爲至治也。程子訓質爲實、而集傳因之、以爲民皆質實無僞、日用飲食而已、夫百姓日用而不知、易大傳之所譏也、詩反歸美於君上邪。衡謂民之質矣、日用飲食、卽神所詒爾之多福也、以爲民日用飲食則外矣。傳訓質爲成、蓋謂至治之極、民俗既成、箋轉成爲平、恐非傳意也。羣黎百姓、徧爲爾德。百姓、百官族姓也。箋、黎、衆也。羣衆百姓、徧爲爾之德、言則而象之。如月之恆、如日之升。恆、弦。升、出也。言俱進也。箋、月上弦而就盈、日始出而就明。釋文、恆、本亦作緪、同、胡登反、沈古恆反。正義、集注定本緪字作恆。陳啓源云、緪本作恆、說文云、常也、从心从舟。

在二之間。胡登切。天保恆訓弦。古恆切。生民恆訓徧。古鄧切。其皆借乎。然說文又云。古文恆从月作𠄨。因引詩如月之恆。則恆字元以月取義。上弦未必非本訓也。段玉裁云。恆弦。謂恆卽緪之假借。李黼平云。廣韻平聲緪云。大索。緪同上。去聲緪云。急張。亦作緪。按淮南子云。大弦揯則小弦絕。揯卽緪。訓索。亦訓急張。與傳弦義合。正義曰。緪。集注定本作恆。是孔經本作緪。按書者依集注定本改之也。衡謂。恆當以作緪爲正。緪急張。凡張之急者。莫弓弦若焉。弦月之形。正如張弓。故古稱弦月爲緪耳。其作恆者。乃同音假借。毛詩多假借字。未可以作恆者定爲非也。

如南山之壽。不騫不崩。騫虧也。

如松柏之茂。無不爾或承。箋。或之言有也。如松柏之枝葉常茂盛。青青相承。無衰落也。正義。如松柏之葉。新古相承代。常無凋落。猶王子孫世嗣相承。恒無衰也。李黼平云。箋以或者未定之詞。此歸美君上。不當言或。故轉爲有。

采薇六章。章八句。

采薇。遣戍役也。文王之時。西有昆夷之患。北有玁狁之難。以天子之命。命將率。遣戍役。以守衛中國。故歌采薇以遣之。出車以勞還。杕杜以勤歸也。箋。文王爲西伯。服事殷之時也。昆夷。西戎也。天子。殷王也。戍。守也。西伯以殷王之命。命其屬爲將率。將戍役禦西戎及北狄之難。故歌采薇以遣之。杕杜以勤歸者。以其勤勞之故。於其歸。歌杕杜以休息之。正義。命將率。所以率戍役。而序言遣戍役者。以將率者與君共同憂務。其戍役。則身處卑賤。非有憂國之情。不免君命而行耳。文王爲恤之情深。殷勤於戍役。簡略將率。故此篇之作。遣戍役爲主。上三章遣戍役之辭。四章五章以論將率之行。爲率領戍役而言也。率章總序往反。六章皆爲遣戍役也。以主遣戍役。故經先戍役。後言將率。其實將率尊。故序先言命將率。後言遣戍役。陳啓源云。正雅篇次。皆周公所定。其先後之序。自有取義。不以作詩時世爲斷也。如小雅文王詩九篇。天保以上治內。采薇以下治外。義各有當。非苟而已。常棣詩雖作於成王時。旣在治內之列。則不得不先。又詩譜推其故。以爲周公憫管蔡被誅。若在成王詩中。則彰明其罪。故推而上之。託於文王親兄弟之義。王肅亦以爲然。於魚麗序下。傳特著其說。二子所見。良不妄也。朱子因常棣一篇是周公作。遂謂以後諸詩。皆非文王事。左矣。采薇詩序言。文王之時。西有昆夷之患。北有玁狁之難。以天子之命。命將率遣戍役。故歌采薇以遣之。晦翁力抵其說。以爲非文王詩。殊不知序之昆夷。卽詩之西戎。緜詩之混夷。孟子之昆夷也。史記言。文王伐犬戎。書大傳言。西伯伐犬戎。顔師古注漢書。以犬夷。

吠戎。昆夷爲一。帝王世紀亦言。文王時有混夷。此伐西戎爲文王事。歷歷有據者也。獫狁不見他典。獨見於逸周書序。其言曰。文王立。西距昆夷。北備獫狁。謀武以昭威懷。作武稱。斯非伐獫狁之一證與。逸周書七十一篇。見劉歆七略。及班固藝文目。其克殷篇。史記亦采用之。且文字古質。非僞託之書也。然則謂采薇之爲文王詩。無可疑矣。

采薇采薇。薇亦作止。薇菜。作生也。箋。西伯將遣戍役。先與之期。以采薇之時。今薇生矣。先輩可以行也。重言采薇者。丁寧行期也。正義。以薇亦作止。報采薇采薇。是先有此言也。故知先與之期。**曰歸曰歸。歲亦莫止。**箋。莫晚也。曰女何時歸乎。亦歲晚之時。乃得歸也。又丁寧歸期。定其心也。釋文。莫音暮。本亦作暮。協韻武博反。**靡室靡家。玁狁之故。不遑啓居。玁狁之故。**玁狁。北狄也。箋。北狄。今匈奴也。靡無。遑暇。啓跪也。古者師出不踰時。今薇生而行。歲晚乃得歸。使女無室家夫婦之道。不暇跪居者。有玁狁之難故。曉之也。**采薇采**

薇薇亦柔止。柔。始生也。箋。柔謂脆脕之時。釋文。脆七歲反。脕音問。或作早晚字。非也。衡謂。作生也。謂初生出地時。柔始生也。釋所以柔。謂薇既成形。而尚柔軟。下傳少而剛。謂未老而剛。故箋申之曰。謂少堅忍時。傳義本明。箋疏述之亦不誤。或謂。生與始生。無甚分別。遂云始生是少字。拘矣。脕。肥澤也。曰歸曰歸。心亦憂止。箋。憂止者。憂其歸期將晚。憂心烈烈。載飢載渴。箋。烈烈。憂貌。則飢則渴。言其苦也。我戍未定。靡使歸聘。聘。問也。箋。定。止也。我方守於北狄。未得止息。無所使歸問。言所以憂。采薇采薇。薇亦剛止。少而剛也。箋。剛謂少堅忍時。曰歸曰歸。歲亦陽止。陽。歷陽月也。箋。十月爲陽。時坤用事。嫌於無陽。故以名此月爲陽。

正義。毛以陽爲十月。解名爲陽月之意。以十一月爲始。陰消陽息。復卦用事。至四月。純乾用事。五月受之以姤。陽消陰息。至九月而剝。仍一陽在。至十月。而陽盡爲坤。則從十一月至九月。凡十有一月。已經歷此有陽之月。而至坤爲十月。故云歷陽月。以類上暮止。則不得歷過十月。明義爲然。鄭以傳言涉歷陽月。不據十月。故從爾雅釋天云。十月爲陽。定本無爲陽二字。直云。故以名此月焉。衡謂。傳欲見戍役之久。故云陽歷陽月也。言歷過有陽之月。以至無陽之月。亦謂十月也。上章歲亦莫止。言歲將暮。非謂歲終也。王事靡盬。不遑啓處。箋。盬不堅固也。處猶居也。憂心孔疚。我行不來。疚病。來至也。箋。我成役自我也。來猶反也。據家曰來。衡謂。我詩人我成役也。彼爾維何。維常之華。爾。華盛貌。常。常棣也。箋。此言彼爾者。乃常棣之華。以興將率車馬服飾之盛。釋文。爾乃禮反。注同。說文作薾。彼路斯何。君子之車。箋。斯此也。君子謂將率。正義。卿車得稱路者。左傳。鄭子蟜卒。赴于晉。晉請王。追賜之以大路。以行禮也。又叔孫豹聘于王。王賜之大路。是卿車得稱路也。戎車既駕。四牡業業。業業然壯也。豈敢定居。一月三捷。捷勝也。箋。定止也。將率之志。往至所征之地。不敢止而居處自安也。往則庶乎一月之中。三有勝功。謂侵也伐也戰也。衡謂。傳云。捷勝也。直謂三廻勝敵耳。鄭分爲侵伐戰。鑿矣。駕彼四牡。四牡騤騤。君子所依。小人所腓。騤騤。彊也。腓辟也。箋。腓當作芘。此言戎車者。將率之所依乘。戍役之所芘倚。正義。傳文質略。王述之云。所以避患也。鄭以君子所依。依戎車也。小人所𦝠。亦當𦝠戎車。安得更有避患義。故易之爲庇。言戍役之所庇倚。謂依廕也。陳啓源云。以避爲避患。王之述毛然耳。其實毛意未必如此。毛當謂此戎車者君子所依而乘。小人所避而弗敢乘。何嘗非避戎車乎。衡謂。從車以避患。是教士卒以怯。非軍中所宜言。小人避不敢乘四馬車。不言可知。義皆淺短。恐非毛意。毛意蓋謂。君子依車而行。小人避之。不敢當其路。其貴如此。可不盡心於軍事乎。

四牡翼翼。象弭魚服。翼翼。閑也。象弭。弓反末也。所以解紒也。魚服。魚皮也。箋。弭。弓反末彆者。以象骨爲之。以助御者解轡紒。宜滑也。服。矢服也。釋文。弭彌氏反。紒音計。又音結。本又作紛。芳云反。彆說文方血反。又邊之入聲。埤蒼云。弓末反戾也。正義。弓有緣者謂之弓。孫炎曰。緣謂繳束而漆之。又曰。無緣者謂之弭。孫炎曰。不以繳束骨飾兩頭者也。然則弭者弓弰之名。以象骨爲之。是弓之末弭。弛之則反曲。故云象弭爲弓反末也。弭之用骨。自是弓之所宜。亦不爲解轡而設。但巧者作器。因物取用。以弓必須骨。故用滑象。若轡或有紒。可以助解之耳。非專爲代御者解紒設此象弭也。陸璣疏云。魚服。魚獸之皮也。魚獸似豬。東海有之。其皮背上斑文。腹下純青。今以爲弓鞬步叉者也。其皮雖乾燥。以爲弓鞬矢服。經年海水潮及天將雨。其毛皆起。潮還及天晴。其毛復如故。雖在數千里外。可以知海水之潮。自相感也。段玉裁云。說文紒作紛。似紛長衡謂。說文弭弓無緣。可以解轡紛者。从弓耳聲。作紛良是。但段依說文補轡字。則未是。箋云。以助御者解轡紷。唯傳無轡字。故箋補轡字以申之。宜滑本多作宜骨。今從古本。岳本。小字本。豈不日戒。玁狁孔棘。箋。戒。警勑軍事也。孔甚。棘急也。言君子小人。豈不日相警戒乎。誠日相警戒也。玁狁之難甚急。豫述其苦以勸之。昔我往矣。楊柳依依。今我來思。雨雪霏霏。楊柳。蒲柳也。霏霏。甚也。箋。我來戍止。而謂始反時也。上三章言戍役。次二章言將率之行。故此章重序其往反之時。極言其苦以說之。衡案。陸璣疏云。蒲柳有兩種。皮正青者曰小楊。其一種皮紅者曰大楊。然則楊一名蒲柳。此楊柳專指楊。不謂楊柳爲二木。故云。蒲柳也。行道遲遲。載渴載飢。遲遲。長遠也。箋。行反在於道路。猶飢渴。言至苦也。我心傷悲。莫知我哀。君子能盡人之情。故人忘其死。

出車六章。章八句。

出車勞還率也。箋。遣將率及戍役。同歌同時。欲其同心也。反而勞之。異歌異日。殊尊卑也。禮記曰。賜君子小人。不同日。此其義也。

我出我車。于彼牧矣。出車。就馬於牧地。箋。上我。我殷王也。下我。將率自謂也。西伯以天子之命。出我戎車於所牧之地。將使我出征伐。釋文。出車如字。沈尺遂反。焦循云。鄭氏不明屬文之法。每於我字。破碎解之。若一我殷王。一我將率。豈復詩人之旨。傳不然也。

自天子所。謂我來矣。箋。自從也。有人從王所來。謂我來矣。謂以王命召已。將使爲將率也。先出戎車。乃召將率。將率。尊也。衡謂。此二句。述我所以出我車也。言我出我車者。以自天子所。謂我來矣也。鄭以經先言我出我車。謂王命文王。出將率所乘之車於牧。然後召之。故上箋云。上我我殷王。此箋云。先出戎車。乃召將率。一似不解文義者。何也。

召彼僕夫。謂之載矣。王事多難。維其棘矣。僕夫。御夫也。箋。棘急也。王命召已。已即召御夫。使裝載物而往。王之事多難。其召我必急。欲疾趣之。此序其忠敬也。衡謂此蓋謂輜重。故云謂之載矣。使輜重先行。於事便也。我出我車。于彼郊矣。設此旐矣。建彼旄矣。龜蛇曰旐。旄干旄。箋。設旐者。屬之於干旄。而建之戎車。將率既受命行。乃乘馬。牧地在遠郊。彼旟旐斯。胡不旆旆。鳥隼曰旟。旆旆。旒垂貌。段玉裁云。疊字則爲旒垂貌。單言旆。則爾雅云。繼旐曰旆。憂心悄悄。僕夫況瘁。箋。況茲也。將率既受命。行而憂。臨事而懼也。御夫則茲益憔悴。憂其馬之不正。釋文。瘁似醉反。本又作萃。依注作悴。音同。憂其馬之不正。一本作馬之政。段玉裁云。憂馬之政。用甘誓文。是也。王命南仲。往城于方。出車彭彭。旂旐央央。王。殷王也。南仲。文王之屬。方。朔方。近玁狁之國也。彭彭。四馬貌。交龍爲旂。央央。鮮明也。箋。王使南仲爲將率。往築城于朔方。爲軍壘。以禦北狄之難。釋文。央本亦作英。於京反。又於良反。正義。朔方地名。云國者。以國表地。非國名。但北方大名皆言朔方。堯典云。宅朔方。爾雅云。朔。北方也。皆其廣號。陳啓源云。南仲之名。見出車常武二詩。出車詩傳云。文王之屬。未詳其譜系也。羅泌路史言。禹後有南氏。二臣勢均。爭權而國分。南仲卽其後。泌語本周語。史記解其以爲禹後。則見史記夏本紀贊。贊云。禹後有男氏。索隱云。系本男作南。是也。**天子命我。城彼朔方。赫赫南仲。玁狁于襄。**朔方。北方也。赫赫。盛貌。襄除也。箋。此我。我戍役也。戍役築壘。而美其將率自此出征也。釋文。襄如字。本或作攘。如羊反。正義。南仲爲將率。得人歡心。故稱戍役當築壘之時。云。天子命我。城築軍壘於朔方之地。欲令赫赫顯盛之南仲。從此征玁狁。於是而平除之。能爲戍役所美。所以可嘉也。**昔我往矣。黍稷方華。今我來思。雨雪載塗。王事多難。不遑啓居。**塗。凍釋也。箋。黍稷方華。朔方之地。六月時也。以此時始出壘。征伐玁狁。因伐西戎。至春凍始釋而來反。其間非有休息。**豈不懷歸。畏此簡書。**簡書。戒命也。鄰國有急。以簡書相告。則奔命救之。正義。月令孟秋云。農乃登穀。則中國黍稷。亦六月華矣。言黍稷方華朔方之地六月時者。明此爲朔方之地。發言耳。非謂中國不然也。陳啓源云。昔我往矣。喓喓草蟲兩章。箋義最婉曲詳盡。前章自朔方出平二寇。復還朔方。總序往返始末。後章更述南仲在西方。諸侯歸附之情。令千載後讀此詩者。如目覩當年用兵方略。此先儒釋經。所以能論世也。今以首章爲既歸在塗之語。後章爲室家思望之情。夫豈不懷歸。畏此簡書。欲歸而不得歸之詞也。既身在歸塗。則還家有期。何必復爲此語邪。至赫赫南仲。薄伐西戎。其詞奮張。非室家思望之言。則東萊辨之。允矣。

喓喓草蟲。趯趯阜螽。箋。草蟲鳴。阜螽躍而從之。天性也。喻近西戎之諸侯。聞南仲既征玁狁。將伐西戎之命。則跳躍而鄉望之。如阜螽之聞草蟲鳴焉。草蟲鳴。晚秋之時也。此以其時所見而興之。釋文。趯吐歷反。躍音藥。

未見君子。憂心忡忡。既見君子。我心則降。箋。君子。斥南仲也。降下也。

赫赫南仲。薄伐西戎。春日遲遲。卉木萋萋。倉庚喈喈。采蘩祁祁。執訊獲醜。薄言還歸。卉草也。訊辭也。箋。訊言。醜衆也。伐西戎。以凍釋時。反朔方之壘。息戍役。至此時而歸京師。稱美時物。以及其事。喜而詳之也。執其可言問。所獲之衆以歸者。當獻之也。正義。言季春之日。遲遲然陽氣舒緩之時。草之與木。已萋萋然茂美。倉庚喈喈然和鳴。其在野。已有采蘩菜之人。祁祁然衆多。我將率正以此時生執戎狄之囚可言問者。及所獲之衆。以此而來。我薄言還歸於京師。以獻之也。訊言釋言文。傳云。訊辭者。謂其有所知識。可與之爲言辭。與箋同也。李黼平云。當時遣將。以春行冬反。爲期。因二役并興。出于不意。至次年春。始旋師。衡謂。訊問也。傳訓辭者。如奉辭伐罪之辭。謂有可問之辭者。蓋酋長之屬。故與衆對言之。

赫赫南仲。玁狁于夷。夷平也。箋。平者。平之於王也。此時亦伐西戎。獨言平玁狁者。玁狁大。故以爲始。以爲終。衡謂。平者。謂平夷其國。不敢復侵邊耳。

杕杜四章。章七句。

杕杜。勞還役也。箋。役。戍役也。

有杕之杜。有睆其實。興也。睆。實貌。杕杜猶得其時蕃滋。役夫勞苦。不得盡其天性。段玉裁云。宋毛詩載音義云。睆字從白。或從目邊。非。

王事靡盬。繼嗣我日。箋。嗣續也。王事無不堅固。我行役續嗣其日。言常勞苦無休息。

日月陽

止。女心傷止。征夫遑止。箋。十月爲陽。遑暇也。婦人思望其君子。陽月之時。已憂傷矣。征夫如今已間暇且歸也。而尚不得歸。故序其男女之情以說之。陽月而思望之者。以初時云歲亦莫止。陳啓源云。首章日月陽止。卽采薇之歲亦陽止。謂遣戍年之歲暮也。次章卉木萋止。卽出車之卉木萋萋。謂遣戍明年之春暮也。三詩一遣二勞。語意相應。出師之初。告以歲暮卽歸。至期而望之情也。此陽止之時。女心所以傷也。然連平二寇。未獲遽歸。踰期至春暮。則卉木萋矣。勞還兩詩。皆實紀歸時之景色也。故首章云。征夫遑止。僅言可以歸耳。次章云。征夫歸止。則實欲歸矣。前雖望之。明知其未歸。後則知其將歸。而望之益切也。一傷一悲。情同而事異矣。次章傳云。室家踰時則思。正謂踰曰歸之時耳。孔疏申之。以萋止爲時未黃落。在歲暮之前。此於文義未順。恐非毛意。

有杕之杜。其葉萋萋。王事靡盬。我心傷悲。箋。傷悲者。念其君子於今勞苦。卉木萋止。女心悲止。征夫歸止。室家踰時則思。

陟彼北山。言采其杞。王事靡盬。憂我父母。箋。杞非常菜也。而升北山采之。託有事以望君子。陳啓源云。古人行役。未有不念父母。汝汾鴇羽。

陟岵。北山諸詩皆是。或自念之。或室家代念之。惟四牡杕杜詩。則上之人探其情而念。所以爲正雅也。孔疏以爲婦目夫之稱。迂矣。焦循云。父母卽君子之父母。上章我心傷悲。箋言念其君子。故此章因念君子。言君子未歸。不特我念之。並我父母亦憂之。

檀車幝幝。四牡痯痯。征夫不遠。

檀車。役車也。幝幝。敝貌。痯痯。罷貌。箋。不遠者。言其來喩路近。釋文。檀徒丹反。幝尺善反。又敕丹反。說文云。車敝也。從巾單。韓詩作繟。音同。段玉裁云。說文。繟偏緩。曾釗云。正義云。以檀木爲車。案檀木中車材。故伐檀曰坎坎伐檀。若以檀爲車材。卽名檀車。鄭注考工記云。今世轂用雜榆。輻以檀。牙以橿。將亦謂之榆車檀車邪。竊謂。毛意檀車卽棧車。蓋聲轉耳。周禮地官序官廛人注。杜子春讀壇爲廛。方言廛或曰踐。是壇廛踐皆聲近可通借。壇从亶聲。檀亦從亶。踐从戔聲。棧亦从戔。則檀棧亦可通借矣。又何草不黃曰。有棧之車。傳棧車役車也。檀車棧車同訓役車。是檀棧同物之證。

匪載匪來。憂心孔疚。

箋。匪非。疚病也。君子至期不裝載。意不爲來。我念之。憂心甚病。正義。毛以爲文王勞戍役。言女之室家云。我君子歸期已至。今非裝載乎。其意非爲來乎。何爲使我念之。憂心以至於甚病。

期逝不至。而多爲恤。

逝往。恤憂也。遠行不必如期。室家之情。以期望之。衡謂。初期以冬歸。以西戎北狄並起。至春未歸。文王深憫之。故陳室念之情。以慰勞之。古之聖君。能體人情。如此。爲之下者。安得不盡心力而事之哉。傳云。室家之情。以期望之。可謂獲此詩之神矣。卜筮偕止。會言近止。征夫邇止。卜之筮之。會人占之。邇近也。箋。偕俱。會合也。或卜之。或筮之。俱占之。合言于繇爲近。征夫如今近耳。

魚麗六章。三章章四句。三章章二句。

魚麗。美萬物盛多。能備禮也。文武以天保以上治內。采薇以下治外。始於憂勤。終於逸樂。故美萬物盛多。可以告於神明矣。箋。內謂諸夏也。外謂夷狄也。告於神明者。於祭祀而歌之。正義。頌者告神明之歌。謂可以告其成功之狀。陳於祭祀之事。歌作其詩以告神明也。時雖大平。猶非政治。頌聲未興。未可以告神明。但美而欲許之。故云可以。

魚麗于罶。鱨鯊。麗歷也。罶曲梁也。寡婦之笱也。鱨揚也。鯊鮀也。太平而後微物衆多。取之有時。用之有道。則物無不多矣。古者不風不暴。不行火。草木不折不芟。斤斧不入山林。豺祭獸。然後殺。獺祭魚。然後漁。鷹隼擊。然後罻羅設。是以天子不合圍。諸侯不掩群。大夫不麛不卵。士不隱塞。庶人不數罟。罟必四寸。然後入澤梁。故山不童。澤不竭。鳥獸魚鼈皆得其所然。釋文。鱨音常。草木疏云。今江東呼黃鱨魚。尾微黃。大者長尺七八寸許。鯊音沙。亦作魦。今吹沙小魚也。體圓而有黑點文。舍人云。鯊石鮀也。暴蒲卜反。罻音畏。麛亡兮反。本或作覓。同。隱如字。本又作偃。亦如字。正義。釋訓云。凡曲者爲罶。是罶曲梁也。釋器注孫炎曰。罶曲梁。其功易。故號之寡婦笱耳。非寡婦所作也。陸璣疏云。鱨一名黃頰魚。是也。似燕頭。魚身。形厚而長大。頰骨正黃。魚之大而有力解飛者。徐州人謂之揚黃頰。通語也。鯊鮀。釋魚文。郭璞云。今吹沙也。陸璣疏云。魚狹而小。常張口吹沙。故曰吹沙。風暴者。謂氣寒其風疾。其風疾即北風。謂之凉風。北風箋云。寒凉之風。病害萬物。是也。草木不折不芟。斤斧不入山林。言草木折芟斤斧乃入山林也。草木折芟。謂寒霜之勁。暴風又甚。草木枝折葉隕。謂之折芟。言芟者。蓋葉落而盡。似芟之。定本芟作操。又云斧斤入山林。無不字。誤也。說文云。罻捕鳥網。則是羅之別名。蓋其細密者也。士不隱塞者。爲梁止可爲防於兩邊。不得當中皆隱塞。亦爲盡物也。庶人不總罟。謂罟目不得總之使小。言使小魚不得過也。集本總作縷。依爾雅。定本作數。義俱通也。衡謂。曲者罶。言梁之曲者。承之以罶。故收之釋訓。嫠婦之笱謂之罶。直釋罶字。故收之釋器。郭璞以曲爲薄。是以梁爲笱矣。後儒不曉其非。不復說曲梁之制。古法不可得而聞焉。我鄉貧民。疊石於川上之一邊。上廣而下狹。形曲。如開摺扇。缺狹處二尺許。承以竹笱。水注笱中。如瀑。魚入不能出。其功易成。豈古所謂曲梁之遺制與。經不言梁。而言罶者。梁大而罶小。小者猶多獲魚。大者可知矣。故特言罶。以見萬物盛多耳。風疾。言不風足矣。不必更言不暴。案說文。暴晞也。至冬其風勁疾。草木之葉。枯凋晞乾。然後行火以田也。釋文。暴蒲卜反。是陸訓暴爲乾。是也。段玉裁訂本隱作偃。云偃堰古今字。古通作隱。塞如字。

君子有酒。旨且多。箋。酒美而此魚又多也。

釋文。有酒旨絕句。且多。此二字爲句。後章放此。異此讀則非。正義言旨且多文。承有酒之下。三章則似酒美酒多也。而以爲魚多者。以此篇下三章還覆上三章也。首章言旨且多。四章云。物其多矣。二章言多且旨。五章云。物其旨矣。三章言。旨且有。卒章云。物其有矣。下章皆疊上章句末之字。謂之爲物。若酒則人之所爲。非自然之物。以此知旨且多旨且有。皆是魚也。陳啓源云。集傳於酒字斷句。句法較渾成。但旨多多旨旨有六字。皆承酒言。下三章文義未順。陳櫟言。多旨有三字。上言酒而下言物者。見物與酒稱。不知此篇言萬物盛多。酒成於人力。雖多有限。物僅與之稱。安在其盛多乎。源謂。有酒斷句。多旨有三字。仍可說魚。三章各末句。結上三句耳。酒既旨多旨。魚又多旨有。中俱用且字。關兩意。下三章遂承魚而言。句法與文義皆無礙也。段玉裁云。且。此也。箋云。酒美而此魚又多也。衡謂。陸云。有酒旨絕句。且多。此二字爲句。異此讀則非。據此。唐以前有酒字絕句者。蓋王肅輩以爲毛讀耳。毛不訓且字。則讀之如字。陳說可從。魚麗于罶。魴鱧。鱧鯛也。正義。釋魚云。鱧鯇。舍人曰。鱧一名鯇。郭璞云。鱧鯛。徧檢諸本。或作鱧鱷。或作鱧鯇。或有本作鱧鰥者。定本鱧鯛。鯛與鱷音同。焦循云。毛傳於鱣訓鯉。於鰋訓鮎。則鱧亦必訓鯇。正義言諸本或作鱧鯇。是唐初之本。有作鯇者。是也。改鯇爲鯛。緣郭注而誤耳。鯛自是鱺。與鱧別。鱺自爲首戴七星之魚。非鱧也。君子有酒。多且旨。箋。酒多。而此魚又美也。魚麗于罶。鰋鯉。鰋鮎也。釋文。鰋音偃。郭云。今鰋額白魚。鮎乃兼反。江東呼鮎爲鮧。鮧音啼。又在私反。毛及前先儒皆以鮎釋鰋。鱧爲鯇。鱣爲鯉。唯郭注爾雅。是六魚之名。今目驗毛解與世不協。或恐古今名異。逐世移耳。衡謂。鳥獸草木之名。傳自孔門。毛據以解詩。而前儒亦無異說。陸取晉以後之名。以解三代之魚。宜其以毛爲與世不協也。凡此類皆當以傳爲正說。後不復辨。君子有酒。旨且有。箋。酒美。而此魚又有。物其多矣。維其嘉矣。箋。魚既多。又善。物其旨矣。維其偕矣。箋。魚既美。又齊等。物其有矣。維其時矣。箋。魚既有。又得其時。

南陔。孝子相戒以養也。

白華。孝子之絜白也。

華黍。時和歲豐。宜黍稷也。有其義而亡其辭。箋。此三篇者。鄉飲酒。燕禮用焉。曰笙入立于縣中。奏南陔・白華・華黍。是也。孔子論詩。雅頌各得其所。時俱在耳。篇第當在於此。遭戰國及秦之世而亡之。其義則與衆篇之義合編。故存。至毛公爲詁訓傳。乃分衆篇之義。各置於其篇端。云。又闕其亡者。以見在爲數。故推改什首。遂通耳。而下非孔子之舊。此三篇。蓋武王之時。周公制禮。用爲樂章。吹笙以播其曲。孔子删定有三百一十一篇內。遭戰國及秦而亡。子夏序詩。篇義合編。故詩雖亡。而義猶在也。毛氏訓傳。各引序冠其篇首。故序存而詩亡。正義。既言毛公分之。則此詩未亡之時。什當通數焉。今在什外者。毛公又闕其亡者。以見在爲數。推改什篇之首。遂通盡小雅云耳。是以亡者不在數中。從此而下。非孔子之舊矣。言而下非。則止鹿鳴一篇是也。據六月之序，由庚本第在華黍之下，其義不論於此，而與崇丘同處者，以其是成王之詩，故下從其類。陳啓源云，六笙詩，集傳以爲有聲無詞，說本劉原父。呂記、嚴緝俱不從，可稱卓識。後儒辨證最多，而近世郝仲輿敬之論尤爲詳確，具載長孫通義中矣。源又謂作詩者多取詩中一二字，或總括其大義，以立篇名。若有聲無詞，則南陔、由庚等名何自來乎。魯鼓、薛鼓，有譜而無詞，則僅冠之以國號，不能更立別名矣。朱子取以爲證，非其類也。況聲者樂也，詩者詞也，無詞則非詩矣。縱有譜，當入樂經，或附見禮記，不當與雅篇並列矣。乃毛公本置六詩於什外，朱反收之於什中，又推白華爲次什之首，何自相矛盾也。夫什者篇之總也，無詩則無字句，無篇章，何由數之爲什乎。段玉裁云，有其義而亡其辭七字，毛公所著。鄭云孔子時六亡詩俱有，戰國及秦之世而亡，其義則與衆篇之義合編，故在。然則兩云有其義而亡其詞，毛公所著無疑也。鄭又云毛公闕其亡者，以見在爲數，故推改什首，遂通耳。而下非孔子之舊，然則孔子之時，當作鹿鳴之什、白華之什、彤弓之什、祈父之什、小旻之什、北山之什、桑扈之什、都人士之什。凡小雅之篇八什。衡謂亡詩之序，皆只一句，而華黍序繼之以有其義而亡其辭，以例三百篇，益信子夏序止首一句，以下則毛公述師師所相傳之說，以補續之也。陳謂六笙詩亦有詞。今案燕禮升歌鹿鳴，下管新宮，管笙類，笙詩有聲無詞，則管詩亦當無詞，而左傳昭二十五年，宋公享叔孫昭子，賦新宮，此亦笙詩有詞之一證，陳說是也。

毛詩輯疏卷八上終

毛詩輯疏卷八上

崇文院

毛詩輯疏卷八下

日南安井衡著

南有嘉魚之什詁訓傳第十七。小雅

南有嘉魚之什十篇。四十六章。二百七十二句。

南有嘉魚四章。章四句。

南有嘉魚。樂與賢也。太平之君子。至誠樂與賢者共之也。箋。樂得賢者。與共立於朝。相燕樂也。古本。石經。小字本。岳本。大平下有之字。首章正義云。鳧鷖與此序皆云大平之君子。今從之。

南有嘉魚。烝然罩罩。江漢之間。魚所産也。罩。罩篧也。箋。烝塵也。塵然猶言久如也。言南方水中有善魚。人將久如而俱罩之。遲之也。喻天下有賢者。在位之人。將久如而竝求。致之於朝。亦遲之也。遲之者。謂至誠也。

釋文。烝之丞反。王。衆也。正義。此實興也。不云興也。傳文略。三章一云興也。擧中明此上下。足知魚雖皆興也。釋器云。籗謂之罩。李巡曰。籗。編細竹以爲罩。捕魚也。孫炎曰。今楚籗也。然則罩以竹爲之。無竹則以荆。故謂之楚籗。段玉裁云。傳當云罩籗也。汕樔也。不當疊字。罩罩者。以罩罩魚也。汕汕者。以汕汕魚也。曾釗云。以衆訓烝。王肅之義。非毛旨也。東山常棣。毛並訓爲寘。鄭申之云。古者塵塡寘同聲。則此箋以塵訓烝。亦申毛。非易毛也。知者傳例凡經文義同而相承者。傳不重出。東山二烝。前訓寘。後訓衆。常棣傳以其與東山後烝相承。嫌混於訓衆之烝。故復以寘顯之。此詩無傳者。以常棣已明。從可知矣。罩。說文捕魚器也。詩云罩罩。言以罩罩之。箋云。南方水中有善魚。人將久如而罩之。是其義。正義以罩罩爲非一之辭。失之。李黼平云。傳於三章始言興。則後二章是興。而前二章爲賦。衡案。或謂罩罩是形容之詞。不當訓籗。然烝然既是形容之詞。又以罩罩爲形容。一句四字。盡爲形容。恐不成文義。段曾云。以罩罩魚。洵是。但段云。罩罩籗也。當作罩籗也。則未是。蓋傳活讀經下罩字。罩讀罩籗句。言罩者。以籗罩魚也。傳文簡質。故段偶不曉耳。傳云。江漢之間多嘉魚。喻野多賢人。烝然罩罩。喻在位君子。久欲羅致之。正與序大平之君子。至誠樂與賢者共之同。其義易知。故傳不言興也。南有樛木。則喻君子下下。而賢者歸往。義稍與序遠。故傳言興耳。若以爲賦。是君子欲得江漢之魚。以饗賢者也。江漢距鎬二千許里。其魚不可生致而必待得之以饗賢者抑又何也。君子有酒。嘉賓式燕以樂。箋。君子斥時在位者也。式用也。用酒與賢者燕飲而樂也。南有嘉魚。烝然汕汕。汕汕。樔也。箋。樔者。今之撩罟也。釋文。汕所諫反。樔也。說文云。魚遊水貌。樔側交反。字或作巢。撩力弔反。正義。釋器云。樔謂之汕。李巡曰。汕以薄汕魚。孫炎曰。今之撩罟。衡謂撩與撈同。洸取曰撈。蓋撩罟有柄。持柄以撈取小魚。故名撩罟耳。君子有酒。嘉賓式燕以衎。衎樂也。南有樛木。甘瓠纍之。興也。纍蔓也。箋。君子下其臣。故賢者歸往也。正義。言南方有樛然下垂之木。甘瓠之草。得上而纍蔓之。以興在位有下下之君子。故在野賢者。得往而歸就之。君子有酒。嘉賓式燕綏之。箋。綏安也。與嘉賓燕飲而安之。鄉飲酒曰。賓以我安。正義。按鄉飲酒。燕飲而安之。無以我安之文。燕禮。司正洗觶。南面奠于中庭。升東楹之東受命。西階上北面命卿大夫。君曰。以我安。卿大夫皆對曰。諾。敢不安。則此文在燕禮矣。言鄉飲酒者誤也。定本亦誤。以南陔與由庚之箋。皆鄉飲酒燕禮連言之。故學者加鄉飲酒於上。後人知其不合。兩引。故略去燕禮焉。今本猶有言燕禮者。翩翩者鵻。烝然來思。鵻。壹宿之鳥。箋。壹宿者。壹意於其所宿之木也。喻賢者有專壹之意於我。我將久如而來遲之也。釋文雎音隹。本亦作隹。陳啓源云。少皞以祝鳩名司徒。祝鳩乃孝順謹愨之鳥。故掌教之官有取焉。翩翩者雎。兩見小雅。四牡以況使臣。南有嘉魚以喻賢者。彼勞使臣。義取於愨謹。此美賢者。意主於專壹。皆與設教之旨同。衡謂。首章二章。詠在位君子下賢者。三章卒章。詠賢者歸往在位君子。上下交孚。海内一心。欲天下不治得乎。必言南有者。文武之德。先被南方。故多賢者也。箋將久如而來。上諸本有我字。正義釋箋無我字。是也。今據訂正。

君子有酒。嘉賓式燕又思。

箋。又復也。以其壹意。欲復與燕。加厚之。正義。定本式燕又思下。有箋云十四字。俗本多無此語。

南山有臺五章章六句。

南山有臺。樂得賢也。得賢。則能爲邦家立太平之基矣。

箋。人君得賢。則其德廣大堅固。如南山之有基趾。釋文。爲如字。又于僞反。衡謂。上篇愛賢。此篇得賢。事之次也。爲如字是也。

南山有臺。北山有萊。興也。臺。夫須也。萊草也。箋。興者。山之有草木。

以自覆蓋。成其高大。喻人君有賢臣。以自尊顯。正義。陸璣疏云。舊說。夫須。莎草也。可爲蓑笠。都人士云。臺笠緇撮。傳云。臺所以禦雨。是也。陸疏又云。萊草名。其葉可食。今兗州人烝以爲茹。謂之萊烝。陳啓源云。萊亦名藜。本草綱目云。卽灰藋之紅心者。莖葉稍大。河朔人名落藜。南人名燕脂菜。亦曰鶴頂草。嫩時可食。老則莖可爲杖。原憲藜杖應門。卽是物也。衡謂。草木之微。不足以成山之高大。凡才以性殊。雖賢者亦然。此篇取興於卉木者凡十。蓋喻賢人衆多。才無所不備也。南山北山。喻居之高位也。故序云。樂得賢。若一物取一義。則鑿矣。樂只君子。邦家之基。樂只君子。萬壽無期。基本也。箋。只之言是也。人君既得賢者。置之於位。又尊敬以禮樂樂之。則能爲國家之本。得壽考之福。倅頤煊云。左氏襄十一年傳引詩曰。樂旨君子。殿天子之邦。杜預注謂。諸侯有樂美之德。二十四年傳引詩云。樂旨君子。邦家之基。杜注云。言君子樂美其道。說文。旨美也。衡謂。樂只之只。猶彼其之其。直取其聲。以助辭。無義也。故彼其之其。或作巳。或作紀。樂只之只。亦作旨矣。樂只君子者。言君子之心。樂易而不險也。鄭杜依字生訓。皆失之。南山有桑。北山有楊。樂只君子。邦家之光。樂只君子。萬壽無疆。箋。光明也。政敎明有榮曜。衡謂。以有樂易君子。邦家爲之光榮。稱之也。萬壽無疆。祝之也。南山有杞。北山有李。樂只君子。民之父母。樂只君子。德音不已。箋。已止也。不止者。言長見稱頌也。釋文。杞音起。草木疏云。其樹如樗。一名狗骨。陳啓源云。易姤卦以杞包瓜。一杞也。而釋者各異。張曰。大木。馬曰。枸杞。鄭曰。杞柳。凡三焉。此三木皆載於詩。而小雅之南山有杞。在彼杞棘。嚴垣叔以爲山木。王伯厚以爲杞梓。則所謂大木也。左傳楚聲子以杞梓比卿才。孔叢子載子思之言。以杞梓比干城之將。又稱其連抱。是必木之高大而材者。草木疏云。其樹如樗。白而滑。可爲函。樗非材木也。而謂杞如之。殆僅取其形似乎。衡謂此杞以喩賢材。必大木而材者。當定爲杞梓之杞。陳說中楚聲子。楚當作蔡。聲子爲楚說。故誤作楚耳。南山有栲。北山有杻。栲。山樗。杻。檍也。樂只君子。遐不眉壽。樂只君子。德音是茂。眉壽。秀眉也。箋。遐遠也。遠不眉壽者。言其近眉壽也。茂盛也。衡謂。棫樸遐不作人。傳。遐遠也。遠不作人也。遐訓遠本毛義。此鄭述毛耳。南山有枸。北山有楰。枸。枳枸。楰。鼠梓。釋文。枳諸氏反。正義。枸。釋木無文。陸璣疏云。枸樹高大似白楊。有子著枝端。大如指。長數寸。噉之甘美。如飴。八月熟。今官園種之。謂之木密。楰。鼠梓。釋木文。陸璣疏曰。其樹葉木理如楸。山楸之異者。今人謂之苦楸是也。樂只君子。遐不黃耇。樂只君子。保艾爾後。

黃黃髮也。耇老也。艾養。保安也。正義。釋詁云。黃耇。老壽也。舍人曰。黃髮。老人髮白復黃也。孫炎曰。耇。面凍梨色。如浮垢。段玉裁云。依傳。似經文當作艾保。衡謂。釋文正義。不言經傳有異文。未知孰爲誤。但依文作保艾。似長。恐傳文誤倒耳。保艾爾後。言不唯尊其身。又安養其子孫。愛之至也。

由庚。萬物得由其道也。

崇丘。萬物得極其高大也。

由儀。萬物之生。各得其宜也。有其義而亡其辭。箋。此三篇者。鄉飲酒燕禮亦用焉。曰乃間歌魚麗。笙由庚。歌南有嘉魚。笙崇丘。歌南山有臺。笙由儀。亦遭世亂而亡之。燕禮又有升歌鹿鳴。下管新宮。新宮亦詩篇名也。辭義皆亡。無以知其篇第之意。釋文。依六月序。由庚在南有嘉魚前。崇丘在南山有臺前。今同在此者。以其俱亡。使相從耳。正義。篇所在。皆當言處。云之意者。以無意義可推尋而知。故云意也。對六篇有義無辭。新宮并義亦無。故云皆亡。不謂已爲作序。與經俱亡。若子夏爲之作序。何由辭及篇目。并六月連序。並無存者。以此知孔子錄而不得。子夏不爲之序也。左傳昭二十五年。宋公享昭子。賦新宮。計孔子時年三十餘矣。所以錄不得者。詩之逸亡。必有積漸。當孔子之時。道衰樂廢。自宋公賦新宮。至孔子定詩。三十餘年。其間足得亡之也。聖人雖無所不知。不得以意錄之也。

蓼蕭四章。章六句。

蓼蕭。澤及四海也。箋。九夷。八狄。七戎。六蠻。謂之四海。國在九州之外。雖有大者。爵不過子。虞書曰。州十有二師。外薄四海。咸建五長。正義。九夷八狄。七戎六蠻。謂之四海。釋地文。孫炎曰。海之言晦。晦暗於禮義也。職方氏。及布憲注。亦引爾雅云。九夷八蠻六戎五狄。謂之四海。數既不同。而俱云爾雅。則爾雅本有兩文。今李巡所注。謂之四海之下。更三句。云八蠻在南方。六戎在西方。五狄在北方。此三句。唯李巡有之。孫炎郭璞諸本皆無也。李巡與鄭同時。鄭讀爾雅。蓋與巡同。故或取上文。或取下文也。爾雅本有二文者。由王所服國數不同。故異文耳。亦不知九夷八狄七戎六蠻正據何時也。

蓼彼蕭斯。零露湑兮。興也。蓼長大貌。蕭蒿也。湑湑然。蕭上露貌。箋。興者。蕭香物之微者。喻四海之諸侯。亦國君之賤者。露者。天所以潤萬物。喻王者恩澤。不爲遠國則不及也。衡謂。序及四海。極遠而言。不專指夷狄君長。傳云。蓼長大貌。不以蕭爲微物。亦不專指夷狄也。**既見君子。我心寫兮。**輸寫其心也。箋既見君子者。遠國之君。朝見於天子也。我心寫者。舒其情意。無留恨也。衡案。傳輸寫其心。本多脫寫字。今從古本岳本小字本。**燕笑語兮。是以有譽處兮。**箋天子與之燕而笑語。則遠國之君。各得其所。是以稱揚德美。使聲譽常處天子之位。正義。朝之後。王又與之燕飲而笑語兮。感王之恩。皆稱王之德美。是以使王得有聲譽。又常處天子之位兮。陳啓源云。首章燕語兮。三章孔燕豈弟。一詩兩燕。義當畫一。鄭氏於首章云。與之燕而笑語。孔氏申之爲燕飲。三章則訓燕爲安。前後異解矣。源謂以孔燕爲甚燕飲。則不詞。以燕笑語爲安樂而笑語。文義無礙也。則兩燕俱訓安爲當。王引之云。集傳引蘇氏曰。譽豫通。凡詩之譽皆樂也。謹案。蘇氏之說是也。爾雅曰。豫樂也。豫安也。則譽處。安處也。蓼蕭之譽處。承燕笑語兮而言之。裳裳者華之譽處。承我心寫兮而言之。呂氏春秋孝行篇注曰。譽樂也。南有嘉魚曰。嘉賓式燕以樂。車舝曰。式燕且喜。又曰。式燕且譽。六月曰。吉甫燕喜。韓奕曰。韓姞燕譽。射義引詩則燕則譽。而釋之曰。則安則譽。皆安樂之意也。箋悉訓爲名譽之譽。疏矣。衡謂。采蘋。于以采蘋。于訓往。于沼于沚。于訓於。一章內同字異訓。況別章乎。然字同而義異者。毛必釋之。此篇兩燕字傳無解。則其義必同。陳說可從。王引蘇氏。解譽處爲安樂處位。文義極穩。傳意恐亦當然。**蓼彼蕭斯。零露瀼瀼。**瀼瀼。露蕃貌。既見君子。爲龍爲光。龍寵也。箋。爲寵爲光。言天子恩澤光耀。被及己也。其德不爽。壽考不忘。爽差也。蓼彼蕭斯。零露泥泥。泥泥。霑濡也。既見君子。孔燕豈弟。豈樂。弟易也。箋。孔甚。燕安也。釋文。豈開才反。本亦作愷。下同。後豈弟放此。弟如字。本作悌。音同。段玉裁云。釋文此謂豈卽愷之假借。宜兄宜弟。令德壽豈。爲兄亦宜。爲弟亦宜。蓼彼蕭斯。零露濃濃。濃濃厚貌。釋文。濃奴同反。又女龍反。既見君子。鞗革沖沖。和鸞雝雝。萬福攸同。鞗轡也。革轡首也。沖沖垂飾貌。在軾曰和。在鑣曰鸞。箋。此說天子之車飾者。諸侯燕見天子。天子必乘車迎于門。是以云然。攸所也。釋文。鞗徒彫反。正義。釋器云。轡首謂之革。郭璞曰。轡靶也。然則馬轡所靶之外。有餘而垂者。謂之革。鞗皮爲之。故云鞗革轡首垂也。段玉裁云。攸革。古金石文字皆作攸勒。或作鋚勒。說文曰。鋚。轡首銅也。然則鋚以飾轡首。傳云。垂飾貌。正謂鋚也。韓奕鞗以爲靷。淺以爲幦。鋚以飾勒。金以飾軶。四事一例。載見云。攸革有鶬。鶬謂金飾。采芑箋云。攸革轡首垂也。皆可證。各本作攸轡也。淺人刪首飾二字。攸作鞗。亦淺人爲之。今正。蓋毛多古文。以攸革爲鋚勒。衡謂段說是也。

湛露四章。章四句。

湛露。天子燕諸侯也。箋。謂與之燕飲酒也。諸侯朝覲會同。天子與之燕。所以示慈惠。

湛湛露斯。匪陽不晞。興也。湛湛。露茂盛貌。陽日也。晞乾也。露雖湛湛然。見陽則乾。箋。興者。露之在物湛湛然。使物柯葉低垂。喻諸侯受燕爵。其儀有似醉之貌。諸侯旅酬之。則猶然。唯天子賜爵。則貌變。肅敬承命。有似露見日而晞也。段玉裁云。陽日也。謂陽卽暘之假借。衡謂。傳云。露雖湛湛然。見陽則乾。以喻諸侯雖沾醉。天明則醒。勸酒之辭也。故下承之以厭厭夜飲。不醉無歸。箋說失於過巧。且天子燕諸侯。而自言諸侯雖旣醉。已賜爵。則肅敬承命。是自尊大而卑人。何以服天下。儀。本多作義。今從岳本。小字本。

厭厭夜飲。不醉無歸。厭厭。安也。夜飲。燕私也。宗子將有事。則族人皆侍。不醉而出。是不親也。醉而不出。是渫宗也。箋。天子燕諸侯之禮亡。此假宗子與族人燕爲說爾。族人猶羣臣也。其醉不出。不醉出。猶諸侯之義也。飲酒至夜。猶云不醉無歸。此天子於諸侯之義。燕飲之禮。宵則兩階及庭門。皆設大燭焉。釋文。厭於鹽反。韓詩作愔愔。和悅之貌。正義。楚茨云。備言燕私。傳曰。燕而盡其私恩。明夜飲者。亦君留而盡私恩之義。故言燕私也。陳啓源云。厭厭。爾雅作懕懕。云安也。郭注云。安祥之容。說文引此詩作懕懕。亦云安也。段玉裁云。厭厭安也。謂厭厭卽愔愔之假借。燕私。各本誤作私燕。考正義不誤。楚茨。尚書大傳皆云燕私。衡謂。箋中兩義字。各本俱誤儀。今據正義訂正。

湛湛露斯。在彼豐草。厭厭夜飲。在宗載考。豐茂也。夜飲必於宗室。箋。豐草。喻同姓諸侯也。載之言則也。考成也。夜飲之禮。在宗室。同姓諸侯則成之。於庶姓。其讓之則止。昔者陳敬仲。飲桓公酒而樂。桓公命以火繼之。敬仲曰。臣卜其晝。未卜其夜。於是乃止。此之謂不成也。陳啓源云。湛露篇。鄭分下三章。以豐草喻同姓。杞棘喻庶姓。桐椅喻二王之後。似屬穿鑿。然謂同姓則夜飲。異姓則否。以見古人一燕飲。亦寓親疏厚薄之等。其說不可廢也。在宗載考。傳云。夜飲必於宗室。宗室二字。箋疏俱無申述。案采蘋傳云。宗室。大宗之廟也。是卽毛公之自注矣。又禮記昏義。教於宗室。注云。宗子之家。蓋亦指廟言。然此皆大夫士之禮。故有宗子。若湛露之在宗。乃天子燕禮。則宗室者。直謂宗廟之寢室耳。爾雅。室有東西廂曰廟。無東西廂有室曰寢。是廟寢俱可名室。燕則是寢非廟矣。鳧鷖詩既燕于宗。與此在宗義正同。但彼爲賓尸。在廟門外之西室。此爲燕同姓。在廟後之寢室。要之同在廟中。則可同謂之宗也。

湛湛露斯。在彼杞棘。顯允君子。莫不令德。

箋。杞也棘也。異類。喻庶姓諸侯也。令善也。無不善其德。言飲酒不至於醉。

其桐其椅。其實離離。豈弟君子。莫不令儀。

離離。垂也。箋。桐也椅也。同類而異名。喻二王之後也。其實離離。喻其薦俎禮物。多於諸侯也。飲酒不至於醉。徒善其威儀而已。謂陔節也。

正義。當奏陔夏之節。猶善威儀。以其美人。必舉其終。故知當陔之節也。燕禮。賓醉。北面坐取其薦脯以降。奏陔夏。取所執脯。以賜鍾人於門內霤。遂出。是也。陳啓源云。杞棘皆堅彊之木。故以興顯允君子。顯允。明信也。桐椅是柔韌之木。故以興豈弟君子。豈弟。樂易也。詩意較然。康成徒取同類異類。遂無暇及此義。衡謂。序言天子燕諸侯也。不始分同姓異姓。首章傳。宗子將有事以下。毛引成文以證不醉無歸之義。非以前二章爲燕同姓諸侯也。其實離離傳云。垂也。亦未見薦俎禮物多於諸侯之意。凡木實可觀。在於垂下。蓋以喻君子之令儀耳。箋以後二章末二句。與前二章異文。謂三章喻庶姓。卒章喻二王之後。煩碎已甚。恐非詩人之旨也。且同姓夜飲。於宗成之。異姓則否。當各別賦一篇。今於一篇內言待同姓異姓之殊。將爲同姓歌之也。抑爲異姓歌之邪。若所待殊。而所歌同。樂之與禮異其道。恐亦非先王所以制禮樂之意也。今詳詩意。前二章述王厚於諸侯。後二章述諸侯雖醉不失其儀。盛世君臣。各盡其道。詩人從而詠之。所以前後不同文也。

彤弓三章。章六句。

彤弓。天子錫有功諸侯也。箋。諸侯敵王所愾。而獻其功。王饗禮之。於是賜彤弓一。彤矢百。玈弓矢千。凡諸侯賜弓矢。然後專征伐。正義。自諸侯敵王所愾。盡玈弓矢千。除饗禮一句以外。皆文四年左傳寗武子辭也。諸侯賜弓矢。然後專征伐。禮記王制文也。愾恨也。獻功者。伐四夷而勝。則獻之。其伐中國。雖勝不獻。故莊三十一年左傳。凡諸侯有四夷之功。則獻於王。王以警於夷。中國則否。是中國之勝不獻捷也。其賜有功則賜之。不須要四夷之功始賜之也。

彤弓弨兮。受言藏之。彤弓。朱弓也。以講德習射。弨弛貌。言我也。箋。

言者謂王策命也。王賜朱弓，必策其功以命之。受出藏之，乃反入也。正義以此歌本敍王意，故云有嘉賓。既敍王意，不得諸侯言我受藏之也。晉文公受弓矢之賜，傳稱王命尹氏及王子虎、內史叔興父策命晉侯爲侯伯。此與彼同，宜有策命。故知言者謂王策命也。陳啓源云：左傳襄八年，晉范宣子來聘，公享之，季武子賦彤弓。宣子曰：城濮之役，我先君文公獻功於衡雍，受彤弓於襄王，以爲子孫藏。匄也先君守官之嗣也，敢不承命。宣子言受言藏，若爲此詩下注脚矣。衡謂我，我諸侯也。凡錫弓矢，王先賜之，諸侯受以出，然後再入饗之。故僖二十八年傳曰：晉侯受策以出，出入三覲。三覲者，既饗，復入謝也。禮無饗後入謝之文，故杜預解出入爲從來至去。然出入之出，卽以出之出，則三覲者，一時之事，非謂從來至去。蓋命爲侯伯，非常大禮，故有饗後入謝之禮，卽所云出入三覲也。以此推之，知諸侯受弓以出，反入王饗之。故此篇首二句，從諸侯受弓立言，故傳訓言爲我。下四句，從王饗之立言，故具述王嘉之之意。詞有賓主，始不妨分言之也。鄭欲通章爲王詞，故訓言爲策命，既失之迂僻矣。後儒所見與鄭同，取其意而易其義，謂王受弓人所獻之弓而藏之，待諸侯有功以貺之。夫王府所有，皆諸官所獻，自非宗廟彝器，何必鄭重言其所由來哉。且顯與范宣子之言乖，均之皆未達毛意耳。

我有嘉賓，中心貺之。 貺，賜也。箋：貺者，欲加恩惠也。王意殷勤於賓，故歌序之。

鐘鼓既設，一朝饗之。 箋：大飲賓曰饗。一朝猶早朝。正義：言一朝者，言王殷勤于賓。

早朝而卽行禮。故云。一朝猶早朝。以燕如至夜。饗則如其獻數。禮成而罷。故以朝言之。彤弓弨兮。受言載之。載以歸也。箋。出載之車也。衡謂。載以歸。終言之。非謂載之卽歸也。我有嘉賓。中心喜之。喜樂也。鐘鼓既設。一朝右之。右勸也。箋。右之者。主人獻之。賓受爵。奠于薦右。既祭俎。乃席末坐。卒爵之謂也。段玉裁云。傳右勸也。與楚茨傳侑勸也同。是以右爲侑也。說文姷耦也。或作侑。釋詁。酬酢侑報也。衡謂。首章云。一朝饗之。饗者酒食俱有。食有侑幣。酒有酬幣。所以勸酒飯也。勸酒飯者。報其功也。故曰。愛之欲飲食之。人之情也。故此章右。傳訓勸。卒章酬訓報。蓋以互文見之。而仍不離本義。所以爲妙也。彤弓弨兮。受言櫜之。櫜韜也。我有嘉賓。中心好之。好說也。鐘鼓既設。一朝醻之。醻報也。箋。飲酒之禮。主人獻賓。賓酢主人。主人又飲而酌賓。謂之醻。醻猶厚也。勸也。曾釗云。醻卽醻賓之醻。故小弁。如或醻之。賓之初筵。舉醻逸逸。皆無傳。並承此醻報之文也。瓠葉傳云。醻導飲。不云報也者。以上酢傳既云報。醻不可以報解之。要之醻酢對文則異。散文可通。醻者報其酢。故亦云報。

菁菁者莪四章。章四句。

菁菁者莪。樂育材也。君子能長育人材。則天下喜樂之矣。

樂育材者。歌樂人君教學國人。秀士。選士。俊士。造士。進士。養之以漸。至於官之。

正義。王制云。興立小學大學。又云。若有循教者。鄉人子弟。卿大夫餘子。皆入學。九年大成。名曰秀士。又曰。命鄉論秀士。升之司徒。曰選士。司徒論選士之秀者。升之於大學。曰俊士。升於司徒者。不征於鄉。升於大學者。不征於司徒。曰造士。又曰。大樂正論造士之秀者。以告於王。而升諸司馬。曰進士。又曰。司馬辨論官材。論進士之賢者。以告於王。而定其論。論定。然後官之。任官。然後爵之。

菁菁者莪。在彼中阿。

興也。菁菁。盛貌。莪。蘿蒿也。中阿。阿中也。大陵曰阿。君子能長育人材。如阿之長莪菁菁然。箋。長育之者。既教學之。又不征役也。

正義。釋草云。莪。蘿蒿也。舍人曰。莪一名蘿。郭璞曰。今莪蒿也。陸璣疏云。莪。蒿也。一名蘿蒿也。生澤田漸洳之處。葉似邪蒿而細。科生。三月中。莖可生食。又可蒸。香美。味頗似蔞蒿是也。李黼平云。說文蘿云。莪也。莪云。蘿莪。蒿屬。莪蘿互訓。以爲蒿屬。與毛傳合。陸疏云。生澤田漸洳之處。以說在沚則可。與中阿中陵則乖。傳言君子長育人材。如阿之長莪。莪蘿固水陸俱有矣。衡謂蓼莪云。蓼蓼者莪。

匪我伊蒿。然則我蒿雖相類。本是別草。我美而蒿惡。故此亦以喻賢材耳。

既見君子。樂且有儀。箋。既見君子者。官爵之而得見也。見則心既喜樂。又以禮儀見接。陳啓源云。箋語未盡然。官爵之者。在成材之後耳。此詩主君子長育人材。而天下喜樂之。至於成材而授官。乃其餘意。觀序語可見。源謂前三章皆以我之長喻材之育。則此三既見。因教誨之而得見也。所見之君子。在鄉則鄉老。鄉大夫諸職。在國則大司成。大小樂正諸職。末章以舟之載物。喻君之用人。則此一既見。因官爵之而得見也。所見之君子。直應謂王者。而司馬有辨論之權。或當兼目之。又云。樂且有儀。箋云。心既喜樂。又以禮儀見接。是樂主見者言。有儀主君子言也。歐陽氏本義全指君子。嚴華谷非之。謂以樂且有儀指君子。則既見二字無所歸。詩中既見君子。二十有二。見於九詩。其接句皆述喜之之情。謂見君子者喜。非所見者也。斯言得之矣。源謂樂字卽下章喜字休字。歐陽以屬君子。實爲無理。鄭以有儀指君子。元是見者自幸之詞。無妨文義。但一句分屬兩人。終未渾成。且以儀爲相接之儀。趣味亦短。嚴緝云。見善教之作成。是有儀主賢才言。得之矣。惜語未明暢。東萊詩記載呂氏之說曰。長育人材之道。固多術矣。而莫先於禮義。禮義者內外兼養。非心過行。無所從入。此人材所以成也。故曰菁菁者莪廢。則無禮儀。旨哉此言。嚴說應本此。衡謂。陳前說是也。後說引呂嚴二家。以樂且有儀。全屬見君子者。因言樂字卽下章喜字休字。此則未是。下章喜字休字上。皆有我心則三字。其爲見君子者喜休。固不待論。此樂字在句首。下又言且有儀。句法既別。文義從而殊。不可得而强同。且見君子者。自言已有儀。乃誇張欲速成者。非篤學者之言。安能成其材哉。竊謂。樂卽樂易之樂。凡詩言樂只豈樂之屬。皆謂其心樂易不險。言既見君子。其心樂易。而又有威儀。宜矣其能長育人材也。是不序已喜。而喜得見之意在其中。所以下章以我心則喜休承之也。文三年左傳曰。晉侯饗公。賦菁菁者莪。莊叔以公降拜。曰小國受命於大國。敢不愼儀。君貺之以大禮。何樂如之。抑小國之樂。大國之惠也。是以樂儀屬所見者。毛義恐亦應然。

菁菁者莪。在彼中沚。中沚。沚中也。既見君子。我心則喜。喜樂也。

菁菁者莪。在彼中陵。中陵。陵中也。既見君子。錫我百朋。箋。古者貨貝。五貝爲朋。賜我百朋。得祿多。言得意也。正義。五貝者。漢書食貨志。以爲大貝。壯貝。幺貝。小貝。不成貝。爲五也。言爲朋者。謂小貝以上四種各二貝爲一朋。而不成者不爲朋。鄭因經廣解之。言有五種之貝。貝中以相與爲朋。非總五貝爲一朋也。衡謂。序言樂育材。不言官爵之。則錫我百朋。當謂誨之經藝。其當寶重。不止百朋。鄭箋恐未是。

汎汎楊舟。載沈載浮。楊木爲舟。載沈亦浮。載浮亦浮。箋。舟者。沈物亦載。浮物亦載。喩人君用人。文亦用。武亦用。於人之才無所廢。正義。載飛載止。及載震載育之類。箋傳皆以載爲則。然則此載亦爲則。言則沈物。則浮物也。傳言載沈亦浮。箋言沈物亦載。則以載解義。非經中之載也。焦循云。傳箋明以載爲承載之載。汎汎浮也。傳兩亦浮解汎汎。言此楊舟無論所載者爲沈物浮物。而皆汎汎也。衡謂。正義云。傳箋皆解載爲則。今詳考文意。傳意蓋謂則載沈物。亦汎汎然。則載浮物。亦汎汎然。以喻君子善誘。隨性而成其材。正義是也。箋則以爲承載。又解爲喻人君用人。皆失之。

既見君子。我心則休。箋。休者。休休然。

王念孫云。休亦喜也。語之轉耳。箋曰。休者休休然。休休猶欣欣。亦語之轉也。周語爲晉休戚。韋昭注曰。休喜也。廣雅同。呂刑曰。雖畏勿畏。雖休勿休。言雖喜勿喜也。楚語曰。教之世。而爲之昭明德。而廢幽昏焉。以休懼其動。言喜懼其動也。釋文正義並訓休爲美。失之。

六月六章。章八句。

六月。宣王北伐也。鹿鳴廢則和樂缺矣。四牡廢則君臣缺矣。皇皇者華廢則忠信缺矣。常棣廢則兄弟缺矣。伐木廢則朋友缺矣。天保廢則福祿缺矣。采薇廢則征伐缺矣。出車廢則功力缺矣。杕杜廢則師衆缺矣。魚麗廢則法度缺矣。南陔廢則孝友缺矣。白華廢則廉恥缺矣。

華黍廢。則蓄積缺矣。由庚廢。則陰陽失其道理矣。南有嘉魚廢。則賢者不安。下民不得其所矣。崇丘廢。則萬物不遂矣。南山有臺廢。則爲國之基隊矣。由儀廢。則萬物失其道理矣。蓼蕭廢。則恩澤乖矣。湛露廢。則萬國離矣。彤弓廢。則諸夏衰矣。菁菁者莪廢。則無禮儀矣。小雅盡廢。則四夷交侵。中國微矣。箋。六月。言周室微而復興。美宣王之北伐也。

正義。此二十二篇。小雅之正經。王者行之。所以養中國而威四夷。今盡廢。事不行。則王政衰壞。中國不守。四方夷狄來侵之。中夏之國微弱矣。言北狄來侵者。爲廢小雅故也。厲王廢之而微弱。宣王能禦之。而復興。故博而詳之。而因明小雅不可不崇。以示法也。定本此序注云。言周室微而復興。美宣王之北伐也。按集本及諸本。並無此注。衡謂。序言六月宣王北伐也。然後歷二十二篇。以小雅盡廢。則四夷交侵。中國微矣。結之。正述厲王廢小雅之道。致微弱之由。而美宣王之北伐。注深得序意。有者爲是。今從定本。北伐也下。俗本有從此至無羊十四篇。是宣王之變小雅十五字。乃釋文混箋者。今據古本岳本小字本十行本訂正之。

六月棲棲。戎車既飭。四牡騤騤。載是常服。棲棲。簡閱貌。飭正也。日月爲常。服戎服也。箋。記六月者。盛夏出兵。明其急也。戎車。革路之等也。其等有五。戎車之常服。韋弁服也。正義。春官車僕。掌戎路之倅。廣車之倅。闕車之倅。屏車之倅。輕車之倅。注云。此五者皆兵車。所謂五戎也。戎路。王所乘。廣車。廣陳之車。闕車。所用補闕之車也。屏車。所用對敵自蔽隱之車也。輕車。所用馳敵致師之車也。衡謂。棲與栖同。棲棲。往來不已之貌。故云簡閱貌。

玁狁甚熾。我是用急。熾盛也。箋。此序吉甫之意也。北狄來侵甚熾。故王以是急遣我。戴震云。鹽鐵論引此作我是用戒。戒猶備也。治軍事爲備禦曰戒。譌作急。義似劣矣。急字於韻亦不合。段玉裁云。謝靈運撰征賦。宣王用棘於獫狁。是六朝時詩。本有作我是用棘者。釋言。悈。褊急也。釋文。悈本或作恆。又作亟。詩匪棘其欲。箋。棘急也。正義曰。棘急釋言文。素冠傳。棘急也。正義曰。棘急釋言文。彼棘作悈。音義同。然則悈恆亟棘革戒六字同音義。皆急也。此詩作棘作戒皆協。今作急者。後人用其義。改其字耳。

王于出征。以匡王國。箋。于曰。匡正也。王曰。今女出征玁狁。以正王國之封畿。陳啓源云。六月北伐。鄭箋以爲遣吉甫。信矣。至毛傳以爲親征。並無明文也。王肅孔晁述毛旨。始有親征之說。徒據首二章傳文爲詞耳。首章傳云。日月爲常。二章傳云。出征以佐其爲天子。大常。王所建。而出行征伐。成己爲天子之大功。此王孔二家所據爲親征之證也。不知毛傳元不言佐己。其云佐其爲天子。指吉甫言。更爲明順。至王建大常。雖周官有明文。然玩傳語。未嘗謂建此以行也。傳云。棲棲簡閱貌。飭正也。日月爲常。服戎服也。夫簡閱者。將出師。先撰擇其士衆車馬。如周禮大司馬四時蒐田。教民坐作進退之法。是也。平時簡閱。王猶親莅之。況命將出師乎。大常之建。應在此時耳。二章傳又云。必先教戰。然後用師。可見首二章。毛皆指簡閱。章末兩出征。則明簡閱之故。何嘗以爲親征哉。故末章傳云。使文武之臣征伐。與孝友之臣處內。傳義顯然矣。李黼平云。此與下經兩王于。毛皆無訓。秦風王于興師。孔謂王家於是興師。彼王于與此王于一也。訓于爲於。亦無不可。衡謂。傳於于三十里。訓于爲行。則上下兩王于。訓於無疑。言王於是使我出征。以正夏夷之境也。首章專言簡閱。二章言簡閱既終。方始出師。故首二句下傳云。言先教戰。然後用師。餘陳說是也。戎服。非常之服。不可以言常服。故傳解常爲旗名。服爲戎服。箋以爲戎事常服。鑿矣。

比物四驪。閑之維則。物毛物也。則法也。言先教戰。然後用師。

正義。夏官校人云。凡大事。祭祀。朝覲。會同。毛馬而頒之。凡軍事。物馬而頒之。注云。毛馬齊其色。物馬齊其力。是毛物之文也。衡謂。物猶相也。故可以言力。可以言色。此有四驪。不得不言毛。戎事貴力。最不可不言物。故毛物並言耳。

維此六月。既成我服。我服既成。于三十里。師行三十里。箋。王既成我戎服。將遣之。戎之曰。日行三十里。可以舍息。段玉裁云。傳師行下。當有日字。衡謂。軍行三十里。古之定法。吉甫良將。豈待王戒之。而始知之哉。鄭訓于爲曰。故爲此迂說耳。傳文簡潔。且此用成文。行下不必補日字。王于出征。以佐天子。出征以佐其爲天子也。箋。王曰。令女出征伐。以佐助我天子之事。禦北狄也。衡謂。夷狄內侵。不成爲天子。伐而攘之。是輔佐成其爲天子也。四牡脩廣。其大有顒。脩長。廣大也。顒大貌。薄伐玁狁。以奏膚公。奏爲。膚大。公功也。有嚴有翼。共武之服。嚴威嚴也。翼敬也。箋。服事也。言今師之羣帥。有威嚴者。有恭敬者。而共典是兵事。言文武之人備。共武之服。以定王國。箋。定安也。玁狁匪茹。整居焦穫。侵鎬及方。至于涇陽。焦穫周地。接于玁狁者。箋。匪非。茹度也。鎬也。方也。皆北方地名。玁狁之來侵。非其所當度爲也。乃自整齊。而處周之焦穫。來侵至涇水之北。言其大恣也。釋文。穫音護。爾雅十藪。周有焦獲。戴震云。孔仲遠以郭璞爾雅注池陽之瓠中。當此詩焦穫。池陽今之西安府三原縣。漢屬左馮翊。是直逼周京矣。非也。既整其衆。處于焦穫。乃侵鎬及方。至于涇陽。則焦穫在外。涇陽在內。下章言薄伐玁狁。至于大原。卒章言來歸自鎬。則焦穫在鎬方大原涇陽之間。王師逐之。至大原。後仍軍于鎬。平定然後歸也。衡謂。戴說是也。戴又以涇陽爲漢安定郡朝那。以大原爲安定郡高平。案地理志。涇水出安定涇陽縣西岍頭山。東南至馮翊陽陵縣。入渭。行千六百里。其說蓋不遠矣。至高平縣。唐改爲原州耳。始無大原之名。未可定當此詩大原。或亦因以大原爲大原府陽曲縣。大原府春秋之時屬晉地。在鎬京東北二千許里。陳啓源謂。出車詩。南仲既平玁狁。卽伐西戎。則二寇定相接壤。玁狁自是西北之狄。其遁應向西北而去。吉甫安得反東行逐之至今山西之陽曲哉。此說是也。要之毛鄭所不說。闕疑可也。

織文鳥章。白旆央央。鳥章。錯革鳥爲章也。白旆。繼旐者也。央央。鮮明貌。箋。織。徽織也。鳥章。鳥隼之文章。將帥以下。衣皆著焉。

正義。釋天云。錯革鳥曰旟。孫炎曰。錯置也。革急也。畫急疾之鳥於縿也。九旗之物皆用絳。則此亦絳也。言帛旆者。謂絳帛。猶通帛爲旃。亦是絳也。段玉裁云。織文。毛無傳。蓋讀與禹貢厥篚織文同。鳥章帛茷。皆織帛爲之。出其東門正義曰。傳言。茶。英茶者。六月云。白旆英英。是白貌。茅之秀者。其蕙色白。公羊宣十二年注。繼旐如燕尾曰旆。疏曰。繼旐曰旆。孫氏曰。帛繼旐末。亦長尋。詩云帛旆英英。是也。按從孫炎注。作帛旆爲善。此正義云。以帛爲行旆。又九旗之帛皆用絳。言帛旆者。謂絳帛。猶通帛爲旃。亦是絳也。然則孔氏作正義時。經文原作帛旆。而出其東門疏引白旆英英。明茶是白色。周禮司常疏引白旆央央。明旆不用絳。由疏不出一人之手。唐初本已或誤作白旆。今當據正義及公羊疏改定白旆爲帛旆。其央央亦當改英英。衡謂說文。錯畫也。采芑傳云。錯衡。文衡也。然則錯革鳥之錯。亦是文畫之義。孫訓置失之。

元戎十乘。以先啓行。元大也。夏后氏曰鉤車。先正也。殷曰寅車。先疾也。周曰元戎。先良也。箋。鉤鞶。行曲直有正也。寅進也。二者及元戎。皆可以先前啓突敵陳之前行。其制之同異未聞。釋文。鉤古侯反。股音古。今經注作鞶。無股字。阮元云。相臺本箋重鉤字。考文古本同。案重者是也。正義標起止云箋鉤鉤鞶可證。釋文本鞶作股。云音古。正義云。定本鉤鞶作鉤般。又云。蓋謂此車行鉤曲般旋。考箋曰行曲直有正也。乃取曲鉤直股爲義。般與股形相近耳。爾雅釋文載李巡注鉤股云。水曲如鉤。折如人股。孫炎郭璞本作般。注云。盤桓者誤。當以釋文本爲長。衡謂阮說是也。當改作鉤鉤股。釋文今經以下八字。乃宋人所增補也。

戎車既安。如輊如軒。四牡既佶。既佶且閑。輊摯。佶正也。箋。戎車之安。從後視之如摯。從前視之如軒。然後適調也。佶。壯健之貌。

薄伐玁狁。至于大原。言逐出之而已。衡案。昭元年春秋。晉荀吳帥師。敗狄于大鹵。公羊穀梁經俱作大原。公羊傳曰。此大鹵也。曷爲謂之大原。地物從中國。邑人名從主人。穀梁義粗同。此傳云。逐出之而已。竊疑毛意以大原爲大鹵。指沙漠而言。故云逐出之而已與。

文武吉甫。萬邦爲憲。吉甫。尹吉甫也。有文有武。憲法也。箋。吉甫此時大將也。

吉甫燕喜。既多受祉。祉福也。箋。吉甫既伐玁狁而歸。天子以燕禮樂之。則歡喜矣。又多受賞賜也。

來歸自鎬。我行永久。飲御諸友。炰鼈膾鯉。御進也。箋。御侍也。王以吉甫遠從鎬地來。又日月長久。今飲之酒。使其諸友恩舊者侍之。又加其珍美之饌。所以極勸之也。段玉裁云。炰。禮注作缹。通俗文燥煮曰缹。與瓠葉閟宮之炮迥別。衡謂王命諸友飲御吉甫。故傳訓御爲進。箋訓侍。失之過當。

侯誰在矣。張仲孝友。侯維也。張仲。賢臣也。善父母爲孝。善兄弟爲友。使文武之臣征伐。與孝友之臣處內。箋。張仲吉甫之友。其性孝友。衡謂王燕吉甫。使諸友飲御。而張仲與焉。明非從征之人。故知與孝友之臣處內也。

采芑四章。章十二句。

采芑。宣王南征也。

薄言采芑。于彼新田。于此菑畝。　興也。芑菜也。田一歲曰菑。二歲曰新田。三歲曰畬。宣王能新美天下之士。然後用之。箋。興者。新美之。喻和治其家。養育其身也。士。軍士也。　正義。陸璣疏云。芑菜似苦菜也。莖青白色。摘其葉。白汁出。肥可生食。亦可蒸爲茹。青州人謂之芑。西河雁門芑尤美。胡人戀之不出塞。是也。陳啓源云。芑菜。宋嘉祐本草謂之白苣。王禎農書謂之石苣。食療本草云。白苣似萵苣。葉有白毛。李氏綱目云。葉色白。折之有白汁。正二月下種。三四月開華。黃色。如苦蕒。結子亦同。八月十月可再種。故諺曰。生菜不離園。蓋白苣。苦苣。萵苣。俱可生食。不宜烹。通可曰生菜。而白苣稍美。得專其稱也。

方叔涖止。其車三千。師干之試。　方叔。卿士也。受命而爲將也。涖臨。師衆。干扞。試用也。箋。方叔臨視此戎車三千乘。其士卒皆有佐師扞敵之用爾。司馬法。兵車一乘。甲士三人。步卒七十二人。宣王承亂。羨卒盡起。正義。地官小司徒職曰。上地家七人。可任者家三人。中地家六人。可任者二家五人。下地家五人。可任者家二人。以其餘爲羨。唯田與追寇竭作。起軍之法。家出一人。故鄉爲一軍。唯田獵與追寇。皆盡行耳。今以敵强。與追寇無異。故羨卒盡起。羨。餘也。以一人爲正卒。其餘爲羨卒也。若然。彼三等之家。通而率之。家有二人半耳。縱令盡起。唯二千五百乘。所以得有三千者。蓋出六遂以足之。且言家二人三人者。擧其大率言耳。人有死生。數有改易。六鄉之內。不必常有千乘。況羨卒豈能常滿二千五百也。當是於時出軍之數。有三千耳。或出於公邑。不必皆鄉遂也。衡謂。兵車一乘。士卒七十五人。則三千用二十二萬五千人。恐非三代出軍之法。詩固多溢實之詞。然此三倍常法。箋疏之說。未可信。從司馬法又有兵車一乘。士卒十人之法。書序云。武王革車三百兩。虎賁三千人是也。疑此用其法耳。

方叔率止。乘其四騏。四騏翼翼。箋。率者。率此戎車士卒而行也。翼翼。壯健貌。

路車有奭。簟茀魚服。鉤膺鞗革。奭。赤貌。鉤膺。樊纓也。箋。茀之言蔽也。車之蔽飾。象席文也。魚服。矢服也。鞗革。轡首垂也。正義。在膺之飾。唯有樊纓。故云。鉤膺樊纓也。衡謂。矢服以魚皮爲之。故云魚服。段玉裁訂本鞗作攸。說見于前。

薄言采芑。于彼新田。于此中鄉。鄉所也。箋。中鄉。美地名。衡謂。所。處也。傳恐人爲鄉邑之鄉。故云所也。蓋謂菑畝中央之所。首章云。新田菑畝。不言地名。則此亦非地名。箋云。美地名。失之。方叔涖焉。其車三千。旂旐央央。箋。交龍爲旂。龜蛇爲旐。此言軍衆將帥之車皆備。方叔率止。約軝錯衡。八鸞瑲瑲。軝。長轂之軝也。朱而約之。錯衡。文衡也。瑲瑲。聲也。釋文。瑲本亦作鏘。戴震云。軝說文亦作軝。从革。孔仲遠以軝爲長轂名。非也。軝即考工記之幬革。朱而約之者。朱其革。以幬於轂也。惟長轂盡飾。大車短轂。則無飾。阮元云。唐石經。小字本。相臺本軝作軝。是也。釋文。五經文字可證。說文从車氏聲。凡氏聲與氐聲。古分別最嚴。李黼平云。說文文云。錯畫也。許以錯訓文。毛以文訓錯。皆謂畫耳。不必別有物飾之。衡謂兵車轂長。恐其觸物傷敗。故以革幬之耳。服其命服。朱芾斯皇。有瑲蔥珩。朱芾。黃朱芾也。皇猶煌煌也。瑲。珩聲也。蔥。蒼也。三命蔥珩。言周室之强。車服之美也。言其強美。斯劣矣。箋。命服者。命爲將。受王命之服也。天子之服。韋弁服。朱衣裳也。正義。斯干傳曰。天子純朱。諸侯黃朱。皆朱芾。玉藻云。三命赤韍蔥珩。老子曰。國家昏亂。有忠臣。六親不和。有孝慈。明名生於不足。詩人所以盛矜於強美者。斯爲宣王承亂劣弱矣而言之也。鴥彼飛隼。其飛戾天。亦集爰止。戾至也。箋。隼急疾之鳥也。飛乃至天。喻士卒勁勇。能深攻入敵也。爰於也。亦集於其所止。喻士卒須命乃行也。方叔涖止。其車三千。師干之試。箋。三稱此者。重師也。方叔率止。鉦人伐鼓。陳師鞠旅。伐擊也。鉦以靜之。鼓以動之。鞠告也。箋。鉦也鼓也。各有人焉。言鉦人伐鼓。互言爾。二千五百人爲師。五百人爲旅。此言將戰之日。陳列其師旅。誓告之也。陳師告旅。亦互言之。正義。說文云。鉦。鐃也。似鈴。柄中上下通。然則鉦卽鐃也。鼓人云。以金鐃止鼓。大司馬云。鳴鐃且卻。聞鉦而止。是鉦以靜之。大司馬又曰。鼓人三鼓。車徒皆起。聞鼓而起。是鼓以動之也。說文又曰。鐲。鉦也。鐃也。則鐲鐃相類。俱得以鉦名之。故鼓人注。鐲。鉦也。形如小鐘。是鐲亦名鉦也。鐲似小鐘。鐃似鈴。是有大小之異耳。俱得名鉦。但鐲以節鼓。非靜之義。故知鉦以靜之。指謂鐃也。顯允方叔。伐鼓淵淵。振旅闐闐。淵淵鼓聲也。入曰振旅。復長幼也。箋。伐鼓淵淵。謂戰時進士衆也。至戰止將歸。又振旅伐鼓闐闐然。振猶止也。

旅衆也。春秋傳曰。出曰治兵。入曰振旅。其禮一也。正義。公羊傳。治兵則幼賤在前。振旅則尊老在前。釋文云。出爲治兵。尚威武也。入爲振旅。反尊卑也。故此傳云。入曰振旅。復長幼。是反爲尊卑也。

蠢爾蠻荊。大邦爲讎。

蠢動也。蠻荊。荊州之蠻也。箋。大邦。列國之大也。正義。蠢動。釋詁文也。釋訓云。蠢。不遜也。郭璞曰。蠢動。爲惡不謙遜也。陳啓源云。說文。蠢。蟲動也。玉篇云。動也。作也。廣韻云。出也。動也。然則動其本義。而借爲不遜。與書蠢茲有苗。越茲蠢。今蠢。允蠢。詩蠢爾蠻荊。禮記春之言蠢也。先儒釋之。皆不離動義。字又涸惷。惷蠢音同。義亦相近。無妨通用耳。朱芭集傳曰。蠢。動而無知貌。無知義。古未之有。語本伊川。而蔡氏亦祖此以釋書。是誤以惷愚義爲惷義矣。段玉裁云。韋元成傳。引荊蠻來威。按毛云。荊州之蠻也。然則毛詩固作荊蠻。傳寫誤倒之也。晉叔向曰。楚爲荊蠻。韋注。荊州之蠻。正用毛傳爲說。又齊語。萊莒徐夷吳越。韋注。徐夷。徐州之夷也。可證荊蠻文法。又按。吳都賦。跨躡蠻荊。李善注引詩蠢爾荊蠻。然則唐初詩不誤。左思倒字。以與并精坰爲韻。後漢李膺傳。膺奉疏曰。緄前討荊蠻。均吉甫之功。注引蠻荊來威者。俗人所改易也。文選王仲宣誄。遠竄荊蠻。註引毛詩蠢爾蠻荊。亦誤倒。

方叔元老。克壯其猶。

元大也。五官之長。出於諸侯。曰天子之老。壯大。猶道也。箋。猶謀也。謀兵謀也。正義。毛爲猶道。鄭以爲猶謀也。軍之道亦謀也。衡謂。毛以猶爲猷之假借。故云道也。既訓猶爲道。故訓壯爲大。言方叔元老。不獨恃兵威。

能大其道以導之。所以蠻荊來威也。正義以箋述傳。失之矣。五官之長者。古者播五行於四時。故稱百官爲五官也。方叔率止。執訊獲醜。箋。方叔率其士衆。執其可言問所獲敵人之衆。以還歸也。戎車嘽嘽。嘽嘽焞焞。如霆如雷。嘽嘽。衆也。焞焞。盛也。箋。言戎車既衆盛。其威又如雷霆。言雖久在外。無罷勞也。釋文。焞吐雷反。又他屯反。本又作啍。顯允方叔。征伐玁狁。蠻荊來威。箋。方叔先與吉甫征伐玁狁。今特往伐蠻荊。皆使來服於宣王之威。美其功之多也。

車攻八章。章四句。

車攻。宣王復古也。宣王能內脩政事。外攘夷狄。復文武之境土。脩車馬。備器械。復會諸侯於東都。因田獵而選車徒焉。箋。東都。王城也。正義。言復文武之境土。以文武周之先王。舉以言之。此當復成康之時也。衡謂周之王業。文王始之。武王成之。言文武。則成康在其中。不必間三分一統之殊也。疏說拘甚。我車既攻。我馬既同。攻堅。同齊也。宗廟齊豪。尚純也。戎事齊力。尚强也。田獵齊足。尚疾也。釋文。豪戶刀反。依字作毫。正義。宗廟齊豪。戎事齊力。田獵齊足。釋畜文也。四牡龐龐。駕言徂東。龐龐充實也。東洛邑也。衡謂洛當作雒。雍州之浸。从水作洛。豫州之川。从各作雒。田車既好。四牡孔阜。東有甫草。駕言行狩。甫大也。田者大芟草以爲防。或舍其中。褐纏旃以爲門。裘纏質以爲槸。間容握。驅而入。轚則不得入。左者之左。右者之右。然後焚而射焉。天子發。然後諸侯發。諸侯發。然後大夫士發。天子發抗大綏。諸侯發抗小綏。獻禽於其下。故戰不出頃。田不出防。不逐奔走。古之道也。箋。甫草者。甫田之草也。鄭有圃田。釋文。芟魚廢反。槸魚列反。何魚子反。門中闑。轚音計。劉兆注穀梁云繼也。本又作擊。音同。或古歷反。之左者之左。一本無上之字。下句亦然。正義。既爲防限。當設周衛而立門焉。以織毛褐布纏通帛旃之竿。以爲門之兩旁。其門蓋南開。並爲二門。用四旃四褐也。又以裘纏椹質。以爲門中之闑。闑車軌之裏。兩邊約車輪者。其門之廣狹。兩軸頭去旃竿之間。各容一握。握人四指。爲四寸。是門廣於軸八寸也。入此門。當馳走而入。不得徐也。以教戰。試其能否。故令驅焉。若驅之。其軸頭擊著門旁旃竿。則不得入也。所以罰不工也。以天子六軍。分爲左右。雖同舍防內。令三軍各在一方。取左右相應。其屬左者之左門。屬右者之右門。不得越離部伍。以此故有二門。戴震云。古字甫圃通。義皆爲大。國語曰。藪有甫草。囿有林池。韋注云。圃大也。必有茂大之草。以財用之也。詩之甫草。卽國語圃草耳。不必如箋說。又李善注文選引韓詩東有圃草。薛君章句。圃博也。有博大茂草也。阮元云。小字本相臺本芟作艾。蟿作擊。衡謂傳褻纏質以爲槸下卽云。間容握。驅而入。擊則不得入。不言有二門。是左者自闑左入。以之左陳。右者自闑右入。以之右陳。若軸頭擊旃竿及質闑。則不得入也。孔以擊爲擊著門旁旃竿。則一門只入一車。左者之左。右者之右之語。不可得而解。故別撰出一門。爲有二門。皆非也。椹質者。使罪人伏其上。以鉞腰斬之。田獵以軍法從事。故亦備椹質。必以褻裼纏旃質者。表田有獲也。芟作艾。蟿作擊。皆是也。足利古本亦作擊。

之子于苗。選徒囂囂。之子。有司也。夏獵曰苗。囂囂。聲也。維數車徒者。爲有聲也。箋。于曰也。

建旐設旄。搏獸于敖。敖。地名。箋。獸田獵搏獸也。敖。鄭地。今近滎陽。陳啓源云。二章三章言行狩。言于苗。猶未田獵也。孔疏以爲致其意。呂記以爲有司先爲戒具。是也。段玉裁云。後漢安帝紀注引詩薄狩于敖。俗刻今改爲搏。而狩不改。毛刻作薄狩。冊府元龜王氏詩攷引作薄狩。水經注濟水篇。濟水又東逕敖山。詩所謂薄狩于敖者也。作薄狩。東京賦薄狩于敖。作薄狩。薛注引薄獸于敖。薄字不誤。獸字係妄改。後見惠定宇九經古義。引徐堅初學記作搏狩。又引何休公羊注。高誘淮南子注。漢石門頌。證狩卽獸字。故箋云。田獵搏獸也。若經作搏獸。箋不已贅乎。玉裁始曉。然於經文。本作薄狩。鄭訓狩爲搏獸。釋文云。搏獸音博。舊音傅。乃爲鄭箋作音義。非釋經也。初學記意主對偶。故以薄狩大蒐爲儷。猶上文三驅一面。下文晉鼓虞旗。皆是也。今本作搏狩。乃淺人妄改。初學記云。獵亦曰狩。狩獸也。鄭箋言田獵搏獸也。此經作薄狩之確證。惠君尚未致明薄字。箋釋狩以搏獸者。以上文言苗。毛謂夏獵。則不當復舉冬獵之名。且上章言行狩。疏謂是獵之總名。則此狩字當爲實事。以別於上章。

駕彼四牡。四牡奕奕。言諸侯來會也。赤芾金舄。會同有繹。諸侯赤芾金舄。舄達屨也。時見曰會。殷見曰同。繹陳也。箋。金舄。黃朱色也。正義。時見曰會。殷見曰同。大宗伯文也。注云。時見者無常期。諸侯有不服者。王將有征伐之事。則既朝覲。王爲壇於國外。合諸侯。而命事焉。殷衆也。十二歲。王如不巡狩。則六服盡朝。朝禮既畢。王爲壇合諸侯。以命政焉。如是則會同其禮各別。不得並行之矣。且此時王與諸侯會東都。非十二年之事。言同者。以會同對文則別。散則義通。會者交會。同者同聚。理既是一。故論語及此連言之。段玉裁云。復下曰舄。單下曰屨。達沓字古通用。是重沓之義爾。不於狼跋言之。而於此言之者。金舄謂金飾其下。其上則赤也。達屨蓋漢人語如此。孔仲遠不得其旨。而强爲之說。衡謂。傳云達屨。是特解舄。而孔并金舄而釋之所以誤也。段說洵是。但毛亨秦人。段云。達屨蓋漢人語。則失之矣。繹絡繹不絕貌。故傳釋爲陳。決拾既佽。弓矢既調。決鉤弦也。拾遂也。佽利也。箋。佽謂手指相次比也。調謂弓強弱與矢輕重相得。釋文。決本又作夬。或作抉。同。佽音次。說文子利反。云便利也。曾釗云。毛傳之例。前後義同者。不復出。唐風胡不佽焉。傳。佽助也。此傳云。佽利也。則二義不同可知矣。說文。佽便利也。从人次聲。詩曰。決拾既佽。一曰遞也。便利本此傳。遞本唐傳。分別最明。鄭據唐傳以易此傳。正義以爲申毛。誤也。射夫既同。助我舉柴。柴積也。箋。既同。已射同復將射之位也。雖不中必助中者舉積禽也。釋文。柴子智反。又才寄反。說文作㧘。士買反。正義。此文承諸侯之下。射夫卽諸侯也。其大夫亦在獲射之中。則此可以兼焉。諸侯而謂之射夫者。夫男子之通稱。鄉射禮云。禮射不主皮。不勝者降。卽此是也。段玉裁云。說文。㧘積也。詩曰。助我舉㧘。㧘搣頰旁也。从手此聲。骨部。鳥獸殘骨曰骴。西京賦。收禽舉胔。薛注。胔死禽獸將腐之名。四黃既駕。兩驂不猗。言御者之良也。段玉裁云。傳箋皆不云猗倚也。則經文本作倚。與倚重較兮同誤。不失其馳。舍矢如破。言習於射御法也。箋。御者之良。得舒疾之中。射者之工。矢發則中。如椎破物也。蕭蕭馬鳴。悠悠旆旌。言不讙譁也。徒御不警。大庖不盈。徒輦也。御御馬也。不警。警也。不盈。盈也。一曰乾豆。二曰賓客。三曰充君之庖。故自左膘而射之。達于右腢。爲上殺。射右耳本次之。射左髀。達于右䯚。爲下殺。面傷不獻。踐毛不獻。不成禽不獻。禽雖多。擇取三十焉。其餘以與大夫士。以習射於澤宮。田雖得禽。射不中。不得取禽。田雖不得禽。射中則得取禽。古者以辭讓取。不以勇力取。箋。不警。警也。不盈。盈也。反其言美之也。射右耳本。射當爲達。三十者。每禽三十也。釋文。膘頻小反。又扶了反。三蒼云。小腹兩邊肉也。說文云。脅後髀前肉也。本又作髀。蒲禮反。或又作䯚。腢本又作髃。音愚。又五厚反。謂肩前也。說文同。郭音偶。謂肩前兩間骨。何休注公羊。自左膘射之。達于右腢。中心死疾。鮮絜也。髀本又作䯚。方爾反。又蒲禮反。謂股外。䯚餘繞反。又胡了反。謂水䐁也。字書無此字。一本作骹。音羊紹反。正義。徒行輓輦者。與車上御馬者。豈不警戒乎。言以相警戒也。鄭於此申毛者。反鄂不韡韡。不從毛說。以上未有此比。故於是言之。明以後此類皆然矣。地官鄉師云。大軍旅會同。治其輦。注云。輦人挽行。所以載任器也。箋知射當爲達者。以射必自左。不得從右而射。面傷不獻者。謂當面射之。翦毛不獻。謂在旁而逆射之。二者皆爲逆射。不獻者。嫌誅降之義。段玉裁云。不警。唐石經誤作不驚。今本因之。文選陸士衡挽歌詩夙夜警徒御。注引毛詩徒御不警。今俗刻作不驚。踐毛。謂毛遭蹂躪狼藉。五章正義說非。衡謂傳田雖得禽以下。當於五章助我舉柴下言之。而連言於此者。五章將與諸侯田。先習射於澤宮。非田後實射也。故於此言之。段以驚爲警誤。是也。足利學古本傳自隋初。經傳箋不驚俱作不警。疏云。豈不警戒乎。以相警戒也。諸本亦皆作警。且疏以戒釋警。經傳作警審矣。今據以訂正。朱子嘗謂訓詁名物。先求之注疏。意有不安。乃根究其理。集傳解此詩。若未嘗讀正義。何也。段又讀踐如字。案此傳專論射法。蹂躪與射法不相關。書序。成王東伐淮夷。遂踐奄。鄭康成亦訓踐爲翦。正義是也。射右耳本鄭云。射當作達。是也。傳不言所射。亦自左膘而射之也。

之子于征。有聞無聲。有善聞而無諠譁之聲。箋。晉人伐鄭。陳成子救之。舍柳舒之上。去穀七里。穀人不知。可謂有聞無聲。

允矣君子。展也大成。箋。允信。展誠也。大成謂致大平也。衡謂。此篇錯雜。不甚齊整。故後儒多不曉其意。今就傳考之。虛實代序。井然不紊。并見宣王所以致中興。實神筆矣。首章言將會諸侯於東都。先整頓其車馬。二章言既會諸侯。將與之田。以結其親。先好習其田車馬。傳於是言田法及講習之也。訓甫爲大者。下有薄狩于敖之文。不可一時田于兩地。故此舉其方。下詳其地也。二章皆在鎬京預擬之事。時猶未至東都也。三章言不唯好其車馬。

并教習其徒。此皆有司之事。非天子所親爲。故釋之子爲有司也。于苗表其時。故傳云。夏獵曰苗。于敖示其地。故傳云。敖地名。此一章至東都預習之實。未狩也。四章則實序會諸侯於東都之事。五章言既會諸侯將與之田。先習禮射於澤宮。蓋厲王之時。諸侯背叛。恐其違禮招恥。故將田先習其禮也。其助我舉柴。特習其禮。故傳不於此說其禮。於七章下連釋之矣。六章七章皆實序。故傳於七章下詳述。八章言事畢將還。復先使有司整頓行陣之法。有善聞而無喧嘩之聲。故經復言之子也。宣王之於天下。其謀素定。然後起而行之。所以能復文武之竟土也。故末句贊之曰。允矣君子。展也大成。

吉日四章。章六句。

吉日。美宣王田也。能慎微接下。無不自盡以奉其上焉。

正義。慎微。即首章上二句是也。接下。卒章下二句是也。

吉日維戊。既伯既禱。維戊。順類乘牡也。伯。馬祖也。重物慎微。將用馬力。必先爲之禱其祖。禱。禱獲也。箋。戊。剛日也。故乘牡爲順類也。衡謂。四馬亦雜用牝。經言四牡者。皆贊其盛也。衛孫良夫乘中甸兩牡。大子數之。以爲一罪。可見古者乘馬雜牝也。故此傳以乘牡爲順類也。其牡必騙。故可與牝雜用也。田車既好。四牡孔阜。升彼大阜。從其羣醜。 箋。醜衆也。田而升大阜。從禽獸之羣衆也。吉日庚午。既差我馬。外事以剛日。差擇也。

正義。庚則用外。必用午日者。蓋于辰午爲馬故也。惠棟云。翼奉曰。南方惡行廉貞寅午主之。西方喜行寬大。巳酉主之。二陽並行。是以王者吉午酉也。詩曰。吉日庚午。按穆天子傳云。天子命吉日戊午。又云。吉日辛酉。天子升昆侖之邱。此王者吉午酉之證也。穆天子傳出於晉代。而奉說與之合。當亦傳之達者。衡謂以辰配當十二禽。蓋起於東漢之末。古無此法。故傳云。外事以剛日。疏云午爲馬。非毛意也。

獸之所同。麀鹿麌麌。鹿牝曰麀。麌麌衆多也。箋。同猶聚也。麕牡曰麌。麌復麌言多也。漆沮之從。天子之所。漆沮之水。麀鹿所生也。從漆沮驅禽而致天子之所。 陳啓源云。漆沮洛乃各一水名。漆沮俱入洛。洛入渭。三水源異而委同耳。又云。雍州有二漆沮。在馮翊者。入渭之下流。禹貢之漆沮既從。又東過漆沮。是也。在扶風者。入渭之上流。緜詩之自土沮漆。潛頌之猗與漆沮。是也。潛傳云。漆沮岐周之二水矣。惟吉日之漆沮。宋蘇子由李迂仲皆指爲洛。則馮翊之水也。戴震云。此漆沮即禹貢之漆沮。合二字爲水名者。分言之。則非也。在涇東渭北。酈道元水經注。以爲雲陽縣東。大黑泉。東南流。謂之漆沮水。逕萬年縣故城北。爲櫟陽渠。又南屈。更名石泉水。南入於渭。雲陽今淳化縣。萬年故城在今臨潼縣東北七十里。並屬西安府。衡謂。導水又東過漆沮。僞孔傳云。漆沮一水名。亦云。洛水出馮翊北。戴云。合二字爲水名者是也。今本誤作二水。陳據誤本。故云漆沮洛各一水。其在扶風者。乃二水也。故或言沮漆。或言漆沮。潛傳云。漆沮岐周之二水矣。以別於此漆沮爲一水。則蘇軾以此漆沮爲在馮翊者是也。

瞻彼中原。其祁孔有。祁大也。箋。祁當作麎。麎。麇牝也。中原之野甚有之。衡謂。祁大。謂獸大。儦儦俟俟。或羣或友。趣則儦儦。行則俟俟。獸三曰羣。二曰友。悉率左右。以燕天子。驅禽之左右。以安待天子。箋。率循也。悉驅禽順其左右之宜。以安待王之射也。既張我弓。既挾我矢。發彼小豝。殪此大兕。殪。壹發而死。言能中微而制大也。箋。豕牝曰豝。衡謂。中微。言其巧。制大。言其力。以御賓客。且以酌醴。饗醴。天子之飲酒也。箋。御賓客者。給賓客之御也。賓客謂諸侯也。酌醴。酌而醴羣臣。以爲俎實也。衡案。六月傳。御進也。

毛詩輯疏卷八下終

毛詩輯疏

卷九

毛詩輯疏卷九上

日南安井衡著

鴻雁之什故訓傳第十八　小雅

鴻雁之什十篇。三十二章。二百三十句。

鴻雁三章。章六句。

鴻雁美宣王也。萬民離散。不安其居。而能勞來還定安集之。至于矜寡。無不得其所焉。箋。宣王承厲王衰亂之敝而起。興復先王之道。以安集衆民爲始也。書曰。天將有立父母。民之有政有居。宣王之爲是務。釋文。矜本又作鰥。同。古頑反。徐又棘冰反。正義來勤也。義與勞同。皆謂設辭以閔之。宣王之爲是務。言宣王之所爲安集萬民。是以民之父母爲務。意同武王。所以爲美。

鴻雁于飛。肅肅其羽。興也。大曰鴻。小曰雁。肅肅。羽聲也。箋。鴻雁知辟陰陽寒暑。興者。喻民知去無道就有道。阮元云。正義云。故傳辨之云。大曰鴻。小曰雁也。知辟陰陽寒暑者云云。故箋云喻民知去無道就有道。標起止云。傳大曰鴻至寒暑是正義本。鴻雁知辟陰陽寒暑八字在傳箋云二字在其下也。衡謂阮説是也。今姑依原文而存其説於疏中焉。

之子于征。劬勞于野。之子。侯伯卿士也。劬勞。病苦也。箋。侯伯卿士。謂諸侯之伯。與天子卿士也。是時民既離散。邦國有壞滅者。侯伯久不述職。王使廢於存省諸侯。於是始復之。故美焉。釋文。使所吏反。

爰及矜人。哀此鰥寡。矜憐也。老無妻曰鰥。偏喪曰寡。箋。爰曰也。王之意不徒使此爲諸侯之事。與安集萬民而已。王曰當及此可憐之人。謂貧窮者欲令賙餼之。鰥寡則哀之。其孤獨者收斂之。使有所依附。陳啓源云。

矜人。貧窮之人也。鰥寡。無告之人也。此流民中之最苦者。而無告又甚於貧窮。矜人則賑餼之。爰及之詳也。鰥寡則收恤之。哀此之謂也。此勞來安集之加厚者。而收恤尤厚於賑餼。下章百堵皆作。則凡流民俱及之。而矜人鰥寡。亦在其中。勞來安集。當有此三者之差矣。侯伯卿士。爲王行撫綏之政。委曲周詳如此。故三章皆劬勞爲言。衡謂傳訓矜爲矜。字當從令作矜。晉以下皆從今作矜。音競。非也。詳見上。

鴻鴈于飛。集于中澤。中澤。澤中也。箋。鴻鴈之性。安居澤中。今飛又集于澤中。猶民去其居而離散。今見還定安集。**之子于垣。百堵皆作。**一丈爲板。五板爲堵。箋。侯伯卿士。又於壞滅之國。徵民起屋舍。築牆壁。百堵同時而起。言趨事也。春秋傳曰。五板爲堵。五堵爲雉。雉長三丈。則板六尺。

正義。板堵之數。經無其事。毛氏以義言耳。五板爲堵。自是公羊傳文。公羊在毛氏之後。非其所據。五板爲堵。謂累五板也。板廣二尺。故周禮說一堵之牆長丈高一丈。是板廣二尺也。陳啓源云。公羊後於毛。未足深信。然雉長三丈語。鄭又據左傳都城百雉爲說。於義較優。衡謂左傳言百雉不言雉長。古周禮及左氏說。一丈爲板。板廣二尺。五板爲堵。一堵之牆長丈高丈。三堵爲雉。一雉之牆。長三丈高一丈。以方丈爲堵。與毛傳合。周禮左氏說。以三堵爲雉。公羊以五堵爲雉。鄭據公羊。仍以雉爲三丈。故云板長六尺。未見其優於毛傳。當以傳爲正說。

毛詩輯疏卷九上

雖則劬勞。其究安宅。究窮也。箋。此勸萬民之辭。女今雖病勞。終有安居。陳啓源云。鴻雁三言劬勞。皆言侯伯卿士也。鄭箋獨以次章劬勞。屬流民言。與首尾二劬勞異。誤矣。案雖則劬勞其究安宅指使臣言。文義甚協。于垣作堵。皆使臣經理之。安得不勞。及民各得所。則爲上者亦身享大平之樂。豈不一勞永逸乎。

鴻雁于飛。哀鳴嗷嗷。未得所安集。則嗷嗷然。箋。此之子所未至者。

維此哲人。謂我劬勞。箋。此哲人。謂知王之意。及之子之事者。我之子自我也。

維彼愚人。謂我宣驕。宣示也。箋。謂我役作衆民爲驕奢。衡謂。之子既安集衆民。如鴻雁集於澤。其未經安集者。哀鳴嗷嗷然。維彼愚人。見流民休戚。一係之子。而或既安集。或未安集。不知其劬勞。反謂之示驕以怠事也。

庭燎三章。章五句。

庭燎。美宣王也。因以箴之。箋。諸侯將朝宣王。以夜未央之時。問夜早晚。美者。美其能自勤以政事。因以箴者。王有鷄人之官。凡國事爲期則告之以時，王不正其宮，而問夜早晚。陳啓源云：勤政，美德也。然精過用則不繼，氣大盛則易衰，故銳始者或鮮終矣。庭燎序云：美宣王，因以箴之。美其勤，箴其過於勤也。衡謂宣王既成中興之業，始雖猶能勤政，而侈心漸生，詩人見其機，故美中寓箴，以戒其後。凡過未見而戒之曰箴，故此篇言箴，沔水言規，鶴鳴言誨，祈父言刺，千畝之敗，詩人先見之矣。

夜如何其。箋：此宣王以諸侯將朝，夜起曰：夜如何其？問早晚之辭。陳啓源云：庭燎問夜，是形容勤政之心如此，不必眞有是問也。注疏以未央爲夜半，未艾爲鷄鳴之前，鄉晨爲辨色之時，亦是設爲漸次如此，非眞有三度問也。衡謂序言美宣王也，因以箴之，卽宣王問夜，未必無是事，因其一問，反復咏歎，以形容其勤政之心，乃出詩人之意耳。**夜未央，庭燎之光。君子至止，鸞聲將將。**央，旦也。庭燎，大燭。君子，謂諸侯也。將將，鸞鑣聲。箋：夜未央，猶言夜未渠央也，而於庭設大燭，使諸侯早來朝，聞鸞聲將將然。釋文：央，於良反。說文云：久也，已也。王逸注楚辭云：央，盡也。將，七羊反，本或作鏘，注同。且，七也反，又子徐反，又音旦，經本作旦。正義：未央者，前限未到之辭，故箋云夜未央猶言夜未渠央也，故漢有未央宮，詩有樂未央。傳言央旦者，旦是夜屈之限，言夜未央者，謂夜未至旦，非謂訓央爲旦。郊特牲曰：庭燎之百，由齊桓公始也。注云僭天子也。庭燎之差公蓋五十。侯伯子男皆三十。是天子庭燎用百古制未得而聞。要以物百枚并而纏束之。今則用松葦竹灌以脂膏也。王念孫云。顏師古匡謬正俗曰。按秦詩蒹葭篇云。宛在水中央。禮月令云。中央土。並是中義。許氏說文解字云。央中央也。一曰久。是則未央者。言其未中也。未久也。今關中俗呼二更三更爲夜央夜半。此蓋古之遺言。按俗語云。未渠央。亦言未遽央。遽與渠同。言未遽中耳。案顏說非也。夜未央者。夜未已。楚辭離騷時亦猶其未央。王注云。央盡也。九歌爛昭昭兮未央。注云。央已也。盡亦已也。管子輕重丁篇云。賈人蓄物而賣爲讎。買爲取。市未央畢。央畢皆盡。呂氏春秋知化篇云。其後患未央。是古人謂未已爲未央也。夜盡則旦。作且。音七也反。又子徐反。尤非。衡謂。六月篇。白旆央央。傳云。央央鮮明貌。鄭風出其東門正義引作英英。英英明也。故傳云鮮明貌。此央傳讀爲英。故云旦也。旦亦明也。顏訓央爲中。與疏同。箋訓艾爲先鷄鳴。訓晨爲明。則必以央爲中。蓋皆中箋非也。其言渠與遽同。則得之。未遽央。蓋漢時俗語。故康成舉以曉人耳。

夜如何其。夜未艾。庭燎晣晣。君子至止。鸞聲噦噦。艾久也。晣晣明也。噦噦徐行有節也。箋。芟末曰艾。以言夜先鷄鳴時。衡謂。五十曰艾。物久則老。故傳訓艾爲久。久猶老也。襄九年左傳。大勞未艾。注云。艾息也。乃引伸之義耳。

夜如何其。夜鄉晨。庭燎有煇。君子至止。言觀其旂。煇光也。箋。晨明也。上二章聞鸞聲爾。今夜鄉明。

我見其旂。是朝之時也。朝禮。別色始入。釋文煇音暉。旂音祈。陳啓源云。煇字以軍得聲。讀如薰。旂字以斤得聲。讀如芹。皆古音也。王引之云。晨謂昧爽時也。鄉猶方也。字亦作嚮。隨象傳。君子以嚮晦入宴息也。夜鄉晨。亦謂夜方晨也。凡將明未明。謂之晨。故明亦謂之晨。義相因也。此言庭燎有煇。則晨是未明之時矣。晨說文作晨。云早昧爽也。周官司寤氏。禦晨行者。鄭彼注云晨先明也。晨在明先。故星尚可見。周語云。農祥晨正。是也。

沔水三章。二章章八句。一章六句。

沔水。規宣王也。規者。正圓之器也。規主仁恩也。以恩親正君曰規。春秋傳曰。近臣盡規。正義。所引春秋傳者。外傳周語文也。

沔彼流水。朝宗于海。興也。沔。水流滿也。水猶有所朝宗。箋。興者。水流而入海。小就大也。喻諸侯朝天子。亦猶是也。諸侯春見天子曰朝。夏見曰宗。

鴥彼飛隼。載飛載止。箋。載之言則也。言隼欲飛則飛。欲止則止。喻諸侯之自恣朝不朝。自由無所懼也。衡案。上二句喻諸侯當朝於天子。此二句喻其或不然。毛本自恣作自驕恣欲。懼下有心字。岳本小字本懼作在心。皆非。今從古本。嗟我兄弟。邦人諸友。莫肯念亂。誰無父母。邦人諸友。謂諸侯也。兄弟同姓臣也。京師者。諸侯之父母也。箋。我我王也。莫無也。我同姓異姓之諸侯。女自恣不朝。無肯念此於禮法。爲亂者。女誰無父母乎。言皆生於父母也。臣之道。資於事父以事君。正義。箋申解名京師爲父母之意。言皆生於父母。臣之道。資於事父以事君。本其恩親以責之。故名京師爲父母。箋云。自恣不朝。集注及定本。恣下有聽字。衡謂。言諸侯無有肯念亂者。誰敢無天子者。而其或不朝者。以王不能察讒。此規之也。或以莫爲勿。爲戒諸侯之辭。莫訓勿。唐以下俗語。傳意必不然矣。

沔彼流水。其流湯湯。言放縱無所入也。箋。湯湯。波流盛貌。喻諸侯奢僭。既不朝天子。復不事侯伯。釋文。湯失羊反。鴥彼飛隼。載飛載揚。言無所定止也。箋。則飛則揚。喻諸侯出兵。妄相侵伐。衡謂。載飛載揚。不率法度也。則下句不蹟之義。故此傳云。無所定止。下傳云。不循道。一譬一正。相須而成矣。箋疏謂。諸侯妄相侵伐案宣王纔致中興。侈心漸生。諸侯恐讒不朝。有將復亂之兆。故詩人規之。未至出兵相侵伐。箋疏非也。念彼不蹟。載起載行。心之憂矣。不可弭忘。不蹟。不循道也。弭止也。箋。彼彼諸侯也。諸侯不循法度。妄興師出兵。我念之。憂不能忘也。鴥彼飛隼。率彼中陵。箋。率循也。隼之性。待鳥雀而食。飛循陵阜者。是其常也。喻諸侯之守職。順法度者。亦是其常也。民之訛言。寧莫之懲。懲止也。箋。訛僞也。言時不令。小人好詐僞。爲交易之言。使見怨咎。安然無禁止。我友敬矣。讒言其興。疾王不能察讒也。箋。我我天子也。友謂諸侯也。言諸侯有敬其職。順法度者。讒人猶興其言。以毀惡之。王與侯伯。不當察之。正義。此篇主責諸侯之自恣。因疾王之不察讒者。先責下。而後刺上。欲規王令禁察之。詐僞交易之言。謂以善言爲惡。以惡言爲善。交而換易其辭。鬭亂二家。使相怨咎也。陳啓源云。周語。三十二年。宣王伐魯。立孝公。諸侯從是而不睦。不睦。則朝宗之典缺矣。宣王廢長立少。仲山甫諫。而不聽。終致魯人弒立。魯之亂。宣王爲之也。何以服諸侯乎。宜有不朝者矣。沔水之詩。其作於三十二年之後乎。李黼平云。傳惟言惡王。而箋兼侯伯。正義以箋述經。不言毛異。誤矣。

鶴鳴二章。章九句。

鶴鳴。誨宣王也。箋。誨教也。教宣王求賢人之未仕者。衡謂。不求賢人。爲人君者之大過。序當言刺。而云誨者。蓋如尹吉甫。中山甫。方叔。張仲之屬。皆當時賢人。而宣王盡舉之。任用當材。則非不好賢者。特不知求之野與他邦耳。乃人君之小失。咎在僕臣不導之。故言誨。而不言刺焉。

鶴鳴九皋。聲聞于野。興也。皋澤也。言身隱而名著也。箋。皋澤中水溢出所爲坎。自外數至九。喻深遠也。鶴在中鳴焉。而野聞其鳴聲。興者。喻賢者雖隱居。人咸知之。惠棟云。韓詩章句云。九皋。九折之澤。楚辭章句。澤曲曰皋。王充亦言鶴鳴九折之澤。孫叔敖碑云。收九罣之利。婁壽曰。本澤字去水省。非也。罣卽皋字。馬文淵所謂四下羊也。李黼平云。釋文引韓詩云。九皋。九折之澤。然則澤曲折者爲皋。經已言皋。曲折可知。傳明皋之爲澤。而以身隱二字。表澤之曲折。則九字不待釋而明矣。段玉裁云。古書引鶴鳴九皋。凡十四見。皆無于字。唐石經于九皋。誤。衡謂。箋云。水溢出所爲坎。坎謂灣曲。義與九折同。段據古書十四引。删于字。今從之。魚潛在淵。或在于渚。良魚在淵。小魚在渚。箋。此言魚之性。寒則逃於淵。溫則見於渚。喻賢者世亂則隱。治平則出。在時君也。正義。毛以潛淵喻隱者。不云大魚而云良魚者。以其喻善人。故變文稱良也。樂彼之園。爰有樹檀。其下維蘀。何樂於彼園之觀乎。蘀落也。尙有樹檀。而下其蘀。箋。之往。爰曰也。言所以之彼園而觀者。人曰有樹檀。檀下有蘀。此猶朝庭之尙賢者。而下小人。是以往也。衡謂。箋訓爰爲曰。傳無解。蓋以爲助字也。王引之以下傳云穀惡木。以此蘀爲擇之假借。非也。他山之石。可以爲錯。錯石也。可以琢玉。舉賢用滯。則可以治國。箋。他山。喻異國。釋文。錯七落反。說文作厝。云厲石也。陳啓源云。鶴鳴詩純是託興。設喻者四焉。而不及正意。此與秦之蒹葭。陳之衡門。體制相似。非古注。則其旨茫無可測識矣。又云。鶴鳴誨宣王求賢。毛義允矣。但箋疏述之語多冗復。今約舉其說。曰賢者身隱而名著。與鶴鳴之遠聞無異也。可不求而列諸朝乎。但賢人不貪名利。性好隱居。猶良魚之在淵。不似小魚之在渚。故求之甚難也。誠置之高位。而不使小人並處其間。如彼園之上檀而下蘀。則人皆樂觀於其朝矣。然賢人不擇地而產。其生長他邦。沈滯未學者。皆有治國之才。猶石之可以爲錯焉。俱當招致之。爲我用也。求賢之道。不忽於側微。不間於遐遠。則無遺賢矣。衡謂。賢者未必好隱居。但不肯自呈其身。不進之以禮。則不肯出。猶良魚之潛深淵。故以爲喩耳。餘陳說是也。

鶴鳴九皐。聲聞于天。 箋。天喩高遠也。本或無喩字。今從古本。

魚在于渚。或潛在淵。 箋。時寒則魚去渚。逃于淵。

樂彼之園。爰有樹檀。其下維穀。 穀。惡木也。正義。陸機疏。幽州人謂之穀桑。荆楊人謂之穀。中州人謂之楮。殷中宗時。桑穀共生。是也。今江南人績其皮以爲布。又擣以爲紙。謂之穀皮紙。潔白光澤。其理甚好。其葉初生。可以爲茹。衡謂。如陸疏所說。則與我邦楮同。本非惡木。傳所指恐別是一種。然今不可考焉。

他山之石。可以攻玉。 攻錯也。

祈父三章。章四句。

祈父。刺宣王也。 箋。刺其用祈父。不得其人也。官非其人。則職廢。祈父之職。掌六軍之事。有九伐之法。祈圻畿同。衡謂。司馬九伐之法。馮弱犯寡。則眚之。賊賢害民。則伐之。暴內陵外。則壇之。野荒民散。則削之。賊殺其親。則正之。放弑其君。則殘之。犯令陵政。則杜之。外內亂。鳥獸行。則滅之。

祈父。祈父，司馬也。職掌封圻之兵甲。箋：此司馬也。時人以其職號之，故曰祈父。書曰：若疇圻父。謂司馬也。司馬掌祿士，故司士屬焉。又有司右，主勇力之士。釋文：疇，此古疇字。本或作壽。按孔注尚書，直留反。馬鄭音疇。正義：若疇圻父，酒誥文也。彼注云：順疇萬民之圻父。圻父謂司馬。主封畿之事，與此同意也。定本作若疇，與鄭義不合，誤也。衡謂今本皆作若疇，今依正義訂之。予王之爪牙，胡轉予于恤，靡所止居。恤，憂也。宣王之末，司馬職廢，羌戎爲敗。箋：予，我。轉，移也。此勇力之士，責司馬之辭也。我乃王之爪牙。爪牙之士，當爲王之閑守之衛。女何移我於憂，使我無所止居乎。謂見使從軍，與羌戎戰於千畝而敗之時也。六軍之士，出自六鄉，法不取於王之爪牙之士。正義：鳥用爪，獸用牙，以防衛己身。此人自謂王之爪牙，以鳥獸爲喻也。國語云：宣王三十九年，戰於千畝，王師敗績於羌氏之戎。傳言羌戎敗，不言敗處，故申之云戰於千畝而敗也。陳啓源云：王之爪牙，凡爲王宿衛者皆可稱。呂記引董氏之言，取夏官屬司右、虎賁、旅賁所掌當之，良是。此輩職在衛王，不在從軍。衛王則爲右，與趨走皆其本分。從軍則乘車與徒步。俱非所甘心。衡謂。國語云。宣王既喪南國之師。乃料民於大原。宣王在位只一敗。俱非則南國之師。指千畝之役。晉千畝在鎬京東北千里之外。藉田千畝。則在近郊。俱非南國。杜預以千畝爲在西河介休。孔晁以爲藉田。皆非也。傳云羌戎爲敗。則此詩之作。在千畝敗後。蓋宣王憂軍士不足。料民於大原。乃減守衛。使之守邊城。故言轉予於恤與。

祈父。予王之爪士。士事也。段玉裁云。此與裳裳傳。士事也。皆當作事士也。經文本作事。胡轉予于恤。靡所底止。底至也。祈父。亶不聰。亶誠也。胡轉予于恤。有母之尸饔。尸陳也。熟食曰饔。箋。己從軍。而母爲父陳饌飲食之具。自傷不得供養也。陳啓源云。酒食是議。婦人之事。故尸饔不言父而言母也。嚴緝曰。言有母則無父矣。不已鑿乎。

白駒四章。章六句。

白駒。大夫刺宣王也。箋。刺其不能留賢也。釋文。馬五尺以上曰駒。李黼平云。五尺以上卽六尺。說文馬高六尺爲驕。是也。駒是二歲馬。尚須攻習。未堪乘駕。陳風株林釋文具言之。此不言字誤。作釋文時。猶是驕字也。當改正。

皎皎白駒。食我場苗。縶之維之。以永今朝。宣王之末。不能用賢。賢者有乘白駒而去者。縶絆。維繫也。箋。永久也。願此去者。乘其白駒而來。使食我場中之苗。我則絆之繫之。以永今朝。愛之欲留之。正義。七月注云。春夏爲圃。秋冬爲場。此宜云圃而言場者。以場圃同地耳。釋文繫足曰絆。阮元云。小字本相臺本永作久。考文古本同案久字是也。正義云。以久今朝者。可證。衡謂。箋永久也。亦當倒置以久今朝者。言不能使留之不去。且令之今朝永留數刻也。

所謂伊人。於焉逍遙。箋。伊當作緊。緊猶是也。所謂是乘白駒而去之賢人。今於何游息乎。思之甚也。陳啓源云。白駒詩是賢人既去。願望其來之詞。非來而欲留之也。縶之維之以永今朝。設言其來。則當如此也。所謂伊人於焉逍遙。又言今此賢人於何游息乎。杳不知其所適。思之甚也。

皎皎白駒。食我場藿。縶之維之。以永今夕。藿猶苗也。夕猶朝也。

所謂伊人。於焉嘉客。皎皎白駒。賁然來思。賁飾也。箋。願其來而得見之。易卦曰。山下有火賁。賁黃白色也。

爾公爾侯。逸豫無期。爾公爾侯邪。何爲逸樂無期以反也。正義。公侯之尊。可得逸豫。

若非公侯。無逸豫之理。爾豈是公也。豈是侯也。何爲亦逸豫。無期以反乎。段玉裁云。依正義。傳文爾公下當增一邪字。

慎爾優游。勉爾遁思。慎誠也。箋。誠女優游使待時也。勉女遁思。度已終不得見。自訣之辭。正義。此來思遁思二思。皆語助。不爲義也。陳啓源云。此章兩句一韻。天然相協。但思字複見耳。然詩恒有之。無礙也。衡謂。言女慎誠女優游之心。勉勵女隱遁之思。不肯復顧斯世。何其忍也。此二句與上二句一意。丁寧言之。故傳直訓愼字。而不解義。第二句來思之思助語。故以來字爲韻。此句思實字。故以思字爲韻。孔陳皆非。

皎皎白駒。在彼空谷。空大也。段玉裁云。此謂空即穹之假借也。釋詁曰。穹大也。韓詩正作穹。

生芻一束。其人如玉。箋。此戒之也。女行所舍。主人之餼雖薄。要就賢人。其德如玉然。陳啓源云。言白駒一入空谷。不復返矣。然我猶設生芻以待之。誠愛其人之德美如玉也。今其人固不可見。寧獨無音問之可傳乎。萬勿吝惜於此。而有遠我之心也。望之至也。箋疏解生芻二句。頗迂拙。集傳近之矣。但語焉而未詳。故更爲述之。李黼平云。首二章兩所謂伊人。皆指賢者。三章則四爾字指賢者。此章有人有爾。故箋以人屬他人。爾屬賢者。此賢者已處空谷。則其人爲谷中主人。傳意言女乘白駒至于空谷。致生芻于主人。必爲其人有德如玉。然不可以得所依歸。遂不寄聲于我。而有遠我之心也。後漢徐孺子詣郭林宗。致生芻一束于廬前而去。林宗曰。詩不云乎。生芻一束。其人如玉。吾無德以堪之。即此詩之義也。衡謂。其人汎詞爾有所斥之詞。皆謂賢者。特所由言異耳。不必分屬賢者與主人。生芻一束。承白駒在谷。將以秣其駒。非以爲贄也。言白駒不肯來食場藿。我將持生芻一束。往彼空谷。以秣賢者所乘之白駒。何則以其人之德如玉也。思慕之至也。

毋金玉爾音。而有遐心。

箋。毋愛女聲音。而有遠我之心。以恩責之。

黃鳥三章。章七句。

黃鳥。刺宣王也。 箋。刺其以陰禮教親而不至。聯兄弟之不固。 正義。大司徒十有二教。其三曰。以陰禮教親。則民不怨。又曰。以本俗六安萬民。其三曰聯兄弟。見鄭所引之文也。言不至不固。鄭以義增之。

黃鳥黃鳥。無集于穀。無啄我粟。 興也。黃鳥宜集木啄粟者。喩天下室家。不以其道而相去。是失其性。 正義。言人有禁語云黃鳥黃鳥。無集于我之穀木。無啄於我之粟。然黃鳥宜集木啄粟。今而禁之。是失其性。喩婦人述男子禁已云。婦人婦人。無居我之室。無得噉我之食。然婦人之在夫家。宜居室噉食。阮元云。傳喩下十六字是箋。喩上當有箋云興者四字。因者字複出而誤脫也。章末傳云。宣王之末。室家離散。妃匹相去。有不以禮者。不應上已有此傳。又箋例言喩。見螽斯正義。衡謂阮說是也。不止喩字可證。語意周詳。不類傳文。其爲鄭箋不疑。但無別本可證。姑依原文。此邦之人。不我肯穀。穀善也。箋。不肯以善道與我。言旋言歸。復我邦族。宣王之末。天下室家離散。妃匹相去。有不以禮者。箋。言我復反也。黃鳥黃鳥。無集于桑。無啄我粱。此邦之人。不可與明。不可與明夫婦之道。箋。明當爲盟。盟信也。言旋言歸。復我諸兄。婦人有歸宗之義。箋。宗謂宗子也。李黼平云。草蟲傳云。婦人雖適人。有歸宗之義。正義于彼傳云。歸宗。謂被出也。此傳歸宗。亦當泛言被出。非謂兄也。箋知傳意。故以宗子解之。下經言復我諸父。傳云。諸父猶諸兄。父兄行別。何以言猶。知傳意歸宗是指宗子。不係父兄爲義矣。黃鳥黃鳥。無集于栩。無啄我黍。此邦之人。不可與處。處居也。言旋言歸。復我諸父。諸父猶諸兄也。

我行其野三章。章六句。

我行其野。刺宣王也。箋。刺其不正嫁娶之數。而有荒政多昏之俗。正義。正嫁娶之數。謂禮數也。大司徒曰。以荒政十有二聚萬民。十曰多昏。注曰。荒凶年也。鄭司農云。多昏不備禮而娶昏者多也。

我行其野。蔽芾其樗。昏姻之故。言就爾居。樗惡木也。箋。樗之蔽芾始生。謂仲春之時。嫁娶之月。婦之父與壻之父相謂昏姻。言我也。我乃以此二父之命故。我就女居。我豈其無禮來乎。責之也。陳啓源云。樗遂蓄傳以爲託興。箋以爲記時。傳義是也。

爾不我畜。復我邦家。畜養也。箋。宣王之末。男女失道。以求外昏。棄其舊姻而相怨。

我行其野。言采其蓫。昏姻之故。言就爾宿。蓫惡菜也。箋。蓫牛蘈也。亦仲春時始生。可采也。釋文。蓫本又作蓄。正義。此釋草無文。陸璣疏云。今人謂之羊蹄。曾釗云。說文無蓫。陸氏釋文云。蓫又作蓄。竊謂蓄訓積。釋草。竹萹蓄。亦非菜名。疑蓄當爲苗之譌。說文草部。苗蓨也。从艸由聲。竹部笛从竹由聲。周禮作篴。則从由从逐之字。古文可相通。許君艸部采苗。而不取蓫。猶竹部采笛而不采篴之例耳。釋草苗蓨。郭注未詳。齊民要術引詩義

疏云。今之羊蹄似蘆菔。莖赤。煮爲茹。滑而不美。多噉令人下痢。楊州謂之羊蹄。幽州
謂之遂。一名蓨。據此。則此之遂卽爾雅之苗。不可謂釋草無文矣。滑而不美。故毛以
爲惡菜。衡謂。遂諸說紛然。唯
曾說詳確有據。故特收之。爾不我畜。言歸斯復。復反也。我行
其野。言采其葍。不思舊姻。求爾新特。葍惡菜也。新特。外昏也。
箋。葍。藚也。亦仲春時始生。可采也。壻之父曰姻。我采葍之時。以禮來嫁
女。女不思女老父之命。而棄我。而求女新外昏特來之女。責之也。不以
禮嫁。必無肯媵之。正義。陸璣疏云。葍一名藚。幽州人謂之燕葍。其根正白。可著
熱灰中。溫噉之。饑荒之年。可蒸以禦飢。昏姻對文則男昏女
姻散則通。故外來之婦爲外昏也。陳啓源云。爾雅有二葍。葉細而華赤者。葍藑茅也。
葉大而華白。復香者。葍藚也。此詩采葍箋以爲藚。陸疏亦同。然陸疏又云。其草有兩
種。葉細而莖赤有臭氣。則葍藚之葉復有細大之分矣。傳以葍爲惡菜。應指細葉者。
李黼平云。傳以外釋新。以昏釋特。鄘柏舟云。實維我特。傳云。特匹也。此傳猶言外來
之昏匹耳。衡謂。蔽芾其樗。喩來慝于惡夫之
家。采遂采葍。喩嫁得惡夫。鄭以爲記時。大謬。成不以富。亦祇以異。祇適
也。箋。女不以禮爲室家。成事不足以得富也。女亦適以此自異於人道。言

可惡也。正義。汝如是不以禮爲室家。誠不以是而得富。亦適可以此異於人耳。段玉裁云。祇適也。凡此訓唐人皆從衣。阮元云。考文古本成作誠。案誠字非也。乃依論語改之耳。山井鼎云。宋本同誤。衡謂。正義誠不以是而得富。以箋述經。是其本經成作誠。箋成事亦作誠。與古本宋本合。阮以足利學宋本爲嘉靖翻宋本。故以山井爲誤。說見于前。

斯干九章。首章七句。二章・三章・四章・五章章五句。六章七句。七章五句。八章・卒章章七句。

斯干。宣王考室也。箋。考成也。德行國富。人民殷衆。而皆佼好。骨肉和親。宣王於是築宮廟羣寢。既成而釁之。歌斯干之詩以落之。此之謂成室。宗廟成。則又祭先祖。釋文。落如字。始也。或作樂。非。正義。君子將營宮室。宗廟爲先。故鄭以爲亦脩宗廟。室是總稱。言室。足以兼之。毛傳不言廟。王肅云。宣王脩先祖宮室。儉而得禮。孫毓云。此宣王考室之詩。無作宗廟之言。孫王並云述毛。則毛意此篇不言廟也。雜記下曰。成廟則釁之。其禮。饔人拭羊。擧羊升屋。中屋南面。刲羊。血流於前。乃降。本或作樂。以釁又名落。定本集注作落。未知孰是。衡謂。宗廟。先王所急。厲王之亂。蓋殘壞不全。亂平。宣王卽脩之宮室差綏。待國富民殷而爲之。此理可推者。故傳不言宗廟。是也。今本箋作落之。是也。又祭下或衍祀字。今從古本。

秩秩斯干。幽幽南山。 興也。秩秩。流行也。干。澗也。幽幽。深遠也。箋。興者。喩宣王之德。如澗水之源。秩秩流出無極已也。國以饒富。民取足焉。如於深山。 段玉裁云。干澗也。謂假借。

如竹苞矣。如松茂矣。 苞本也。箋。言時民殷衆。如竹之本生矣。其佼好。又如松柏之暢茂矣。 陳啓源云。斯干首章。傳箋皆以爲興體。今則釋爲賦體。徑指宮室言。源謂以詞。則今說爲近。以義。則古注爲優。宣王承亂。何得遽興土功。必先布德脩政。使國富民安。然後及營繕之事。故詩人發此爲全篇引端耳。況棟宇堂室之盛。四五章始極言之。首遽以竹苞松茂形容其美。非立言之次第。

兄及弟矣。式相好矣。無相猶矣。 猶道也。箋。猶當作瘉。瘉病也。言時人骨肉用是相愛好。無相詬病也。正義。其兄與弟用能相好樂矣。無相責以道矣。焦循云。爾雅釋詁。迪繇道也。繇卽猶。此道。敎道之義。傳言兄弟怡怡。異於朋友責善。故但相好。不必相規。相規且不可。何論詬病。箋之淺。每不及傳之深。衡謂。國富民和。人皆從善。不復待敎導。故云。無相導也。

似續妣祖。 似嗣也。箋。似讀如

巳午之巳。巳續妣祖者，謂巳成其宮廟也。妣，先妣姜嫄也。祖，先祖也。正義：先妣後祖者，取會韻也。曾釗云：箋申毛，非易毛也。廣雅釋言：巳，似也。巳似義本通。史記：巳者物必起盡，而又起，是有嗣續之義，故鄭以巳擬似之音，明似有二音，即有二義。毛訓似爲嗣，則非似象之似，而爲似續之似也。衡謂：鄭特擬其音，不易其字，故云讀如。焦循、王引之以巳爲既已之已，非也。段玉裁以似爲嗣之假借，亦非。

築室百堵，西南其戶。西鄉戶，南鄉戶也。箋：此築室者，謂築燕寢也。百堵，百堵一時起也。天子之寢，有左右房，西其戶者，異於一房者之室戶也。又云：南其戶者，宗廟及路寢，制如明堂，每室四戶，是室一南戶爾。正義：傳不言此爲路寢之制，則此據天子之宮，其室非一，在北者南戶，在東者西戶耳。推此，有東嚮戶、北嚮戶。故孫毓云：猶東南其畝。

爰居爰處。爰笑爰語。箋：爰，於也。於是居，於是處，於是笑，於是語，言諸寢之中皆可安樂。正義：居處義同，以寢非一，散言之耳。

約之閣閣，椓之橐橐。約，束也。閣閣，猶歷歷也。橐橐，用力也。箋：約謂縮板也。椓謂搯土也。釋文：搯，呂忱丈牛反，沈呂菊反，說文音勑周反。

引也。從手留聲。正義。言椓謂搯土者。取壤土投之板中。搯使平均。然後築之也。段玉裁云。閣讀如洛。風雨攸除。鳥鼠攸去。君子攸芋。芋大也。箋。芋當作幠。幠覆也。寢廟既成。其牆屋弘殺。則風雨之所除也。其堅致。則鳥鼠之所去也。其堂室相稱。則君子之所覆蓋。釋文。芋香于反。或作吁。致直置反。本亦作緻同。正義。君子於是居中。所以自光大也。段玉裁云。芋。蓋訏之假借也。周禮大司徒𡢕宮室。注云。謂約椓攻堅。風雨攸除。各有所宇。賈疏。宇居也。李黼平云。說文。芌云。大葉實根驚人。如說文。是芋本有大義。以其大可駭人。故又同吁。此傳云。大也。蓋謂君子見而大之。下章方言攸躋攸寧。此章尚是未躋時事。故歎其大。衡謂居移氣。君子之所以光大。正在此室。故詩人歎美之。鄭注禮時。未見毛詩。大司徒注。依詩立文。而芋作宇。蓋據韓詩今箋詩。不讀芋爲宇者。宇謂四簷。義有所不安也。李釋芋所以訓大。是也。其言君子見而大之。則失之。如跂斯翼。如人之跂竦翼爾。正義。言宮室之制。如人跂足竦此臂翼然。陳啓源云。翼指人之兩臂也。嚴緝云。翼如論語翼如之翼。取喻本極明徑。如矢斯棘。如鳥斯革。棘稜廉也。革翼也。箋。棘戟也。如人挾弓矢。戟其肘。如鳥夏暑希革。張其翼時。釋文。棘居力反。韓詩作朸。朸隅也。旅卽反。革如字。韓詩作䩐。云翅也。正義。言稜廉。則指矢鏃之角。爲棘焉。蓋古有此名。陳啓源云。韓之隅。卽毛之稜廉。韓之翅，即毛之翼。兩字異，而其訓相同，可見其義有本也。段玉裁云：革，翼也。謂革即鞹之假借，韓詩正作鞹。如翬斯飛，君子攸躋。躋，升也。箋：伊洛而南，素質五色皆備成章曰翬。此章四如者，皆謂廉隅之正，形貌之顯也。翬者，鳥之奇異者也，故以成之焉。此章主於宗廟，君子所升，祭祀之時。正義：故以成之，解比象既多，最後言翬意也。殖殖其庭，有覺其楹。殖殖，言平正也。有覺，言高大也。箋：覺，直也。噲噲其正，噦噦其冥。正，長也。冥，幼也。箋：噲噲猶快快也。正，晝也。噦噦猶熠熠也。冥，夜也。言居之晝日則快快然，夜則熠熠然，皆寬明之貌。釋文：幼，王如字，本或作窈。正義：王肅云：宣王之臣，長者寬博噲噲然，少者閑習噦噦然。夫其所與翔於平正之庭，列於高大之楹，皆少長讓德有禮之士，所以安也。傳意或然，而本或作冥窈者，爾雅亦或作窈。孫炎曰：冥，深闇之窈也。某氏曰：詩曰：噦噦其冥。爲冥窈，於義實安。但於正長之義不允，故據王注爲毛說。陳啓源云：正長冥幼，俱用崔音，爲毛義，亦可通也。長言其堂廡彌亙，窈言其窔奧之邃深，意正相當矣。衡謂：此章專言堂室之美，未及人事，下章雖言人事，亦閨門緝穆之事，未嘗及君臣揖讓之會，王說失之。君子攸寧。箋：

此章主於寢。君子所安。燕息之時。下莞上簟。乃安斯寢。箋。莞。小蒲之席也。竹葦曰簟。寢既成。乃鋪席。與羣臣安燕爲歡。以樂之。釋文。樂音洛。本亦作落。衡謂。乃寢之寢。承斯寢之寢。猶吉夢之夢。承我夢之夢。則此寢亦謂臥。箋疏以爲燕寢。似失之。箋云。安燕爲歡。不必復言樂之。作落之是也。乃寢乃興。乃占我夢。言善之應人也。箋。興夙興也。有善夢則占之。吉夢維何。維熊維羆。維虺維蛇。箋。熊羆之獸。虺蛇之蟲。此四者。夢之吉祥也。正義。釋獸云。羆如熊。黃白文。郭璞曰。似熊而長頭高脚。猛憨多力。能拔樹木。釋魚云。蝮虺。博三寸。首大如擘。舍人曰。蝮一名虺。江淮以南曰蝮。江淮以北曰虺。孫炎曰。廣三寸。頭如拇指。有牙。最毒。郭璞曰。此自一種蛇。人自名爲蝮虺。今蛇細頸大頭。色如艾綬文。文間有毛。似豬鬣。鼻上有針。大者長七八尺。一名反鼻。大人占之。維熊維羆。男子之祥。維虺維蛇。女子之祥。箋。大人占之。謂以聖人占夢之法占之也。熊羆在山。陽之象也。故爲生男。虺蛇穴處。陰之象也。故爲生女。衡謂。大人指有才學者而言之。正義所引。文公之夢。子犯占之。簡子之夢。問諸史墨。

之類。是也。乃生男子。載寢之牀。載衣之裳。載弄之璋。半圭曰璋。裳。下之飾也。璋。臣之職也。箋。男子初生而臥於牀。尊之也。裳。晝日衣也。衣以裳者。明當主於外事也。玩以璋者。欲其比德焉。正以璋者。明成之有漸。正義。璋而得爲臣職者。王肅云。羣臣之從王行禮者奉璋。又棫樸曰。奉璋峩峩。髦士所宜。是也。璋是圭之半。故箋言漸也。下句乃言其嗚喤喤。則此所陳皆在孩幼。禮記鄭注云。人始生在地。男子寢之牀。又非始生也。蓋聖人因事記義。子之初生。暫行此禮。不知生經幾日而爲之。何則女子不可恒寢於地。竟無裳。男子亦不容無褓。且甫言其泣。則未能自弄璋。明暫時示男女之別耳。衡謂。此事蓋在初生之時。傳云。裳下之飾。璋臣之職。蓋示之以下人之義也。箋云。裳晝日衣者。古人燕居多服深衣。明夜深衣也。晝間行事。則具衣裳。故申之曰。明當主於外也。箋正字。經注本作王。亦非。當作玉。其泣喤喤。朱芾斯皇。室家君王。箋。皇猶煌煌也。芾者天子純朱。諸侯黃朱。室家。一家之內。宣王將生之子。或且爲諸侯。或且爲天子。皆將佩朱芾煌煌然。正義。由家室之內。或爲諸侯之君。或爲天子之王。乃生女子。載寢之地。載衣之裼。載弄之瓦。

裼。褓也。瓦。紡塼也。箋。臥於地。卑之也。褓。夜衣也。明當主於內事。紡塼。習其所有事也。

釋文。裼他計反。韓詩作禘。音同。褓音保。齊人名小兒被爲禘。塼音專。本又作專。正義。毛以裳爲下飾。則褓不必主內事。侯苞云。示之方也。明褓制方。令女子方正。事人之義。段玉裁云。紡塼俗謂之纑。衡謂。本多作其一有所事。今從古本。

無非無儀。唯酒食是議。無父母詒罹。婦人質無威儀也。罹憂也。箋。儀善也。婦人無所事於家事。有非非婦人也。有善亦非婦人也。婦人之事。惟議酒食爾。無遺父母之憂。

釋文。詒本又作貽。以之反。遺也。罹本又作離。力馳反。衡謂。詒貽罹離皆通。

無羊四章。章八句。

無羊。宣王考牧也。箋。厲王之時。牧人之職廢。宣王始興而復之。至此而成。謂復先王牛羊之數。

正義。此美其新成。則往前嘗廢。故本厲王之時。今宣王始興而復之。選牧官得人。牛羊蕃息。至此牧事成功。故謂之考牧。周禮有牧人。下士六人。府一人。史二人。徒六十人。又有牛人羊人。犬人鷄人。唯無豕人。鄭以爲豕屬司空。冬官亡。故不見。夏官又有牧司。主養馬。此宣王所考。則應六畜皆備。此獨言牧人者。牧人注云。牧人養牲於野田者。其職曰。掌牧六牲。而阜蕃其物。卽六畜皆牧人主養。其牛人羊人之徒。各掌其事。以供官之所須。則取於牧人。非放牧者也。

誰謂爾無羊。三百維羣。誰謂爾無牛。九十其犉。黃牛黑脣曰犉。箋。爾女也。女宣王也。宣王復古之牧法。汲汲於其數。故歌此詩以解之也。誰謂女無羊。今乃三百頭爲一羣。誰謂女無牛。今乃犉者九十頭。言其多矣。足如古也。爾羊來思。其角濈濈。聚其角而息濈濈然。箋。言此者。美畜產得其所。釋文。濈本又作𧤼。亦作戢。莊立反。爾牛來思。其耳濕濕。呞而動其耳濕濕然。釋文。呞本又作䶴。亦作齝。丑之反。郭注爾雅云。食已復出嚼之也。今江東呼齝爲齥。音漏洩也。或降于阿。或飲于池。或寢或訛。訛動也。箋。言此者。美其無所驚畏也。釋文。訛五戈反。又五何反。韓詩作譌。譌覺也。段玉裁云。毛謂訛卽吪也。爾牧來思。何蓑何笠。

或負其餱。何揭也。蓑所以備雨。笠所以禦暑。箋。言此者。美牧人寒暑飲食有備。三十維物。爾牲則具。異毛色者。三十也。箋。牛羊之色異者三十。則女之祭祀索則有之。衡謂。傳箋皆謂。牛羊異色者三十品。正義則謂。五色別異者各三十。非也。爾牧來思。以薪以蒸。以雌以雄。箋。此言牧人有餘力。則取薪蒸。搏禽獸。以來歸也。麤曰薪。細曰蒸。爾羊來思。矜矜兢兢。不騫不崩。矜矜兢兢。以言堅彊也。騫虧也。崩羣疾也。正義。騫虧定本亦然。集注虧作曜。段玉裁云。當從集注。後人不解曜字。因改之耳。天保傳不虧言山。此傳不曜言牛羊也。攷工記。大胷燿後。鄭注讀燿爲哨。頎小也。燿曜古通用。羣疾謂病者衆也。麾之以肱。畢來既升。肱臂也。升升入牢也。箋。此言擾馴從人意也。衡謂。畢既皆盡也。牧人乃夢。衆維魚矣。旐維旟矣。箋。牧人乃夢。見人衆相與捕魚。又夢見旐與旟。占夢之官。得而獻之於宣王。將以占國事也。正義。占夢職曰。

歲終獻吉夢於王。彼所獻者。謂天下臣民有爲國夢者。其官得而獻之。非占夢之官身自夢也。陳啓源云。衆謂衆多。言魚之多也。鄭解衆爲人衆。云人衆相與捕迂矣。傳云。陰陽和則魚衆多。並不以爲人衆也。魚麗詩美萬物盛多。獨舉爲言。此亦以多魚爲豐年之夢。義正相符。上事言魚。下並言旐旟。語意異而句法同。古人不妨有此。

大人占之。衆維魚矣。實維豐年。陰陽和。則魚衆多矣。箋。魚者。庶人之所以養也。今人衆相與捕魚。則是歲熟。相供養之祥也。易中孚卦曰。豚魚吉。衡謂。衆多者維魚。則陰陽和矣。是豐年之祥也。**旐維旟矣。室家溱溱。**溱溱。衆也。旐旟所以聚衆也。箋。溱溱。子孫衆多也。

毛詩輯疏卷九上終

毛詩輯疏卷九下

日南安井衡著

節南山之什故訓傳第十九　小雅

節南山之什十篇。七十九章。五百五十二句。

節南山十章。六章章八句。四章章四句。

節南山。家父刺幽王也。箋。家父字。周大夫也。釋文。節在切反。又如字。又音截。下及注同。

節彼南山。維石巖巖。興也。節。高峻貌。巖巖。積石貌。箋。興者。喻三公之位。人所尊嚴。釋文。巖如字。本或作嚴。音同。陳啓源云。近世趙凡夫。以節字爲岊字之譌。此有理也。岊省作卩。卩又譌作節耳。說文岊字注云。陬隅高山之卩也。與毛傳高峻義元不相背。段玉裁云。傳謂節卽巀之叚借。衡謂。釋文節音截。段說是也。

赫赫師尹。民具爾

瞻。憂心如惔。不敢戲談。　赫赫。顯盛貌。師大師。周之三公也。尹尹氏。爲大師。具俱。瞻視。惔燔也。箋。此言尹氏女居三公之位。天下之民。俱視女之所爲。皆憂心如火灼爛之矣。又畏女之威。不敢相戲而談語。疾其貪暴脅下以刑辟也。　釋文惔徒藍反。又音炎。韓詩作炎。字書作焱。說文作炗。訓爲小熱也。段玉裁云。說文羙小爇也。从火羊聲。詩曰。憂心如羙。案羙羊聲。羊讀如飪。今作炗干聲。誤也。小爇一作小熱。或作小熱。皆非也。憂心如羙作憂心炗。炗更非。釋文正義。於此句皆云。說文作炗。若依今本陸孔末由定爲此句之異文。蓋毛詩本作如羙。或同韓詩作如炎。不知何人始加心作惔。惔憂也。豈憂心如憂乎。又於說文惔下。妄加詩曰憂心如惔六字。而毛詩之眞沒矣。此傳曰。炗。燔也。瓠葉傳曰。加火曰燔。說文燔爇也。羙小爇也。爇加火也。與毛傳合。而今詩譌炎改惔。雲漢如炎如焚。傳。炎燎也。而今本亦譌惔矣。王引之云。談亦戲也。玉篇廣韻。並云談戲調也。孟子告子篇越人關弓而射之。則己談笑而道之。談笑者。調笑也。調談一聲之轉耳。戲而嘲之。謂之調。亦謂之談。故以戲談連文。戲談猶戲謔耳。衡案。箋不敢戲而言語。古本言語作戲語。今從之。

國既卒斬。何用不監。　卒盡。斬斷。監視也。箋。天下之諸侯。日相侵伐。其國已盡絕滅。女何用爲職。不監察之。　節彼南山。有實其猗。實滿。猗長也。箋。猗倚也。言南山既能高峻。又以草木平滿其旁倚之畎谷。使之齊均也。衡謂。首章維石巖巖。傳云。積石貌。言巉岞可畏。以喻師尹威權薰灼。此章有實其猗。傳云。實滿。猗長也。言南山之上。草木實滿且猗長。以喻天下之富貴盡聚於一家。至瑣瑣姻亞。無不膴仕者也。赫赫師尹。不平謂何。箋。責三公之不均平。不如山之爲也。謂何。猶云何也。衡謂。巖巖喻威權可畏。則有實且猗。喻富貴聚於一家。富貴聚於一家。則是不平。上興而此實序。箋謂南山喻平。非傳意也。天方薦瘥。喪亂弘多。薦重。瘥病。弘大也。箋。天氣方今又重以疫病。長幼相亂。而死喪甚大多也。正義。此喪亂連文。喪者死亡之名。云亂則爲未死。是喪病也。衡謂。天方盛重病民之事。喪國亂世之政大多矣。民言無嘉。憯莫懲嗟。憯曾也。箋。懲止也。天下之民。皆以災害相弔唁。無一嘉慶之言。曾無以恩德止之者。嗟乎奈何。釋文。憯本或作噆。尹氏大師。維周之氐。秉國之均。四方是維。天子是毗。俾民不迷。氐本。均平。毗厚也。箋。氐當作桯鍺之桯。毗輔也。言尹氏作大師之官。爲周之桯鍺。持國政之平。維制四方。上輔天子。下敎化天下。使民無迷惑之憂。言至重。釋文。氏丁禮反。毗婢比反。王作埤。埤厚也。正義。氏讀從邸。若四圭有邸。故爲本。言是根本之臣也。

不弔昊天。不宜空我師。弔至。空窮也。箋。至猶善也。不善乎昊天。愬之也。不宜使此人居尊官。困窮我之衆民也。段玉裁云。傳謂空卽穹之假借也。七月傳。穹窮也。衡謂。成七年左傳。吳伐剡。剡成。季文子曰。中國不振旅。蠻夷入伐。而莫之或恤。無弔者也夫。詩曰。不弔昊天。亂靡有定。則古亦訓弔爲恤矣。然毛氏之訓。傳自子夏。況文子之言。斷章取義。亦不可知。當以傳爲正說。

弗躬弗親。庶民不信。弗問弗仕。勿罔君子。庶民之言。不可信。勿罔上而行也。箋。仕察也。勿當作末。此言王之政。不躬而親之。則恩澤不信於衆民矣。不問而察之。則下民末罔其上矣。正義。毛以爲尹氏不可任。欲令王親爲政。故責王言。王爲政。由不躬爲之。不親行之。故天下庶民之言不可信也。又責下民言。王爲政。雖不監問之。不察理之。女天下之民。勿得欺罔其上之君子也。陳啓源云。弗躬弗親。弗問弗仕。古注目幽王。得之。敎王躬親。

機務。問察民情。欲其自爲政也。自爲政。則尹氏不得專恣矣。下章不自爲政。王肅以爲政不由王出。意正相應。蘇氏謂尹氏付政姻婭誤矣。詩刺王委任尹氏。方族尹之專權。反敎以躬親問察哉。衡謂。傳二句。一句中各含上經言不躬親政事。則民附勢阿權。其言不可信。不問察下情。則下欺罔其上。王宜問察下情。勿令有司欺罔君子也。疏云。弗問弗仕。詩人責民。序云。刺幽王。何爲責民哉。經不信。本多作弗信。今從古本。

式夷式已。無小人殆。式用。夷平也。用平則已。無以小人之言至於危殆也。箋。殆近也。爲政當用平正之人。用能紀理其事者。無小人近。

瑣瑣姻亞。則無膴仕。瑣瑣。小貌。兩壻相謂曰亞。膴厚也。箋。壻之父曰姻。瑣瑣昏姻。妻黨之小人。無厚任用之。置之大位。重其祿也。

昊天不傭。降此鞫訩。昊天不惠。降此大戾。傭均。鞫盈。訩訟也。箋。盈猶多也。戾乖也。昊天乎。師尹爲政不均。乃降此多訟之俗。又爲不和順之行。乃下此乖爭之化。疾時民傚爲之。愬之於天。釋文。傭勑龍反。韓詩作庸。庸易也。陳啓源云。說文云。傭均直也。余封切。案玉篇。傭恥恭切。均也。直也。又音庸。賃也。然則借爲質。故轉音庸耳。徐鉉以庸音施於均直。恐非是。宜以釋文爲正。君子如屆。俾民心闋。君子如夷。惡怒是違。屆極。闋息。夷易。違去也。箋。屆至也。君子斥在位者。如行至誠之道。則民鞠訩之心息。如行平易之政。則民乖爭之情去。言民之失。由於上可反復也。正義。傭均訩訟。釋言文。鞠盈。釋詁文。盈者必多。故箋轉之云。盈猶多也。由不惠而降戾乖。故知非疾也。在上不均。故下亦不均。至於多獄訟也。在上不順。故下亦不和。至於乖爭也。衡謂。極至同。然箋云行至誠之道。則重在誠字上。恐非經傳之意。傳意蓋謂行道至其極也。

不弔昊天。亂靡有定。式月斯生。俾民不寧。憂心如酲。誰秉國成。病酒曰酲。成平也。箋。弔至也。至猶善也。定止。式用也。不善乎昊天。天下之亂。無有止之者。用月此生。言月月益甚也。使民不得安。我今憂之。如病酒之酲矣。觀此君臣。誰能持國之平乎。言無有也。戴震云。古義成與平互訓。平斷之曰平。定其議曰成。衡謂。傳訓成爲平。治國家之政法者。言國亂如此。誰與秉國之政法者。咎之也。不自爲政。卒勞百姓。箋。卒終也。昊天不自出政教。則終窮苦百姓。欲使昊天出圖書。有所授命。民乃得安。

正義。下二句。毛氏無傳。不必如鄭欲天出圖書授命也。蓋言王身不自爲政教。終勞苦我百姓。王肅云。政不由王出也。衡謂。詩人刺王。唯不欲其亡也。鄭出圖書云云。大非溫柔敦厚之旨。王說得之。上傳卒盡也。此不訓卒字。則亦以爲盡矣。正義以箋述傳。非。

駕彼四牡。四牡項領。項大也。箋。四牡者。人君所乘駕。今但養大其領。不肯爲用。喩大臣自恣。王不能使也。

段玉裁云。傳項大也。謂項即洪之假借。衡謂。此篇與止首二章。三章以下皆賦也。此章四牡項領。特言其馬壯大。以喚起下文四方蹙小。無所馳騁之意。非興也。

我瞻四方。蹙蹙靡所騁。騁極也。箋。蹙蹙。縮小之貌。我視四方。土地日見侵削於夷狄。蹙蹙然雖欲馳騁。無所之也。

正義。箋言馳騁無所極至。是與傳同。但傳文略耳。

方茂爾惡。相爾矛矣。茂勉也。箋。相視也。方爭訟自勉於惡之時。則視女矛矣。言欲戰鬪相殺傷矣。

既夷既懌。如相醻矣。懌服也。箋。夷說也。言大臣之乖爭。本無大讐。

其已相和順而說懌。則如賓主飲酒。相醻酢也。昊天不平。我王不寧。不懲其心。覆怨其正。正長也。箋。昊天乎。師尹爲政不平。使我王不得安寧。女不懲止女之邪心。而反怨憎其正也。正義。此傳甚略。王肅述之曰。覆猶背也。師尹不定其心。邪辟妄行。故下民皆怨其長。今據爲毛說。鄭唯下句爲異。餘同。衡謂。言尹氏不平。其所任用。皆瑣瑣姻亞之類。不懲止己此心。故民反怨其長上。我王所以不安也。覆反也。家父作誦。以究王訩。家父。大夫也。箋。究窮也。大夫家父。作此詩。而爲王誦之。以窮極王之政。所以致多訟之本意。式訛爾心。以畜萬邦。箋。訛化。畜養也。

正月十三章。上八章章八句。下五章章六句。

正月。大夫刺幽王也。

正月繁霜。我心憂傷。正月。夏之四月。繁多也。箋。夏之四月。建巳之月。純陽用事而霜多。急恒寒若之異。傷害萬物。故心爲之憂傷。民之訛言。亦孔之將。將大也。箋。訛僞也。人以僞言相陷入。使王行酷暴之刑。致此災異。故言亦甚大也。衡謂。鄭信五行家之言。故云因訛言行暴刑。以致此災。竊謂國家將亡。必有祅孽。此因災異以致訛言。毛意恐當如此。念我獨兮。憂心京京。哀我小心。癙憂以痒。京京。憂不去也。癙痒。皆病也。箋。念我獨兮者。言我獨憂此政也。陳啓源云。癙痒病也。爾雅同。舍人云。癙癵瘇痒。皆憂憊之病。孫炎云。癙者畏之病。癙字不見說文。要之與痒俱諧聲。非取鼠羊爲義也。衡謂。小人隨世浮沈以圖其利。雖無道之世。亦不甚憂之。其蒙其害者唯民。憂之者唯君子。故我獨兮憂心京京也。父母生我。胡俾我瘉。不自我先。不自我後。父母謂文武也。我我天下。瘉病也。箋。自從也。天使父母生我。何故不長遂我。而使我遭此暴虐之政而病。此何不出我之前。居我之後。窮苦之情。苟欲免身。焦循云。訓詁之例。不外雙聲疊韻。疊韻如子孳也。丑紐也。雙聲如叔拾也。且薦也。而假借行乎其中。有直指其事者。如此傳瘉病也是也。此外有比例之詞。則加猶字。有指擬之詞。則加謂字。猶謂云者。如盈猶多也。至猶善也。以其非雙聲疊韻之假借。亦非實指其事。則於其相近者。而指擬之也。如云衆謂羣臣也。衆不定是羣臣也。此云父母謂文武。父母不定是文武也。傳擬度之。以爲詩人所云父母指文武。非謂文武令天生我天下之民也。箋云天使父母生我。豈父母又使天生我邪。正義失之。

好言自口。莠言自口。莠醜也。箋自從也。此疾訛言之人。善言從女口出。惡言亦從女口出。女口一爾。善也惡也。同出其中。謂其可賤。

憂心愈愈。是以有侮。愈愈憂懼也。箋我心憂政如是。是與訛言者殊塗。故用是見侵侮也。衡謂天下將亂。賢者先知而憂之。而羣小得志者。以爲太平可保。援黨擊異。以爲固位之計。偶有憂國者。不指爲姦。則笑以爲愚首章云。念我獨兮。憂心京京。此章云。憂心愈愈。是以有侮。當時羣小得意之狀。如目覩而耳聞之。凡此皆天下將亂。而未亂時之事。或以褒姒滅之一句。爲東遷後之詩。粗矣。

憂心惸惸。念我無祿。惸惸憂意也。箋無祿者。言不得天祿。自傷值今世也。

民之無辜。幷其臣僕。古者有罪不入於刑。則役之圜土。以爲臣僕。箋辜罪也。人之尊卑有十等。僕第九。臺第十。言王旣刑殺無罪。并及其家之賤者。不止於所罪而已。書曰。越茲麗刑并制。釋文。圜土音圓。圜土，獄也。正義。役之圜土，謂晝則役之，夜則入圜土。以圜土表罪之輕者也。非在圜土而役。當役之時。爲臣僕之事。故號之爲臣僕。以表其罪名。非謂恒名臣僕也。此有罪者當然。今無罪亦令與有罪同役。故言并也。昭七年左傳曰。人有十等。故王臣公。公臣大夫。大夫臣士。士臣皁。皁臣輿。輿臣隷。隷臣僚。僚臣僕。僕臣臺。引書曰。呂刑文也。彼注曰。越，於也。茲，此也。麗，施也。於此施罪并制其無罪。則彼苗民淫虐殺戮無辜。不但刑有罪。亦并制無罪。與此義同。故引之以爲證也。

哀我人斯。于何從祿。箋。斯，此。于，於也。哀乎今我民人見遇如此。當於何從得天祿。免於是難。衡謂。斯，助語辭。

瞻烏爰止。于誰之屋。富人之屋。烏所集也。箋。視烏集於富人之屋。以言今民亦當求明君而歸之。正義。烏集於富人之屋以求食。喻民當歸於明德之君以求天祿也。衡謂。烏得集於富人之屋以求食。人不得遭於明德之君而從祿。人不如烏。所以哀也。

瞻彼中林。侯薪侯蒸。中林，林中也。薪蒸言似而非。箋。侯，維也。林中大木之處。而維有薪蒸爾。喻朝廷宜有賢者。而但聚小人。正義。林者大木所處。今小木在焉。似大木而非。喻小人在朝。似賢人而非。故云似而非也。民今方殆。視天夢夢。王者爲亂。夢夢然。箋。方且也。民今且危亡。視王者所爲。反夢夢然而亂。無統理安人之意。正義。釋訓云。夢夢亂也。既克有定。靡人弗勝。勝乘也。箋。王既能有所定。尚復事之小者爾。無人而不勝。言凡人所定皆勝王也。正義。此傳甚略。王述之云。既有所定。皆乘陵人之事。言殘虐也。衡謂。天謂王也。言王所爲。夢夢然而亂。無有統理。既能有所定。亦皆乘陵人之事。後儒解此四句。爲天定勝人之義。其說如可聞。不知下經有皇上帝。始指天。若又以上天爲天。兩天相複。一以爲夢夢。一以爲昭晰。文義乖戾。非詩人之旨。毛義精矣。有皇上帝。伊誰云憎。皇君也。箋。伊讀當爲緊。緊猶是也。有君上帝者。以情告天也。使王暴虐如是。是憎惡誰乎。欲天指害其所憎而已。衡謂。言有君上帝。一視同仁。是憎惡誰乎。王當奉天爲政。無所殘虐。而今事爲乘陵人之事。何也。謂山蓋卑。爲岡爲陵。在位非君子。乃小人也。箋。此喻爲君子賢者之道。人尚謂之卑。況爲凡庸小人之行。焦循云。毛以爲此在當前者。若以爲山。蓋又卑小。卑小則非山。乃岡陵耳。與箋義別。衡謂。山高。處萬物之上。故以喻在位。民之訛言。寧莫之懲。箋。小人在位。曾無欲止衆民之爲僞言相陷害也。衡謂。箋訓寧爲曾。曾乃也。得之。召彼故老。訊之占夢。故老。元老。訊問也。箋。君臣在朝。侮慢元老。召之不問政事。但問占夢。不尚道德。而信徵祥之甚。衡謂。元老。尊之之辭。故箋述之曰。不問政事。但問占夢。是也。元老。本多作召之。今從古本。岳本。小字本。具曰予聖。誰知烏之雌雄。君臣俱自謂聖也。箋。時君臣賢愚適同。如烏雌雄相似。誰能別異之乎。焦循云。誰字與具字相承。君臣俱自謂予聖。聖則通矣。究竟烏之雌雄。誰能知之。箋以烏比君臣。恐非毛義。衡謂。凡烏集於木。雄則上左翮。雌則上右翮。以此察之。烏之雌雄易知也。今彼君臣。智慮淺短。以其同色。烏之雌雄。且猶不能知。而俱自稱予聖。天下所以日赴亂也。謂天蓋高。不敢不局。謂地蓋厚。不敢不蹐。維號斯言。有倫有脊。局曲也。蹐。累足也。倫道。脊理也。箋。局蹐者。天高而有雷霆。地厚而有陷淪也。

此民疾苦王政。上下皆可畏怖之言也。維民號呼而發此言。皆有道理。所以至然者。非徒苟妄爲誣辭。焦循云。局卽從高字生出。卑始曲身。今高亦局。不必增出雷霆。言局蹐。正謂天不高。地不厚也。衡謂。局天蹐地。如誣罔。然。然斯言極有道理。非誣罔也。卽箋所云上下皆可畏怖是也。

哀今之人。胡爲虺蜴。蜴螈也。箋。虺蜴之性。見人則走。哀哉今之人。何爲如是。傷時政也。正義。陸璣疏云。虺蜴一名蠑螈。水蜴也。或謂之蛇醫。如蜥蜴。青綠色。大如指。形狀可惡。如陸意。蜥蜴與蠑螈形狀相類。水陸異種耳。陳啓源云。蠑螈蜥蜴蝘蜓守宮。爾雅以爲一物。蠑螈說文作蠑蚖。蚖云蠑蚖蛇醫。以注鳴者。又云。在草曰蜥蜴。在壁曰蝘蜓。本草又有石龍子。亦得守宮蜥蜴之名。陶隱居辨之。以爲有四種。蛇醫一也。龍子二也。蜥蜴三也。蝘蜓四也。今參以毛傳陸疏之說。則蜥蜴卽石龍子。其在水者名蠑蚖。又名蛇醫。蝘蜓卽守宮。在屋壁間。形皆相類。而小異。故爾雅合四名爲一物也。分之。則蝘蜓守宮爲一物。蠑螈蜥蜴爲一物。石龍子又名蜥蜴者。又爲一物。其爲種凡三矣。說文之蠑蚖。水蜥蜴也。正月詩虺蜴爲此在草者。則兼乎水陸焉。段玉裁云。說文易蜥易。無蜴字。方言。守宮或謂之蜥易。其在澤中者。謂之易蜴脈蜴。郭注蜴皆音析。蓋蜴卽蜥之或體。易蜴卽蜥易之倒文。猶螽斯亦曰斯螽也。衡謂。三者皆四足長尾。其形相類。而其色則絕殊。其在壁者。茶褐色。在水者。背黑而腹赤。在草者。青綠色。見人則走者。卽是也。

瞻彼阪田。有菀其特。言朝

廷曾無傑臣。箋。阪田。崎嶇墝埆之處。而有菀然茂特之苗。喻賢者在閒辟隱居之時。衡謂。曾乃也。古本。岳本。小字本。傑作桀。通。天之扤我。如不我克。扤動也。箋。我我特苗也。天以風雨動搖我。如將不勝我。謂迅疾也。衡謂。天以喻王。扤我。喻强起賢者。彼求我則。如不我得。箋。彼彼王也。王之始徵求我。如恐不得我。言其禮命之繁多。執我仇仇。亦不我力。仇仇。猶謷謷也。箋。王既得我。執留我。其禮待我謷謷然。亦不問我在位之功力。言其有貪賢之名。無用賢之實。正義。釋訓云。仇仇謷謷。傲也。郭璞曰。皆傲慢賢者。衡謂。王始欲求我爲法則之時。如恐不得之。今則執留我。傲慢無禮。且又不力行我所言。言有始而無終也。鄭以力爲在位之功力。斯人新徵。王未嘗任用之。安得有功哉。若斯人而有功。赫赫宗周。未必遽亡也。心之憂矣。如或結之。今茲之正。胡然厲矣。厲惡也。箋。茲此。正長也。心憂如有結之者。憂今此之君臣。何一然爲惡如是。衡謂。古者正政征三字皆通。此正當讀爲政。鄭訓正爲長。轉爲君臣。恐非毛義。燎之方揚。寧或滅之。滅之以水也。箋。火田爲燎。燎之方盛之時。炎熾熛怒。寧有能滅息之者。言無有也。以無有喻有之者爲甚也。王念孫云。寧乃也。言以燎火之盛。而乃有滅之者。以赫赫之宗周。而乃爲褒姒所滅。四句以上興下。一氣相承。詞氣甚爲迫切。若上言燎火難滅。下言褒姒滅周。則上下相承之間。多一轉折。而詞意迂回矣。箋云。以無有喻有之者爲甚。非也。水之滅火。非無有之事。火勢方盛。而水滅之。則爲甚矣。不必先言其無有。而後見有之者爲甚也。傳云。滅之者水。此正釋經文或滅之之意。不如箋所云也。寧乃一聲之轉。故詩中多謂乃爲寧。戴先生毛鄭詩考正曰。四月首章。胡寧忍予。箋。寧猶曾也。案寧猶乃也。語之轉。下寧莫我有。雲漢首章。寧莫我聽。寧亦乃也。篇內寧丁我身。寧俾我遯。胡寧忍予。胡寧瘨我以旱。並同。王引之云。曾亦乃也。赫赫宗周。褒姒威之。宗周。鎬京也。褒國也。姒姓也。威滅也。有褒國之女。幽王惑焉。而以爲后。詩人知其必滅周也。釋文。姒音似。鄭云。字也。威呼說反。齊人語也。終其永懷。又窘淫雨。窘困也。箋。窘仍也。終王之所行。其長可憂傷矣。又將仍憂於陰雨。陰雨。喻君有泥陷之難。正義。毛以爲。此及下章。皆以商人之載大車。展轉爲喻。言王之爲惡。無心變改。若終王之所行。其長可哀傷矣。王行既可哀傷。又將至傾危。猶商人涉路。既有疲勞。又將困於陰雨。商人之遇陰雨。則有泥陷之難。王行之至傾危。必有滅亡之憂。故以譬之。衡謂。終其永懷。亦謂商以喻王。箋以又窘以下爲興。非也。

其車既載。乃棄爾輔。大車。重載。又棄其輔。箋。以車之載物。喻王之任國事也。棄輔。喻遠賢也。正義。考工記車人爲車。有大車。鄭以爲平地任載之車。駕牛車也。此以商事爲喻。而云既載。故知是大車也。又爲車不言作輔。此云乃棄其輔。則輔是可解脫之物。蓋如今人縛杖於輻。以防輔車也。曾釗云。輔蓋伏兎別名。輔與兎聲近。故伏兎謂之輔。伏兎車轐也。李黼平云。此章乃棄爾輔。與將伯助予相對。則此輔是人。非物。下章云。無棄爾輔。員于爾輻。屢顧爾僕。不輸爾載。則僕即是輔可知。衡謂。伏兎。上承輿而下銜軸。棄之則輿與輪離。車不可行。況既已重載。欲脫而棄之。不可得。曾說非也。傳云。大車重載。又棄其輔。又字緊承重載二字。言重載恐其輪碎。而又棄其輔。是輔防輪之具。非護車之人甚明。下章輔僕並言。益見其非人矣。李說亦非。下章又云。無棄爾輔。員于爾輻。三十輻共一轂。乘車戎車大車皆同。不可得而益。而云益之者。謂以輔助之耳。孔說洵是。

載輸爾載。將伯助予。將請。伯長也。箋。輸墮也。棄爾車輔。則墮女之載。乃請長者見助。以言國危而求賢者已晚矣。

無棄爾輔。員于爾輻。員益也。曾釗云。輻當作輹。易與說輻。釋文作輹。是其證。复從畐省聲。輹从复故譌作輻耳。說文輹。車下縛也。蓋伏兎在輿底。本不相連。須輹縛之。伏兎為任力之處。非一革所能勝。益其革輹。喩益其禮以繫賢者之心也。衡謂輻不可益。故曾破輻為輹。以成其輔伏兎之說。不知此謂以輔益於輻。故經言員于。且伏兎在輿下軸上。其厚寸。雖重載。本不虞其碎。以輹縛之者。以防左右移動耳。益之何為。

屢顧爾僕。不輸爾載。箋。屢數也。僕將車者也。顧猶視也。念也。

終踰絕險。曾是不意。箋。女不棄車之輔。數顧女僕。終用是踰度陷絕之險。女曾不以是為意乎。以商事喩治國也。王引之云。陷絕之險車不能度。雖不棄爾輔。亦無益也。詩之絕險。豈是之謂乎。絕之為言最也。極也。爾雅。鼎絕大謂之鼐。郭注曰。最大者絕澤。謂之銑。注曰。最有光澤也。古者謂度為意。論語先進篇。億則屢中。何注曰。億度是非。漢書貨殖傳億作意。子罕篇無意無必。無固無我。無意。無度也。管子小問篇。君子善謀。而小人善意。臣意之也。善意。善度也。衡謂。不以是為意乎。是指不輸爾載。終踰絕險。責王不以是為意。文義極穩。意訓度。謂忖度之。非謀度也。其義反淺。其訓絕為最。則得之。箋用是。本多作是用。曾不。本多作不曾。今從古本。岳本。小字本。

魚在于沼。亦匪克樂。潛雖伏矣。亦孔之炤。沼池也。箋。池魚之所樂。而非能樂。其潛伏於淵。又不足以逃。甚炤炤易見。以喩賢者在朝廷。道不行無所樂。退而窮處。又無所止也。焦循云。毛訓沼爲池。義卽寓於訓詁中。若曰魚在淵則樂。今在池沼。非所樂也。卽使潛伏。而池水淺露。亦昭而易見。所以不肯隱之深者。以憂心念國之虐也。蓋賢人不用。棄在閒散。而自明其不肯逃耳。箋別一義。衡謂沼以喻四方日蹙。故傳訓池。人作曰池。言其小也。言國勢日蹙。在朝亦非能樂。雖則隱退。均在衰亂中。不能隱其跡。進退俱艱。所以憂也。**憂心慘慘。念國之爲虐。**慘慘。猶戚戚也。釋文。慘七感反。段玉裁云。懆在二部。慘在三部。音近轉注。今本作慘慘誤。衡謂釋文七感反。蓋宋人所改。非陸氏之舊也。**彼有旨酒。又有嘉殽。**言禮物備也。箋。彼。彼尹氏大師也。釋文。肴本又作殽。戶交反。**洽比其鄰。昏姻孔云。**洽合。鄰近。云旋也。是言王者不能親親以及遠。箋云猶友也。言尹氏富。獨與兄弟相親友。爲朋黨也。正義。毛以爲。言幽王彼有旨酒矣。又有嘉善之殽矣。禮物甚備足矣。唯知以此禮物。協和親比其鄰近之左右。與妻黨婚姻。甚相與周旋而已。不能及遠人也。**念我獨兮。憂心慇慇。**慇慇然痛也。箋。此賢者。孤特自傷也。**佌佌彼有屋。蔌蔌方有穀。**佌佌。小也。蔌蔌。陋也。箋。穀祿也。此言小

人富而窶陋將貴也。釋文。佌音此。說文作囟。音徒。蔌音速。方穀。本或作方有穀者非。窶其矩反。一音慮。民今之

無祿。天夭是椓。君夭之。在位椓之。箋。民於今而無天祿者。天以薦

瘥夭殺之。是王者之政。又復椓破之。言遇害甚也。正義。椓如椓杙之椓。謂打之。衡謂夭猶過也。過

塞其生活之道。哿矣富人。哀此惸獨。哿可。獨單也。箋。此言王政如是。富

人已可。惸獨將困也。王引之云。哿之爲言。猶嘉耳。故昭八年左傳引詩哿矣能言。杜注曰。哿嘉也。毛傳訓哿爲可。可亦快意愜心之稱。故

箋曰富人已可。惸獨將困。正義曰。可矣富人。猶有財貨以供之。失傳箋之意矣。衡案。箋已可。本或作猶可。今從古本。岳本小字本十行本。

十月之交八章。章八句。

十月之交。大夫刺幽王也。箋。當爲刺厲王。作詁訓傳時。移其篇

第。因改之耳。節彼刺師尹不平。亂靡有定。此篇譏皇父擅恣。日月告凶。

正月。惡褒姒滅周。此篇。疾豔妻煽方處。又幽王時。司徒乃鄭桓公友。非

此篇之所云番也。是以知然。

正義。鄭語云。幽王八年。桓公爲司徒。陳啓源云。鄭氏謂。十月之交。雨無正。小旻。小宛。四篇刺厲王詩。篇第在菁莪後六月前。毛公移置正月篇下。并改詩序。刺厲爲刺幽。其說甚謬。蘇氏駁之。逸齋又據經文。證其五妄。允矣。源亦謂。厲幽均無道。而其實有殊。厲乃暴君。幽惟昏主。暴君重斂煩刑。而政由己出。臣民尚知悚懼。不敢自擅。故厲王之世。楚子熊渠畏伐。去其三子王號。則流彘以前。威福尙未去也。昏主荒沈酒色。置政事於罔聞。致姦宄之輩。弄權植黨。蔽主虐民。甚且視君上如弁髦。十月之交之皇父是也。皇父就封於向。挈其百僚以行。朝廷爲之一空。目中不知有天子。使在厲王時。其敢然乎。厲王之虐。能懾遠裔之彊藩。反不能制畿內之卿士乎。況皇父作都。徹民牆萊民田。肆惡無忌。眞蠹國之渠。病民之首。流彘之役。民當共食其肉。不特皇父一身而已。大子靖尙幾不免。皇父之家。豈能獨全。就令有存者。宣王中興。自當順民所欲。不復錄用其後。乃征徐之舉。首命皇父爲卿士。以六師之重。委之罪人之子弟。使與忠貞之召穆公。執兵柄。不幾拂民心。墮士氣乎。由是言之。則作都之皇父。定是征徐者之後人。仕於幽王之世。而不克紹其前烈。一如吉甫之後有師尹。申伯之後有申侯云爾。而趣馬之蹶。爲韓奕之蹶父之後可知矣。仲達爲鄭氏左袒。力證十月之交爲厲王詩。至引中侯擿雒貳之文。以助其說。中侯曰。昌受符。厲倡嬖。期十之世。權在相。又曰。剡者配姬。以放賢。山崩水潰。納小人。家伯罔主。異載震。謂文至厲。適十世。剡豔古今字。豔妻家伯。與詩事同。山崩水潰。卽此詩川沸山崩也。噫緯書之言。其可信哉。宣王元舅是申伯。則厲王后自應姜姓。何得姓剡。川沸山崩。卽三川震。岐山崩之事。不必舍周語而信緯書也。嚴杰云。下經云。皇父孔聖。作都於向。汲郡古文。幽王元年。

王錫大師尹氏。皇父命。六年。皇父作都于向。衡謂。六月序下。歷述篇義。鹿鳴至菁菁者莪。則子夏作序時。篇第如今本。非毛公移之也。或以連序。爲毛公所作。然南陔白華·華黍·由庚·崇丘·由儀。毛公之時既亡。而連序鑿鑿說其義。則斷然子夏所作。非毛公也。

十月之交。朔日辛卯。日有食之。亦孔之醜。之交。日月之交會。醜惡也。箋。周之十月。夏之八月也。八月朔日。日月交會而日食。陰侵陽。臣侵君之象。日辰之義。日爲君。辰爲臣。辛金也。卯木也。又以卯侵辛。故甚惡也。

戴震云。劉原父始疑爲夏正十月。非也。梁虞劆。唐傅仁均及一行並推周幽王六年乙丑歲建酉之月。辛卯朔辰時日食。近時閻百詩尚書古文疏證。初亦用劉原父說。謂虞劆諸人傅會。後既通推步。上推之。正合。復著論自駁舊說之失。焦循云。經言辛卯。但紀日耳。辛金卯木之占。非毛義。衡謂。十月之交。朔日辛卯。日有食之。雖用之歌詠。嚴然史筆。非雜詠民事之比。故特用周正耳。

彼月而微。此日而微。月臣道。日君道。箋。微謂不明也。彼月則有微。今此日反微。非其常。爲異尤大也。

戴震云。張衡靈憲云。當日之衝。光常不合者。蔽於地也。是謂闇虛。月過則食。闇虛云者。闇而異於寔體。卽地影之名。衡謂。闇虛者。虛空中闇處也。古談天者有三家。曰周牌。蓋天渾天。渾天最是。其說曰。地如鷄子中之黃。上下四方皆天也。張衡通其學。著渾天靈秘曜。云月食者地影也。宋儒粗於象數。不知闇虛之爲地影。謂大陽中有闇黑處。日月正相對。月爲其所射則食。其謬有如此者焉。

今此下民。亦孔之哀。箋。君臣失道。災害將起。故下民亦甚可哀。

日月告凶。不用其行。四國無政。不用其良。箋。告凶。告天下以凶亡之徵也。行。道度也。不用之者。謂相干犯也。四方之國。無政治者。由天子不用善人也。

彼月而食。則維其常。此日而食。于何不臧。箋。臧善也。

爗爗震電。不寧不令。爗爗。震電貌。震雷也。箋。雷電過常。天下不安。政教不善之徵。焦循云。天下不安。解不寧。政教不善。解不令。非以天下不安爲政教不善之徵也。正義漫以箋義入傳。而箋義亦失。

百川沸騰。山冢崒崩。沸出。騰乘也。山頂曰冢。箋。崒者。崔嵬。百川沸出。相乘陵者。由貴小人也。山頂崔嵬者崩。君道壞也。釋文。崒。舊徂恤反。徐子綏反。宜依爾雅音子恤反。本亦作卒。崔徂回反。爾雅厜才規反。嵬五回反。爾雅作㕒五規反。正義。徐邈以卒子恤反。則當訓爲盡。於時雖大變異。不應天下山頂盡皆崩也。故鄭依爾雅爲說。阮元云。今本作崒。釋文本。正義本卒字。今正義中卒皆譌爲崒。而不可通矣。王引之云。卒當讀爲猝。猝急也。暴也。言山冢猝然崩壞也。猝崩與沸騰對。若訓卒爲崔嵬。而以山頂崒連讀。則與上句文義不倫矣。衡謂。據正義。鄭依爾雅之文。經原文作卒。節南山國既卒斬。傳云。卒盡也。凡傳例。義與前同者。不復訓。則此卒亦以爲盡矣。徐音子恤反是也。若經本作崒。傳不容不解。今本後人依鄭說改之耳。川言百。故下唯言沸騰。山唯言冢。故下言盡崩。盡崩謂多崩。猶百川不必百。不謂天下山冢盡皆崩也。詩人之辭。率皆如此。雲漢之詩曰。周餘黎民。靡有子遺。讀者不以辭害志可也。**高岸爲谷。深谷爲陵。**言易位也。箋。易位者。君子居下。小人處上之謂也。衡謂。此章專謂變異。傳易位。謂岸谷易位耳。箋云。君子居下。小人處上之謂。非傳意也。**哀今之人。胡憯莫懲。**箋。憯曾。懲止也。變異如此。禍亂方至。哀哉今在位之人。何曾無以道德止之。衡謂。傳不解懲字。則讀如字。言何不懲艾其所行粃政。而改正之也。**皇父卿士。番維司徒。家伯維宰。仲允膳夫。聚子內史。蹶維趣馬。楀維師氏。豔妻煽方處。**豔妻。褒姒。美色曰豔。煽熾也。箋。皇父·家伯·仲允。皆字。番聚蹶楀皆氏。厲王淫於色。七子皆用。后嬖寵方熾之時。並處位。言妻黨盛女謁行之甚也。敵夫曰妻。司徒之職。掌天下土地之圖。人民之數。冢宰掌建邦之六典。皆卿也。膳夫。上士也。掌王之飲食膳羞。內史。中大夫也。掌爵祿廢置。殺生與奪之法。趣馬。中士也。掌王馬之政。師氏亦中大夫也。掌司朝得失之事。六人之中。雖官有尊卑。權寵相連。朋黨於朝。是以疾焉。皇父則爲之端首。兼擅羣職。故但目以卿士云。正義。序官。趣馬下士一人。此言中士者誤也。定本亦誤。師氏云。掌國中失之事。雖中爲中禮。亦是得義。故杜子春云。中當爲得。以義引之。故爲得也。司朝卽是國也。此云家伯維宰。周禮有大宰卿。小宰中大夫。宰夫下大夫。鄭司農宰夫注云。詩人曰家伯維宰。謂此宰夫也。王肅以此宰爲小宰。鄭以爲冢宰者。以宰夫等經傳未有單稱宰處。冢宰之單稱宰。猶司徒以下不稱大。以小司徒小宗伯。不得單稱司徒宗伯。要以小配之。是小宰亦不得單稱宰也。今此宰夫既是其佐對司徒內史等六官。是列職之事。五者皆是一官之長。宰不當獨爲大宰之佐。以此知家伯維宰是冢宰也。衡謂卿士。卿之執事者。蓋謂大宰。則維宰當從先鄭爲宰夫。云維宰者與下膳夫相避。詩本歌謠。不必經傳正稱呼。此擧褒姒之黨。尊卑懸殊。則亦應有爲佐者。未必皆爲一官之長也。春秋有宰渠伯糾傳云。父在故名。故說者亦以爲宰夫。他未見經傳有單稱大宰爲宰者。正義非也。箋司與伺通。正義是國。當爲是職字之誤也。

抑此皇父。豈曰不時。何爲我作。不卽我謀。徹我牆屋。田卒汙萊。時是也。下則汙。高則萊。箋。抑之言噫。噫是皇父。疾而呼之。女豈曰我所爲不是乎。言其不自知惡也。女何爲役作我。不先就與我謀。使我得遷徙。乃反徹毀我牆屋。令我不得趨農。田卒爲汙萊乎。此皇父所築。邑人之怨辭。釋文。抑如字。辭也。徐音噫。韓詩云。意也。正義。下田可以種稻。無稻則爲池。高田可以種禾。無禾則生草。故下則汙。高則萊。衡謂。下句云。不卽我謀。凡役作民。不必先就與之謀。不得以此怨之。此作當訓動。謂遷之向。故下句承之云。徹我牆屋。卽下章擇有車馬以居徂向是也。釋文。抑如字。毛讀也。抑噫意皆通。故鄭讀爲噫。而韓作意耳。

曰予不戕。禮則然矣。箋。戕殘也。言皇父既不自知不是。反云我不殘敗女田業。禮下供上役。其道當然。言文過也。衡謂。魯衛之封。周皆賜民。皇父以自比。故云禮則然矣。

皇父孔聖。作都於

向。擇三有事。亶侯多藏。皇父甚自謂聖。向邑也。擇三有事。有司國之三卿。信維貪淫多藏之人也。箋。專權足己。自比聖人。作都立三卿。皆取聚斂之臣。言不知厭也。禮畿內諸侯二卿。正義。左傳說桓王與鄭十二邑。向在其中。杜預云。河內軹縣西。有地名向上。則向在東都之畿內也。衡謂。十月之交。日食。皇父作都。皆在幽王六年。八年鄭桓公爲司徒。四章云。番維司徒。則此詩之作。蓋在幽王六年。其百川沸騰。山冢卒崩。乃三年之事。詩人追述之耳。又案。皇父方有寵。恐不遠封之東都畿內。此所云向。蓋在西京畿內。非河內之向也。不憖遺一老。俾守我王。箋。憖者。心不欲自彊之辭也。言盡將舊在位之人。與之皆去。無留衞王。擇有車馬。以居徂向。箋。又擇民之富。有車馬者。以往居于向也。衡謂。居猶室也。謂其所居積。黽勉從事。不敢告勞。箋。詩人賢者。見時如是。自勉以從王事。雖勞不敢自謂勞。畏刑罰也。無罪無辜。讒口囂囂。箋。囂囂。衆多貌。時人非有辜罪。其被讒口。見椓譖。囂囂然。下民之孽。匪降自天。噂沓背憎。職競由人。噂猶噂噂。沓猶沓沓。職主也。箋。孽。妖孽。謂相爲災害也。下民有此言。非從天墮也。噂噂沓沓。相對談語。背則相憎。逐爲此者。主由人也。釋文。噂子損反。說文作僔。云聚也。陳啓源云。說文云。沓。語多沓沓。如水之流。故從水。會意。此足暢毛旨矣。又案板詩泄泄。孟子以爲猶沓沓。亦取雜沓競進之意。小人爭先獻媚。每有此醜態。與下文無禮無義。言非先王之道。意正相合。又釋文云。說文作僔。云聚也。今說文噂僔二字。皆引此詩。噂注云。聚語也。僔注如釋文所引。段玉裁云。箋此言當作此害。衡謂。箋逐解競字。主由本多作由主。今從古本岳本。

悠悠我里。亦孔之痗。悠悠。憂也。里痗皆病也。箋。里居也。悠悠乎我居。今之世亦甚困病。釋文。里如字。毛病也。鄭居也。本或作瘇。後人改也。痗莫背反。又音悔。正義。悠悠乎可憂也。爲此而病。亦甚困病矣。衡案。傳里痗皆病也。本多作里居也。痗病也。唯小字本作里病也。據釋文正義。傳里訓病。不訓居。若訓居。箋不當重訓。作居非也。但里痗皆訓病。而分釋之。非傳例也。小字本亦非。今從古本。

四方有羨。我獨居憂。羨餘也。箋。四方之人。盡有饒餘。我獨居此而憂。衡謂。憂與有怨對。謂貧困也。言我獨居於貧困之中。

民莫不逸。

我獨不敢休。箋。逸。逸豫也。天命不徹。我不敢傚我友自逸。徹道也。親屬之臣。心不能已。箋。不道者。言王不循天之政教。正義。以王之教命。不循昊天之道。臣有離散去者。我不敢傚我友自放逸而去也。衡謂。此天亦謂王。故傳訓徹爲道。蓋謂徹轍之假借字。正義云。王之教命。不循昊天之道。是也。

雨無正七章。上二章章十句。次二章章八句。下三章章六句。

雨無正。大夫刺幽王也。雨自上下者也。衆多如雨。而非所以爲政也。箋。亦當爲刺厲王。王之所下教令。甚多而無正也。

浩浩昊天。不駿其德。降喪饑饉。斬伐四國。駿長也。穀不熟曰饑。蔬不熟曰饉。箋。此言王不能繼長昊天之德。至使昊天下此死喪饑饉之災。而天下諸侯。於是更相侵伐。正義。王者繼天理物。當奉天施化。是長天德也。政不順天。殘害下民。是不能繼長浩天之德。尚書稱政之動天。有如影響。王既不能繼長天德。故昊天震怒。下此死喪饑饉之災。誅害萬民也。**昊天疾威。弗慮弗圖。**箋。慮圖。皆謀也。王既不駿昊天之德。今昊天又疾其政以刑罰。威恐天下。而弗慮弗圖。釋文。旻密巾反。本又作昊天者非。正義。上有昊天。明此亦昊天。定本皆作昊天。俗本作旻天。誤也。陳啓源云。孔陸意異。而孔得之。作旻天者。因小旻首句而誤耳。今注疏集傳。經文皆作旻。惟石經作昊。衡謂。元氣博大曰昊天。上昊天。呼天而愬之。故以浩浩起之。仁覆愍下曰旻天。大雅召旻序云。旻閔也。言王者當覆愍下。而今作疾威以虐之。小旻首句亦云。旻天疾威。而下文歷序王惡。今此下文。亦歷序王惡。故知旻天喻王。與昊天斥天者自別。下章如何昊天。愬王惡於天。故又言昊天。陸說是也。**舍彼有罪。既伏其辜。若此無罪。淪胥以鋪。**舍除。淪率也。箋。胥相。鋪徧也。言王使此無罪者。見牽率相引。而徧得罪也。焦循云。審傳箋之義。當讀彼有罪既伏其辜七字。爲一貫。若曰除有罪伏其辜者不論。外而無罪之人。亦爲彼有罪者所牽率。而徧入於罪。正義解作舍去有罪不戮。則既伏其辜四字爲不詞矣。且牽率相引。爲誰所牽率邪。王念孫云。詩言淪胥以敗。淪胥以亡。則此篇淪胥以鋪。當訓爲病。不當訓爲徧。韓詩作痡。正字也。毛詩作鋪。借字也。王肅訓鋪爲病。本韓詩也。周南卷耳篇我僕痡矣。釋文痡本又作鋪。大雅江漢篇。淮夷來鋪。毛彼傳曰。鋪病也。是痡鋪古字通。衡謂。傳云。舍除也。謂除之不數。舍即釋。傳若爲釋放不斁。則不必解之。焦說是也。王讀鋪爲痡。痡鋪可通。然毛公於江漢始訓鋪爲痡。則此讀如字。淪胥以鋪。蒙既伏其辜言。無罪者亦相牽率徧見罪也。

周宗既滅。靡所止戾。戾定也。箋。周宗。鎬京也。是時諸侯不朝王。民不堪命。王流于彘。無所安定也。

陳啓源云。朱子因周宗既亡一語。疑雨無正爲東遷後詩。劉瑾又附和之。謂正大夫離居。及爾遷于王都之語。似是東遷之際。羣臣懼禍離居。不從王遷。若使幽王尚在。不應言周宗既亡。去而挽之。當曰歸曰還。不應言遷于王都。以證此詩是東遷後作。似矣。而實非也。大康雖失位。夏未亡也。而五子歌曰。乃底滅亡。紂雖無道。殷未亡。而祖伊則曰。既訖殷命。古雖昏暴之朝。其諱言亦不若後代之甚。即如伯陽父史伯論周之亡。皆直言無隱。此幽王之時也。何嘗以不祥語而不出諸口乎。去而復來。固當曰還曰歸。而言遷亦無不可。因一字而疑之。不幾以文害乎。至東遷之際。羣臣懼禍。不隨王遷。此尤必無之事。西京宮室爲禾黍矣。犬戎復出沒其間。羣臣不歸東。將安歸乎。羣臣非王戚即世族也。從王有禍。從犬戎反無禍乎。李黼平云。正月褒姒滅之。傳云。有褒國之女。幽王惑焉。而爲后。詩人知其必滅周也。此句不復發傳。當同于前。

正大夫離居。莫知我勩。勩勞也。箋。正長也。長官之大夫。於王流于彘。而皆散處。無復知我民人之見罷勞也。

衡謂。我。詩人自我也。即十月之交卒章傳所云。親屬之臣。心不能已者也。

三事大夫。莫肯夙

夜。邦君諸侯。莫肯朝夕。箋。王流在外。三公及諸侯。隨王而行者。皆無君臣之禮。不肯晨夜朝暮省王也。庶曰式臧。覆出爲惡。覆反也。箋。人見王之失所。庶幾其自改悔。而用善人。反出教令。復爲惡也。衡謂。正大夫以下。羣臣諸侯。厭苦幽王無道。外内離心。不肯爲其用。所云周宗既滅也。式用也。臧謂善謀。如何昊天。辟言不信。如彼行邁。則靡所臻。辟法也。箋。如何乎昊天。痛而愬之也。爲陳法度之言。不信之也。我之言不見信。如行而無所至也。凡百君子。各敬爾身。胡不相畏。不畏于天。箋。凡百君子。謂衆在位者。各敬愼女之身。正君臣之禮。何爲上下不相畏乎。上下不相畏。是不畏于天。戎成不退。飢成不遂。曾我暬御。憯憯日瘁。戎兵。遂安也。暬御。侍御也。瘁病也。箋。兵成而不退。謂王見流于彘。無御止之者。飢成而不安。謂王在缾乏於飲食之蓄。無輸粟歸餼者。此二者。曾但侍御左右小臣。憯憯憂之。大臣無念之者。

凡百君子。莫肯用訊。聽言則答。譖言則退。

以言進退人也。箋。訊告也。衆在位者。無肯用此相告語。言不憂王之事也。答猶距也。有可聽用之言。則共以辭距而違之。有譖毀之言。則共爲排退之。羣臣並爲不忠。惡直醜正。

釋文。訊音信。徐息悴反。又音碎。戴震云。訊乃誶字。轉寫之訛。誶告訊問。聲義不相通借。陳啓源云。聽言則答。與桑柔聽言則對。其義一也。鄭箋以此爲可聽用之言。彼爲道聽之言。又以答爲距違。以對爲應答。語同而解異。鑿矣。衡謂。息悴反。與遂瘁退相韻。戴說是也。聽言。聽從之言也。言人有聽從之言。則與之應答。言親之也。有譖毀之言。則退。見譖者。不復考察其人實可用與可退。故傳云。以言進退人也。

哀哉不能言。匪舌是出。維躬是瘁。

哀賢人不得言。不得出是舌也。箋。瘁病也。不能言。言之拙也。言非可出於舌。其身旋見困病。

哿矣能言。巧言如流。俾躬處休。

哿可矣。可矣。世所

謂能言也。巧言從俗。如水轉流。箋。巧猶善也。謂以事類風切剴微之言。如水之流忽然而過。故不悖逆。使身居安休休然。亂世之言。順說爲上。陳啓源云。毛傳以哀哉不能言爲哀賢人不得言。以哿矣能言爲可矣世所謂能言。夫曰世所謂。則僅見許于俗人。決非賢者。箋疏申之。謂賢者之中。有此巧拙二種。恐失毛旨。古未有以巧言爲善者。虞書與令色孔壬並稱。周書亦與便僻側媚類舉。小雅巧言篇亦云。如簧顏厚。而孔子尤惡之。屢見于詞。豈有反用爲美稱者哉。衡謂。傳哿可矣。古本。岳本。小字本。作哿可也。案正月篇卒章。哿矣富人。傳既訓哿爲可。此不應再訓。蓋本作可矣世所謂能言。後人以傳文爲欠周。遂補哿可矣。後又以可矣爲非訓詁體。因改矣爲也耳。哿可矣三字。當定爲衍。維曰于仕。孔棘且殆。云不可使。得罪于天子。亦云可使。怨及朋友。于往也。箋。棘急也。不可使者。不正不從也。可使者。雖不正從也。居今衰亂之世。云往仕乎。甚急迮且危。急迮且危。以此二者也。正義。以可使與不可使。皆是君論臣之辭。謂稱己意爲可使。不稱己意爲不可使也。箋解賢人之意。不可使者。君有不正。我不從之。君則以我爲不可使也。可使者。君雖不正。我亦從之。如是則君以我爲可使也。王念孫云。使者從也。亦語詞。此言王之出令不正。我言不可從。則得罪于天子。

言可從。則是助君爲惡。必怨及朋友矣。故箋曰。不可使者。不正不從也。可使者。雖不正從也。此是用爾雅使從之訓。孔氏不達。乃曰。可使與不可使。皆君論臣之辭。謂稱己意爲可使。不稱己意爲不可使也。失鄭義矣。古謂從爲使。說見爾雅。俾拼抨使從也下。衡謂。王述鄭訓使爲從。以可使不可使爲仕者之言。求之經文。極爲直捷。鄭意當然。

謂爾遷于王都。曰予未有室家。賢者不肯遷于王都也。箋。王流于彘。正大夫離居。同姓之臣從王。思其友而呼之。謂曰。女今可遷居王都。王都謂彘也。其友辭之云。我未有室家於王都可居者也。**鼠思泣血。無言不疾。**無聲曰泣血。無所言而不見疾也。箋。鼠憂也。既辭之以無室家。爲其意恨。又患不能距止之。故云我憂思泣血。欲遷王都見女。今我無一言而不道疾者。言己方困於病。故未能也。正義。毛以爲幽王駮亂。大夫有去離朝廷者。其友在朝。思而呼之。謂曰。爾可遷居于王都。欲見其還朝也。去者不肯。曰予于王都。未有室家。心疾王政。託以無室家爲辭也。其友以其距己。又責之云。我所以憂思泣血。欲女還者。以孤特在朝。無所出言。而不爲小人所見憎疾。故思女耳。何爲拒我云無室家乎。衡謂。毛通章爲居王都者之言。鄭以鼠思二句。爲出去者之辭。謂患不能距止其招。託疾以辭之。不止文義支離。賢友以忠誠招之。而已以變詐欺之。設心如此。賢者何爲思之哉。可謂贅說矣。昔爾出居。誰從作爾室。遭亂世。義不得去。思其友而不肯反者也。箋。往始離居之時。誰隨爲女作室。女猶自作之爾。今反以無室家距我。恨之辭。

小旻六章。上三章章八句。下三章章七句。

小旻。大夫刺幽王也。箋。所刺。列於十月之交。雨無正。爲小。故曰小旻。亦當爲刺厲王。衡謂。大雅有召旻。以旻天疾威起之。序云。旻閔也。閔天下無如召公之臣。故名召旻。此詩起句亦云旻天疾威。而收在小雅。故名小旻。猶明明在下。赫赫在上。在大雅。名之大明。明明上天。照臨下土。在小雅則名之小明耳。然則小旻・小宛・小弁・小明之小。卽大雅小雅之小。非謂其禍小。於十月之交。雨無正也。

旻天疾威。敷于下土。敷布也。箋。旻天之德。疾王者以刑罰威恐萬民。其政敎乃布於下土。言天下徧知。衡謂。大雅蕩篇。蕩蕩上帝。傳云。上帝以託君王也。疾威上帝。傳云。疾病人矣。威罪人矣。此傳但解敷字。不釋旻天疾威。意蓋與彼同。箋謂旻天疾王者威恐萬民。恐非傳意也。謀猶回遹。何日斯沮。同邪。遹辟。沮壞也。箋。猶道。沮止也。今王謀爲政之道回辟不循旻天之德。已甚矣。心猶不悛。何日此惡將止。正義。何日王之此惡可散壞乎。衡謂。箋解沮爲止者。以傳壞字深奧。恐後人誤會。故以止述之。非易傳也。三章不我告猶。四章匪大猶是經傳俱云猶道也。則篇中他猶字。傳以爲謀矣。箋皆訓爲道。此則非傳意也。

謀臧不從。不臧覆用。我視謀猶。亦孔之邛。邛病也。箋。臧善也。謀之善者不從。其不善者反用之。我視王謀爲政之道。亦甚病天下。衡謂。善者不從。不善者反用之。其病天下。不言可知矣。唯其病天下。故我視之。甚病我心也。毛意恐當如此。猶亦謀也。言之以足句耳。故毛不解。

潝潝訿訿。亦孔之哀。潝潝然患其上。訿訿然思不稱乎上。箋。臣不事君。亂之階也。甚可哀也。正義。毛以爲幽王時。小人在位。皆潝潝然自作威福。患苦其上。又訿訿然競營私利。不思稱於上。臣行如此。亦甚可哀傷也。衡謂。傳思不稱乎上。正義述之作不思稱於上。文義甚順。傳思不恐誤倒。

謀之其臧。則具是違。謀之不臧。則具是依。我視謀猶。伊于胡底。箋。于往。底至也。謀之善者。具背違之。其不善者。依就之。我視今君臣之謀道。往行之將何所至乎。言必至于亂。我龜既厭。不我告猶。猶道也。箋。猶圖也。卜筮數而瀆龜靈。龜靈厭之。不復告其所圖之吉凶。言雖得兆。占繇不中。正義。我龜既厭。繁數。不背與我告其吉凶之道也。衡謂。凡事有兩端。然後卜之。王所爲皆凶。故不告所當由之道也。謀夫孔多。是用不集。集就也。箋。謀事者衆。而非賢者。是非相奪。莫適可從。故所爲不成。發言盈庭。誰敢執其咎。謀人之國。國危則死之。古之道也。箋。謀事者衆。訩訩滿庭。而無敢決當是非。事若不成。誰云已當其咎責者。言小人爭知而讓過。如匪行邁謀。是用不得于道。箋。匪非也。君臣之謀事如此。與不行而坐圖遠近。是於道路無進於跬步。何以異乎。正義。鄉射注云。矢幹長三尺。與跬相應。則半步也。哀哉爲猶。匪先民是程。匪大猶是經。

維邇言是聽。維邇言是爭。古曰在昔。昔曰先民。程法。經常。猶道。邇近也。爭爲近言。箋。哀哉今之君臣謀事。不用古人之法。不循大道之常。而聽順近言之同者。爭近言之異者。言見動輒則泥陷。不至於遠也。釋文。軔音刃。礙車木也。焦循云。傳言爭爲近言。則非爭辨言之異已者也。蓋上惟邇言是聽。則下爭爲邇言以諫之。言邇則無遠圖。故知道謀而不遂於成也。衡謂傳於經常下。訓猶爲道。是大猶之猶。非爲猶之猶。箋至此亦不能不訓上猶爲謀。而正義仍釋上猶爲道。失之。

如彼築室于道謀。是用不潰于成。潰遂也。箋。如當路築室。得人而與之謀所爲。路人之意不同。故不得遂成也。

國雖靡止。或聖或否。民雖靡膴。或哲或謀。或肅或艾。靡止言小也。人有通聖者。有不能者。亦有明哲者。有聰謀者。艾治也。有恭肅者。有治理者。箋。靡無。止禮。膴法也。言天下諸侯。今雖無禮。其心性猶有通聖者。有賢者。民雖無法。其心性猶有知者。有謀者。有肅者。有艾者。王何不擇焉置之於位。而任之爲治乎。書曰。睿作聖。明作哲。聰作謀。恭作肅。從作乂。詩人之意。欲王敬用五事。以明天道。故云然。釋文。膴王火吳反。大也。徐云。鄭音模。又音無。沈音無。韓詩作靡腜。猶無幾何。正義靡止。猶言狹小無所居止。故爲小也。有不能者。止謂不能爲聖耳。猶是賢也。故箋云有賢者。此傳言不能一也。鄭訓膴音模。爲法。王肅讀膴喜吳反。膴大也。無大有人。言少也。國雖小。民雖少。猶有此六事。未審毛意如何。李黼平云。傳意膴即周原膴膴之膴。良以此經當言國靡膴。民靡止。今言國靡止。則是民因國無腴美之地而言。故以小也二字統釋之。是膴字已于靡止句釋之矣。靡止靡膴。只一小字足以盡之。不煩更爲立說。衡謂。幽王之時。日蹙國百里。故經云靡止。而傳以小釋之。膴無傳。王述毛訓大。是也。但云無大有人。則重在無有人三字。蓋大謂其人物之大。猶大人云爾。傳訓否爲不能。謂不能聖。箋述之爲賢者。則得之。

如彼泉流。無淪胥以敗。箋淪率也。王之爲政。當如源泉之流行則清。無相牽率爲惡。以自濁敗。

不敢暴虎。不敢馮河。人知其一。莫知其他。馮陵也。徒涉曰馮河。徒搏曰暴虎。一。非也。他。不敬小人之危殆也。箋。人皆知暴虎馮河立至之害。而無知當畏愼小人能危亡也。陳啓源云。傳用不敬小人則亦危殆之意。本於荀子狎虎語。華谷非之。謂此篇諸章。止言不能聽謀。並無畏小人之說。荀子引詩。是斷章取義。毛乃荀之弟子。故祖其師說。非詩之正指也。斯言似之。而實非。詳玩經文。前五章皆刺時之語。末一章獨爲自警之詞。蓋先言小人謀議不臧。讒王誤聽。因又自言當明哲保身。未可攖小人之怒。文義正合。何必全篇皆言聽謀乎。衡謂。不敬謂狎侮之。狎侮小人。必輕其言與所爲。不以爲意。遂馴致不可得而制。國之危殆。常由此而起。上五章刺王謀不善。故至此章。戒其狎侮小人。乃拔本塞源之義也。陳以爲明哲保身之道。夫上五章歷詆時政之失。至卒忽陳自戒之意。進退無據。祇足以致禍。何益保身。不思甚矣。戰戰兢兢。戰戰。恐也。兢兢。戒也。如臨深淵。恐墜也。如履薄冰。恐陷也。

小宛六章。章六句。

小宛。大夫刺幽王也。箋。亦當爲刺厲王。衡謂。古本。石經。小字本。岳本如此。幽本或作宣。非也。此及下篇亦言小者。蓋大雅舊有以宛弁名篇者。而或逸或刪。今不可考焉。

宛彼鳴鳩。翰飛戾天。興也。宛。小貌。鳴鳩。鶻鵰。翰。高。戾。至也。行小人之道。責高明之功。終不可得。釋文。鵰陟交反。何音彫。字林作鵃。云骨鵃小種鳩也。草木疏云。鳴鳩班鳩也。陳啓源云鳴鳩即莊子之鷽鳩所謂決起而飛搶楡枋。時則不至。而控於地者。乃斯鳥矣。又案許叔重訓。鳴鳩奮迅其羽。直刺上飛數千丈。入雲中。許讀詩未究其旨。故有此誤耳。本草言。鳴鳩在深林間。飛翔不遠。當得其眞。

我心憂傷。念昔先人。先人。文武也。明發不寐。有懷二人。明發。發夕至明。正義。夜地而闇。至旦而明。明地開發。故謂之明發也。衡謂齊風載驅齊子發夕傳云。自夕發至旦。此傳云明發。發夕至明。合二傳而考之。謂夜色開明爲發。此言憂傷不能寐。以至天明也。

人之齊聖。飲酒溫克。齊正。克勝也。箋。中正通知之人。飲酒雖醉。猶能溫藉自持以勝。正義。蘊藉者。定本及箋作溫字。舒瑗云。包裹曰蘊。謂蘊藉自持。含容之義。經中作溫者。蓋古字通用。衡謂。毛意蓋謂以溫和自克。不及亂耳。

彼昏不知。壹醉日富。醉而日富矣。箋。童昏無知之人。飲酒一醉。自謂日益富。夸淫自恣。以財驕人。段玉裁云。宋本。岳本作醉日而富矣。謂壹醉之日頓自富矣。與箋小別。衡謂。富厚也。毛意蓋謂專壹於醉。而日以益厚矣。段依箋解傳。讀富如字。未是。

各敬爾儀。天命不又。又復也。箋。今女君臣。各敬慎威儀，天命所去，不復來也。段玉裁云：又，復也。謂又爲復之假借。

中原有菽，庶民采之。中原，原中也。菽，藿也。力采者則得之。箋：藿生原中，非有主也。以喻王位無常家也。勤於德者則得之。正義：菽葉謂之藿。公食禮云「鉶芼，牛用藿」是也。此經言有菽，箋傳皆以爲藿者，以言采之，明采取其葉，故言藿也。

螟蛉有子，蜾蠃負之。螟蛉，桑蟲也。蜾蠃，蒲盧也。負，持也。箋：蒲盧取桑蟲之子，負持而去，煦嫗養之，以成爲己子。喻王有萬民，不能治，則能治者將得之。正義：螟蛉至蒲盧。皆釋蟲文。郭璞云：蒲盧即細腰蜂也。俗呼爲蠮螉。桑蟲，俗謂之桑蟃，亦呼爲戎女。鄭中庸注，以蒲盧爲土蜂。陸璣云：螟蛉者，桑上小青蟲也。似步屈，其色青而細小。或在草萊上。蜾蠃，土蜂也。似蜂而小腰，取桑蟲負之於木空中，七日而化爲其子。樂記注云：以體曰嫗，以氣曰煦。衡謂：諸本無箋，爲字王字，己子作其子。今從古本。

教誨爾子，式穀似之。箋：式，用。穀，善也。今有教誨女之萬民，用善道者，亦似蒲盧，言將得而子也。衡謂：幽王惑溺酒色，怠於政事，故通篇皆勸勉勤政。而此章則勸教誨其子。幽王欲廢大子宜咎，而立伯服，詩人知之，故諷之曰：蜾蠃能負螟蛉之子，以爲己子。宜咎王之大子。宜敎誨之。以善事似續之。傳不釋爾子。則亦以爲宜咎矣。大史以小弁次此篇。益信爾子謂宜咎也。題彼脊令。載飛載鳴。題視也。脊令不能自舍。君子有取節爾。箋。題之爲言視睇也。載之言則也。則飛則鳴。翼也口也。不肯止息。段玉裁云。傳謂題卽睼之假借。衡案。肯諸本作有。今從岳本。我日斯邁。而月斯征。箋。我我王也。邁征。皆行也。王日此行。謂日視朝也。而月斯行。謂視朔也。先王制此禮。使君與羣臣議政事。日有所決。月有所行。亦無時止息。衡案。朔本或作朝。非。今從古本岳本。小字本。夙興夜寐。毋忝爾所生。忝辱也。衡謂。上章勸敎其子。此章戒以毋辱其親。父子之道天性也。故欲以此動之。詩人忠孝之至也。交交桑扈。率場啄粟。交交。小貌。桑扈。竊脂也。言上爲亂政。而求下之治。終不可得也。箋。竊脂肉食。今無肉。而循場啄粟。失其天性。不能以自活。正義。桑扈竊脂。釋鳥文。郭璞曰。俗呼青雀。嘴曲食肉。喜盗脂膏食之。因名云。衡謂。昭十七年左傳。九扈爲九農正。杜注云。扈有九種也。春扈鳻鶥。夏扈竊玄。秋扈竊藍。冬扈竊黃。棘扈竊丹。行扈唶唶，宵扈嘖嘖，桑扈竊脂，老扈鷃鷃。孔疏云：諸儒說竊脂，皆謂盜人脂膏也。既如此言，竊玄竊黃者，豈復盜竊玄黃乎？案爾雅釋獸云：虎竊毛謂之虦貓，虦如小熊，竊毛而黃。竊毛皆謂淺毛，竊即古之淺字。但此鳥其色不純，竊玄，淺黑也；竊藍，淺青也；竊黃，淺黃也；竊丹，淺赤也。四色皆具，則竊脂爲淺白也。此說得之。又案傳以率場啄粟喻下不治，故云：言上爲亂政，而欲下之治，不可得也。或謂以桑扈啄粟，喻上爲亂政，此當言其效，恐非毛意也。

哀我填寡，宜岸宜獄。握粟出卜，自何能穀。填，盡；岸，訟也。箋：仍得曰宜。自，從。穀，生也。可哀哉我窮盡寡財之人，仍有獄訟之事，無可以自救，但持粟行卜，求其勝負，從何能得生。

釋文：填，徒典反，韓詩作疹。疹，苦也。岸如字，韋昭注漢書同，韓詩作犴，音同。鄉亭之繫曰犴，朝廷曰獄。正義：時政苛虐，民多枉濫，此人數遭之，在上以爲此實有罪，宜其當然，由其仍得，故曰宜也。段玉裁云：傳謂岸即犴之假借，韓詩正作犴。衡謂管子曰：守龜不兆，握粟而筮者屢中。蓋古者賤民握粟爲贄，以請卜筮也。箋求其勝負，謂訟勝負。

溫溫恭人，如集于木。恐隊也。惴惴小心，如臨于谷。恐隕也。戰戰兢兢，如履薄冰。箋：衰亂之世，賢人君子雖無罪猶恐懼。

完

小弁八章。章八句。

小弁。刺幽王也。大子之傅作焉。正義。大子謂宜咎也。幽王信褒姒之讒。放逐宜咎。其傅親訓大子。知其無罪。閔其見逐。故作此詩以刺王。

弁彼鸒斯。歸飛提提。興也。弁樂也。鸒卑居。卑居雅烏也。提提羣飛貌。箋。樂乎彼雅烏。出食在野。其飽羣飛而歸提提然。興者。喻凡人之父子兄弟。出入宮庭。相與飲食。亦提提然樂。傷今大子獨不。釋文。鸒斯音豫。爾雅云。小而腹下白。不反哺者。謂之雅烏。說文云。雅。楚烏也。一名鸒。一名鵯居。秦謂之雅。一云。斯語辭。提是移反。卑本亦作鵯。同音必。又必移反。正義。此烏名鸒。而云斯者。語辭。猶蓼彼蕭斯。菀彼柳斯。傳或有斯字者衍字。定本無斯字。以劉孝標之博學。而類苑鳥部。立鸒斯之目。是不精也。此鳥性好羣聚。故云提提羣貌。羣下或有飛字。亦衍字。定本集本並無飛字。陳啓源云。弁般槃盤。字異而音義同。皆借用爲樂意。弁彼鸒斯。以鳥之樂。與己之憂也。衡謂。其飽。本多作甚飽。今從古本。

民莫不穀。我獨于罹。幽王取申女。生大子宜咎。又說褒姒。生子伯服。立以爲后。

而放宜咎將殺之。箋。穀養。于曰。罹憂也。天下之人。無不父子相養者。我大子獨不然。曰以憂也。正義。鄭語曰。王欲殺大子以成伯服。必求之申。申人弗畀。必伐之。是放而欲殺之事也。集本定本。皆無然字。俗本不下有然。衍字。衡謂。傳不解穀字于字。則讀如字。穀當訓善。于當訓於。何辜于天。我罪伊何。舜之怨慕。日號泣于旻天于父母。正義。毛意嫌子不當怨父以訴天。故引舜事以明之。心之憂矣。云如之何。正義。大子既憂如此。其傳言我心爲之憂矣。知王如之何乎。衡謂。此亦傳代大子而言之。言我得罪於君父。我心爲之憂矣。云將如之何也。踧踧周道。鞫爲茂草。踧踧。平易也。周道。周室之通道。鞫。窮也。箋。此喻幽王信褒姒之讒。亂其德政。使不通於四方。衡案鞫本或作鞠。今從古本石經。小字本岳本。我心憂傷。惄焉如擣。假寐永歎。維憂用老。心之憂矣。疢如疾首。惄思也。擣心疾也。箋。不脫衣冠而寐。曰假寐。疢猶病也。正義。惄思釋詁文。擣心疾。所思在心。復云如擣。則似物擣心。故云心疾也。說文云。擣手推。一曰築也。曾釗云。釋文擣本⿸疒壽韓詩作疛。說文疛。小腹疾也。毛訓擣爲心疾。明擣卽疛之假借。或作⿸疒壽蓋按者因傳云心疾。因改從疒。其實毛本作擣。故說文不收𤺺字。正義不解毛假借之例。以手推之訓爲釋。失之。維桑與梓。必恭敬止。父之所樹。己尚不敢不恭敬。靡瞻匪父。靡依匪母。不屬于毛。不離于裏。毛在外陽。以言父。裏在內陰。以言母。箋。此言人無不瞻仰其父。取法則者。無不依恃其母。以長大者。今我獨不得父皮膚之氣乎。獨不處母之胞胎乎。何曾無恩於我。正義。此大子爲父所放耳。非母放之。而并言母者。以人皆得父母之恩。故連言之。其意不怨申后也。王引之云。裏讀爲理。謂腠理也。毛在外。理在內。相爲文。管子內業篇曰。理承而毛泄。淮南泰族訓曰。四枝節族。毛蒸理泄。是也。荀子解蔽篇。制割大理。而宇宙裏矣。楊倞注。裏當爲理。是理裏古字通。屬著也。離附也。此承上靡瞻匪父。靡依匪母爲義。言我親附於父母。若附於其毛然。若附於其理然。而今何不然乎。言少恩也。毛傳例不破字。而曰毛在外陽。以言父。裏在內陰。以言母。卽以裏爲理也。毛在皮外。理在皮內。故曰裏在內。若訓爲表裏之裏。則裏卽是內。不得又言在內矣。衡訓。裏與毛對。傳云裏在內。是裏體中一物。不得泛指腹內。王讀裏爲理。解爲腠理。傳意當然。言人之於父母。皆無不瞻仰依附。如一身。今我獨不得繫屬附離於父母。意是我生時不吉。不知其辰安在也。孫毓云。母斥褒姒。孔氏非之。而李黼平是之。云經中母字。自指褒姒。以褒姒見爲后也。蓋謂大子不當怨申后。故皆以爲褒姒耳。不知幽王廢申后放大子。其怨不得親母。即所以怨王也。然以其所怨。歸之日辰。孟子曰。小弁之怨親。親也。信矣。離諸本作罹。非也。今從石經。天之生我。我辰安在。辰時也。箋。此言我生所値之辰。安所在乎。謂六物之吉凶。正義。昭七年左傳。晉侯謂伯瑕曰。何謂六物。對曰。歲時日月星辰。是之謂也。服虔以爲。歲。歲星之神也。左行於地。十二歲而一周。時。四時也。日。十日也。月。十二月也。星。二十八宿也。辰。十二辰也。是爲六物也。衡謂。服注歲星之神。謂大歲。故云左行於地。菀彼柳斯。鳴蜩嘒嘒。有漼者淵。萑葦淠淠。蜩蟬也。嘒嘒聲也。漼深貌。淠淠衆也。箋。柳木茂盛。則多蟬。淵深而旁生萑葦。言大者之旁。無所不容。正義。定本無旁所二字。衡謂。有者是也。譬彼舟流。不知所届。箋。届至也。言今大子不爲王及后所容。而見放逐。狀如舟之流行。無制之者。不知終所至也。衡謂。首章傳云。又說褒姒生子伯服。立以爲子。則鄭所云后。指褒姒。與靡依之母自別。正義以后爲申后。非鄭意也。心之憂矣。不遑假寐。箋。遑暇也。鹿斯之奔。維足伎伎。雉之朝雊。尚求其雌。伎伎舒貌。

謂鹿之奔走。其足伎伎然舒也。箋。雊雉鳴也。尚猶也。鹿之奔走。其勢宜疾。而足伎伎然。舒留其羣也。雉之鳴。猶知求其雌。今大子之放。棄其妃匹。不得與之去。又鳥獸之不如。正義。雉言雊。鹿不言牝。鹿言足遲。爲待之之勢。獸走。故以遲相待。鳥飛疾。故以鳴相呼。皆互見也。

譬彼壞木。疾用無枝。壞瘣也。謂傷病也。箋。大子放逐。而不得生子。猶內傷病之木。內有疾。故無枝也。釋文。壞胡罪反。又如字。說文作瘣。云病也。一曰腫旁出也。又音回。瘣胡罪反。木瘤腫也。爾雅云。瘣木苻婁。郭云。尫傴瘻腫。無枝條也。

相彼投兔。尚或先之。行有死人。尚或墐之。墐路冢也。箋。相視。投掩。行道也。視彼人將掩兔。尚有先驅走之者。道中有死人。尚有覆掩之。成其墐者。言此所不知。其心不忍。釋文。墐音覲。說文作殣。云道中死人。人所覆也。段玉裁云墐塗也。殣字之假借。衡謂。視彼掩兔者。惘兔將見獲。先其未掩。猶驅兔使之走去。

君子秉心。維其忍之。箋。君子斥幽王也。秉執也。言王之執心。不如彼二人。心之憂矣。涕既隕之。隕隊也。君子信讒。如或醻之。箋。醻。旅醻也。如醻之者。謂受而行之。君子不惠。不舒究之。箋。惠愛。究謀也。王不愛大子。故聞讒言則放之。不舒謀也。伐木掎矣。析薪杝矣。伐木者。掎其巔。析薪者。隨其理。箋。掎其巔者。不欲妄踣之。杝謂觀其理也。必隨其理者。不欲妄挫折之。以言今王之遇大子。不如伐木析薪也。

正義。掎者倚也。謂以物倚其巔峯也。杝者施也。言觀其裂而漸相施及。陳啓源云。說文。杝從木。也聲。音多。玉篇亦然。釋文。扡從手。也聲。音侈。音隨形異。其義則同。段玉裁云。扡卽說文拕字。經假借。取扡袲隨理之義。衡謂。伐木掎者。欲其東踣則掎於西。欲其西踣。則掎於東。今我俗尙有用此法者焉。

舍彼有罪。予之佗矣。佗加也。箋。予我也。舍褒姒讒言之罪。而妄加我大子。李黼平云。說文佗云。負何也。舍彼有罪而妄加大子。大子身負此罪。故經曰佗。而傳曰加矣。衡謂。使大子負何是罪。是加之也。莫高匪山。莫浚匪泉。浚深也。箋。山高矣。人登其巔。泉浚矣。人入其淵。以言人無所不至。雖逃避之。猶有默存者焉。衡謂。莫高焉者。豈非山邪。莫深焉者。豈非泉邪。言山泉最高深也。君子無易由言。耳屬于垣。箋。由用也。王無輕用讒人之言。人將有屬耳於壁而聽之者。知王有所受之。知王心不正也。無逝我梁。無發我笱。箋。逝之也。之人梁。發人笱。此必有盜魚之罪。以言褒姒淫色。來嬖於王。盜我大子母子之寵。衡謂。下句承之云。我躬不閱。遑恤我後。則逝我梁。發我笱。是大子放後之事。逝我梁。蓋謂使伯服爲大子。發我笱。謂壞亂周室。故下傳云。念父孝也。箋說恐非。我躬不閱。遑恤我後。念父孝也。高子曰。小弁。小人之詩也。孟子曰。何以言之。曰。怨乎。孟子曰。固哉夫高叟之爲詩也。有越人於此。關弓而射之。我則談笑而道之。無他疏之也。兄弟關弓而射之。我則垂涕泣而道之。無他戚之也。段玉裁云。以上當依孟子書。爲明順。然則小弁之怨。親親也。親親仁也。固哉夫高叟之爲詩。曰。凱風何以不怨。曰。

凱風親之過小者也。小弁親之過大者也。親之過大而不怨。是愈疎也。親之過小而怨。是不可磯也。愈疎不孝也。不可磯亦不孝也。孔子曰。舜其至孝矣。五十而慕。箋。念父孝也。大子念王將受讒言不止。我死之後。懼復有被讒者。亦無如之何。故自決云。我身尚不能自容。何暇乃憂我死之後也。段玉裁云。釋文磯古愛反。按依此音。則正與杚同。杚漢賦多作杚。不可杚。謂不可摩及之也。幾聲乞聲。古同音通用。

巧言六章。章八句。

巧言。刺幽王也。大夫傷於讒。故作是詩也。

悠悠昊天。曰父母且。無罪無辜。亂如此憮。憮大也。箋。悠悠。思也。憮敖也。我憂思乎昊天。愬王也。始者言其且爲民之父母。今乃刑殺無罪無辜之人。爲亂如此甚。敖慢無法度也。李黼平云。箋云。始者言其且爲民之父母。則經中曰字。是詩人之言。孔以爲幽王自言。非箋意也。衡謂。王風黍離。悠悠蒼天。傳云。悠悠遠意。此傳不解悠悠。意當與彼同。悠悠昊天。呼天告之也。天子民之父母。而幽王亂殺無罪。人窮呼天。故正其名以告天曰。曰父母只。亂如此憮。承無罪無辜。則謂亂殺無罪。不言天下大亂也。

昊天已威。予慎無罪。昊天大憮。予慎無辜。威畏。慎誠也。箋。已泰。皆言甚也。昊天乎。王甚可畏。王甚敖慢。我誠無罪而罪我。釋文。大音泰。本或作泰。衡謂。此承上文而覆說之。大憮謂亂甚大耳

亂之初生。僭始既涵。僭數。涵容也。箋。僭不信也。既盡。涵同也。王之初生亂萌。羣臣之言。不信與信。盡同之不別也。釋文。僭。毛側蔭反。數音朔。段玉裁云。傳僭數也。蓋以爲譖字。釋文云。僭毛側蔭反。則數當色主反。不音朔。臧禮堂云。一切經音義。五引詩譖始既涵。衡謂。段說是也。色主反計也。姦人將譖人。必先計其非。以告人主。人主不察其是非。而既已容納之。然後譖言隨之。故傳訓譖爲數。一切經音義五引皆作譖。則經文本作譖矣。箋以譖讒同義。讀譖爲僭。訓不信。正義左袒於箋。而後儒從之。遂改經文譖爲僭耳。

亂之又生。君子信讒。箋。君子斥在位者也。在位者信讒人之言。是復亂之所生。

君子如怒。亂庶遄沮。遄疾。沮止也。箋。

君子見讒人，如怒責之，則此亂庶幾可疾止也。君子如祉，亂庶遄已。祉，福也。箋：福者，福賢者，謂爵祿之也。如此，則亂亦庶幾可疾止也。君子屢盟，亂是用長。凡國有疑，會同則用盟而相要也。箋：屢，數也。盟之所以數者，由世衰亂，多相背違。時見曰會，殷見曰同，非此時而盟謂之數。衡謂：讒言行，則上下疑，於是乎君子數盟。亂之所以長也。傳特釋盟字義，故曰凡。君子信盜，亂是用暴。盜，逃也。箋：盜謂小人也。春秋傳曰：賤者窮諸盜。正義：盜者竊物之名。毛解名曰盜之意。風俗通亦云：盜，逃也。言其晝伏夜奔，逃避人也。衡謂：盜竊者不容於鄉曲，必逃匿以潛身，故云盜，逃也。傳特解其名，未指其人也。鄭知之，故申之云盜謂小人，非易傳也。盜言孔甘，亂是用餤。餤，進也。匪其止共，維王之邛。箋：邛，病也。小人好為讒佞，既不共其職事，又為王作病。衡謂：止，事也。故箋云不共其職事。論語雍也篇何事於仁，事即止也。是事、止通用也。奕奕寢廟，君子作之。秩秩大猷，聖人莫之。

佗人有心。予忖度之。躍躍毚兔。遇犬獲之。奕奕。大貌。秩秩。進知也。莫謀也。毚兔。狡兔也。箋。此四事者。言各有所能也。因己能忖度讒人之心。故列道之爾。猷道也。大道。治國之禮法。遇犬。犬之馴者。謂田犬也。釋文。莫如字。又作漠。同。一本作謨。按爾雅漠謨同訓謀。遇犬如字。世讀爲愚。非也。正義。此四事。以尊卑爲先後。大猷雖是常法。不如宗廟爲尊。故寢廟在大猷之先。兔乃走獸。故在他人之後。蒼頡解詁云。毚。大兔也。大兔必狡猾。又謂之狡兔。戰國策曰。東郭逡者。海內之狡兔是也。李黼平云。爾雅釋言云。遇偶也。此犬出入與人相偶。故號曰偶犬。而釋爲犬之馴者耳。衡謂。經雖列道四事。其先後次第。則有意在焉。言寢廟則君子作之。大猷則聖人謨之。各有其道。己忖度他人之心。非逆詐慮不信。亦有其道。故能獲讒人之心。如狡兔遇犬爲其所獲也。傳解秩秩爲進知者。秩秩有次第貌。言人學道。其知逐次而進。故云進知也。李讀遇爲偶。鄭意或然。但毛不解遇字。則讀之如字。正義釋爲逢遇。是也。

荏染柔木。君子樹之。往來行言。心焉數之。荏染。柔意也。柔木。椅桐梓漆也。箋。此言君子樹善木。如人心思數善言而出之。善言者。往亦可行。來亦可行。於彼亦可。於己亦可。是之謂行言也。

陳啓源云。心爲數之。與出自口矣正相反。君子之言。必再三思惟。心知其善。然後出之。故往來俱可通行。小人之言。但取口給。不必由衷。故敢爲大言。以欺世。知乎此。可以得聽言之準則矣。歐陽以行言爲道路之言。而宋儒從之。朱傳又以碩言爲善言。此於心數及自口二語。俱少義趣。不如古注之優。又碩本訓大。轉爲善義。殊費力。

蛇蛇碩言。出自口矣。蛇蛇。淺意也。箋。碩大也。大言者。言不顧其行。徒從口出。非由心也。

巧言如簧。顏之厚矣。箋。顏之厚者。出言虛僞。而不知慙於人。

彼何人斯。居河之麋。水草交謂之麋。箋。何人者。斥讒人也。賤而惡之。故曰何人。釋文。麋本又作湄。音眉。段玉裁云。傳謂麋。湄之假借。

無拳無勇。職爲亂階。拳力也。箋。言無勇力者。謂易誅除也。職主也。此人主爲亂作階。言亂由之來也。李黼平云。拳與捲同。說文捲云。氣勢也。从手卷聲。國語曰。有捲勇。

既微且尰。爾勇伊何。骭瘍爲微。腫足爲尰。箋。此人居下溼之地。故生微腫之疾。人憎惡之。故言女勇伊何。何所能也。釋文。骭戶諫反。脚脛也。瘍音羊。本亦作傷。音同。創也。孫炎云。皆水溼之疾也。

爲猶將多。爾居徒幾何。箋。猶謀。將大也。女爲讒佞之謀大多。女所與居之衆。幾何人。素能然乎。釋文。素音傃。

何人斯八章。章六句。

何人斯。蘇公刺暴公也。暴公爲卿士。而譖蘇公焉。故蘇公作是詩。以絕之。蘇也。暴也。皆畿內國名。正義。成十一年左傳曰。昔周克商。使諸侯撫封。蘇忿生以温爲司寇。則蘇國在温。杜預曰。河內温縣。陳啓源云。文公八年。公子遂會雒戎。盟于暴。杜注云。鄭地。幽王時。鄭尚未遷暴。未爲鄭有。且與雒戎盟于此。則地必近雒。意暴亦東都畿內國與。

彼何人斯。其心孔艱。胡逝我梁。不入我門。箋。孔甚。艱難。逝之也。梁魚梁也。在蘇國之門外。彼何人乎。謂與蘇公俱見於王者也。其持心甚難知。言其性堅固似不妄也。暴公譖己之時。女與之乎。今過我國。何故近之我梁。而不入見我乎。疑其與之。而未察。斥其姓名爲大切。故言何人。衡謂。此篇言彼何人斯者三。亦皆賤而惡之之辭。指暴公而言。若以爲與暴公俱見於王。者是絕其所與俱。非絕暴公也。箋恐非。艱險也。蘇國在東都畿內。非暴公所能過。我門蓋謂京邸之門耳。伊誰云從。維暴之云。云言也。箋。譖我者。是言從誰生乎。乃暴公之所言也。由己情而本之。以解何人意。衡謂。此章述己所以得罪。下七章反復證明暴公譖己以絕之。從相聽也。言王之罪己。誰言之從也。維暴公之言耳。二人從行。誰爲此禍。胡逝我梁。不入唁我。箋。二人者。謂暴公與其侶也。女相隨而行見王。誰作我是禍乎。時蘇公以得譴讓也。女即不爲。何故近之我梁。而不入弔唁我乎。衡謂。二人。己與暴公也。下句云。始者不如今。云不我可。卒章云。伯氏吹壎。仲氏吹篪。及爾如貫。推此二文。暴公與蘇公。本相善。故序亦云。作是詩以絕之。若始不相親善。不必言絕之也。故此原其始而責之。言己始與暴公相從行。以朝王。而今己得罪。不知誰爲此禍也。今暴公何逝我梁。而不入唁我失位。以此推之。我此禍。女實爲之。非他人也。始者不如今。云不我可。箋。女始者。於我甚厚。不如今日也。今日云我所行。有何不可者乎。何更於己薄也。衡謂。此九字。句斷而意不斷。擧始以責今。言始者不如今。謂我所行。爲不可也。非詰問謂今所行。爲不可之意。鄭說恐非。彼何人斯。胡逝我陳。我聞其聲。不見其身。陳。堂塗也。箋。堂塗者。公館之堂塗也。女卽不爲。何故近之我館庭。使我得聞女之音聲。不得覩女之身乎。正義。禮有公館私館。公館者。公家築爲別館。以舍客也。衡謂。鄭以首章我門。爲蘇國之門。則此言公館。亦謂蘇國之館。據禮。公館在公宮之外。雖之其陳。其聲不可得而聞。今云聞其聲。則亦謂其所居之堂塗耳。蓋逝我梁。逝我陳。皆非實事。設以言狀跡奇秘。不可得而測之意耳。陳近於梁。前二章言梁。此章言陳。言之序也。不愧于人。不畏于天。箋。女今不入唁我。何所愧畏乎。皆疑之未察之辭。衡謂。言女所爲如此。豈不愧于人乎。豈不畏于天乎。深責之也。彼何人斯。其爲飄風。胡不自北。胡不自南。胡逝我梁。祇攪我心。飄風。暴起之風。攪亂也。箋。祇適也。何人乎。女行來而去。疾如飄風。不欲入見我。女何不乃從我國之南。不乃從我國之北。何近之我梁。適亂我之心。使我疑女。衡謂。言飄風猶有一定之方。女不常來去之方。其難測甚於飄風矣。本或無女何之女。南不下衍則字。今從古本。爾之安行。亦不遑舍。爾之亟行。遑脂爾車。壹者之來。云何其盱。箋。遑暇。亟疾。盱病也。女可安行乎。則何不暇舍息乎。女當疾行乎。則又何暇脂女車乎。極其情求其意。終不得。一者之來見我。於女亦何病乎。正義。毛於下章。以祇爲病。言使我病。是使蘇公之病。則此盱亦爲蘇公之病也。衡案。小字本。於女下無亦字。乎作也。

爾還而入。我心易也。還而不入。否難知也。壹者之來。俾我祇也。易說。祇病也。箋。還行反也。否不通也。祇安也。女行反入見我。我則解說也。反又不入見我。則我與女情不通。女與於譖我與否。復難知也。一者之來見我。我則知之。是使我心安也。釋文。否方九反。一云。鄭符鄙反。祇祈支反。一云。鄭止支反。陳啓源云。箋云。反又不入見我。則我與女不通。女與於譖我與否。復難知也。方九切。當譖否之義。符鄙切。當情不通之義矣。細玩箋文。讀爲符鄙切者得之。段玉裁云。祇者疷之假借。無將大車傳。疷病也。衡謂絕之矣。而冀其入見己。詩人忠厚之意藹然可掬矣。否方九反。不然也。對上句我心易也而言之。毛意恐當然。

伯氏吹壎，仲氏吹篪。土曰壎。竹曰篪。箋伯仲喻兄弟也。我與女恩如兄弟。其相應和如壎篪。以言俱爲王臣。宜相親愛。釋文壎況袁反。篪音池。正義周禮小師職作塤。古今字異耳。注云塤燒土爲之。大如鴈卵。鄭司農云塤六孔。釋樂云大塤謂之嘂。郭璞曰塤燒土爲之。大如鵝子。銳上平底形似稱錘。六孔。小者如鷄子。釋樂又云大篪謂之沂。郭璞曰篪以竹爲之。長尺四寸。圍三寸。一孔上出徑三分。橫吹之。小者尺二寸。卽引廣雅云八孔。小師注鄭司農云篪七孔。蓋不數其上出者也。衡謂此陳昔相親睦以責今不然也。

及爾如貫。諒不我知。出此三物。以詛爾斯。三物豕犬鷄也。民不相信則盟詛之。君以豕。臣以犬。民以鷄。箋及與。諒信也。我與女俱爲王臣。其相比次。如物之在繩索之貫也。今女心誠信而我不知。且共出此三物以詛女之此事。爲其情之難知。己又不欲長怨。故設之以此言。正義詛之所用一牲而已。非三物並用。而言出此三物。以三物皆是詛之所用。總而言之。故傳辨其等級云君以豕。士以犬。民以鷄。衡謂詛如詛射潁考叔者之詛。言昔日爾與我相親睦。如物貫於一索。而今云信不知我。故不相問。則請出此三物與爾詛於爾如何也。爲鬼爲蜮。則不可得。有靦面目。視人罔極。蜮。短弧也。靦。姡也。箋。使女爲鬼爲蜮也。則女誠不可得見也。姡然有面目。女乃人也。人相見無有極時。終必與女相見。正義。說文靦。面見人。姡。面靦也。然則靦與姡。皆面見人之貌也。陳啓源云。短弧潛居水中。人不得見。故詩人與鬼竝言。若是魅魊。則亦鬼耳。詩竝言之。不已複乎。段玉裁云。弧或作狐。非。作此好歌。以極反側。反側。不正直也。箋。好猶善也。反側輾轉也。作八章之歌。求女之情。女之情反側極於是也。

巷伯七章。上四章章四句。次章五句。次章八句。卒章六句。

巷伯。刺幽王也。寺人傷於讒。故作是詩也。箋。巷伯。奄官。寺人。內小臣也。奄官上士四人。掌王后之命。於宮中爲近。故謂之巷伯。與寺人之官相近。讒人譖寺人。寺人又傷其將及巷伯。故以名篇。釋文。巷伯奄官。

本或將此注爲序文者。正義。此經無巷伯之字。而名篇曰巷伯。故序解之云。巷伯奄官。言奄人爲此官也。官下有兮。衍字。定本無巷伯奄官四字。於理是也。以俗本多有。故解之。段玉裁云。兮也古通用。此五字序文也。下文注云。巷伯內小臣也。今本譌亂。詩周禮二疏。及詩音義。可據正。阮元云。車鄰正義云。巷伯箋云。巷伯內小臣奄官。上士四人。是正義本作巷伯內小臣也。作寺人者非。衡謂周禮天官序官。內小臣奄上士四人。賈疏云。案詩序巷伯奄官也。注云。巷伯內小臣。段阮皆是也。但段以奄官下有兮爲是。訓爲也則失之。凡兮字。詩賦中用之。其古文中用之者。亦必韻語奄官下無爲用兮也。陸孔不信巷伯奄官四字爲序文者。蓋謂子夏不當自釋其文。故以爲箋耳。今案。雨無正序云。雨無正。大夫刺幽王也。雨自上下者也。衆多如雨。而非所以爲正也。彼經亦無雨無正之字。而序自釋所以名雨無正。正與此巷伯奄官一例。華黍序曰。華黍時和歲豐。宜黍稷也。有其義而亡其辭。由儀序末又曰。有其義而亡其辭。周頌絲衣序云。絲衣。繹賓尸也。高子曰。靈星之尸也。以此推之。子夏序每篇止上一句。其下則毛公述經師所傳之說。以續之。蓋亦皆孔門之舊也。巷伯二字。不見他書。經又無其文。恐後世難其解。故毛公以奄官釋之。亦猶其釋雨無正耳。不足怪也。

萋兮斐兮。成是貝錦。興也。萋斐。文章相錯也。貝錦。錦文也。箋。錦文者。文如餘泉餘蚳之貝文也。興者。喻讒人集作己過。以成於罪。猶女工之集采色。以成錦文。正義。錦而連貝。故知爲貝之文。釋魚說貝文狀云。餘蚳黃白文。餘泉白黃文。李巡云。餘蚳貝甲。黃爲質。白爲文彩。餘泉貝甲。以白爲質。黃爲文彩。彼譖人者。亦已大甚。箋。大甚者。謂使已得重罪也。

哆兮侈兮。成是南箕。哆。大貌。南箕。箕星也。侈之言。是必有因也。斯人自謂。避嫌之不審也。昔者顏叔子。獨處于室。鄰之釐婦。又獨處于室。夜暴風雨至而室壞。婦人趨而至。顏叔子納之。而使之執燭放乎旦。而蒸盡縮屋而繼之。自以爲辟嫌之不審矣。若其審者。宜若魯人然。魯人有男子獨處于室。鄰之釐婦又獨處于室。夜暴風雨至而屋壞。婦人趨而託之。男子閉戶而不納。婦人自牖與之言曰。子何爲不納我乎。男子曰。吾聞之也。男女不六十。不閒居。今子幼。吾亦幼。不可以納子。婦人曰。子何不若柳下惠然。嫗不逮門之女。國人不稱其亂。男子曰。柳下惠固可。吾固不可。吾將以吾不可。學柳下惠之可。孔子曰。欲學柳下惠者。未有似於是也。箋。箕星哆然。踵狹而舌廣。今讒人之因寺人之近嫌。而成言其罪。猶因箕星之哆。而侈大之。釋文。哆。說文云。張口也。釐。力之反。寡婦也。依字作嫠。正義。箕四星。二爲踵。二爲舌。若使踵本太狹。舌雖小寬。不足以爲箕。由踵之二星已哆然而大。舌又益大。故所以成爲箕也。侈者因物大之名。禮於衣袂半而益一。謂之侈袂。是因物益大而名之爲侈也。侈之言必有因者。因踵已大。故舌得侈之而爲箕。斯作詩之人。自謂避嫌之事不審。由事有嫌疑。故讒者得因之而爲罪也。摍謂抽。禮男女年不滿六十。則不得間雜在一處而居。此六十據婦人言耳。男子則七十。段玉裁云。荀卿曰。柳下惠與後門者同衣。國人不稱其亂。後門卽不逮門。謂不及門。無宿處也。禮記注曰。以體曰嫗。衡謂門。城門也。城門以昏閉。此婦人之家在城中。其歸晚。不及城門未閉。柳下惠處城外。故就之宿也。摍本多作縮。義不可通。岳本作摍。與正義合。今從之。男女本多作男子。段玉裁云。卽六十閉房之說。謂不六十。不能無欲也。案下文云。今子幼。吾亦幼。是不獨謂男子。正義作男女。釋文亦不言有異文。作男女似長。今從古本。彼譖人者。誰適與謀。箋。適往也。誰往就女謀乎。怪其言多且巧。釋文。適如字。王徐皆都歷反。下同。衡謂。王徐述毛訓適爲主。故皆都歷反。其義似長。緝緝翩翩。謀欲譖人。緝緝。口舌聲。翩翩。往來貌。慎爾言也。謂爾不信。箋。慎誠也。女誠心而後言。王將謂女爲不信而不受。欲其誠者。惡其不誠也。捷捷幡幡。謀欲譖言。捷捷猶緝緝也。幡幡猶翩翩也。豈不爾受。既其女遷。遷去也。箋。遷之言訕也。王倉卒豈將不受女言乎。已則亦將復訕誹女。正義。王於倉卒之間。豈不爲女受之。但已受之後。知女言不誠實。王心或將舍女而更遷去也。驕人好好。勞人草草。好好喜也。草草。勞心也。箋。好好者。喜讒言之人也。草草者。憂將妄得罪也。衡謂。驕人謂譖人者。王信讒而寵愛之。故驕。好好訓喜。得意所欲而喜也。箋云。喜讒言之人。同訓喜。而其意則殊。勞人見讒者也。蒼天蒼天。視彼驕人。矜此勞人。衡謂。視猶察也。謂察其罪。彼譖人者。誰適與謀。取彼譖人。投畀豺虎。投棄也。豺虎不食。投畀有北。北方寒涼而不毛。有北不受。投畀有昊。昊昊天也。箋。付與昊天。制其罪也。楊園之道。猗于畝丘。楊園。園名。猗加也。畝丘。丘名。箋。欲之楊園之道。當先歷畝丘。以言此讒人欲譖大臣。故從近小者始。段玉裁云。猗古音如阿。加古音如歌。同音假借。李黼平云。傳言加。箋言歷。義各殊矣。案傳意。言楊園之道。惟可至楊園。今增加一道。卽可以至畝丘。以興讒人本不能譖君子。今若增加其言。卽可以及君子也。正義以箋合而述之誤也。衡謂。加施也。蓋楊園近。畝丘遠。既至楊園。次可以至畝丘。故云加于畝丘。言不唯之楊園。次可以加施於畝丘。其興則鄭箋盡之矣。寺人孟子。作爲此詩。凡百君子。敬而聽之。寺人而曰孟子者。罪已定矣。而將踐刑。作此詩也。箋。寺人。王之正內五人。作起也。孟子起而爲此詩。欲使衆在位者。愼而知之。既言寺人。復自著孟子者。自傷將去此官也。衡謂。子男子之美稱。奄官刑餘。不當自稱孟子。故毛釋其意。言寺人不當稱子。而今曰孟子者。宮刑已定矣。故稱寺人。尙未刑。故以士自處稱孟子也。如傳意。孟子刑爲寺人。非寺人更就他刑也。二章傳引顔叔子事。若本是寺人。始無此嫌。傳何煩引以此推之。傳意甚明。又案孟子始刑爲寺人。故自稱寺人。後知其賢。擢爲內小臣。內小臣奄官之長。巷宮中之道。內小臣爲之長。是巷伯也。因以爲內小臣之號。猶圻父宏父之屬。遂以名此篇與。

毛詩輯疏卷九下　終

明治壬申端午前夕卒業

毛詩輯疏

卷十

毛詩輯疏卷十上

日南安井衡著

谷風之什詁訓傳第二十。小雅

谷風之什十篇。五十四章。三百五十六句。

谷風三章。章六句。

谷風。刺幽王也。天下俗薄。朋友道絶焉。

習習谷風。維風及雨。興也。風雨相感。朋友相須。箋。習習。和調之貌。東風謂之谷風。興者。風而有雨。則潤澤行。喻朋友同志。則恩愛成。衡謂。谷穀通。東風至。則春雨降。可以播百穀。故東風謂之谷風。俚語曰。東風急。備蓑笠。將恐將懼。維予與女。箋。將且也。恐懼。喻遭厄難勤苦之事也。當此之時。獨我與女爾。謂同其憂務。將安將樂。女轉棄予。言朋友趨利。窮達相棄。箋。朋友無大故。則不相遺棄。今女以志達而安樂。棄恩忘舊。薄之甚。習習谷風。維風及穨。穨。風之焚輪者也。風薄相扶而上。喻朋友相須而成。陳啓源云。猋從下而上。穨從上而下。是季巡孫炎之說。而郭璞因之耳。據爾雅正文。未見其必然也。扶搖謂之猋。即南華之扶搖。信從下而上矣。焚輪謂之穨。焚取象於火。火乃炎上之物。安得從上而下乎。注爾雅者。止因穨是下墜之名。故爲此解。然以字義考之。穨從禿貴聲。禿貌。又暴風也。隤從阜貴聲。下墜也。說文玉篇諸書並同。俗通作穨。是二穨各一字。不得援下墜之隤。釋暴風之穨矣。毛傳風薄相扶。薄當爲迫義。谷風穨風。皆欲上升。相迫則其升愈速。喻朋友相規切。則德業益進也。陸農師曰。風之銳而上者爲猋。風之旋而上者爲穨。莊子曰。搏扶搖羊角而上者九萬里。扶搖即猋是也。羊角即穨是也。今羊角旋轉而上。如談焚輪之象也。案莊子釋文引司馬彪云。風上行謂之扶搖。風曲上行若羊角。然。謂之羊角。陸義應本此。合之爾雅。則上行如焚。旋轉如輪。名義允協。可正景純之誤。段玉裁云。焚輪猶紛綸。風之自上下者也。薄謂穨也。衡謂焚輪雙聲。段云猶紛綸。是也。陳依字義釋之。失之。紛綸猶旋轉也。今有風旋轉於地上。捲起塵土。蓋即所謂穨也。故季孫皆以爲自上而下。而傳亦止訓焚輪。而不言上下也。陳訓薄爲迫。是也。

風謂谷風。毛意蓋謂谷風與穨相逼迫。然後相扶而上行。故以喻朋友相須而成也。穨陡起。其所被及不廣。故谷風得與之迫也。若穨本自下而上。傳不必言相扶。莊子羊角。當爲鵰沖空之貌。非風名也。

將恐將懼。寘予于懷。箋。寘置也。置我於懷。言至親己也。將安將樂。棄予如遺。箋。如遺者。如人行道遺忘物。忽然不省存也。

習習谷風。維山崔嵬。無草不死。無木不萎。崔嵬。山巔也。雖盛夏萬物茂壯。草木無有不死葉萎枝者。箋。此言東風生長之風也。山巔之上。草木猶及之。然而盛夏養萬物之時。草木枝葉。猶有萎槁者。以喻朋友雖以恩相養。亦安能不時有小訟乎。衡謂。東方生長之風。無所不徧被。而山頂不免有死葉萎枝者。地氣使之然也。以喻己用心周悉。無所不至。而彼以爲不足者。以其心術不正也。

忘我大德。思我小怨。箋。大德。切瑳以道相成之謂也。衡謂。大德。將恐將懼之時。相保護之德。小怨。不免有死葉萎枝之怨也。

蓼莪六章。上下各二章。章四句。中二章。章八句。

蓼莪。刺幽王也。民人勞苦。孝子不得終養爾。箋。不得終養者。二親病亡之時。時在役所。不得見也。

蓼蓼者莪。匪莪伊蒿。興也。蓼蓼。長大皃。箋。莪已蓼蓼長大。我視之以爲非莪。故謂之蒿。興者。喻憂思雖在役。中心不精識其事。焦循云。毛之義。每寓訓詁中。其言雖略。尋之可得。此訓蓼蓼爲長大。若曰父母生之。使長大者子也。今則不能終養。匪子也。而他人矣。視莪而以爲蒿。傳義不如是。衡謂。匪莪伊蒿。言似而非。

哀哀父母。生我劬勞。箋。哀哀者。恨不得終養父母。報其生長己之苦。

蓼蓼者莪。匪莪伊蔚。蔚。牡菣也。正義。牡蒿也。三月始生。七月華。華似胡麻華而紫赤。八月爲角。角似小豆角。銳而長。一名馬薪蒿。陳啓源云。莪蒿蔚。分之各一草。合之皆蒿類。蓼莪詩意主於分言。則各一草矣。在爾雅。莪則莪蘿也。蒿則蒿菣也。蔚則蔚牡菣也。埤雅。莪俄而蒿直。蔚粗而莪細。形稍異矣。然初無美惡之分。朱傳云。莪美菜。蒿賤草。未知何據。嚴緝據爾雅蘩之醜秋爲蒿。及彼注疏。蘩蕭莪蔚之類。始生氣味各異。其名不同。至秋老成。則皆蒿之語。以爲莪始生香美可食。至秋高大。則粗惡不可食。喻子初生猶是美材。至長大乃是無用之惡子。其取義優矣。但次章伊蔚終屬難通。不如古注之當。衡謂。莪美萊固無稽之言。然推求詩人之意。必是莪美而蒿蔚惡。據埤雅所說。莪比蒿蔚柔軟可愛。不類二草之粗剛。孝子之事父母。下氣怡聲。柔色以溫之。而不貴儼威嚴恪。故莪以喻孝子。二草喻不孝。與蓼美而蒿蔚惡。蓋在毛時。人皆知之。故傳不釋。至鄭箋詩。其義既失。故云喻憂思不精識役事。恐非經意也。

哀哀父母。生我勞瘁。箋。瘁病也。缾之罄矣。維罍之恥。缾小而罍大。罄盡也。箋。缾小而盡。罍大而盈。言爲罍恥者。刺王不使富分貧衆恤寡。

衡謂。缾以自喻。罍以喻王。言王當周恤窮民。而使之竭盡以不得養父母。所以可恥也。

鮮民之生。不如死之久矣。鮮寡也。箋。此言供養日寡矣。而我尚不得終養。恨之言也。

正義。言寡矣民之一生也。言生而得養。其日尚寡。況我尚不得終養。是可恨之甚。戴震云。春秋傳。葬鮮者。謂不得以壽終。爲鮮。鮮似有少福之意。名無怙恃曰鮮。衡謂。左傳鮮者謂叔孫豹。豹二子讒死。躬又餓死。無喪主。書無逸。惠鮮鰥寡。傳。惠鮮連讀。後儒苦其難通。或依漢書谷永傳。改鮮爲于。今案彼鮮與鰥寡連讀。合三文而通考之。鮮蓋謂親戚寡少。無所依賴者。故傳云。寡也。箋同訓寡。而爲養父母之日寡矣。此衆人所同。何獨自稱鮮民乎。且若其說。尚書左傳。皆不可通矣。正義以箋述傳。非也。

無父何怙。無母何恃。出則銜恤。入則靡至。箋。恤憂。靡無也。

孝子之心。怙恃父母，依依然。以爲不可斯須無也。出門則思之而憂。旋入門又不見。如入無所至。

正義。旋來入門。則堂宇空曠。如行田野。無所有至。衡謂。至如春秋公至自某之至。自外入。有父母則至膝下告歸。今父母既沒。雖自外入。無所告至矣。

父兮生我。母兮鞠我。拊我畜我。長我育我。顧我復我。出入腹我。

鞠養。腹厚也。箋。父兮生我者。本其氣也。畜起也。育覆也。顧旋視也。復反復也。腹懷抱也。

正義。母兮以懷妊以養我。言覆育者。謂其寒暑或身體嫗之。覆近而愛育焉。段玉裁云。鞠訓窮。亦訓養。猶治亂曰亂也。俗作鞠非。戴震云。畜當爲慉。說文。慉起也。此箋畜起也。明是易畜爲慉。李黼平云。腹訓厚。與爾雅說文同。月令水澤腹堅。釋文云。腹本又作複。呂覽正作複。說文。複重衣貌。然則腹複音義同。以重衣裹小兒出入抱之。故傳謂之厚。而箋以懷抱申之。傳箋俱讀如複。非有別也。衡謂。生我。箋是也。鞠我。正義是也。拊我以下。兼父母言之。自幼至長。文有次第。畜鄭訓起。則拊謂安撫令就睡。腹我。在長育顧復之下。顧復之時。兒既脫懷抱矣。故傳訓腹爲厚。言撫字之厚。腹之爲厚。猶膚之爲淺。非與複同義也。箋以八我爲皆幼孩時事。故訓腹爲懷抱。孝子序父母之恩。豈獨言幼孩哉。

欲報之德。昊天罔極。

箋。之猶是也。我欲報父母是德。昊天乎。我心無極。王念孫云。言我方欲報是德。而昊天罔極。降此鞠凶。使我不得終養也。不言父母既沒不得終養者。無父何怙。無母何恃。已見於上文也。昊天罔極。猶言昊天不傭。昊天不惠。朱子所謂無所歸咎。而歸之天也。漢司隸校尉魯峻碑。悲蓼莪之不報。痛昊天之無嘉。得詩人之意矣。義卽莪字。衡謂。極中也。猶言善。

南山烈烈。飄風發發。烈烈然至難也。發發。疾貌。箋。民人自苦見役。視南山則烈烈然。飄風發發然。寒且疾也。衡謂。烈烈傳訓至難。發發訓疾。蓋以山之險難。風之暴疾。喩戍役之艱難急疾也。不言興者。義易知也。民莫不穀。我獨何害。箋。穀養也。言民皆得養其父母。我獨何故覩此寒苦之害。衡謂。言天使我獨遭不得養其父母之害也。

南山律律。飄風弗弗。律律。猶烈烈也。弗弗。猶發發也。民莫不穀。我獨不卒。箋。卒終也。我獨不得終養父母。重自哀傷也。

大東七章。章八句。

大東。刺亂也。東國困於役。而傷於財。譚大夫作是詩。以告病焉。箋。譚國在東。故其大夫尤苦征役之事也。魯莊公十年。齊師滅譚。

有饛簋飧。有捄棘匕。興也。饛滿簋貌。飧熟食。謂黍稷也。捄長貌。匕所以載鼎實。棘赤心也。箋。飧者。客始至。主人所致之禮也。凡飧饔餼。以其爵等爲之牢禮之數陳。興者。喻古者天子施與之恩。於天下厚。正義。禮之通例。皆簠盛稻粱。簋盛黍稷。故知謂黍稷也。雜記云。匕用桑。長三尺。言棘赤心者。以棘木赤心。言於祭祀賓客。皆赤心盡誠也。吉禮用棘。雜記言用桑者。謂喪祭也。按大行人及掌客云。上公飧五牢。饔餼九牢。侯伯飧四牢。饔餼七牢。子男飧三牢。饔餼五牢。爵卿也。則飧二牢。饔餼五牢。爵大夫也。則飧大牢。饔餼三牢。爵士也。則飧少牢。饔餼大牢。此降小禮。豐大禮也。以命數。則參差難等。略於臣。故用爵而已。是爵爲之牢禮之數陳也。衡謂飧皆有鼎肉。捄長貌。故傳云。匕所以載鼎實。王念孫以匕爲飯匕。是飧直有熟飯。不已略乎。況飯匕小。又不得言捄。非也。

周道如砥。其直如矢。如砥。貢賦平均也。如矢。賞罰不偏也。正義。以砥石能磨物使平。故比貢賦均也。矢則幹心直。故比賞罰不偏也。砥言周道。則其直亦周道也。如矢言其直。

則如砥。言其平互相通也。君子所履。小人所視。箋。此言古者天子之恩厚也。君子皆法效。而履行之。其如砥矢之平。小人又皆視之。共之無怨。釋文。共音恭。本又作恭。陳啓源云。飧匕恩賜之厚也。砥矢。貢賦賞罰之均直也。所履所視。當總目此而言。鄭箋分飧匕爲所履。砥矢爲所視。迂矣。睠言顧之。潸焉出涕。睠。反顧也。潸。涕下貌。箋。言我也。此二事者。在乎前世。過而去矣。我從今顧視之。爲之出涕。傷今不如古。小東大東。杼柚其空。空盡也。箋。小也。大也。謂賦斂之多少也。小亦於東。大亦於東。言其政偏失砥矢之道也。譚無他貨。維絲麻爾。今盡杼柚不作也。釋文。杼。直呂反。說文云。盛緯器。柚音逐。本又作軸。段玉裁云。機軸似車軸。故同名。柚是橘柚。因杼字从木。而改軸亦从木。非也。臧鏞堂云。大玄掜云。棘爲杼。削木爲軸。杼軸既施。民得以燠。可證杼軸之軸。本不從木。大平御覽四百八十四。又八百二十五。俱引詩杼軸。其空。是唐以前本皆从車。衡謂軸小木絡緯置之杼室中。其兩端入室左右壁穴中。正與車軸載輿。而兩端入轂相似。故名軸耳。糾糾葛屨。可以履霜。佻佻公子。行彼周行。佻佻。獨行貌。公子。譚公子也。箋。葛屨。夏屨也。周行。周之列位也。言時財貨盡。雖公子衣屨不能順時。乃夏之葛屨。今以履霜。送轉餫。因見使行周之列位者而發幣焉。言雖困乏。猶不得止。衡謂。鹿鳴示我周行傳。周訓至。行訓道。此周字雖與彼殊。行亦當訓道。故傳不解。周行。往周之道也。既往既來。使我心疚。箋。既盡。疚病也。言譚人自虛竭餫送而往。周人空盡受之。曾無反幣復禮之惠。是使我心傷病也。衡謂。既如字。言竭我財而往。既致我財而來。恐復有後命。徵求無已。故使我心病也。有冽氿泉。無浸穫薪。契契寤歎。哀我憚人。冽。寒意也。側出曰氿泉。穫艾也。契契。憂苦也。憚勞也。箋。穫。落木名也。既伐而折之。以爲薪。不欲使氿泉浸之。浸之則將濕腐不中用也。今譚大夫。契契憂苦而寤歎。哀其民人之勞苦者。亦不欲使周之賦斂。小東大東。極盡之。極盡之則將困病亦猶是也。釋文。氿音軌。字又作暑。寢子鴆反。漬也。字又作浸。穫戶郭反。毛艾也。鄭落木名也。字則宜作木傍。憚丁佐反。徐又音但。字又作癉。正義。毛以爲有洌然寒氣之氿泉。無得浸漬我所穫之樵薪也。以興暴虐者周之幽王。無得稅歛我譚國之民人也。刈薪者。惜其樵薪。不欲使氿泉妄浸之。以妄浸之。則溼腐不中用故也。以與今譚大夫契契憂苦。而寤寐之中。嗟哀憐我譚國勞苦之民人。不欲使周人極斂之。極斂之。則困病不堪其事也。說文。洌寒貌。故字從冰。

薪是穫薪。尚可載也。哀我憚人。亦可息也。

載。載乎意也。箋。薪是穫薪者。析是穫薪也。尚庶幾也。庶幾析是穫薪。可載而歸。蓄之以爲家用。哀我勞人。亦可休息養之。以待國事。

段玉裁云。載乎意。未詳。意當作車。衡謂。段說明快。然意與車。形聲皆遠。正義云。存載於意。蓋謂心不忘其溼腐義亦可通。姑從正義。

東人之子。職勞不來。西人之子。粲粲衣服。

東人。譚人也。來勤也。西人。京師人也。粲粲。鮮盛貌。箋。職主也。東人勞苦。不見謂勤。京師人衣服鮮潔而逸豫。言王政偏甚也。自此章以下。言周道衰。其不言政偏。則言衆官廢職如是而已。

舟人之子。熊羆是裘。

舟人。舟楫

之人。熊羆是裘。言富也。箋。舟當作周。裘當作求。聲相近故也。周人之子。謂周世臣之子孫。退在賤官。使搏熊羆。在冥氏穴氏之職。衡謂。上西人之子。謂在官者。舟人私人。皆西人之賤者。賤者而富且用之。言政偏甚矣。**私人之子。百僚是試。**私人。私家人也。是試。用於百官也。箋。此言周衰群小得志。正義。此云私人。則賤者。謂本無官職。卑賤之屬。私居家之小人也。縂高云。遷其私人。以申伯爲王卿士。稱其家人爲私人。故傳曰。私人。家臣也。有司徹云。獻私人。玉藻云。大夫私事使私人擯。以臣事於私家。謂之私人。非此類也。**或以其酒。不以其漿。**衡謂。以用也。**鞙鞙佩璲。不以其長。**鞙鞙。玉貌。璲瑞也。箋。佩璲者。以瑞玉爲佩。佩之鞙鞙然。居其官職。非其才之所長也。徒美其佩。而無其德。刺其素餐。李黼平云。正義曰。鄭唯言佩璲云是玉也。故鞙鞙爲玉貌。璲瑞釋器文。郭璞云。玉瑞也。禮以玉爲瑞信。其官謂之典瑞。此瑞正謂所佩之玉。故箋云。佩璲者以瑞玉爲佩。玉藻云。古之君子必佩玉。是也。如孔言。則今本傳文。鞙鞙玉貌璲瑞也七字。皆箋文也。衡謂。正義釋傳。標起止云。漢天至所明。是維天有漢以前無傳文。李說是也。**維天有漢。監**

亦有光。漢。天河也。有光而無所明。箋。監視也。喩王闓置官司。而無督察之實。衡謂。天河雖有光。明不能照物。故以喩官司無能。 跂彼織女。終日七襄。跂隅貌。襄反也。箋。襄駕也。駕謂更其肆也。從旦至莫七辰。辰一移。因謂之七襄。正義。跂然有三隅之形者。彼織女也。終一日歷七辰。至夜而廻反。唯見其如是。何曾有織乎。言王之官司。徒見列於朝耳。何曾有用乎。陳啓源云。大東詩五六七章。取興星漢。詞意反覆。鄭以喩王朝官司。虛列而無實用。正與首章君子所履相首尾。段玉裁云。跂當從說文作攱。衡謂。七襄者。從卯位至酉位也。本或脫箋至字及一辰字。今從古本岳本小字本。 雖則七襄。不成報章。不能反報成章也。箋。織女有織名爾。駕則有西無東。不如人織相反報成文章。 戴震云。報者復也。往來之謂也。 睆彼牽牛。不以服箱。睆。明星貌。何鼓謂之牽牛。服。牝服也。箱。大車之箱也。箋。以用也。牽牛不可用於牝服之箱。 釋文。何鼓。胡可反。又音河。正義。車人言。大車牝服二柯又三分柯之二。注云。大車。平地任載之車。牝服長八尺。謂較也。今俗爲平較。兩較之內。謂之箱。陳啓源云。箱以容物。在兩較之內。故服箱相屬成文矣。邱氏謂。服箱猶駕車。而朱傳從之。恐不如毛義之當。衡謂。段玉裁毛詩訂本。依廣韻。改睆作晥。今從之。依文選李善思玄賦注。作不可以服箱。與下經不可以簸揚。不可以挹酒漿。句法一例。亦似可從。但據孤證。輒改經文。非疑以傳疑之義。姑依原文。

東有啓明。西有長庚。 日且出。謂明星爲啓明。日既入。謂明星爲長庚。庚續也。箋。啓明長庚。皆有助日之名。而無實光也。陳啓源云。韓詩云。大白晨出東方。爲啓明。昏出西方。爲長庚。段玉裁云。且正義作旦。非也。且出。正謂未旦昧爽時。旦者日在地上。明星不見矣。衡謂。毛傳明星。謂大白。此星在諸星中。最明且大。今我俗亦謂之明星。

有捄天畢。載施之行。 捄畢貌。畢所以掩兔也。何嘗見其可用乎。箋。祭器有畢者。所以助載鼎實。今天畢則施於行列而已。

維南有箕。不可以簸揚。維北有斗。不可以挹酒漿。 挹斞也。

正義。案二十八宿。連四方爲名者。唯箕斗井壁四星而已。壁者室之外院。箕在南。則壁在室東。故稱東壁。鄭稱參傍有玉井。則井星在參東。故稱東井。推此則箕斗在南方之時。箕在南。而斗在北。故言南箕北斗也。陳啓源云。南斗與箕。皆以初秋昏見於南方。直是箕西而斗東耳。其爲南北之分。雖有之。然亦微矣。況上章言東西。原以在人之東西言。則此章維南維北。自當與之同意。何偏以二星相較。而分南北。源謂。以北斗當之爲允。王念孫云。經言維北有斗。西柄之揭。揭高舉之名也。若北斗之柄。固不常指西。卽指西。亦不得云揭也。且經先言南有箕。後言北有斗。明箕斗南北相連也。衡謂箕星昏見於南方之時。北斗之柄正指申位。詩人因所見而言之。不必論斗柄常指西與否。上章東西。既謂在人東西。則此章南北亦當同。陳說是也。

維南有箕。載翕其舌。

維北有斗。西柄之揭。 翕合也。箋。翕猶引也。引舌者。謂上星相近。

正義。鄭以爲箕星踵狹而舌廣。而言合。於天文不便。故言翕猶引也。引其舌者。謂上星近也。言箕星之上星相去近。故爲踵。因引之使相遠而爲舌也。衡謂合猶閉也。箕有舌。毛意取其名。而不取星象。言箕有舌而不言。以喻譚國困病。而周室公卿輒閉舌不肯言其困也。斗用在柄。西柄者。以喻周室君臣執持斗柄以挹盡東國也。舌用不言。斗用挹之者。取各其害己也。

四月八章。章四句。

四月。大夫刺幽王也。在位貪殘。下國構禍。怨亂並興焉。

四月維夏。六月徂暑。 徂往也。六月火星中。暑盛而往矣。箋。徂猶始也。四月立夏矣。至六月乃始盛暑。興人爲惡亦有漸。非一朝一夕。段玉裁云。鄭易祖爲祖字。爾雅。祖始也。衡謂。左傳曰。火中。而寒暑退。毛訓祖爲往。是也。

先祖匪人。胡寧忍予。 箋。匪非也。寧猶曾也。我先祖非人乎。人則當知患難。何爲曾使我當此難世乎。

正義。人困則反本。窮則告親。故言我先祖非人。出悖慢之言。明怨恨之甚。猶正月之篇。怨父母生己。不自先後也。陳啓源云。古人文字簡質。須頓挫讀之。方明暢。如節南山昊天不傭。昊天不惠。鄭云。昊天乎。師尹爲政不平。又爲不和順之行。又昊天不平。箋亦云。昊天乎。師尹爲政不平。巧言篇。昊天已威。昊天大幠。箋亦云。昊天乎。王甚可畏。王甚敖慢。皆昊天二字讀斷。下二字自指師尹與王。蓋呼天而訴之也。此詩先祖。亦是呼而訴之。當云先祖乎。我非人乎。何忍使我遭此亂。呼天呼祖。總是怨極無可控告之詞耳。戴震云。寧猶乃也。語之轉。下寧莫我有同。衡謂。陳以先祖匪人爲涉悖慢。故引昊天不傭而例之。先祖二字讀斷。匪人爲己非人。其意洵美。然求之辭與昊天不傭。文義自別。此四句蓋疑怪之辭。言先祖豈非人邪。若是人。當閔恤子孫。何乃使我遭此難也。此人遭難。本非先祖之過。怨極無所控告。而望救於先祖。乃人之至情。其實親之。非慢之。疏云。人困則反本。是也。陳不能以意逆志。輒易舊說。非也。寧箋訓會。會亦乃也。戴說卽箋義耳。

秋日淒淒。百卉具腓。 興也。淒淒。涼風也。卉草也。腓病也。箋。具猶皆也。涼風用事。而百卉皆病。興貪殘之政行。而萬民困病。

陳啓源云。腓字三見詩。采薇生民二詩。傳訓爲避。四月詩。傳訓爲病。今案。三詩。

之腓。義訓既殊。字形又異。訓避之腓與萉通。前於采薇詳之。其訓病之腓。則本作痱。文選謝瞻九日詩注。李善云。韓詩曰。百卉具腓。薛君曰。腓變也。謂變而黃也。毛萇曰。痱病也。今本作腓字。非也。據李言。則毛詩作痱。不作腓。衡謂。本多無與也二字。今從古本。亂離瘼矣。爰其適歸。離憂。瘼病。適之也。箋。爰曰也。今政亂。國將有憂病者矣。曰此禍其所之歸乎。言憂病之禍。必自之歸爲亂。阮元云。正義云。必之歸於國家滅亂也。又云。是之歸於亂也。是爲當作於。衡謂。爰如爰處爰居之爰。猶言於此。指亂政者而言之。箋本於左傳歸於恃亂者也夫。亦謂爲亂者。正義誤耳。但文義欠明。疑當作歸於爲亂者。冬日烈烈。飄風發發。箋。烈烈。猶栗烈。發發。疾貌。言王爲酷虐慘毒之政。如冬日之烈烈矣。其亟急行於天下。如飄風之疾也。民莫不穀。我獨何害。衡謂。穀。鄭皆訓箋。穀養也。民莫不養其父母者。我獨何故覩此寒苦之害。養。蓼莪序云。孝子不得終養。卒章又云。我獨不卒。則訓養是也。其餘當以訓善爲正。山有嘉卉。侯栗侯梅。箋。嘉善。侯維也。山有美善之草。生於梅栗之下。人取其實。蹂踐而害之。令不得蕃茂。喻上多賦斂。富人財盡。而弱民與受困窮。衡謂。上章百卉具腓。傳云。卉草也。此卉毛不釋。則亦以爲草。意與鄭同。或以嘉卉爲卽栗梅。然古未有訓卉爲木者。其說非也。

廢爲殘賊。莫知其尤。廢忕也。箋。尤過也。言在位者貪殘。爲民之害。無自知其行之過者。言忕於惡。釋文。廢如字。一音發。忕。時世反。又一本作廢大也。此是王肅義。正義。說文云。忕習也。恒爲惡行。是貫習之義。定本廢訓爲太。與鄭不同。臧鏞堂云。毛傳廢忕也。箋言忕於惡。郭注爾雅。訓爲大。用王肅義也。陸氏之言。最爲有據。廢忕亦同在十五部。衡謂。忕本或作大。今從古本。岳本。小字本。

相彼泉水。載清載濁。箋。相視也。我視彼泉水之流。一則清。一則濁。刺諸侯並爲惡。曾無一善。

我日構禍。曷云能穀。構成。曷逮也。箋。構猶合集也。曷之言何也。穀善也。言諸侯日作禍亂之行。何者可謂能善。正義。曷逮釋言文。衡謂。釋言曷作遏。毛以曷爲遏之假借。孔知之。故依傳引之。非其所據之爾雅作曷也。毛意謂。諸侯日構禍難。我逮云能善乎。言恐不及見治安之日也。

滔滔江漢。南國之紀。滔滔。大水貌。其神足以綱紀一方。箋。江也。漢也。南國之大水。紀理衆川。使不壅滯。喻吳楚之君。能長理旁側小國。使得其所。李黼平云。序言下國構禍。卽經中南國。傳意以江漢大水。其神綱紀一方。喻幽王不能綱紀四方。致南方諸侯構禍也。大東篇言。東國因于役。而傷于財。此詩言。下國構禍。蓋江漢小國大夫所作。故次于大東也。春秋文十三年左傳云。鄭伯與公宴于棐。子家賦鴻鴈。季文子曰。寡君未免于此。文子賦四月。時晉楚方爭諸侯。鄭衛貳于楚。因公而請平于晉。文子以天子不能綱紀四方。致伯主爭盟。實同構禍。故言寡君未免有徵弱之憂。卽賦此詩。當取義于我日構禍。遏云能穀。杜注謂。義取行役踰時。思歸祭祀。不欲爲還晉。蓋用王肅詩義。旣違左氏之意。亦與詩序不合。非也。衡謂。李云。傳意以江漢大水綱紀一方。刺幽王不能然。是也。其駁杜取王詩義。注左傳。亦是也。左傳寡君未免於此。謂不免於哀鳴嗷嗷。季文子賦四月者。取盡瘁以仕。寧莫我有耳。幽王之時。吳楚未興。雖旣興之後。亦唯殘暴南國而已。安能綱紀之。箋謬甚矣。

盡瘁以仕。寧莫我有。箋。瘁病。仕事也。今王盡病封畿之內。以兵役之事。使羣臣有土地。曾無自保有者。皆懼於危亡也。吳楚奮名貪殘。今周之政。乃反不如。衡謂。北山四章。或盡瘁事國。傳云。盡力勞病。以從國事。此亦當依彼解。言王旣不能綱紀四方。故我盡力勞瘁以仕。王乃無有保有我也。

匪鶉匪鳶。翰飛戾天。匪鱣匪鮪。潛逃于淵。鶉鵰也。鵰鳶。貪殘之鳥也。大魚。能逃處淵。箋。翰高。戾至。鱣鯉也。鮪鮎也。言鵰鳶之高飛。鯉鮪之處淵。性自然也。非鵰鳶能高飛。非鯉鮪能處淵。皆驚駭辟害爾。喻民性安土重遷。今而逃走。亦畏亂政故。釋文。鶉徒丸反。字或作鷻。正義。說文云。鷻鵰也。從敦而爲聲。字異於鶉也。鷙鳶殺害小鳥。故云貪殘之鳥。以喻在位貪殘也。大魚能逃於淵。喻賢者隱遁也。衡謂翰飛戾天。喻貪人能登高位。箋與潜逃于淵同義。後儒多從之。不若傳義之深也。

山有蕨薇。隰有杞桋。杞。枸檵也。桋。赤楝也。箋。此言草木尚得其所。人反不得其所。傷之也。正義。桋赤楝釋木文。又曰。白者楝。某氏曰。白色爲楝。其色雖異。爲名同。江河閒楝可作鞍。郭璞曰。赤楝樹。葉細而岐銳。皮理錯戾。好叢生山中。中爲車輞。白楝葉員而岐。爲木大也。

君子作歌。維以告哀。箋。告哀。言勞病而愬之。

北山六章。三章章六句。三章章四句。

北山。大夫刺幽王也。役使不均。己勞於從事。而不得養其父母焉。

陟彼北山。言采其杞。箋。言我也。登山而采杞。非可食之物。喻己行役不得其事。偕偕士子。朝夕從事。偕偕。強壯貌。士子。有王事者也。箋。朝夕從事。言不得休止。衡謂。傳訓士爲事。故云有王事者也。王事靡盬。憂我父母。箋。靡無也。盬。不堅固也。王事無不堅固。故我當盡力勤勞於役。久不得歸。父母思己而憂。溥天之下。莫非王土。率土之濱。莫非王臣。溥大。率循。濱涯也。箋。此言王之土地廣大矣。王之臣又衆矣。何求而不得。何使而不行。正義。鄒子曰。中國名赤縣。赤縣內自有九州。禹之序九州是也。其外有瀛海環之。是地之四畔皆至水也。濱是四畔近水之處。言率土之濱。擧其四方所至之內。見其廣也。衡謂。率傳訓循。如循環之循。謂循土接水之地。正義是也。大夫不均。我從事獨賢。賢勞也。箋。王不均大夫之使。而專以我有賢才之故。

獨使我從事於役。自苦之辭。戴震云。賢之本義多也。从貝臤聲。此與禮投壺射。某賢於某若干純之賢。皆用本義。孟子說此詩。曰此莫非王事。我獨賢勞也。謂從事獨多。人逸己勞。如詩之後三章所云是也。增成勞字。明作詩之志。以勞不得養父母。而爲此言。非以勞釋賢也。王念孫云。孟子萬章篇引此詩而釋之。曰此莫非王事。我獨賢勞也。賢亦勞也。賢勞訓詁。猶言劬勞。故毛傳云。賢勞也。衡謂。徧考經傳。未見訓賢爲勞者。今詳考孟子。賢字仍訓多。勞字指從事而言。詩云。我從事獨賢。孟子約其文而釋之。故云我獨賢勞也。傳賢勞也。用孟子成文。亦以勞釋從事。賢勞猶言多從事耳。戴云。非以勞釋賢。其言洵是。

四牡彭彭。王事傍傍。彭彭然不得息。傍傍然不得已。嘉我未老。鮮我方將。將壯也。箋。嘉鮮。皆善也。王善我年未老乎。善我方壯乎。何獨久使我也。段玉裁云。將壯也。謂假借。旅力方剛。經營四方。旅衆也。箋。王謂此士衆之氣力方盛乎。何乃勞苦。使之經營四方。嚴粲云。秦誓夏氏解云。衆力。如目力耳力。手足力也。衡案。嚴說是也。箋此士。本多作此事。今從古本。

或燕燕居息。燕燕。安息貌。或盡瘁事國。盡力勞病。以從國事。或息偃在牀。或不已于行。箋。不已。猶不止也。或不知叫號。或慘慘劬勞。叫呼。號召也。或棲遲偃仰。或王事鞅掌。鞅掌。失容也。箋。鞅猶何也。掌謂捧之也。負何捧持以趨走。言促遽也。正義。鞅讀如馬鞅之鞅。以負荷物。則須鞅持之。故鄭以鞅表負荷。陳啓源云。鞅掌。毛云失容。鄭云。促遽。語異而旨同也。其釋鞅爲負荷。掌爲捧持。正促遽之實。促遽必失容。鄭乃申毛耳。孔云意異。殆未然。或湛樂飲酒。或慘慘畏咎。箋。咎猶罪過也。或出入風議。或靡事不爲。箋。風猶放也。釋文。風音諷。陳啓源云。鄭音風。乃風逸之風。與上出入爲類。如陸音諷。乃諷刺之風。與下議爲類。風刺義較優矣。

無將大車三章。章四句。

無將大車。大夫悔將小人也。箋。周大夫悔將小人。幽王之時。小人衆多。賢者與之從事。反見譖害。自悔與小人並。陳啓源云。序以爲大夫悔將小人。此與荀子大略篇引詩合。又韓詩外傳引此詩。以證所樹非其人。亦同序義。可見古義相傳如此。非一家之說也。阮元云。箋賢者以下十六字。非鄭注也。考下箋云。不任其職。愆負及己。此正義亦云。不堪其任。愆負及己。絕無反見譖害之事。使有此注。正義自不容不爲之解。其當無此注明甚。且此正義云。此大夫作詩。則賢者也。若有此注。則鄭已明言賢者。正義不待推作詩而後定其賢者矣。是正義本決無是注也。衡謂。序云。大夫悔將小人也。箋大夫上只加一周字。幽王二句。則特以爲賢者句之引。殊無所發明。賢者上十五字。恐亦非鄭注。

無將大車。祇自塵兮。 大車。小人之所將也。箋。將猶扶進也。祇適也。鄙事者。賤者之所爲也。君子爲之。不堪其勞。以喻大夫而進舉小人。適自爲憂累。故悔之。 李黼平云。經以大車喻小人。言大車。卽有小人在內。故傳以小人所將釋之。衡謂。序將小人。卽經將大車。李云。大車喻小人。是也。

無思百憂。祇自疧兮。 疧病也。箋。百憂者。衆小事之憂也。進舉小人。使得居位。不任其職。愆負及己。故以衆小事爲憂。適自病也。 釋文。疧。都禮反。段玉裁云。釋詁。疧病也。說文。疧病也。从疒氏聲。毛詩三用此字爲韻。白華與卑韻。傳。疧病也。何人斯。祇與易知篪知斯韻。傳。祇病也。此十六部本音。借祇爲之。於六書爲假借。無將大車。傳亦云。疧病也。而與十二部之塵韻。讀若眞。此古合韻之例。宋劉彝妄謂當作痻。音民。攷爾雅。說文。五經文字。玉篇。廣韻。皆無痻字。集韻始有。非古。元戴侗謂。卽痻字之省。不知。痻从疒昏聲。昏聲在十三部。民聲在十二部。桑柔痻與愍辰韻。不得與塵韻也。說文云。昏从日从氏省。氏者下也。一曰民聲。按昏从氏省。爲會意字。非民聲。痻字昏聲。不得省爲疷也。唐人避廟諱。愍作慜。琝作玟。蟁作蚉。顧炎武以唐石經祇自疷兮。爲諱民減畫作氏之字。由不知古合韻之例。而附會劉彝臆說。以求得其韻也。張衡賦。思百憂以自疢。疢與疷音近。禮記畛於鬼神。鄭注畛或爲祇也。又說文。觝一作𧤗。又古狋氏讀如權精。於此可求合韻之理。釋文疷兮都禮反。是陸氏誤疷。衡謂。祇疷本多从氏。釋文。疷都禮反。則自唐初既然。今從石經。

無將大車。維塵冥冥。箋。冥冥者。蔽人目明。令無所見也。猶進舉小人。蔽傷己之功德也。

無思百憂。不出于熲。熲光也。箋。思衆小事。以爲憂。使人蔽闇。不得出於光明之道。

無將大車。維塵雝兮。箋。雝猶蔽也。釋文。雝於勇反。字又作壅。又於用反。

無思百憂。祇自重兮。箋。重猶累也。

小明五章。上三章章十二句。下二章章六句。

小明。大夫悔仕於亂世也。箋。名篇曰小明者。言幽王日小其明。

損其政事。以至於亂。

陳啓源云。詩名小明。鄭以爲幽王日小其明。而歐陽氏非之。謂大雅有明明在下。小雅有明明上天。故名篇者。加大小於明上。以記別也。蘇氏亦謂。小旻小明。所以別於大雅之召旻大明。小宛小弁亦然。其在大雅者。必是孔子刪之。故無聞耳。案此說非是。觀書金縢言公作詩名之曰鴟鴞。左傳云。許穆夫人賦載馳。秦人賦黃鳥。國語言。衛武公作懿戒。可見作詩時。篇名已定。康成云。二百十一篇。並是作者自名。斯言信矣。大雅之大明。作於周之初年。安得預知幽王之世。有作小明者。而加大以記別哉。且詩篇重名固甚多。雅之杕杜。黃鳥。谷風。甫田。名皆與國風同。而白華兩見於小雅。國風之柏舟。無衣。則亦兩見。羔裘。揚之水則三見。何獨不爲記別也。然則小之爲義。縱未如箋疏所云。至如歐蘇二家以爲別於大雅。萬無此理矣。衡謂。陳說辯矣。然三百篇中。經無小字。而以小名篇者。皆在變小雅。則小之謂小雅。似無可疑者矣。但大明。則其詩云。明明在下。赫赫在上。其爲明大。故名大明。不謂大雅也。國風各以國分。雅之與風。體裁又別。固不諱重名。唯雅雖有大小。體裁略同。而又同係於周人所作。蓋作者以大雅有同名之篇。自加小字。以別之。是後以避前。非預知後世有同名之篇。而爲之地也。如是說之。則不妨爲作者自名篇。而小字亦不煩鑿說。似爲穩當。

明明上天。照臨下土。

箋。明明上天。喻王者當光明如日之中也。照臨下土。喻王者當察理天下之事也。據時幽王不能然。故舉以刺之。

衡謂。

傳不言與又不解上天。則不以喻王也。蓋謂上帝照臨下土。必明知己憂苦訴之也。

我征徂西。至于艽野。二月初吉。載離寒暑。艽野。遠荒之地。初吉。朔日也。箋。征行。徂往也。我行往之西方。至於遠荒之地。乃以二月朔日始行。至今則更夏暑冬寒矣。尚未得歸。詩人牧伯之大夫。使述西方之事。遭亂世勞苦。而悔仕。陳啓源云。小明首二三章。皆紀節候。首章云。二月初吉。載離寒暑。次章云。日月方除。三章云。日月方奧。又此兩章皆云歲聿云莫。述毛者。皆以二月爲始行之時。昔我往矣。卽指始行。方除方奧。卽是二月。鄭以二月爲始行。與毛同。而釋方除方奧爲四月。釋昔我往矣。爲初至艽野。則與毛異也。今總兩家之義而較論之。毛訓除爲除陳生新。二月仲春。非新舊代禪之時。唐風日月其除。自指歲暮。不指二月。又二月天氣方寒。不得言奧。述毛者。未必得毛旨矣。不若鄭讀除爲余。引爾雅四月爲余。除余字異音同。且與下章方奧相應。孔疏曰。洪範曰燠曰寒。寒爲冬。則燠爲夏。得之矣。然鄭謂二月始行。四月到艽野。則未當。凡詩中昔我往矣。皆謂始出時。非旣到時。訓往爲到。不大迂乎。源謂。詩二月。周二月也。建丑之月也。爾雅余月。夏四月也。建巳之月也。小明大夫。當是巳月始行。至丑月尚未得歸。而作詩耳。二月正指未得歸而作詩之時也。方除方奧。追憶其始也。載離寒暑。總計其自始行至不得歸之時也。歲聿云莫。與蟋蟀歲聿其莫同。彼疏以爲九月。是已。九月暑退而寒來。亦追憶之辭也。衡謂。陳以二月初吉。

爲作詩之時是也。詩人紀月。皆用夏正。唯十月之交。獨用周正。以其用史策文法也。此二月亦指夏正建卯之月。陳以爲建丑之月。失之。餘詳于下章。西方。本或作四方。或作其方。皆非。今從古本。

心之憂矣。其毒大苦。箋。憂之甚。心中如有藥毒也。

念彼共人。涕零如雨。箋。共人靖共爾位。以待賢者之君。釋文共音恭。衡謂。傳箋不解共字。四章靖共爾位。箋云。共具。此釋文共音恭。蓋毛讀也。則毛意謂安處於國。謀恭職位之人。

豈不懷歸。畏此罪罟。罟網也。箋。懷思也。我誠思歸。畏此刑罪羅網我。故不敢歸爾。

昔我往矣。日月方除。曷云其還。歲聿云莫。除。除陳生新也。箋。四月爲除。昔我往至於艽野。以四月。自謂其時將即歸。何言其還乃至歲晚。尚不得歸。衡謂。唐風蟋蟀篇。日月其除。傳云。除去也。謂歲暮。凡詩言昔我往矣。皆謂始行。陳說是也。下章云。昔我往矣日月方燠。若以方除爲歲莫。既以歲莫始行。又以夏日始行。必無是事。故傳云。除。除陳生新也。述之者。以爲二月。蓋謂毛意謂草木也。然草莖木葉。去陳在冬。生新在春。未可以指定一時。其說非也。今案。四月純陽。五月始生一陰。除陳生新。蓋謂此也。如是。則方除方奧。上下相應。毛意恐當如此。四月篇。曷云能穀。傳云。曷逮也。此不解曷字。則亦以爲逮也。

言未及言其還。歲遂云暮也。

念我獨兮。我事孔庶。心之憂矣。憚我不暇。憚勞也。箋。孔甚。庶衆也。我事獨甚衆。勞我不暇。皆言王政不均。臣事不同也。

念彼共人。睠睠懷顧。箋。睠睠。有往仕之志也。

豈不懷歸。畏此譴怒。衡謂。言我事衆身勞。故念彼安處於國。謀共職位之人。睠睠然懷戀回顧。豈不思歸與彼人共職位乎。但畏遭譴怒。故不敢耳。

昔我往矣。日月方奧。奧暖也。

曷云其還。政事愈蹙。歲聿云莫。采蕭穫菽。蹙促也。箋。愈猶益也。何言其還乃至於政事更益促急。歲晚乃至采蕭穫菽。尙不得歸。正義。洪範庶徵。曰燠。曰寒。寒爲冬。則燠爲夏矣。衡謂。唐風蟋蟀篇。蟋蟀在堂。歲聿其莫。彼正義曰。此言在堂。謂在室戶之外。與戶相近。是九月可知。時當九月。則歲未爲暮。而云歲聿其莫者。聿遂也。遂者從始向末之詞。言過此月後。則歲遂將莫耳。歲莫謂十月以後。不謂此月爲歲莫也。采薇云。曰歸曰歸。歲亦莫止。其下章云。曰歸曰歸。歲亦陽止。十月爲陽。明彼莫止亦謂十月也。言時既九月。從此之後。歲遂將云莫。故艽野之民。采蕭采菽。爲入室之計也。陳啓源謂歲聿云莫。則無菽可穫。故以此詩二月爲周正。不知菽亦有以夏正九月收穫者。不盡在七月也。段玉裁訂本。

蹙作戚。云蹙俗字。姑依原本。心之憂矣。自詒伊戚。戚憂也。箋。詒遺也。我冐亂世而仕。自遺此憂。悔仕之辭。念彼共人。興言出宿。箋。興起也。夜臥起宿於外。憂不能宿於內也。衡謂。寢不能寐。起出彷徨。遂宿於外。不復反於寢。言憂甚也。豈不懷歸。畏此反覆。箋。反覆。謂不以正罪見罪。嗟爾君子。無恒安處。箋。恒常也。嗟爾君子。謂其友未仕者也。人之居。無常安之處。謂當安安而能遷。孔子曰。鳥則擇木。正義。安安而能還。曲禮文也。孔子曰。鳥則擇木。哀十一年左傳文。衡謂。毛訓下文靖爲謀。則此君子謂在朝共職位者。言今女雖安處於朝。無以爲常。或亦將有奉使之事。己不堪使命之勞。戒其友。預爲安處之計也。靖共爾位。正直是與。神之聽之。式穀以女。靖謀也。正直爲正。能正人之曲曰直。箋。共具。式用。穀善也。有明君。謀具女之爵位。其志在於與正直之人爲治。神明若祐而聽之。其用善人。則必用女。是使聽天任命。不汲汲求仕之辭。

言女位者。位無常。主賢人則是。正義。襄七年左傳。公族穆子引此詩。乃云。正直爲正。正曲爲直。衡謂。此教其友以安處之道也。言女謀共女之職位。能正己心。正人曲之事是與。神之聽之。必謂朝廷之上不可一日無女。必用美官與女。不遺女奉使。此恒安處之道也。善猶美也。嗟爾君子。無恒安息。息猶處也。靖共爾位。好是正直。神之聽之。介爾景福。介景皆大也。箋。好猶與也。介助也。神明聽之。則將助女以大福。謂遭是明君。道德施行也。衡謂。安息比奉使爲大福。加以美爵。是大爾大福也。

鼓鐘四章章五句。

鼓鐘。刺幽王也。

鼓鐘將將。淮水湯湯。憂心且傷。幽王用樂。不與德比。會諸侯於淮上。鼓其淫樂。以示諸侯。賢者爲之憂傷。箋。爲之憂傷者。嘉樂不野合。犧象不出門。今乃於淮水之上。作先王之樂。失禮尤甚。正義。犧象不出門。嘉樂不野合者。定十年左傳孔子辭也。與彼文倒者。以證樂事。故先言樂也。李黼平云。昭四年左傳。椒舉云。幽王爲大室之盟。而戎狄叛之。杜注。大室嵩高。紀年。幽王十年。春王及諸侯盟于大室。漢志。嵩高。古文以爲外方。書禹貢。熊耳。外方。桐柏。至于倍尾。孔安國傳云。四山相連東南。在豫州界。正義謂。桐柏淮水所出。北至外方。約四百里。此傳言會。左傳及紀年言盟。異日異地者多。然則幽王先會于淮水之上。復盟于大室。毛傳非無據矣。將將湯湯無釋。觀次章傳云。喈喈猶將將。湝湝猶湯湯。則不應無之。釋文。將。七羊反。聲也。湯。音傷。流盛也。當是傳文。衡謂。據釋文。是毛讀將爲鏘矣。

淑人君子。懷允不忘。箋。淑善。懷至也。允信也。古者善人君子。其用禮樂。各得其宜。至信不可忘。陳啓源云。至信而不可忘。與次章不回。三章不猶。皆指淑人君子言。箋疏本無誤也。集傳用王氏說。以爲思古之君子。不能忘。則是作詩者自謂。與下二章文義不倫矣。衡謂。毛不訓懷字。則讀如字。蓋謂淑人君子。思信義而不敢忘。以反影幽王詐僞誤國也。

鼓鐘喈喈。淮水湝湝。憂心且悲。喈喈猶將將。湝湝猶湯湯。悲猶傷也。淑人君子。其德不回。回邪也。

鼓鐘伐鼛。淮有三洲。憂心且妯。鼛。大鼓也。三洲。淮上地。妯動也。箋。妯之言悼也。正義。鼛卽皐也。古今字異耳。韗人云。皐鼓尋有四尺。長丈二。是大鼓也。曾釗云。說文妯作怞。釋文不引說文。則陸本尙作怞。後因篆文从心从女近。遂誤作妯耳。傳云動也。動卽慟字。菀柳蹈亦訓動。蓋怞之假借。从舀从由。古聲皆同。鄭風左旋右抽。說文引作左旋右搯。是其證。李黼平云。說文無慟字。新附中有之。經典通用動。論語顏淵死。子哭之動。俗本作慟。馬融云。哀過。鄭云。變動容貌。知字本作動。說文妯云。動也。正依爾雅及此傳。而心部怞云。朗也。引憂心且怞。說文引詩一句。而屢異其字者多。或據此以謂詩字當作怞者誤也。

淑人君子。其德不猶。

猶若也。箋。猶當作瘉。瘉病也。正義。念古之善人君子。其用禮樂。當得其宜。其德不肯若今之幽王失所也。

鼓鐘欽欽。鼓瑟鼓琴。笙磬同音。

欽欽。言使人樂進也。笙磬。東方之樂也。同音。四縣皆同也。箋。同音者。謂堂上堂下。八音克諧。正義。大射。樂人宿縣阼階東。笙磬西面。其南笙鐘。其南鑮。皆南陳。注云。笙猶生也。東爲陽中。萬物以生。是東方爲笙磬。擧磬則鐘鑮可知矣。以笙磬之下卽言同音。故知四縣皆同也。小胥云。王宮縣。鄭司農云。宮縣。四面縣。是也。以東爲始。擧笙磬。則四方可知故也。陳啓源云。箋不解笙磬。意與毛同。衡謂毛言四縣。則堂上可知矣。故鄭以堂上堂下申之。非易傳也。

以雅以南。以籥不僭。

爲雅爲南也。舞四夷之樂。大德廣所及也。東夷之樂曰昧。南夷之樂曰任。西夷之樂曰侏離。北夷之樂曰禁。以爲籥舞。如是爲和而不僭矣。箋。雅。萬。舞也。萬也。南也。籥也。三舞不僭。言進退之旅也。周樂尙武。故謂萬舞爲雅。雅正也。籥舞。文舞也。正義。傳言爲雅爲南者。明以爲此舞。以籥屬下句。故別言之。孝經鉤命決云。東夷之樂曰昧。南夷之樂曰任。西夷之樂曰侏離。北夷之樂曰禁。東方之舞。助時生也。南方助時養也。西方助時殺也。北方助時藏也。然則言昧者。物生根也。南者。物懷任也。秋物成。而離其根株。冬物藏。而禁閉於下。故以爲名焉。以南訓任。故或名任。此爲南。其實一也。定本作朱離。其義不合於此。

陳啓源云。雅者先王之雅樂。南者四方之南樂。籥者羽舞之籥樂。傳義允矣。鄭以雅爲萬舞。與籥分文武。異於毛。不可從。宋蘇氏復自立說。謂雅是二雅。南是二南。舛謬尤甚。大雅小雅。詩六義之一也。非樂名也。樂以雅名。則風雅頌皆得奏之。不僅二雅矣。至二南之南。猶十五國之國也。目其地而言也。當時所采詩。或得于南國。周召不足以盡之。故不言國而言南耳。尙不得與二雅並列于六義。況樂名乎。衡謂。雅指先王之樂。所總甚廣。傳云以爲籥舞。言奏雅樂及南樂。以爲籥舞也。若是總指皷鐘以下。言作樂若是。則爲和而不僭矣。今幽王會諸侯。以奏淫樂。故述古以刺今也。

楚茨六章。章十二句。

楚茨。刺幽王也。政煩賦重。田萊多荒。饑饉降喪。民卒流亡。祭祀不饗。故君子思古焉。箋。田萊多荒。茨棘不除也。饑饉。倉庾不盈也。降喪。神不與福助也。正義。周禮以田易者爲萊。若使時無苛政。則所廢年滿。亦當墾之。今乃與不易之田並不種藝。故言多荒也。

楚楚者茨。言抽其棘。自昔何爲。我蓺黍稷。楚楚。茨棘貌。抽除也。箋。茨。蒺藜也。伐除蒺藜與棘。自古之人何乃勤苦爲此事乎。我將樹黍稷焉。言古者先王之政。以農爲本。茨言楚楚。棘言抽。互辭也。焦循云。毛云。茨棘貌。卽謂茨之棘也。方言。凡草木刺人。江湘之間謂之棘。然則棘爲有刺之通名。此棘則茨之棘也。箋以茨與棘爲兩物。於經文其字爲不達。衡謂毛亦以楚抽爲互文。故云茨棘貌。言茨楚楚。棘亦楚楚。棘抽之。茨亦抽之。既是互文。其字何不通之有。且抽茨棘。本欲以爲耕地。今特抽茨之棘。豈恐其刺人邪。不通甚。

我黍與與。我稷翼翼。我倉既盈。我庾維億。露積曰庾。萬萬曰億。箋。黍與與。稷翼翼。蕃廡貌。陰陽和。風雨時。則萬物成。萬物成。則倉庾充滿矣。倉言盈。庾言億。亦互辭。喩多也。十萬曰億。李黼平云。說文庾云。水槽倉也。一曰倉無屋者。無屋。卽傳所謂露積。庾亦倉類。四周必有垣牆。非無可滿之期。正義釋箋。自黍與與。至喩多止。今本箋十萬曰億四字衍文。當刪也。

以爲酒食。以享以祀。以妥以侑。以介景福。

妥安坐也。侑勸也。箋享獻。介助。景大也。以黍稷爲酒食。獻之以祀先祖。既又迎尸使居神坐而食之。爲其嫌不飽。祝以主人之辭勸之。所以助孝子受大福也。正義。酒是大名。其鬱鬯五齊三酒。總皆爲酒也。月令命大酋爲酒。云秫稻必齊。則爲酒非直黍也。又天子之祭。其食當用黍稷稻粱。然則爲酒食。非獨黍稷而已。以黍稷爲穀之主。故擧黍稷。以總衆穀。順上我黍稷之文。段玉裁云。凡獻於神曰享。神歆之曰饗。詩之例如此。衡謂。小明篇介爾景福。傳云。介景皆大也。此不釋介景。則義與小明同。

濟濟蹌蹌。絜爾牛羊。以往烝嘗。或剝或亨。或肆或將。

濟濟蹌蹌。言有容也。亨飪之也。肆陳。將齊也。或陳于牙。或齊其肉。箋有容。言威儀敬愼也。冬祭曰烝。秋祭曰嘗。祭祀之禮。各有其事。有解剝其皮者。有煮熟之者。

有肆其骨體於俎者。或有奉持而進之者。正義。將齊釋言文。郭璞云。謂分齊也。地官牛人云。凡祭祀。共其牛牲之牙。注云。牙若今屠家縣肉架。則肆謂既殺。乃陳之於牙上也。齊其肉者。王肅云。分齊其肉所當用。則是既陳於牙。就牙上而劗之也。或肆或將。其事俱在亨之前。以二者事類相將。故進或亨於上。以配或剝耳。此說天子祭。羣臣各有所司。於周禮則內饔云。凡宗廟之祭祀。掌割亨之事。則解剝其肉。是內饔也。亨人云。掌供鼎鑊。以給水火之齊。職外內饔之爨亨煮。則煮熟之者是亨人也。外饔掌外祭祀之割亨。供其脯脩刑膴。陳其鼎俎。實之牲體。則肆其骨體於俎。是外饔也。阮元云。牙當作互。互。卽互之別體。碑刻中每見之。周禮釋文。互徐音互。正義中同。衡謂。肆在將上。故傳云。陳于牙。箋以爲陳於俎。而訓將爲奉持而進之。蓋以二者皆在或亨下耳。不知剝亨用肉之大分。故先對言之。非順事之前後也。互卽互物之互。蓋牙形似之。故名焉。

祝祭于祊。祀事孔明。祊。門內也。箋。孔甚也。明猶備也絜也。孝子不知神之所在。故使祝博求之平生門內之旁。待賓客之處。祀禮於是甚明。

先祖是皇。神保是饗。皇大。保安也。箋。皇暀也。先祖以孝子祀禮甚明之故。精氣歸暀之。其鬼神又安而享其祭祀。正義。先祖之精靈。於是美大之。其神安。而於是歆饗之。

孝孫有慶。報以介福。

萬壽無疆。箋。慶賜也。疆。竟界也。衡案。介大也。執爨踖踖。爲俎孔碩。或燔或炙。爨。饔爨廪爨也。踖踖。言爨竈有容也。燔。取膟膋。炙。炙肉也。箋。燔。燔肉也。炙。肝炙也。皆從獻之俎也。其爲之於爨。必取肉也肝也肥碩美者。正義。少牢云。雍人摡鼎匕俎于雍爨。雍爨在門東南。廪人摡甑甗匕與敦于廪爨。廪爨在雍爨之北。故知有二焉。祭義曰。君牽牲。既入廟門。麗于碑。卿大夫執鸞刀以刲之。取膟膋。注云。膟膋。血與腸間脂也。郊特牲曰。取膟膋燔燎升首。報陽也。禮器曰。君親制祭。謂朝事進血膋時也。如此則當朝事之時。取牲膟膋燎於爐炭。是燔膟膋也。既以燔爲膟膋。故以炙爲炙肉。傳以炙爲炙肉。則是薦俎。非從獻也。鄭知燔肉炙肝者。特牲。主人獻尸。賓長以肝從。主婦獻尸。兄弟以燔從。易傳者。以燔膋報陽。祭初之事。君親爲之。此文承爲俎之下。言執爨有容。則序助祭之人。非君親之也。且膟膋燎之於爐。此燔炙爲之於爨。以此知非報陽燎薦之事。故易之也。衡謂。四事皆祭初助祭者所爲。燔炙雖微異。同是加於火。故燔炙連言則有之。今云爲燔爲炙。其事必異。故以燔爲膟膋。言燔者。取君所燎於爐之膟膋也。傳不言燎而言取。其義甚明。箋疏不能通何也。君婦莫莫。爲豆孔庶。爲賓爲客。莫莫。言淸靜而敬至也。豆。謂內羞庶羞也。繹而賓尸及賓客。箋。君婦謂后也。凡嫡妻稱君婦。事舅姑之稱也。庶羞也。祭祀之禮。后夫人。主共籩豆。必取肉物肥腯美者也。釋文。腯字又作脩。昌紙反。正義。有司徹云。宰夫羞房中之羞于尸侑。主人主婦皆右之。司士羞庶羞于尸侑。主人主婦皆左之。注云。二羞所以盡歡心。房中之羞。其籩則糗餌粉餈。其豆則酏食糝食。庶羞。羊臐豕膮。皆有胾醢。房中之羞。內羞也。內羞在右。陰也。庶羞在左。陽也。天子庶羞。百有二十品。明內羞亦多矣。云爲賓爲客。則所爲有二事也。然則非但正祭所用。至繹又用之。故云繹而賓尸及賓客也。言於繹祭可以此賓敬於尸而薦之。解爲賓也。又今正祭賓。用之爲薦。是爲客也。繹雖在後。而尸尊於賓客。故先言爲賓也。周禮醢人注云。凡醢者。必先膊乾其肉。乃莝之。雜以粱麴鹽。漬以美酒。塗置瓶中。百日則成矣。然則爲豆。先祭而豫作。此本而言之。非當祭時也。箋。言物者。籩豆有非肉者也。若棗栗及菹糗粉之屬。不用肉。故言肉物也。衡謂。爲于僞反。獻醻交錯。禮儀卒度。笑語卒獲。東西爲交。邪行爲錯。度。法度也。獲。得時也。箋。始主人酌賓爲獻。賓既飲而酢主人。主人又自飲酌賓曰醻。至旅而爵交錯以徧。卒盡也。古者於旅也語。正義。古者於旅也語。鄉射記文。衡謂。凡燕位。賓在西。兄弟在東。賓與兄弟交相醻。故云東西爲交。賓長醻第二位兄弟。兄弟長醻第二位賓。如此以終。故云邪行爲錯。神保是格。報以介福。萬壽攸酢。格來。酢報也。**我孔熯矣。式禮莫愆。工祝致告。徂賚孝孫。**熯敬也。善其事曰工。賚予也。箋。我。我孝孫也。式法。莫無。愆過。徂往也。孝孫甚敬矣。於禮法無過者。祝以此故。致神意告主人。使受嘏。既而以嘏之物。往予主人。釋文。熯而善反。又呼旦反。正義。熯敬釋詁文。段玉裁云。毛傳熯敬也。本釋詁。但熯字本義是乾貌。非敬。說文。戁。敬也。則此熯是戁字之叚借。音而善反。長發傳。戁恐也。各隨其立詞釋之。敬者必恐懼。**苾芬孝祀。神嗜飲食。卜爾百福。如幾如式。**幾期。式法也。箋。卜予也。苾苾芬芬。有馨香矣。女之以孝敬享祀也。神乃歆嗜女之飲食。今予女之百福。其來如有期。多少如有法矣。此皆嘏辭之意。段玉裁云。薄送我畿。正義曰。畿者。期限之名。周禮九畿。及王畿千里。皆期限之義。故傳曰。畿期也。按此當作如畿如式。**既齊既稷。既匡既勑。永錫爾極。時萬時億。**稷疾。勑固也。箋。齊。減取也。稷之言。卽也。永長。極中也。嘏之禮。祝偏取黍稷牢肉魚。擩于醢。

以授尸。孝孫前就尸受之。天子使宰夫受之以筐。祝則釋嘏辭以勑之。又曰。長賜女以中和之福。是萬是億。言多無數。釋文。匡本亦作筐。丘方反。正義。王肅云。執事已整齊。已極疾。已誠正。已固愼也。傳意或然。齊與資古今字。資訓取。故齊爲減取。非訓齊爲減取也。陳啓源云。匡箋訓爲筐。蓋筐乃匡之或體。鄭非改字也。匡本訓飯器。从匚王聲。今作匡。隸省。段玉裁云。廣韻敕戒也。勅同。今相承作勑。勑本音賚。按說文。敕誡也。勑勞勑也。衡謂傳稷訓疾。敕訓固。則四旣皆以爲祭事整敕。是也。箋以爲尸授嘏之事。猥瑣殊甚。匡或作筐者。後人依箋義改之耳。

禮儀旣備。鐘鼓旣戒。孝孫徂位。工祝致告。

致告。告利成也。箋。鐘鼓旣戒。戒諸在廟中者。以祭禮畢。孝孫往位。堂下西面位也。祝於是致孝孫之意。告尸以利成。正義。言利成者。少牢注云。利猶養也。成畢也。孝子之養禮畢。特牲告利成之位云。主人出立于戶外。西面。少牢告利成之位云。主人出立阼階上。西面。是尊者出稍遠也。此云往位。明遠於大夫。故知至堂下也。特牲少牢皆西面。故知天子之位亦西面也。旣言徂位。卽言致告。故云。於是致孝子之意。告尸以利成也。少牢。主人立阼階。祝立于西階上。告利成。此孝孫在堂下西面。則祝當於西階下告利成也。若然。特牲告利成。卽云。尸謖。祝前。主人降。少牢祝告利成。卽云。祝入。尸謖。主人降。此二者皆祝告主人以利成。是致尸位也。此致孝子之意告

尸者。以孝子之事尸。有尊親及賓客之義。命當由尊者出。讓當從賓客來。禮畢。義由
於尸。非主人所當先發。故知彼二禮。皆言祝告主人以利成也。則天子彌尊。備儀盡
飾。益有節文。準彼二禮。祝告主人。則此以祝先致尸意告主人。乃更致主人之意以
告尸。故云。告尸以主人之意也。衡謂。經云。孝孫徂位。乃云。工祝致告。是工祝往孝孫
之位。致尸利成之言也。前致告嘏。此致告利成。經無異文。理皆自尸出。傳意當然。尸
在門外。全於臣。全於子。入於門。疑於君。疑於親。升堂。全於君。全於親。既告利成。則祭
畢矣。君不當爲尸降堂。故於將告利成之時。先降堂。以終事親之禮與。 神具醉止。皇尸載起。鼓鐘送
尸。神保聿歸。 皇大也。箋。具皆也。載之言則也。尸節神者也。神醉而
尸謖。送尸而神歸。尸出入奏肆夏。尸稱君尊之也。神安歸者。歸於天也。
段玉裁云。鐘鼓。今本多作鼓鐘。攷鼓鐘將將。鼓鐘伐鼛。傳云。鼓其淫樂。正義云。鼓擊
其鐘。白華鼓鐘于宮。正義亦云。鼓擊其鐘。此篇上文曰鐘鼓既戒。此不應變文。宋書
禮志四兩引。皆曰鐘鼓送尸。正義云。鳴鐘鼓以送尸。是唐初不作鼓鐘。今本承開成石經之誤。 諸宰君婦。廢徹不遲。箋。
廢去也。尸出而可徹。諸宰徹去諸饌。君婦籩豆而已。不遲。以疾爲敬也。
正義。周禮九嬪云。凡祭祀贊后薦徹豆籩。知君婦籩豆而已。周禮宰夫。無徹膳之文。
膳夫云。凡王祭祀賓客。則徹王之胙俎。注云。膳夫親徹胙俎。胙俎最尊也。其餘則其

屬徹之。然則徹膳者膳夫也。言諸宰者，以膳夫是宰之屬官，宰膳皆食官之名，故繫之宰。言諸者，序官膳夫上士二人，中士四人，下士八人，故言諸也。**諸父兄弟，備言燕私。**燕而盡其私恩。箋：祭祀畢，歸賓客之俎，同姓則留與之燕，所以尊賓客、親骨肉也。**樂具入奏，以綏後祿。爾殽既將，莫怨具慶。**綏，安也。安然後受福祿也。將，行也。箋：燕而祭時之樂，復皆入奏，以安後日之福祿。骨肉歡而君之福祿安。女之殽羞已行，同姓之臣無有怨者，而皆慶君，是其歡也。正義：以祭時在廟，燕當在寢，故言祭時之樂皆復來入於寢而奏之，以安其從今以後之福祿也。言骨肉歡樂，然後君之福祿安也。衡謂燕禮樂既終，司正洗角觶，南面坐，奠于中庭，升，東楹之東受命，西階上北面命卿大夫，君曰：以我安。卿大夫皆對曰：諾，敢不安。注云：君意殷勤，欲留賓飲酒，命卿大夫以我故安。傳云：安然後受福祿也。蓋謂此禮。言同姓之臣以君意殷勤之故，安坐盡歡，然後君能受神所祐之福祿也。正義以箋述傳，非也。**既醉既飽，小大稽首。神嗜飲食，使君壽考。**箋：小大，猶長幼也。同姓之臣，燕已醉飽，皆再拜稽首曰：神乃歆嗜君之飲食，使君壽且考。此其慶辭。孔惠孔時。維其盡之。子子孫孫。勿替引之。替廢引長也。箋。惠順也。甚順於禮。甚得其時。維君德能盡之。願子孫勿廢。而長行之。衡案。幽王廢禮不行。故述古以刺之。古本惠順也下。有孔甚也三字。案孔字前既屢訓之。此又失其次。蓋衍文耳。

信南山六章章六句。

信南山。刺幽王也。不能脩成王之業。疆理天下。以奉禹功。故君子思古焉。

信彼南山。維禹甸之。畇畇原隰。曾孫田之。甸治也。畇畇。墾辟貌。曾孫。成王也。箋。信乎彼南山之野。禹治而丘甸之。今原隰墾辟。則又成王之所佃。言成王乃遠脩禹之功。今王反不脩其業乎。六十四井爲甸。甸方八里。居一成之中。成方十里。出兵車一乘。以爲賦法。釋文。田。毛田見反。鄭繩證反。佃音田。本亦作田。正義。言信乎者。文通於下。言禹治南山。成王田之。皆信然矣。上云南山。下云原隰。皆南山之傍。見禹之所甸。成王所脩。爲一處。互其文。以相曉也。阮元云。佃。正義中作田。佃非其義。乃俗本耳。曾釗云。丘甸即治野之法。稍人云。掌令丘乘之政令。注。丘乘。四丘爲甸。讀與維禹敶之之敶同。左傳哀公十七年。渾良夫乘衷甸兩牡。說文作中佃。以上乘四牡律之。則中佃即中乘矣。七月箋。古者烝塡塵聲同。然則乘甸敶聲亦同可知。此箋音義本與傳同。陸孔皆誤也。衡謂。南山。終南山也。禹之所甸。徧於天下。獨言南山者。就成王所脩而言之。下云。我疆我理。則治之者。謂脩治其田。不謂賦法。不得混傳箋而一之。

我疆我理。疆。謂畫經界也。理。分地理也。正義。趙岐注孟子云。經亦界也。然則經界者。地畔之名也。疆謂正其封疆。故云畫。分地理者。分別地所宜之理。若孝經注云。高田宜黍稷。下田宜稻麥。是也。衡謂。分地理者。謂隨地勢高下而爲畎畝。故下經承此句云。南東其畝。如疏說。乃土宜。非地理也。

南東其畝。或南或東。正義。成二年左傳曰。先王疆理天下。物土之宜。故詩曰。我疆我理。南東其畝。是於土之宜。須縱須橫。故或南或東也。衡謂。周禮遂人職。凡治野。夫間有遂。遂上有徑。十夫有溝。溝上有畛。百夫有洫。洫上有涂。千夫有澮。澮上有道。萬夫有川。川上有路。以達于畿。鄭注云。以南畝圖之。則遂縱溝橫。洫縱澮橫。九澮而川周其外焉。南北爲縱。東西爲橫。遂受畝間之水。而南畝遂縱。則所謂南畝者。畝在南端。畎在其北。皆東西行。東畝者。畝在東端。畎在其北。皆南北行。禹域地勢。大略西北高而東南卑。故東下之地南其畝。南下之地東其畝。上傳分地理者。蓋謂此也。成二年傳杜注。南爲南順。東爲東順。非也。

上

天同雲。雨雪雰雰。雰雰。雪貌。豐年之冬。必有積雪。釋文。雨于傅反。崔如字。正義。謂明年將豐。今冬積雪爲宿澤也。李黼平云。釋文雨。崔如字。如字則是雨雪並下。雪而兼雨。到地即化。安得有積雪。崔讀與毛義違。不可从也。益之以霢霂。既優既渥。小雨曰霢霂。箋。成王之時。陰陽和。風雨時。冬有積雪。春而益之以小雨。潤澤則饒洽。釋文。優。說文作瀀。正義。小雨霢霂。釋天文也。此傳有云小雪者誤。今定本云小雨。

既霑既足。生我百穀。疆場翼翼。黍稷彧彧。場畔也。翼翼。讓畔也。彧彧。茂盛貌。正義。言所生百穀之處。其農人理之。使疆場之上。翼翼然閑整讓畔。段玉裁云。廣韻稶稶。黍稷盛貌。曾孫之穡。以爲酒食。畀我尸賓。壽考萬年。箋。斂稅曰穡。畀予也。成王以黍稷之稅。爲酒食。至祭祀齊戒。則以賜尸與賓。尊尸與賓。所以敬神也。敬神則得壽考萬年。正義。賓之與尸。祭時所有。經云。畀我尸賓。何知不指謂祭時予之。而箋以爲齊戒。則以賜尸賓者。以此詩陳事而有次序。五章卒章。始言祭時之事。淸酒騂牡。享于祖考。則此未祭。而言畀我尸賓。明祭前矣。又不言享祀。而云畀我。是賜下之辭。故爲祭祀齊戒以賜尸賓也。衡謂祭祀齊戒。則賜酒於尸賓。經傳中未見其文。今案。此章及次章。因穀菓成熟。要其終而言之。言此穀之與菓。將畀之尸賓。獻之皇祖。以受壽考之福也。知次章之預言祭祀之事。則知此章亦預言祭祀之事矣。箋疏非是。

中田有廬。疆場有瓜。是剝是菹。

剝瓜爲菹也。箋。中田。田中也。農人作廬焉。以便其田事。於畔上種瓜。瓜成又入其稅天子。剝削淹漬。以爲菹。貴四時之異物。正義。徧檢書傳。未見天子稅民瓜以供祭祀者。故地官場人掌國之場圃。而樹之果蓏珍異之物。以時斂而藏之。凡祭祀共其果蓏瓜瓠之屬。郊特牲曰。天子樹瓜華。不斂藏之種。是則天子之瓜。自令有司供之。不稅於民也。言瓜成入其稅於天子者。周禮言其正法。瓜不稅民。此述成王之時。民盡力於農業。故畔上種瓜。獻諸天子。天子得爲菹以祭。欲見天子孝於親而下民愛其主。反以刺今幽王。也。曾釗云。正義說非也。地官載師云。以場圃任園地。下云。園廛二十而一。鄭注序官云。載事也。事民而稅之。則園圃稅瓜蓏審矣。場人云。掌國之場圃。彼爲國圃。故官樹之。不得引爲周禮正法瓜不稅民證也。衡謂。疆場與中田對。則此瓜謂井田疆場所生。非園圃所稅也。井田之法。八家各私百畝。同養公田。則不得復稅民田矣。蓋疆場種瓜。所以盡地利也。故公田疆場亦種瓜。乃下民奉上之誠。非上所以令於下。故周禮不言其事耳。

獻之皇祖。曾孫壽考。受天之祜。

箋。皇君。祜福也。獻瓜菹於先祖者。順孝子之心也。孝子則受福。衡謂。此亦要終而言之。祜本或作祐。非也。今從古本。石經。岳本。小字本。十行本。祭以清酒。從以騂牡。享于祖考。周尚赤也。箋。清謂玄酒也。酒。鬱鬯五齊三酒也。祭之禮。先以鬱鬯降神。然後迎牲。享於祖考。謂納亨時。

正義。禮運說祭之禮云。玄酒在室。是祭有玄酒也。春官鬱人掌祼器。凡祭祀之祼事。和鬱鬯以實彝而陳之。司尊彝。四時之祭。皆祼用彝。是祀祼用鬱鬯也。天官酒正云。辨五齊之名。一曰泛齊。二曰醴齊。三曰盎齊。四曰緹齊。五曰沈齊。辨三酒之物。一曰事酒。二曰昔酒。三曰清酒。酒人掌爲五齊三酒。祭祀則供奉之。是祭祀有五齊三酒也。酒正鄭注云。泛者成而滓浮泛泛然。如今宜成醪矣。醴猶體也。成而汁滓相將。如今恬酒矣。盎猶翁也。成而翁翁然葱白色。如今酇白矣。緹者成而紅赤。如今下酒矣。沈者成而滓沈。如今造清酒矣。齊者每有祭祀。以度量節作之也。又云。事酒。酌有事者之酒。其酒則今時醳酒也。昔酒。今之酋久白酒。所謂舊醳者也。清酒今之中山冬釀。接夏而成者。是也。此言祭以清酒。清謂玄酒。玄酒水也。按三酒之名。三曰清酒。何知清酒非三酒之清酒者。以言祭以清酒。則以清酒祭神也。三酒卑於五齊。非祼獻所用。故司尊彝。凡六尊之酌。鬱齊獻酌。醴齊縮酌。盎齊涗酌。凡酒脩酌。鄭注差次之云。凡祭酒。三酒也。四者祼用鬱齊。朝用醴齊。饋用盎齊。諸臣自酢用凡酒。然則三酒乃諸臣之所酢。不用之以獻神。故知詩之清。非三酒之清也。大宰云。及納亨。贊王牲事。注云。納牲將告殺。謂向祭之晨。既殺以授亨人。然則納亨者。謂牽牲入廟。將殺授亨人。故謂之納亨也。

執其鸞刀。以

啓其毛。取其血膋。鸞刀。刀有鸞者。言割中節也。箋。毛以告純也。膋。脂膏也。血以告殺。膋以升臭。合之黍稷。實之於蕭。合馨香也。正義。鸞卽鈴也。謂刀環有鈴。其聲中節。故郊特牲曰。割刀之用。而鸞刀之貴。貴其義也。聲和而後斷。是中節也。定本及集注。皆以此注爲毛傳。無箋云兩字。衡謂。詳文意。是傳非箋。定本是也。

是烝是享。苾苾芬芬。祀事孔明。烝進也。箋。既有牲物而進獻之。苾苾芬芬然香。祀禮於是則甚明也。

先祖是皇。報以介福。萬壽無疆。箋。皇之言暀也。先祖之靈。歸暀是孝孫。而報之以福。正義。毛以先祖之精魂。於是美大之。報以大大之福。衡謂。皇字毛訓大。鄭訓君。至此君詁不可施。於是求之音訓歸暀。可見其說之窮也。是字疏釋於是。竊謂。是斷辭。言先祖之神。是美大之。故報之以大福也。毛意恐當如此。

毛詩輯疏卷十上終

毛詩輯疏卷十下

日南　安井　衡　著

甫田之什故訓傳第二十一　小雅

甫田之什十篇。三十九章。二百九十六句。

甫田四章。章十句。

甫田。刺幽王也。君子傷今而思古焉。　箋。刺者。刺其倉廩空虚。政煩賦重。農人失職。

倬彼甫田。歲取十千。　倬明貌。甫田。謂天下田也。十千。言多也。箋。甫之言。丈夫也。明乎。彼太古之時。以丈夫稅田也。歲取十千。於井田之法。

則一成之數也。九夫爲井。井稅一夫其田百畝。井十爲通。通稅十夫。其田千畝。通十爲成。成方十里。成稅百夫。其田萬畝。欲見其數。從井通起。故言十千。上地穀畝一鍾。

正義。齊甫田云。甫大也。以言大田。故謂爲天下田也。王肅云。大平之時。天下皆豐。故不繫之於夫井。不限之於斗斛。要言多取田畝之收而已。孫毓云。凡詩賦之作。皆總舉衆義。從多大之辭。非如記事立制。必詳度量之數。甫田猶下篇言大田耳。言歲取十千。亦猶頌云萬億及秭。舉大數。且以協句。言所在有大田。皆有十千之收。推而廣之。以見天下皆豐。此皆申述毛說也。衡謂倬明貌者。五溝五塗。倬然分明。言經界正也。謂天下田者。言泛指凡天下之大田。非止一田也。孫說得之。

我取其陳。食我農夫。自古有年。

尊者食新。農夫食陳。箋。倉廩有餘。民得賒貰。取食之。所以紓官之蓄滯。亦使民愛存新穀。自古者豐年之法如此。

正義。七月云。采荼薪樗。食我農夫。以對爲此春酒。以介眉壽。是農夫別於眉壽。彼農夫與此農人一也。言農人食陳。明對眉壽爲尊者食新矣。孫毓云。一家之中。尊長食新。農夫食陳。老壯之別。孝養之義也。衡謂。箋以取陳食農。爲古來豐年之法。乍見可怪。然求之韻。此三句一截。其說洵是也。今以自古有年。今適南畝二句一聯。句法似順。而韻理全乖。非說詩之道也。

今適南畝。或耘或耔。

黍稷薿薿。耘除草也。耔雝本也。箋。今者。今成王之法也。使農人之南畝。治其禾稼。功至力盡。則薿薿然而茂盛。於古言稅法。今言治田。互辭。

正義。食貨志云。后稷始甽田。以二耜爲耦。廣尺深尺曰甽。長終畝。一畝三甽。一夫三百甽。而播種於甽中。苗葉以上。稍耨壠草。因隤其土。以附苗根。比成。壠盡而根深。能風與旱。故薿薿而盛也。上言自古有年。此言今以別之。而下言曾孫來止。故知今者成王之時也。陳啓源云。小序之古。指成王時也。詩之古與今適南畝對。則指成王以前。疏以信南山推之。謂此古亦禹。理或然矣。

攸介攸止。烝我髦士。烝進。髦俊也。治田得穀。俊士以進。箋。介舍也。禮使民鋤作耘耔。間暇則於廬舍及所止息之處。以道藝相講肄。以進其爲俊士之行。

衡謂。生民攸介攸止。彼傳云。介大也。攸止。福祿所止也。是詁其字。此傳云。治田得穀。乃解其意。言治田得穀。乃所肄力於學。以大其德。而福祿止於其身也。我俊士可以進詣於道矣。

以我齊明。與我犧羊。以社以方。器實曰齊。在器曰盛。社后土也。方迎四方氣於郊也。箋。以潔齊豐盛。與我純色之羊。秋祭社與四方。爲五穀成熟。報其功也。

正義。后土者。地之名也。僖十五年左傳曰。履后土而戴皇天。指謂地爲后土也。句龍職主土地。故謂其官爲后土。此人爲后土之官。後轉配社。又謂社爲后土。且社亦土地之神也。王肅云。明潔也。段玉裁云。說文。齍黍稷在器以祀者。五經文字。齍或作粢。同。禮記及諸經。皆借齊字爲之。

我田既臧。農夫之慶。箋。臧善也。我田事已善。則慶賜農夫。謂大蜡之時。勞農以休息之也。年不順成。則八蜡不通。正義。農夫之得慶賜。惟勞賜之耳。歲事不成。則無此勞息。故言我田事既善。則慶賜農夫也。郊特牲曰。天子大蜡八。蜡也者索也。歲十有二月。合聚萬物。索饗之也。又曰。歲不順成。八蜡不通。引此者。解言我田既臧。乃云農夫之慶也。彼注數八蜡云。先嗇一也。司嗇二也。農三也。郵表畷四也。貓虎五也。坊六也。水庸七也。昆蟲八也。此八蜡爲其主耳。所祭不止於此。四方百物皆祭之。

琴瑟擊鼓。以御田祖。以祈甘雨。以介我稷黍。以穀我士女。田祖。先嗇也。穀善也。箋。御迎。介助。穀養也。設樂以迎祭先嗇。謂郊後始耕也。以求甘雨。佑助我禾稼。我當以養士女也。周禮曰。凡國祈年于田祖。吹豳雅。擊土鼓。以樂田畯。正義。王肅云。大得我黍稷。以善我男女。言倉廩實而知禮節也。郊特牲注云。先嗇若神農。春官籥章注云。田祖始耕田者。謂神農。是一也。

以祖者始也。始教造田，謂之田祖。先爲稼穡，謂之先嗇。神其農業，謂之神農。名殊而實同也。以神農始造田，而后稷亦有田功，又有事於尊，可以及卑，則祭田祖之時，后稷亦食焉。后土則五穀所生本。云句龍能平之，則句龍亦在祭中。而籥章云以樂田畯，尚及典田之大夫，明兼后土后稷矣。引周禮者，籥章文也。彼注云：豳雅，七月也。杜子春云：土鼓，以瓦爲匡，以革爲兩面，可擊也。衡謂序歲事方終，卽言春祭田祖者，亦見農事不可緩之意也。豳雅蓋公劉說，詳于七月。

曾孫來止，以其婦子。饁彼南畝，田畯至喜。攘其左右，嘗其旨否。

箋：曾孫，謂成王也。攘讀當爲饟。饁，饟饋也。田畯，司嗇，今之嗇夫也。喜讀爲饎。饎，酒食也。成王來止，謂出觀農事也。親與后世子行，使知稼穡之艱難也。爲農人之在南畝者設饋以勸之。司嗇至，則又加之以酒食，饟其左右從行者。成王親爲嘗其饋之美否，示親之也。

正義：此經毛不爲傳，但毛氏於經無破字者，與鄭不得同。王肅云：曾孫來止，親循畎畝，勸稼穡也。農夫務事，使其婦子並饁饋也。田畯之至，喜樂其事，勸農以閒暇，攘田之左右，除其草萊，嘗其氣旨，土和美與否也。傳意當然。王肅又云：婦人無閫外之事。又帝王乃躬食農人，周則力不供，不徧則爲惠不普。玄說非也。孫毓云：古者婦人無外事，送兄弟不踰閾，惟王后親桑以勸蠶事，又不隨天子而行。成王出勸農事。何得將婦兒自隨。而云使知稼穡之艱難。王后寧復與稼穡事者乎。此與豳風同。我婦子。饁彼南畝。田畯至喜之義。皆同。農人遽於其事。婦子俱饋也。田畯見其勤脩。喜樂其事。又王者從官。自有常饋。非獨於南畝之中。乃饋左右。而親爲之嘗。又非人君待下之義。皆以鄭說爲短。朱熹云。攘取也。曾孫之來。適見農夫之婦子。來饁耘者。於是與之偕至其所。而田畯亦至而喜之。乃取其左右之饋。而嘗其旨否。言其上下相親之甚也。戴震云。攘。援袂出臂也。左右者。謂手耳。出臂而取以嘗之。李黼平云。田官教農人。以嘗艸嘗土。自是平日事。恐未可施于穀大熟之時。衡謂。凡經中字易文順者。傳皆不釋之。饁字及田畯。傳已於七月釋之。故此無解。攘其左右。嘗其旨否。承饁彼南畝。則攘而嘗之者。乃婦子之所饁可知矣。故傳亦不釋。朱說得之。或疑其近戲嬉。不類田大夫之爲。然此自有深意焉。嘗其饁之旨否。可以知其貧富奢儉。因以爲他日施令之地。不獨以上下相親也。婦子饁南畝。以之者。老者也。故云以彼婦子。朱謂成王與饁者偕至耘所。明君雖自輕。恐無此事矣。餘王孫二家得之。

禾易長畝。終善且有。易治也。長畝。竟畝也。衡謂。禾易長畝。今所見也。終善且有。要終而言之。有。有年也。

曾孫不怒。農夫克敏。敏疾也。箋。禾治而竟畝。成王則無所恚怒。謂此農夫能且敏也。

曾孫之稼。如茨如梁。曾孫之庾。如坻如京。茨積也。梁。車梁也。京。高丘也。箋。稼禾也。謂有藁者也。茨，屋蓋也。上古之稅法，近者納總，遠者納粟米。庾，露積穀也。坻，水中之高地也。正義：孟子十二月輿梁成。梁謂水上橫橋，橋有廣狹，得容車渡，則高廣者也。段玉裁云：說文曰：穦，積禾也。毛謂此茨即穦之假借也。茨本訓屋以艸蓋，故知此訓穦假借。說文引詩「積之栗栗」作「穦之秩秩」，是積、穦可通用矣。何以言如也？此與淇澳「如積」同義。在野曰稼，云「曾孫之稼」，則謂未穫者也。衡謂：如積，謂其穗重疊如積累之。傳云梁車梁，車梁之形廣長而穹隆，恐不可以狀在田之稼，蓋謂方穫而橫積之田中者，事與在田相連接，故亦以稼統之耳。乃求千斯倉，乃求萬斯箱。箋：成王見禾穀之稅委積之多，於是求千倉以處之，萬車以載之，是言豐年收入踰前也。釋文：年收，手又反，又如字。衡謂：釋文云年收，則其本作豐年。正義不言有異文，則其本亦同。今本誤倒作年豐，獨古本與釋文合，今從之。黍稷稻粱，農夫之慶。報以介福，萬壽無疆。箋：慶，賜也。年豐則勞賜農夫益厚，既有黍稷，加以稻粱，報者為之求福助於八蜡之神，萬壽無疆竟也。正義：特牲少牢之祭，皆無稻粱，此特言黍稷稻粱，故知勞賜農夫，加以稻粱也。衡謂：稻粱為加，加飯，禮之盛者。小牢大夫祭宗廟之禮猶無加飯，諸侯以上始有之，而慶農設之，必無此事矣。蓋豐收異常，四穀皆熟，故云農夫之慶。言天以此慶賜農夫也。報以介福者。言成王能惠恤農夫。故神報之以大福。使曾孫萬壽無疆也。戴震謂凡祭祀樂章末皆綴以頌禱之辭。不與上文爲義。是也。

大田四章。上二章章八句。下二章章九句。

大田。刺幽王也。言矜寡不能自存焉。　箋。幽王之時。政煩賦重。而不務農事。蟲災害穀。風雨不時。萬民饑饉。矜寡無所取活。故時臣思古以刺之。　正義。序不言思古者。楚茨至此。文旨相類。承上篇而略之也。

大田多稼。既種既戒。既備乃事。　箋。大田。謂地肥美可墾耕。多爲稼可以授民者也。將稼者。必先相地之宜。而擇其種。季冬命民。出五種。計耦耕事。脩耒耜。具田器。此之謂戒。是既備矣。至孟春土長冒橛。陳根可拔而事之。　正義。言多爲稼可授民者。以此方陳擇種預戒。是本之於初所授受之辭。其實此地先在民矣。言多爲稼者。地官司稼注云。種穀曰稼。如嫁女有所生。草人掌土化之法。稻人掌稼下地。秋官薙氏掌殺草。月令云。燒薙行水。皆是爲稼也。土長冒橛者。以冬土定。故稼橛於地。與地平。孟春土氣升長。而冒覆於橛。則舊陳之根可拔。於是乃耕。故云而事之。衡謂。多爲稼。解多稼。言多爲稼法可以授民者。旣種以下是也。正義以授爲授田。非箋意也。古本箋上有傳種擇其種五字。似長。

以我覃耜。俶載南畝。覃利也。箋。俶讀爲熾。載讀爲菑栗之菑。時至。民以其利耜熾菑。發所受之地。趨農急也。田一歲曰菑。釋文。覃以冉反。徐以廉反。俶載衆家並如字。俶音尺叔反。始也。載事也。正義。此及載芟良耜。皆於耜之下言俶載南畝。是俶載者。用耜於地之事。故知當爲熾菑。謂耜之熾而入地。以菑殺其草。故方言入地曰熾。反草曰菑也。連言菑栗之菑者。弓人云。凡鋸幹之道。菑栗不迆。則弓不發。注云。玄謂栗讀如裂繻之裂。彼鋸弓幹。以鋸菑而裂之。猶耕者以耜菑而發之。理旣同。故讀從其文以見之也。段玉裁云。東京賦作剡耜。說文剡。銳利也。亦是假借覃爲剡。衡謂。俶載如字自通。不必讀爲熾菑。釋文。覃以冉反。是亦讀爲剡矣。

播厥百穀。旣庭且碩。曾孫是若。庭直也。箋。碩大。若順也。民旣熾菑。則種其衆穀。衆穀生。盡條直茂大。成王於是則止力役。以順民事。不奪其時。正義。月令云。毋聚大衆。毋作大事。以妨農事。是止力役。以順民事。不奪其時。

旣方旣皁。旣堅旣好。不

稂不莠。實未堅者曰皁。稂童粱也。莠似苗也。箋方房也。謂孚甲始生。而未合時也。盡生房矣。盡成實矣。盡堅熟矣。盡齊好矣。而無稂莠。擇種之善。民力之專。時氣之和。所致之。衡謂方皁堅好。自始向成之名。經以既字次第之。如字極佳。鄭訓盡失之。去其螟螣。及其蟊賊。無害我田穉。食心曰螟。食葉曰螣。食根曰蟊。食節曰賊。箋此四蟲者。恒害我田中之穉禾。故明君以正已而去之。段玉裁云。螣本螣蛇字。在六部。借爲一部螟蟘之蟘。此異部假借。猶登來之爲得來也。五經之字作蟘。今說文作蟘誤。田祖有神。秉畀炎火。炎火。盛陽也。箋螟螣之屬。盛陽氣嬴則生之。今明君爲政。田祖之神。不受此害。持之付與炎火。使自消亡。釋文。秉如字。執持也。韓作卜。卜報也。嬴音盈。正義。以言炎火。恐其是火之實。故云盛陽也。知非實火者。以四者所謂是蟲。得陰而藏。得陽而生。故箋云。盛陽氣嬴則生之。段玉裁云。卜畀猶俗言付與也。爾雅。卜與也。衡謂凡螟螣之屬。雨濕則生。晴熱則消。故經云。秉畀炎火。而傳以盛陽釋之。箋盛陽。從傳說。而下文申之曰。持之付與炎火。使自消亡。是申傳。非易之也。嬴當作贏。贏弱也。言陽氣贏弱。則螟螣生之。正義云。昆蟲得陰而藏。得陽而生。是啓蟄之常。與螟螣生湝何關。且與經傳其義正相反。謬甚。釋文贏音盈。則陸本亦誤作贏矣。

有渰淒淒。興雨祁祁。雨我公田。遂及我私。 渰。雲興貌。淒淒。雲行貌。祁祁。徐貌也。箋。古者陰陽和。風雨時。其來祁祁然而不暴疾。其民之心先公後私。今天主雨於公田。因及私田爾。此言民怙君德。蒙其餘惠。正義。經興雨。或作興雲。誤也。定本作興雨。段玉裁云。詩人體物之工。於此二句可見。凡夏雨時行。始暴而後徐。其始陰氣乍合。黑雲如鬈。淒風怒生。衝波掃葉。所謂有渰淒淒也。繼焉。暴風稍定。白雲漫汗。彌布宇宙。雨脚如繩。所謂興雲祁祁。雨我公田也。有渰淒淒。言風而雲在其中。興雲祁祁。言雲而雨在其中。雨字分上去聲。後儒俗說。古無是也。上句言興雨。而下又言雨我公田。則無味矣。英英白雲。露彼菅茅。興雲祁祁。雨我公田。其句法字法正同。衡謂。淒本皆作萋。獨古本作淒。與說文・廣韻・玉篇及呂氏春秋務本・漢書食貨志・後漢左雄傳合。段玉裁云。作淒淒。乃與傳雲行訓合。今從之。祁祁本多作祈祈。今從古本・石經・岳本。傳徐下。正義及顏氏家訓引有貌字。今亦從之。興雨。段以作興雲爲是。其所訂毛詩。改作興雲。竊謂。雨而言興。於文不便。段說似是。然相沿既久。姑依今本。而存其說於疏中矣。

彼有不穫穉。此有不斂穧。彼有遺秉。此有滯穗。伊寡婦之利。 秉把也。箋。成王之時。百穀既多。種同齊熟。收刈促遽。力皆不足。而有不穫不斂。遺秉滯穗。故聽矜寡取之以爲利。正義。穧者。禾之鋪而未束者。秉。刈禾之把也。曾孫來止。以其婦子。饁彼南畝。田畯至喜。箋。喜讀爲饎。饎。酒食也。成王出觀農事。饋食耕者以勸之也。司嗇至。則又加之以酒食。勞倦之爾。來方禋祀。以其騂黑。與其黍稷。以享以祀。以介景福。騂。牛也。黑。羊豕也。箋。成王之來。則又禋祀四方之神。祈報焉。陽祀用騂牲。陰祀用黝牲。衡謂。天子禋祀四方之神於田間。其事可疑矣。禮經亦未嘗言觀農祀神。竊謂。來如來者之來。謂後來。言曾孫重農者。以他日將以禋祀四方之神。以大。大福也。

瞻彼洛矣三章章六句。

瞻彼洛矣。刺幽王也。思古明王能爵命諸侯。賞善罰惡焉。

瞻彼洛矣。維水泱泱。興也。洛。宗周漑浸水也。泱泱。深廣貌。箋。瞻視也。我視彼洛水。灌漑以時。其澤浸潤。以成嘉穀。興者。喻古明王恩澤加於天下。爵命賞賜。以成賢者。君子至止。福祿如茨。箋。君子至止者。謂來受爵命者也。爵命爲福。賞賜爲祿。茨。屋蓋也。如屋蓋。喻多也。衡謂。傳不解茨字。則亦以爲積也。韎韐有奭。以作六師。韎韐者。茅蒐染草也。一曰韎韐。所以代韠也。天子六軍。箋。此諸侯世子也。除三年之喪。服士服而來。未遇爵命之時。時有征伐之事。天子以其賢。任爲軍將。使代卿士。將六軍而出。韎韐者。茅蒐染也。茅蒐。韎韐聲也。韎韐。祭服之韠。合韋爲之。其服爵弁服。紂衣纁裳也。正義。以序言爵命諸侯。故知此謂諸侯世子也。王制云。諸侯之世子。未賜爵。視天子之元士。以君其國。此又言韎韐。故知諸侯

世子未賜爵命。服士服也。若然。春官典命云。凡諸侯之適子。誓於天子。攝其君。則下
其君之禮一等。未誓。則以皮帛繼子男。此以代父君國。反服士服者。周禮之文。謂父
在代父行禮。故有執圭璧皮帛之禮。未誓。尚比卿。今此雖已除父喪。非代父行禮。不
得復繼於父。又不敢自成爲君。故服士服也。世子雖服士服。待之同於正君。雜記云。
君薨。大子號稱子。待猶君也。士朝服謂之韠。祭服謂之韎韐。駁異議云。有韎韐無韠。
有韠無韎韐。是韎韐必代韠也。士冠禮陳服于房中云。爵弁服。纁裳。純衣。緇帶。韎韐。
是韎韐配爵弁服也。段玉裁云。士無韍有韐。故云。韐所以代韠。箋申傳云。韎者茅蒐
染也。茅蒐韎聲。韐祭服。合韋爲之。皆分析韎韐二字各義。各本譌舛不可讀。茅蒐韎
聲者。異議所云。齊魯之間。言韎聲如茅蒐也。衡謂。箋韎韐者。及韎韐聲之韐皆衍文。
阮元又以韎韐祭服之韠之韎爲衍文。此文鄭據士冠禮。申毛傳所以代韠。與韎韐
分釋者別。阮說非也。或據周禮兵事韋弁服。及左傳韎韋跗注之文。以韎韐爲戎服。
不知韎韐配爵弁服。爵弁士之盛服。非助君祭。及攝盛。不敢服。故先儒以爲祭服。非
戎服也。

瞻彼洛矣。維水泱泱。君子至止。鞞琫有珌。鞞。容刀鞞
也。琫。上飾。珌。下飾。天子玉琫而珧珌。諸侯璗琫而璆珌。大夫鐐琫而璆珌。
士珕琫而珕珌。箋。此人。世子之賢者也。既受爵命賞賜。而加賜容刀有飾。
顯其能制斷。正義。古之言鞞。猶今之言鞘。公劉云。鞞琫容刀。故知鞞容刀鞞也。
又容者容飾。此琫有珌。即容飾也。傳因琫珌歷道尊卑所用。似有

成文。未知出何書也。釋器說弓之飾曰。以蜃者謂之珧。郭璞曰。珧似琫。說文云。珧蜃甲。所以飾物也。釋器又云。黃金謂之璗。其美者謂之鏐。白金謂之銀。其美者謂之鐐。說文云。公珕蜃。而不別於蜃。故天子用蜃。士用珕也。定本及集本皆以諸侯璗琫字從玉。又以大夫鏐珌恐非也。陳啓源云。毛云。鞞容刀鞞也。琫上飾。珌下飾。公劉篇鞞琫容刀。毛云。下曰鞞。上曰琫。疏申毛以爲鞞刀鞘之名。琫是鞘之上飾。下不言飾。指鞞之體。上則有飾可名。此傳以琫珌對言。故言上飾下飾。公劉以鞞琫對言。故傳言上下。而不言飾。鞞非飾也。而琫在其上。則鞞爲下矣。段玉裁云。鞞刀室也。卽刀削削之上頭把。其飾曰琫。削末之飾曰珌。有讀爲又。言有鞞有琫又有珌也。公劉傳下曰鞞。上曰琫。略擧其下上之體而已。段又改傳。作天子玉琫而珧珌。諸侯璗琫而鏐珌。大夫鐐琫而鐐珌。士珕琫而珕珌。云此從正義本。與釋文·集注·定本不同。考說文。琫珌。天子皆以玉。然則諸侯皆以金。大夫皆以銀。士皆以珕。爲有條理。說文又云。天子玉琫而珧珌。衡謂段說是也。但鞞刀室。琫珌其飾。三物並序。不分主賓。非也。蓋鞞字逗。有字管上下。言鞞有琫有珌也。珕說文蜃屬。韻會。蓋今牡蠣之屬。

君子萬年。保其家室。箋。德如是。則能長安其家室。親家室。親安之尤難。安則無篡殺之禍也。衡謂。家室親指諸父昆弟而言。

瞻彼洛矣。維水泱泱。君子至止。福祿既同。箋。此人。世子之能繼世位者也。其爵命賞賜。盡與其先君受命者同而已。無所加也。衡謂吉日獸之所同。箋云同猶聚也。此同亦當訓聚。福祿盡聚。與福祿如茨同。首章言以作六師。不言保其家邦。二章言鞞琫有珌。不言靺韐有奭。皆以互見爲義。不必以此分人材等級矣。君子萬年。保其家邦。

裳裳者華四章。章六句。

裳裳者華。刺幽王也。古之仕者世祿。小人在位。則讒諂並進。棄賢者之類。絕功臣之世焉。箋。古者。古昔明王時也。小人。斥今幽王也。正義。類謂種類。世謂繼世。由其賢而得有功。以舉類而當繼世。義不異矣。但指人身而稱賢者。據祿位而言功臣耳。

裳裳者華。其葉湑兮。興也。裳裳猶堂堂也。湑盛貌。箋。興者。華堂堂於上。喻君也。葉湑然於下。喻臣也。明王賢臣。以德相承而治道興。則讒諂遠矣。正義。以華狀顯見。故言猶堂堂也。此葉喻臣德盛。故湑爲盛貌。有杕之杜刺不親宗族。故傳以湑爲枝葉不相比也。我覯之子。我心寫兮。我心寫兮。是以有譽處兮。箋。覯見也。之子。是子也。謂古之明王也。言我得見古之明王。則我所憂。寫而去矣。我心所憂旣寫。是則君臣相與聲譽常處也。憂者。憂讒諂並進。

裳裳者華。芸其黃矣。

芸。黃盛也。箋。華芸然而黃。興明王德之盛也。不言葉。微見無賢臣也。

釋文。芸音云。徐音運。正義。微見。不明言而理見。是其微也。衡謂。首章君臣並言。二章以下。專言君德。蓋有明君。必有賢臣。讒諂不得由而進。且詩刺幽王。故詳於君。而略於臣也。古若無賢臣。豈足述以刺今哉。李黼平以芸其黃矣。爲明君顏色。然則下章或黃或白。亦顏色邪。不思甚矣。

我覯之子。維其有章矣。維其有章矣。是以有慶矣。

箋。章。禮文也。言我得見古之明王。雖無賢臣。猶能使其政有禮文法度。政有禮文法度。是則我有慶賜之榮也。

裳裳者華。或黃或白。

箋。華或有黃者。或有白者。興明王之德。時有駁而不純。

正義。華一時。而黃白雜色。以興明王亦一時而善惡不純。非先盛而後衰。爲不純也。衡謂。上章芸其黃矣。傳云。黃盛也。此承上章。而傳不解黃字。則亦謂黃盛。黃旣盛。則白亦盛矣。蓋黃以喻文。白以喻質。言古之明王文質彬彬然也。

我覯

之子。乘其四駱。乘其四駱。六轡沃若。言世祿也。箋。我得見明王德之駿者。雖無慶譽。猶能免於讒諂之害。守我先人之祿位。乘其駱之馬。六轡沃若然。衡謂。周室先王。文武成康之外。率有瑕疵可指。鄭欲見至宣王時。羣臣皆能保世祿。故有徵見無賢臣。駿而不純等之說。然是亦大拘矣。古之君子。見人一善。忘其百惡。且此篇美古世祿。以刺今不然。故能守世祿一節。則隨而稱之。不必如史筆分寸正功罪也。歌詠之道爲然。左之左之。君子宜之。右之右之。君子有之。左。陽道。朝祀之事。右。陰道。喪戎之事。箋。君子。斥其先人也。多才多藝。有禮於朝。有功於國。正義。左陽道。嘉慶之事。故言宜之。右陰道。憂凶之事。不得言宜。故變言有之。衡謂。宜有亦互言之。維其有之。是以似之。似嗣也。箋。維我先人。有是二德。故先王使之世祿。子孫嗣之。今遇讒諂並進。而見棄絕也。正義。二者皆君子之所能。故總言有之。明二者皆有也。陳啓源云。以似爲嗣。詩之恒訓耳。集傳曰。有之於內。是以形之於外者。無不似其所有也。雖其有之。正承上宜與有耳。左之右之。可云在內乎。且形之於外者。又何所指乎。衡謂。本或作見絕。無棄字。今從古本・岳本・小字本。

桑扈四章章四句。

桑扈。刺幽王也。君臣上下。動無禮文焉。箋。動無禮文者。舉事而不用先王禮法威儀也。

交交桑扈。有鶯其羽。興也。鶯然有文章。箋。交交。猶佼佼。飛往來貌。桑扈。竊脂也。興者。竊脂飛而往來有文章。人觀視而愛之。喻君臣以禮法威儀。升降於朝廷。則天下亦觀視而仰樂之。李黼平云。玉篇鶯字云。鳥有文。廣韻鶯字云。鳥羽文。而皆別載鸎字。爲黃鳥。

君子樂胥。受天之祜。胥皆也。箋。胥有才知之名也。祜福也。王者樂臣下有才知文章。則賢人在位。庶官不曠。政和而民安。天予之以福祿。孫毓云。與天下皆樂。樂之大者。天子四海之內無違命。則天子樂矣。諸侯四封之內無違命者。外無故。則諸侯樂矣。大夫官府之內無違者。諸謀行於上。則大夫樂矣。士進以禮。退以義。則士樂矣。庶人耕稼樹蓺。以養父母。刑罰不加於身。則庶人樂矣。陳啓源云。禮文法度。王者所以正名定分。範圍一世。不可一日無也。故君臣上下。守此無失。則尊卑得安其位。親疏得遂其情。長幼得明其序。家邦鄉國內外大小。皆得其分。而洽其歡。政於是乎成。風俗於是乎美。中國以寧。四裔以服。天祐之。萬邦賴之。此非使一人之樂。而天下之樂也。樂莫大焉。故曰樂胥。胥皆也。至鄭以胥爲有才知之名。迂矣。近以爲語詞。益無意趣。衡謂。樂胥者。謂令歡樂天下之人也。

交交桑扈。有鶯其領。領頸也。

君子樂胥。萬邦之屛。屛蔽也。箋。王者之德。樂賢知在位。則能爲天下蔽捍四表患難矣。蔽捍之者。謂蠻夷率服不侵畔。衡謂。毛意蓋謂君子能令樂天下之人。則天下皆服。爲竭其力。故能捍蔽四裔之患難矣。

之屛之翰。百辟爲憲。翰幹。憲法也。箋。辟君也。王者之德。外能捍蔽四表之患難。內能立功立事。爲之楨幹。則百辟卿士。莫不倣職而法象之。

不戢不難。受福不那。戢聚也。不戢。戢也。不難。難也。那多也。不多。多也。箋。王者位至尊。天所子也。然而不自斂以先王之法。不自難以亡國之戒。則其受福祿亦不多也。正義。天下之民。不戢聚而歸之乎。言戢聚而歸之也。不畏難而順之也。民皆順之。則爲天所祐。其受福豈不多乎。言受福多也。箋云。不自難以亡國之戒者。卽不用賢也。首章文連言受天之祜。此不難以亡國之戒。受福不多。是相配成也。易傳者。以順文理。切不假反言故也。衡謂。上下三章皆陳古以刺今。而此章獨直斥幽王。不倫甚矣。毛傳是也。兕觥其觩。旨酒思柔。箋。兕觥。罰爵也。古之王者。與羣臣燕飲。上下無失禮者。其罰爵徒觩然陳設而已。其飲美酒。思得柔順中和。與共其樂。言不憮敖自淫恣也。釋文憮火吳反。彼交匪敖。萬福來求。箋。彼彼賢者也。賢者居處恭。執事敬。與人交必以禮。則萬福之祿就而求之。謂登用爵命。加以慶賜。王引之云。彼亦匪也。交亦敖也。襄八年引詩如匪行邁謀。杜注匪彼也。匪可訓爲彼。彼亦可訓爲匪。交之言姣也。廣雅曰。姣侮也。字通作佼。淮南覽冥篇。鳳凰之翔至德也。雷霆不作。風雨不興。川谷不澹。草木不搖。而燕雀佼之。以爲不能與之爭於宇宙之間。言燕雀輕侮鳳凰也。然則彼交匪敖者。匪交匪敖也。匪交匪敖者。言樂胥之君子不侮慢。不驕敖也。彼交匪紓者。匪交匪紓也。匪交匪紓者。言來朝之君子不侮慢。不怠緩也。襄二十七年左傳。公孫段賦桑扈。趙孟曰。匪交匪敖。福將焉往。荀子勸學篇。君子不傲。不隱。不瞽。謹順其身。引詩曰。匪交匪紓。天子所予。是彼交作匪交之明證。求與逑同。逑聚也。言萬物來聚也。說文。逑斂聚也。虞書曰。旁逑孱功。史記五帝紀作旁聚布功。今本旁鳩孱功。爾雅曰。鳩聚也。大雅民勞篇。惠此中國。以爲民逑。毛傳曰。逑合也。箋曰。合聚也。是逑與聚同義。爾雅釋訓。速速蹙蹙。惟逑鞫也。釋文逑本亦作求。是逑求古字通。宣十六年左傳武子歸。而講求典禮周語作講聚三代之典禮管子七法篇聚天下之精材。幼官篇作求天下之精材。是求與聚亦同義。箋曰萬福之祿。就而求之。卽是來聚之義衡謂毛詩多假借。王據左傳荀子讀彼爲匪是也但此文彼匪岐出。乃聲之誤非假借也。毛學出於荀。疑其本作匪交故毛不釋。王鄭時既譌爲彼。故鄭釋彼爲賢人。凡物求之則聚。求聚義近故或作求或作聚。非其字本通我不求福福來求我。謂自然來歸其美之益深。王恃才辨喜亂古義非也。

鴛鴦四章。章四句。

鴛鴦。刺幽王也。思古明王交於萬物有道。自奉養有節焉。 箋交於萬物有道。謂順其性取之以時不暴夭也。

鴛鴦于飛。畢之羅之。 興也。鴛鴦匹鳥。太平之時。交於萬物有道。取之以時。於其飛。乃畢掩而羅之。箋匹鳥。言其止則相耦。飛則爲雙。性馴耦也。此交萬物之實也。而言興者。廣其義也。獺祭魚而後漁。豺祭獸而後田。此亦皆其將縱散時也。正義。以交於萬物。則非止一鳥。故云興也。言舉一物。以興其餘也。君子萬年。福祿宜之。箋。君子謂明王也。交於萬物。其德如是。則宜壽考受福祿也。鴛鴦在梁。戢其左翼。言休息也。箋。梁。石絕水之梁。戢斂也。鴛鴦休息於梁。明王之時。人不驚駭。斂其左翼。以右翼掩之。自若無恐懼。正義。言斂其左翼。以右翼掩之。舉雄者。而言耳。陳啓源云。爾雅。鳥翼右掩左雄左掩右雌。疏說本此。衡謂。飛則舉之。在梁則不掩其不意。卽孔子弋不射宿之意。鴛鴦雌愛慕其雄飛集必與之俱。不暫相離。詩人所以言雄也。君子萬年。宜其遐福。箋。遐遠也。遠猶久也。乘馬在廐。摧之秣之。摧莝也。秣粟也。箋。摧。今莝字也。古者明王所乘之馬。繫於廐。無事則委之以莝。有事乃予之穀。言愛國用也。以興於其身亦猶然。齊而後三舉設盛饌。恒日則減焉。此之謂有節也。釋文。乘馬。王徐繩證反。四馬也。鄭如字。委猶食也。正義。天子之馬。而不常與粟。言愛國用也。段玉裁訂本。傳莝作挫。云挫者毛時莝字。鄭恐學者不解。故釋曰。挫今之莝字。今本箋挫或作摧非。阮元云。小字本閩本作挫。今莝字也。衡謂委餧通。說文餧食牛也。玉篇餧飼也。君子萬年。福祿艾之。艾養也。箋。明王愛國用。自奉養之節如此。故宜久爲福祿所養也。

乘馬在廄。秣之摧之。君子萬年。福祿綏之。箋。綏安也。

頍弁三章。章十二句。

頍弁。諸公刺幽王也。暴戾無親。不能宴樂同姓。親睦九族。孤危將亡。故作是詩也。箋。戾虐也。暴虐。謂其政教如雨雪也。

有頍者弁。實維伊何。興也。頍。弁貌。弁。皮弁也。箋。實猶是也。言幽王服是皮弁之冠。是維何爲乎。言其宜以宴而弗爲也。禮天子諸侯。朝服以宴。天子之朝。皮弁以日視朝。正義。事與理不明。王肅云。言無常也。興有德者。則戴頍然之弁矣。下章肅又云。言弁其在人之無期也。其意以傷王無德。將不戴弁。孫毓以皮弁非唯王者所服。雖陪臣卿大夫皆得服之。不足以爲王者廢興之喩。以王說爲非。案昭九年左傳。王使詹桓伯辭於晉。曰我在伯父。猶衣服之有冠冕。僖八年穀梁傳曰。弁冕雖舊。必加於首。周室雖衰。必先諸侯。然則王者之在上位。猶皮弁之在人首。故以爲喻也。衡謂傳以爲興。則以弁喻王。正義是也。弁大名也。周禮夏官弁師。掌王之五冕。經以弁居衆體之上。故以喻王耳。王朝服以燕。故傳云皮弁。非以其賤於十二旒之冕也。此章云實維伊何。二章云實維何期。皆不知其故。而問難之之辭。至卒章乃曰實維在首。正其辭而責之也。

爾酒既旨。爾殽既嘉。 箋。旨嘉。皆美也。女酒已美矣。女殽已美矣。何以不用與族人宴也。言其知具其禮。而弗爲也。

豈伊異人。兄弟匪他。 箋。此言王所當與燕者。豈有異人疏遠者乎。皆兄弟。與王無他。言至親。又刺其弗爲也。

蔦與女蘿。施于松柏。 蔦。寄生也。女蘿。菟絲。松蘿也。喻諸公非自有尊。託王之尊。箋。託王之尊者。王明則榮。王衰則微。刺王不親九族。孤特自恃。不知己之將危亡也。

未見君子。憂心弈弈。既見君子。庶幾說懌。 弈弈然無所薄也。箋。君子斥幽王也。幽王久不與諸公宴。諸公未得見幽王之時。懼其將危亡。已無所依怙。故憂而心弈弈然。故言我若已得見幽王。諫正之。則庶幾其變改意解懌也。有頍者弁。實維何期。箋。何期。猶伊何也。期。辭也。釋文。期本亦作其。音基。王如字。爾酒既旨。爾殽既時。時善也。豈伊異人。兄弟具來。箋。具猶皆也。蔦與女蘿。施于松上。未見君子。憂心怲怲。既見君子。庶幾有臧。怲怲。憂盛滿也。臧善也。有頍者弁。實維在首。衡謂。實維在首。喻王實在九族之上。責其居上而不能撫下也。爾酒既旨。爾殽既阜。豈伊異人。兄弟甥舅。箋。阜猶多也。謂吾舅者。吾謂之甥。如彼雨雪。先集維霰。霰。暴雪也。箋。將大雨雪。始必微温。雪自上下。遇温氣而搏。謂之霰。久而寒勝。則大雪矣。喻幽王之不親九族。亦有漸。自微至甚。如先霰後大雪。釋文。霰。蘇薦反。消雪也。字亦作霓。正義。初爲霰者。久必暴雪。故言暴雪耳。非霰卽暴雪也。段玉裁云。暴必是譌字。爾雅作消雪。說文作稷雪。暴當作黍。如黍如稷。皆謂其形也。消雪當作屑雪。曾釗云。爾雅雨霓爲消雪。霓卽霰之重文。暴與消聲近。說文暴古文作𣋡。从日麃。是其證。故消雪亦謂之暴雪。此傳暴雪當爲晞暴之暴。盛陰凝於上。陽氣薄之消散而下。謂之霰。此霰从散。傳訓暴雪之義也。正義以暴虐爲解。失之。衡謂。霰質雖堅。本是雨屬。恐不可言晞暴。其从散者。取堅不黏著。其降渙散。非消散之義也。竊謂。雪之爲物。軟弱無力。霰則其勢頗猛擊屋爲聲。故謂之暴雪耳。爾雅消雪未詳。竊疑消讀爲消息之消。將雪先霰。是爲雪之消息也。故謂之消雪與。死喪無日。

無幾相見。樂酒今夕。君子維宴。箋。王政既衰。我無所依怙。死亡無有日數。能復幾何與王相見也。且今夕喜樂此酒。此乃王之燕禮也。

刺幽王將喪亡。哀之也。

車舝五章。章六句。

車舝。大夫刺幽王也。褒姒嫉妬。無道並進。讒巧敗國。德澤不加於民。周人思得賢女以配君子。故作是詩也。

間關車之舝兮。思孌季女逝兮。興也。間關。設舝也。孌。美貌。季女。謂有齊季女也。箋。逝往也。大夫嫉褒姒之爲惡。故嚴車設其舝。思得孌然美好之少女。有齊莊之德者。往迎之配幽王。代褒姒也。既幼而美。又齊莊。庶其當王意。

李黼平云。傳以首二句爲興。箋乃直言設舝以迎少女。毛鄭意別。正義不分。非也。序云周人思得賢女以配君子。故作是詩。經中有季女。有碩女。正當是序中賢女。而毛以季女爲興者。傳意以褒姒雖立。申后猶在。周之臣子。不應舍申后而更求他人。白華廢黜已久。俾遠俾獨詩人傷之。此詩在其前。則是初黜時事。爲大夫者。豈反默無一言。特諷刺之章。不欲明斥。序達經意亦以賢女君子爲詞。而其實爲申后作也。既爲申后。則不可以幼少之女言。故以季女爲興。言大夫之家。尚設車舝以迎季女。以興王當迎復賢后也。衡謂。傳云。興也。則此季女是不指欲爲王娶之女。李云。興王當迎復賢后。似矣。然經序未嘗一言及申后。且白華序稱褒姒爲幽后。而此序則直稱其國字。是此時申后未黜。而褒姒未爲后也。案傳引召南采蘋有齊季女。以釋此季女。采蘋序云。采蘋大夫妻能循法度也。則以大夫得賢妻。喩王當迎賢女以自助也。

匪飢匪渴。德音來括。括會也。箋。時讒巧敗國。下民離散。故大夫汲汲欲迎季女。行道雖飢不飢。雖渴不渴。覬得之而來。使我王更脩德教。會合離散之人。衡謂。下章來教。謂季女來教。則此章來會。亦謂季女來與王會也。言我非飢非渴。但思季女來與王會。憂之若飢渴耳。

雖無好友。式燕且喜。箋。式用也。我得德音而來。雖無同好之賢友。我猶用是燕飲相慶且喜。衡謂。此二句。亦以大夫迎女言。傳所以爲興也。

依彼平林。有集維鷮。辰彼碩女。令德來教。依茂木貌。平林。林木之在平地者也。鷮雉也。辰時也。箋。平林之木茂。則耿介之鳥往集焉。喻王若有茂美之德。則其時賢女來配之。與相訓告。改脩德教。陸璣云。鷮微小於翟也。走而且鳴。曰鷮鷮。其尾甚長。其肉甚美。故林慮山下人語曰。四足之美有麃。兩足之美有鷮。麃似鹿而小。是也。衡謂。傳訓辰爲時。喜謂得嫁字之時。箋爲王有美德之時。恐非傳意。林慮山名。本或作林麓。非也。

式燕且譽。好爾無射。箋。爾女。女王也。射厭也。我於碩女來教。則用是燕飲酒。且稱王之聲譽。我愛好王。無有厭也。

雖無旨酒。式飲庶幾。雖無嘉殽。式食庶幾。雖無德與爾。式歌且舞。箋。諸大夫覬得賢女以配王。於是酒雖不美。猶用之燕飲。殽雖不美。猶食之。人皆庶幾於王之變改。已得輔佐之。雖無其德。我與女用是歌舞相樂。喜之至也。衡謂。此通章就得賢女以配王而言之。言得賢女以配王。己當如此。與猶助也。爾指碩女。箋。德字句。似非。箋用之下。本或衍此字。人或作必。今並從古本岳本小字本。言變改下。各本並無已字。據正義補之。

陟彼高岡。析其柞薪。析其柞薪。其葉湑兮。箋。陟登也。登高岡者。必析其木以爲薪。析其木以爲薪者。爲其葉茂盛蔽岡之高也。此喻賢女得在王后之位。則必辟除嫉妬之女。亦爲其蔽君之明。衡謂。此篇五章。序以爲周人思得賢女以配君子。不當此章獨爲除褒姒之詞。蓋高岡以喻王宮。柞薪以喻女美。其葉湑兮。以喻女德之盛。言人君當得賢女以爲配也。是時申后未黜。箋云。賢女得在王后之位。大謬也。

鮮我覯爾。我心寫兮。箋。鮮善。覯見也。善乎。我得見女如是。則我心中之憂除去也。釋文。鮮息淺反。徐音仙。女音汝。行如是下。孟反。一本無行字。正義。善乎我得見汝之新昏賢女。辟除褒姒。如是則我七八兩月療足疾於根岸。涉獵舊五代史。既還手不能捨。至此日始復起草。九月朔息軒自誌。

心中之憂寫除而去兮。喜之至也。戴震云。言鮮矣我之得見爾。美其賢之辭。言世所罕見也。衡謂。鮮。陸息淺反。是孫王輩述毛者。訓爲少罕之義。戴說是也。正義云。辟除褒姒。如是。是孔本亦無行字。無者是也。

高山仰止。景行行止。四牡騑騑。六轡如琴。

景大也。箋。景明也。諸大夫以爲。賢女既進。則王亦庶幾古人有高德者。則慕仰之。有明行者。則而行之。其御羣臣。使之有禮。如御四馬騑騑然。持其教令。使之調均。亦如六轡緩急有和也。

釋文。仰止。本或作仰之。正義。語德慕仰。多行則行之。故仰之行之。異其文也。阮元云。經文仰止行止。正義本當是一作之。一作止。故云。異其文也。衡案。釋文云。仰止本或作仰之。孔本亦當然。

觀爾新昏。以慰我心。

慰安也。箋。我得見女之新昏如是。則以慰除我心之憂也。新昏。謂季女也。

釋文。慰怨也。於願反。王申爲怨恨之義。韓詩作以慍我心。慍恚也。本或作慰安也。是馬融義。馬昭張融論之詳矣。正義。傳以慰爲安。箋云。言慰除。以憂除則心安。非是異於傳也。孫毓載毛傳云。慰怨也。王肅云。新昏謂褒姒也。大夫不遇賢女。而後徒見褒姒讒巧嫉妬。故其心怨恨。徧撿今本。皆爲慰安。凱風爲安。此當與之同矣。此詩五章。皆思賢女。無緣末句獨見褒姒爲恨。肅之所言。非傳旨矣。定本慰安也。陳啓源云。合孔陸之言觀之。可見馬融以前述毛者。皆主慰怨。鄭爲馬弟子。始以安義申毛。慰字。說文本有兩訓。一曰安也。一曰恚怒也。恚怒與怨近矣。凱風傳慰訓安。此傳訓怨。字同而義異。毛自得之師傳。豈拘於一律乎。詩本因褒姒而思賢女。通篇極言賢女之可思。末仍以惡褒姒結之。篇法宜然。孫王之說優矣。曾釗云。正義未綜核全傳之例。故以慰安爲是耳。如此傳果訓安。既爲字之本義。則凱風已見。無煩重釋矣。毛訓此慰爲怨者。以詩義與凱風異。故特釋之。又大雅緜傳慰安也。毛例凡與上義不同。然後重釋。以前之凱風傳。及後之緜傳。皆訓慰安。繩此傳不作慰安可知矣。衡謂。傳作慰怨也。陳曾二說盡之矣。此章言高山雖不能窮其頂。則必仰而望之。大道雖不能究其所達。則必由而行焉。人君操志當如此。則其勤政事。如四牡騑騑。行而不已。其能治平天下。猶六轡調和如琴。今王不能然者。以女新昏褒姒嫉妬。無道並進。讒巧敗國。我心怨之。而所以欲易以孌季女也。

青蠅三章。章四句。

青蠅。大夫刺幽王也。

營營青蠅。止于樊。　興也。營營。往來貌。樊藩也。箋。興者蠅之爲蟲。汚白使黑。汚黑使白。喻佞人變亂善惡也。言止于藩。欲外之令遠物也。

釋文，營，如字。說文作營，言小聲也。正義，藩，以細木爲之。下章棘、榛，卽是爲藩之物。故下傳曰，榛，所以爲藩。明棘亦然也。此章言藩，下章言所用之木，互相足也。衡，謂蠅飛乃有聲。傳云往來貌。說文云小聲。其言雖殊，其義則通。豈弟君子，無信讒言。箋，豈弟，樂易也。

營營青蠅，止于棘。讒人罔極，交亂四國。箋，極，猶已也。

營營青蠅，止于榛。榛，所以爲藩也。讒人罔極，構我二人。箋，構合也。合猶交亂也。正義，構者構合兩端，令二人彼此相嫌，交更惑亂，與上章義同。故云猶交亂也。二人，謂人君與見讒之人也。讒者每人讒之。常構二人，構之不已，至交亂四國。先多而後少，故先四國云。

賓之初筵五章，章十四句。

賓之初筵，衛武公刺時也。幽王荒廢，媟近小人，飲酒無度。天下化之，君臣上下，沈湎淫液，武公既入而作是詩也。箋，淫液者，飲酒時情態也。武公入者，入爲王卿士也。正義，尚書微子曰，用沈酗于酒。

蕩曰。天不湎爾以酒。箋云。天不同爾顔色以酒。酒誥注云。齊色曰湎。然則沈湎者。飲酒過久。若沈沒然。使湎然倶醉顔色齊同也。此經五章。毛以上二章陳古燕射之禮。次二章。言今王燕之失。卒章乃言天下化之。

衡謂。淫液。遲久之喜。四章醉而不出。是也。

賓之初筵。左右秩秩。　秩秩然。肅敬也。箋。筵席也。左右。謂折旋揖讓也。秩秩。知也。先王將祭。必射以擇士。大射之禮。賓初入門。登堂卽席。其趨翔威儀甚審知言不失禮也。射禮有三。有大射。有賓射。有燕射。　籩豆有楚。殽核惟旅。　楚。列貌。殽。豆實也。核。加籩也。旅。陳也。箋。豆實。菹醢也。籩實有桃梅之屬。凡非穀而食之曰殽。　酒既和旨。飲酒孔偕。　箋。和旨。猶調美也。孔甚也。王之酒既調美。衆賓之飲酒。又威儀齊一。言主人敬其事。而衆賓肅愼。　衡謂。箋猶字。本多作酒。今從古本。岳本。　鐘鼓既設。擧醻逸逸。　逸逸。往來次序也。箋。鐘鼓於是言既設者。將射改縣也。　正義。燕禮初則云。樂人宿縣注云。國君無故不徹縣。言縣者新之。然則於此言鐘鼓既設者。亦將射改縣也。以天子宮縣階間妨射位。故改縣以避射也。大侯既抗。弓矢斯張。大侯。君侯也。抗。舉也。有燕射之禮。箋。舉者。舉鵠而棲之於侯也。周禮。梓人張皮侯而棲鵠。天子諸侯之射。皆張三侯。故君侯謂之大侯。大侯張。而弓矢亦張。節也。將祭而射。謂之大射。下章言烝衎烈祖。其非祭與。正義。傳唯言大侯君侯。不言侯之所用。梓人云。張獸侯。則王以息燕。是燕射射獸侯。毛意亦當然矣。燕射之禮。自天子至士皆一侯。上下共射之。無三侯二侯。故鄉射記云。天子熊侯白質。諸侯麋侯赤質。大夫布侯。畫以虎豹。士布侯。畫以鹿豕。注云。此所謂獸侯也。燕射則張之。熊麋虎豹鹿豕。皆正面畫其頭。象於正鵠之處。君畫一。臣畫二。陽奇陰耦之數也。唯此一侯。君臣共射。而云大侯君侯者。以君所射。故謂之大。傳解言大之意。故以君侯釋之。非謂君與臣別侯也。燕禮。若射如鄉射之禮。按鄉射初則張侯。此舉醻之下。始言大侯既抗者。鄉射之初。雖言張侯。而以事未至。經云。不繫左下綱。中掩束之。至於將射。以司正爲司馬。乃云司馬命張侯。弟子脫束。遂繫左下綱。是將射始張之。故於此言既抗也。射夫既同。獻爾發功。箋。射夫。衆射者也。獻猶奏也。既比衆耦。乃誘射。射者乃登射。各奏發矢中的之功。發彼有的以祈爾爵。的質也。祈求也。箋。發。發矢也。射者與其耦拾發。發矢之時。各心競云。我以此求爵女。爵。射爵也。射之禮。勝者飲不勝。所以養病也。故論語曰。下而飲。其爭也君子。正義。此傳唯言的質也。不言質之大小。不必同於周禮鄭衆馬融注四寸曰質。王肅引爾雅正中謂之槷。方六寸之說也。且的者明白之言。若廣纔四寸。不足以爲明矣。蓋亦爲所射處。與鄭司農注同也。射義引此詩。卽云祈求也。求中辭爵也。酒者所以養老。所以養病。求中以辭養也。注云欲求中之者。以求不飲女爵是矣。此飲於西階上。言下而飲者。謂飲射爵時。揖讓而升下。意取而飲與爭。故引彼文不盡耳。衡謂祈爾爵。求飲女以射爵也。飲女以射爵。是已辭其養也。故射義以辭言之。必以辭言之者。嫌其類爭也。鄭注射義。從文而解之。以爾爵爲耦爵。然射爵無常主。不勝者卽是。且如射義注祈下不補辭字不通。至箋詩。乃覺其非。故倒經文爾爵爲爵女。仍引論語其爭也君子。以證勝者飲不勝者。疏引射義注述箋。非也。

籥舞笙鼓。樂既和奏。烝衎烈祖。以洽百禮。秉籥而舞。與笙鼓相應。箋。籥。管也。殷人先求諸陽。故祭祀先奏樂。滌蕩其聲也。烝。進。衎。樂。烈。美。洽。合也。言奏樂和。必進樂其先祖。于是又合見天下諸侯所獻之禮。正義。毛以爲古之行燕禮也。作樂以助樂心。使秉籥而舞。與吹笙擊鼓音節相應。樂既和奏之音聲甚得其所。既賓主有禮。八音和樂。如是則德當神明。可以進樂其先有功烈之祖。以合其酒食百衆之禮以獻之。毛不解百禮之義。載芟文與此同。傳曰。百禮言多。則君所進祭祀之禮多。非諸國之所獻百禮。宜爲所薦之酒食殽羞之百種也。王肅述毛云。幽王飲酒無度。故言燕禮之義。其奏云。言燕樂之義得。則能進樂其先祖。猶孝經說大夫士之孝曰。然後能守其宗廟而保其祭祀。非唯祭之日。然後能保而行之。以此故言烝衎。非實祭也。衡謂禮樂所以治天下。樂既和奏。又能洽百禮。先祖必樂之。故云烝衎烈祖洽浹也。猶言徧百禮兼周旋薦徹之屬而言之。不獨指其物也。

百禮既至。有壬有林。壬大。林君也。箋。壬任也。謂卿大夫也。諸侯所獻之禮。既陳于庭。有卿大夫。又有國君。言天下徧至。得萬國之歡心。正義。任大林君。皆釋詁文。衡謂既盡也。至猶善也。大謂大道。君謂君道。言無所不備也。

錫爾純嘏。子孫其湛。嘏大也。箋。純大也。嘏謂尸與主人以福也。湛樂也。王受神之福於尸。則王之子孫皆喜樂也。衡謂毛不解純字。則讀如字也。言百禮盡善。大道君道皆備。故天賜女純一嘏大之福。是以子孫其能湛樂無窮也。上四句。疏以箋述傳。非也。

其湛曰樂。各奏爾能。賓載手仇。室人

入又。手取也。室人，主人也。主人請射於賓，賓許諾，自取其匹而射。主人亦入于次，又射以耦賓也。箋，子孫各奏爾能者，謂既湛之後，各酌獻尸，尸酢而卒爵也。士之祭禮，上嗣舉奠，因而酌尸。天子則有子孫獻尸之禮。文王世子曰，其登餕獻受爵，則以上嗣。是也。仇讀曰𣂏。室人，有室中之事者，謂佐食也。又復也。賓手挹酒，室人復酌爲加爵。正義，大射注云，次若今更衣帳。張席爲之。衡謂傳主人請射於賓，解各奏爾能也。射六藝之一，君子不能射，則辭以疾。故稱射爲能。若酌獻尸，人人能之，恐不可稱能。箋云，謂既湛之後，各酌獻尸，恐未是。仇毛訓匹，匹即耦也。下傳云，又射以耦賓，故此不言耦耳。

酌彼康爵，以奏爾時。酒所以安體也。時，中者也。箋，康虛也。時謂心所尊者也。加爵之間，賓與兄弟交錯相醻，卒爵者，酌之以獻其所尊，亦交錯而已。無次序也。釋文，中，張仲反。正義，射義曰，酒所以養病。所以養老，是由安體，故可以養也。言以奏爾中，謂勝者之黨，酌以進中者，令以飲彼不中者也。衡謂，時善也。射以中爲善，故云時中者。案大射、燕射、鄉射並云，勝者酌以

明治五年九有請梓行予所著孟子定本者。時孟子但標所見於闌上，未叢爲別冊。乃取而再考之，正其所不至。

飲不勝者，無勝者之黨，酌以進中者之文。孔說未知何所本。竊謂奏進也，進猶勉也。言使勝者酌彼康爵，飲不勝者，以進勉其善。毛意恐當如此。

賓之初筵，溫溫其恭。箋：此復言初筵者，既祭，王與族人燕之筵也。王與族人燕，以異姓爲賓。溫溫，柔和也。正義：毛以爲幽王既不能如古之禮，故陳其燕之失禮。

其未醉止，威儀反反。曰既醉止，威儀幡幡。舍其坐遷，屢舞僊僊。反反，言重慎也。幡幡，失威儀也。遷，徙。屢，數也。僊僊然。箋：此言賓初即筵之時，能自敕戒以禮。至於旅酬，而小人之態出。言王既不得君子以爲賓，又不得有恒之人，所以敗亂天下，率如此也。釋文：反，如字。韓詩作昄昄，蒲板反，善貌。正義：僊僊，舞貌也。傳直云僊僊者，是貌狀之辭。李黼平云：此傳不釋舞字，但言僊僊然，疑毛讀經舞字非樂舞之舞。古者步武接武，字亦作舞。文承坐遷之下，僊僊二字，恐是仍釋遷。不然，何于下傳始言舞乎？衡謂舞字豈須解乎？僊僊承屢舞，則舞之貌狀，故直云僊僊然。毛傳之例，字同而前後異義者，必又解之。若讀爲武，必當解之。而今不然，則讀如字。下傳言舞者不能自正，嫌於涉容儀，故言舞耳。李說妄也。

其未醉止，威儀抑抑。曰既醉

止。威儀怭怭。是曰既醉。不知其秩。抑抑。愼密也。怭怭。媟嫚也。秩常也。賓既醉止。載號載呶。亂我籩豆。屢舞僛僛。是曰既醉。不知其郵。側弁之俄。屢舞傞傞。號呶。號呼讙呶也。僛僛。舞不能自正也。傞傞。不止也。箋。郵過。側傾也。俄傾貌。此更言賓既醉。而異章者。著爲無算爵以後也。釋文注正。本或作止。按下傞傞是舞不止。此宜爲正。既醉而出。並受其福。醉而不出。是謂伐德。飲酒孔嘉。維其令儀。箋。出猶去也。孔甚。令善也。賓醉則出。與主人俱有美譽。醉至如此不出。是誅伐其德也。飲酒而誠得嘉賓。則於禮有善威儀。武公見王之失禮。故以此言箴之。王引之云。其字指醉出之賓。並之言普也。徧也。謂衆賓與主人普受此賓之福也。古聲普並相近。王念孫云。德不可以言誅伐。伐者敗也。微子曰。我以沈酗于酒。用亂敗厥德于下。是也。說文。伐敗也。藝文類聚武部引春秋說題辭曰。伐者涉人國內行威。有所斬壞。伐之爲言敗也。一切經音義六。引白虎通義曰。伐者敗也。欲敗去之。朱熹云飲酒之所以甚美者。以其有令儀爾。衡謂毛不傳既醉以下者。以其義易知耳。三說皆是。毛意亦當如此。凡此飲酒。或醉或否。既立之監。或佐之史。彼醉不臧。不醉反恥。立酒之監。佐酒之史。箋。凡此者。凡此時天下之人也。飲酒於有醉者有不醉者。則立監使視之。又助以史。使督酒。欲令皆醉也。彼醉則已不善。人所非惡。反復取未醉者。恥罰之。言此者。疾之也。朱熹云。監史者。司正之屬。燕禮鄉射。恐有解倦失禮者。立司正以監之。察儀法也。衡謂監史掌督察。傳云。立酒之監。佐酒之史。則亦以爲察醉而失儀者也。言凡此飲酒之時。有醉者。有不醉者。於是立之監史。以察其失儀者。所以如此者何也。彼醉而不善者。反以不醉爲恥。其過將至大甚也。朱謂醉者所爲不善。使不醉者反爲之羞愧。反字不可通。史言佐者。以佐監書其過也。

式勿從謂。無俾大怠。匪言勿言。匪由勿語。箋。式讀曰慝。勿猶無也。俾使。由從也。武公見時人多說醉者之狀。或以取怨致讎。故爲設禁。醉者有過惡。女無就而謂之也。當防護之。無使顛仆至於怠慢也。

其所陳說，非所當說，無爲人說之也。亦無從而行之也。亦無以語人也。皆爲其聞之將恚怒也。釋文：式，徐云毛如字，又云用也。正義：式字毛不爲傳，王肅云用其醉時，勿從而謂之，傳意當然也。段玉裁云：按也由從也，解匪由勿語云，亦無從而行之也，亦無以語人也。匪由之本爲勿由顯然。鄭箋則匪字本作勿，後人妄改勿由爲匪由，與上匪言勿言成偶句耳。箋云勿猶無下由醉之言。箋云女從行醉者之言，使女出無角之羖羊，尤可證兩由字無二義，相承反覆戒之。古文奇奧，非可妄改，所當更正也。衡謂：此一截述待醉不臧者之法也。述之者，深疾之也。言當彼醉不臧之時，用勿從而告之，或將酗以生事，但當保護之，無使大怠慢耳。非所當爲言，勿與之言，彼之所言，勿從而行之，勿爲人語之也。下由醉之言緊承此勿由，段說洵是。

由醉之言，俾出童羖。羖羊不童也。箋：女從行醉者之言，使女出無角之羖羊，脅以無然之物，使戒深也。衡謂：童羊無角，羖不童也。

三爵不識，矧敢多又。箋：矧，況。又，復也。當言我於此醉者，飲三爵之不知，況能知其多復飲乎。三爵者，獻也，酬也，酢也。朱熹云：女飲至三爵，已昏然無所記矣，況敢又多飲乎。衡謂：朱說是也。此一截義本易知，故毛無傳。鄭蓋謂三爵禮也，武公不當并非之，故爲此迂僻之解耳。不知武公欲深戒飲酒之害，故擧禮爵以起文，所主則在況敢多叉不必拘。

毛詩輯疏卷十下終

毛詩輯疏

卷十一—十二

毛詩輯疏卷十一

日南安井衡著

魚藻之什故訓傳第二十二　小雅

魚藻之什十四篇。六十二章。三百二十二句。

魚藻三章。章四句。

魚藻。刺幽王也。言萬物失其性。王居鎬京。將不能以自樂。故君子思古之武王焉。箋。萬物失其性者。王政教衰。陰陽不和。羣生不得其所也。將不能以自樂。言必自是有危亡之禍。

魚在在藻。有頒其首。頒。大首貌。魚以依蒲藻。爲得其性。箋。藻。水草也。魚之依水草。猶人之依明王也。明王之時。魚何所處乎。處於藻。既得其性。則肥充。其首頒然。此時人物皆得其所。正言魚者。以潛逃之類。信其著見。正義。物之潛隱莫過魚。顯見者莫過人。經擧潛逃。箋擧著見。則萬物盡該之矣。故以人類之。陳啓源云。說文。頒。大頭也。从頁分聲。王在在鎬。豈樂飲酒。箋。豈亦樂也。天下平安。萬物得其性。武王何所處乎。處於鎬京。樂八音之樂。與羣臣飲酒而已。今幽王惑於褒姒。萬物失其性。方有危亡之禍。而豈樂飲酒於鎬京。而無憂心。故以此刺焉。魚在在藻。有莘其尾。莘長貌。衡謂。魚勞則尾赬。今得其所。故其尾莘然長也。王在在鎬。飲酒樂豈。魚在在藻。依于其蒲。王在在鎬。有那其居。箋。那安貌。天下平安。王無四方之虞。故其居處。那然安也。釋文。那。乃多反。王。多也。

采菽五章。章八句。

采菽。刺幽王也。侮慢諸侯。諸侯來朝。不能錫命以禮。數徵會之。而無信義。君子見微而思古焉。箋。幽王徵會諸侯。爲合義兵。征討有罪。既往而無之。是於義事不信也。君子見其如此。知其後必見攻伐。將無救也。衡謂。無信義。謂無信與義耳。無信。擧僞烽是也。無義。使縱褒姒笑諸侯是也。

采菽采菽。筐之筥之。興也。菽所以芼大牢而待君子也。羊則苦。豕則薇。箋。菽。大豆也。采之者。采其葉以爲藿。三牲牛羊豕。芼以藿。王饗賓客有牛俎。乃用鉶羹。故使采之。正義。毛以爲言古之明王待諸侯。使人采此菽藿。則筐盛之。筥盛之。以爲牛汁之芼。筐筥所以受所采之菜。以興牢禮所以待來朝諸侯。故於此君子諸侯之來朝也。鄭唯以不興爲異。其文義則同。王饗賓客。則有牛俎。謂以鼎煮牛。取其骨體。置之於俎。其汁則芼之以藿。調以鹹酸。乃盛之於鉶。謂之鉶羹。故言乃用鉶羹也。卽公食記鉶芼是也。陳啓源云。首章之菽。牛俎之芼也。次章之芹。加豆之菹也。皆所以待諸侯之禮。以此爲興。乃興之不離正意者。衡案。箋爲芼。各本作爲藿。段玉裁云。當作爲芼。今從之。君子來朝。何錫予之。雖無予之。路車乘馬。君子謂諸侯也。箋。賜諸侯以車馬。言雖無予之。尚以爲薄。又何予之。玄袞及黼。玄袞。卷龍也。白與黑謂之黼。箋。及與也。玄袞。玄衣而畫以卷龍也。黼。黼黻。謂絺衣也。諸公之服。自袞冕而下。侯伯。自鷩冕而下。子男。自毳冕而下。王之賜。惟用有文章者。上 釋文。絺知里反。本又作黹。正義。鷩畫以雉。謂華蟲也。其衣三章。裳四章。凡七也。毳畫虎蜼。謂宗彝也。其衣三章。裳二章。凡五也。絺衣粉米無畫也。其衣一章。裳二章。凡三也。玄冕者。衣無文。裳刺黻而已。是以謂之玄焉。所以獨言袞黼不及玄冕者。鄭卽解之云。王之賜服。唯用有文章。故也。陳啓源云。玄袞唯上公方可服。黼則自公以下。至於毳冕之子男。絺冕之孤卿。皆得服之。故詩言及。則五等諸侯。皆在其中矣。會釗云。絺衣謂黼黻於裳。但裳黼黻並有。詩何以獨稱黼邪。竊謂黼爲黼領。禮記繡黼丹朱中衣。大夫之僭禮也。揚之水傳。諸侯繡黼丹朱中衣。大夫服之爲僭。故毛知諸侯之服也。衡謂。玄袞及黼。陳以爲兼五等諸侯。得之。絺冕之裳黼黻俱有。而詩獨言黼者。凡詩字句有限。不得如禮經詳說其物。獨言黼。其有黻可知矣。其言黼不言黻者。取與馬相韻也。王之錫服。不獨錫其禮。并錫其物。我未聞王以中衣錫諸侯。會說非也。

觱沸檻泉。言采其芹。觱沸。泉出貌。檻泉。正出也。箋。言我也。芹菜也。可以爲菹。

亦所以待君子也。我使采其水中芹者。尚潔清也。周禮。芹菹鴈醢。正義。毛以爲觱沸然者。是正出之檻泉。我明王使人於此水中。采其芹菜以爲菹。以待諸侯。以興富有者是王家之府藏。我明王使人於府藏。取其財貨。以爲車服。以賜諸侯。醢人云。加豆之實。芹菹兎醢。箈菹鴈醢。彼鴈醢與芹菹別文。而連引之者。因其尚潔清。芹鴈俱是水物。故連引之。衡謂觱沸然正出之泉。則我愛其清。采其芹以爲菹。以喻盛德之君子。我敬其儀。觀其旂以迎之。此章專言諸侯威儀之盛。而王敬迎之。未及賜予。正義恐非毛旨。君子來朝。言觀其旂。

其旂淠淠。鸞聲嘒嘒。載驂載駟。君子所屆。淠淠。動也。嘒嘒。中節也。箋。屆極也。諸侯來朝。王使人迎之。因觀其衣服車乘之威儀。所以爲敬且省禍福也。諸侯將朝于王則驂乘乘駟馬而往。此之服飾。君子法制之極也。言其尊而王今不尊也。釋文。諸侯將朝于王。一本無于字。皆以王字絶句。一讀將朝絶句。以王字下屬。正義。以諸侯至當行朝禮。故言將朝。於是王則驂乘駟馬。而往迎之。知驂駟非諸侯之物者。以上云言采其芹。又曰言觀其旂。皆王於諸侯之事。既言旂鸞。乃云載驂載駟。故知非諸侯所乘。明王所乘以往也。夏官齊僕云。朝覲宗遇饗食。皆乘金路。各以其等爲車送逆之節。此服飾君子法制之極者。謂古者明王待君子諸侯。法制所爲之至極。衡謂載乃也。繼事之辭。王觀其旂淠淠。聞鸞聲嘒嘒。乃驂乘駟馬。以迎之。此禮王待君子諸侯之所至極。一本無于字。朝字句。是也。僖公五年左傳童謡。丙子之晨。龍尾伏辰。均服振振。取虢之旂。旂與晨辰振相韻。此旂亦與芹韻。釋文旂巨機反。非也。

赤芾在股。邪幅在下。彼交匪紓。天子所與。

諸侯赤芾邪幅。幅偪也。所以自偪束也。紓緩也。箋。芾大古蔽膝之象也。冕服謂之芾。其他服謂之韠。以韋爲之。其制上廣一尺。下廣二尺。長三尺。其頸五寸。肩革帶博二寸。脛本曰股。邪幅。如今行縢也。偪束其脛。自足至膝。故曰在下。彼與人交接。自偪束如此。則非有解怠紓緩之心。天子以是故賜予之。

正義。桓二年左傳曰。帶裳幅舄。内則亦畢云。偪而已。然則邪纏於足謂之邪幅。故傳辨之云。邪幅正是偪也。名曰偪者。所以自偪束也。阮元云。據正義。傳當作邪幅偪也。今本衍一幅字。衡案。上廣至二寸。玉藻文。彼注云。頸五寸。亦謂廣也。頸中央。肩兩角。皆上接革帶以繫之。肩與革帶廣同。成伯璵云。中紐謂之頸。以皮爲之。兩邊紐謂之肩。皆穿於革帶者。荀子勸學篇。君子不傲不隱不瞽。謹順其身。引此詩曰。匪交匪紓。天子所予。彼作匪。若作匪。交當讀爲姣。姣侮也。毛不解交字。則其本作彼交。毛受詩於荀。不當有異文。蓋彼匪音同。荀作匪。轉寫誤耳。

樂只君

子。天子命之。樂只君子。福祿申之。申重也。箋。只之言是也。古者天子賜諸侯也。以禮樂樂之。乃後命予之也。天子賜之。神則以福祿申重之。所謂人謀鬼謀也。刺今王不然。正義。以天子賜之。卽人謀。神又重之。卽鬼謀。故言所謂。係辭也。衡謂。只助語辭。樂只君子。猶言愷悌君子。維柞之枝。其葉蓬蓬。蓬蓬。盛貌。箋。此興也。柞之幹猶先祖也。枝猶子孫也。其葉蓬蓬。喻賢才也。正以柞爲興者。柞之葉新將生。故乃落於地。以喻繼世以德相承者明也。衡謂。鄭以上二章爲賦。故云此興也。毛則通篇皆興。故不復言興。樂只君子。殿天子之邦。樂只君子。萬福攸同。殿鎭也。正義。軍行在後曰殿。取其鎭重之義。故云殿鎭也。衡謂。同聚也。平平左右。亦是率從。平平。辨治也。箋。率循也。諸侯之有賢才之德。能辨治其連屬之國。使得其所。則連屬之國。亦循順之。正義。服虔云。平平。辨治不絕之貌。則平平是貌狀也。衡謂。襄十一年左傳。晉魏絳諫悼公。引此詩曰。樂只君子。殿天子之邦。樂只君子。福祿攸同。便蕃左右。亦是帥從。夫樂以安德。義以處之。禮以行之。信以守之。仁以厲之。而後可以殿邦國。同福祿。來遠人。來遠人。謂平平左右。亦是率從。鄭箋蓋本焉。平平作便蕃。率作帥者。音同義通。

汎汎楊舟。紼纚維之。紼繂也。纚綏也。明王能維持諸侯也。箋。楊木之舟。浮於水上。汎汎然東西無所定。舟人以紼繫其綏。以制行之。猶諸侯之治民。御之以禮法。釋文。紼音弗。繂音律。纚力馳反。韓詩云。筰也。正義。毛以爲汎汎然浮於水上者。楊木之舟。舟人以紼纚繫而維持之。使不得東西也。以興居於民上者。諸侯之君也。明王以禮法約而制禦之。使不得違叛也。釋水云。紼縭維之。紼繂也。縭綏也。李巡云。繂竹爲索。所以維持舟者。郭璞曰。綏繫也。孫炎曰。舟止。繫之於樹木。戾竹爲大索。衡謂冠系曰綏。纚訓綏。則亦謂舟系。大組剛堅。不可以縛舟。故別爲舟系。以繫組。而繫組末於樹木。故云。紼纚維之。纚綏連讀。或纚維連讀。非也。

樂只君子。天子葵之。樂只君子。福祿膍之。葵揆也。膍厚也。正義。揆者。以天子於諸侯。命賜有多少。或以恩。或以功。當揆度多少而與之。衡謂。諸侯之於天子。若楊舟之汎汎於水上。東西無所定。故之明王。揆其功德。厚其福祿。以維持之。猶紼纚之繫舟。今幽王不能然。反侮慢之。諸侯將背叛。故陳古以刺之。

優哉游哉。亦是戾矣。戾至也。箋。戾止也。諸侯有盛德者。亦優游自安止於是。

言思不出其位。正義。明王既以賜祿諸侯。優饒之哉。游縱之哉。明王之德能如此。亦如是至美矣。陳啓源云。⿰彳憂游之⿰彳憂。本從彳。今惟監本注疏作⿰彳憂。餘本俱作優矣。二字義亦相通。玉篇云。⿰彳憂。⿰彳憂游也。廣韻同。又云。通作優。案佩觿集辯此二字。以⿰彳憂爲⿰彳憂游。以優爲倡優。誠是矣。然說文無⿰彳憂字。其優字則訓饒。又訓倡。已兼二義。⿰彳憂游與饒意近。併⿰彳憂於優亦可也。今世文典。不別用⿰彳憂字矣。衡謂。言諸侯來朝者。優哉游哉。自安無所危懼。所以能如此者。王之待之亦是至矣。盡矣。亦亦命賜。⿰彳憂蓋優之或體。故說文無⿰彳憂字。佩觿別爲二字。非也。

角弓八章。章四句。

角弓。父兄刺幽王也。不親九族。而好讒佞。骨肉相怨。故作是詩也。

騂騂角弓。翩其反矣。興也。騂騂。調利也。不善紲檠巧用。則翩然而反。箋。興者。喻王與九族。不以恩禮御待之。則使之多怨也。釋文。騂。息營反。說文作弲。音火全反。正義。冬官弓人以六材爲弓。調幹角筋膠絲漆也。又曰。角之中。恒當弓之隈。如彼文。弓有用角之處。不得即名角弓。此言角弓。蓋別有角弓。如今北狄所用者。檠者藏弓定體之器。謂未成弓時。內於檠中。此弓已調和。而言檠者。蓋用訖內於竹閉之中。恐損其體。亦謂之檠。紲即緄縢也。陳啓源云。說文觲用角。低卬便也。從羊牛角。詩曰。觲觲角弓。息營切。是騂自作觲。不作弲也。陸豈因說文名角弓爲弲。而誤引與。曾釗云。角弓蓋對木弓言之。說文云。弧木弓也。詩言角弓。所以別於木弓。正義謂別有角弓失之。衡謂。曾謂角弓對木弓言之。是也。檠者刻弓形於木內。未成弓於刻中以定其形。紲者縛竹於弛弓之裏。以備損傷。二器本殊。所用又不同。此弓已調利。而傳并言檠者。弓體乖戾。復內於檠。以定之。今弓工所爲。尚亦如此。故并言檠耳。調利。本或作調和。非。

兄弟昏姻。無胥遠矣。

箋。胥相也。骨肉之親。當相親信。無相疏遠。相疏遠。則以親親之望易以成怨。

爾之遠矣。民胥然矣。爾之教矣。民胥傚矣。

箋。爾女。女幽王也。胥皆也。言王女不親骨肉。則天下之人皆如之。見女之教令無善無惡。所尚者。天下之人皆學之。言上之化下。不可不慎。衡謂。教與遠反對。謂教以親信之道。

此令兄弟。綽綽有裕。不令兄弟。交相爲瘉。

綽綽寬也。裕饒。瘉病也。箋。令善也。

民之無良。相怨一方。

箋。良善也。民之意不獲。

當反責之於身。思彼所以然者而恕之。無善心之人。則徒居一處怨恚之。

正義。上既言惡人兄弟相病。此又申而戒之。言天下之人無善心也。不但於兄弟相病。又不能反之於己。以情相恕。徒然相怨於一方。彼非可怨而怨之。是小人之愚惑也。衡謂。徒居一處怨恚之者。言徒居心於己所怨之一處。不復思彼所以然之故而恕之。

受爵不讓。至于己斯亡。

爵祿不以相讓。故怨禍及之。比周而黨愈少。鄙爭而名愈辱。求安而身愈危。箋。斯此也。

正義。此言無良之人。不但遙則相怨。又對面則受其官爵。不以相讓。由此爲彼所怨。至於己身。以此而致滅亡。是不教之大過也。王何不親宗族以化之乎。衡謂。上章兄弟。謂王族。王不親宗族。惡風下煽。至於士大夫。施及下民也。皆怨王之辭。

老馬反爲駒。不顧其後。

己老矣而孩童慢之。箋。此喻幽王見老人反侮慢之。遇之如幼稚。不自顧念後至年老。人之遇己亦將然。

衡謂。老馬。宗族父兄以自喻焉。不顧其後。謂不顧後禍。慢人者。人亦慢之。王喜慢人。後將有大禍。而不顧之也。鄭云。不自顧念後至年老。人之遇己亦將然。王者雖老。人必不侮慢。非也。

如食宜饇。如酌孔取。

饇飽也。箋。王如食老者。則宜令之飽。如飲老者。則當孔取。孔取。

謂度其所勝多少。凡器之孔。其量大小不同。老者氣力弱。故取義焉。王有族食族燕之禮。釋文。傴於據反。徐又於具反。衡謂。孔取與宜傴對。則孔當訓甚。甚取。猶言多酌。老者氣力弱。其不可過量。酒食一也。何獨於酒言其器之所受乎。愛之。欲飲食之。人之情也。而於老者尤甚。苟飲食之。不當使其不得醉飽。非謂不度其量而强飲之也。王侮慢老者。待之如孩兒。宗族父兄。或有不得醉飽者。故擧飲食正法而刺之耳。

毋教猱升木。如塗塗附。猱。猨屬。塗泥。附著也。箋。毋禁辭。猱之性善登木。若教使其爲之必也。附。木桴也。塗之性善著。若以塗附。其著亦必也。以喻人之心皆有仁義。教之則進。正義。陸璣云。猱。獮猴。楚人謂之沐猴。朱熹云。言小人骨肉之恩本薄。王又好讒佞以來之。是猶教猱升木。又如於泥土之上。加以泥塗附之也。衡謂。毋禁辭。管二句。言民情本薄。王又疏九族而導之。是猶教猱以升木。附塗於塗上。將益薄惡。故曰毋以禁之。此章文義易知。傳意當如朱說。但王又好讒佞以來之一句。非此章所須。故特改之云。

君子有徽猷。小人與屬。徽美也。箋。猷道也。君子有美道。以得聲譽。則小人亦樂與之。而自連屬焉。今無良之人相怨。王不教之。衡謂。此教王以化惡俗之道也。王不能然。

故刺之。雨雪瀌瀌。見晛曰消。晛。日氣也。箋。雨雪之盛瀌瀌然。至日將出。其氣始見。人則皆稱曰。雪今消釋矣。喻小人雖多。王若欲興善政。則天下聞之。莫不曰。小人今誅滅矣。其所以然者。人心皆樂善。王不啓教之。釋文。見如字。下文同。韓詩作曣。音於見反。曣晛。日出也。曰音越。下同。韓詩作聿。劉向同。正義。以曰者人言之辭。若日出則雪消。不復待言矣。明言者於日未出而言之。故知日將出。其氣始見。人則皆稱之曰。雪今消釋矣。陳啓源云。劉向災異疏引詩。亦以爲誅小人。與箋疏同義。衡謂見猶遇也。曰釋文音越。韓詩作聿。是也。言瀌瀌之雪盛矣。遇日氣則粵消釋矣。以興薄惡之俗至矣。遇明君則從而化矣。傳多與韓合。其意當如此。疏以箋述傳。非也。莫肯下遺。式居婁驕。箋。莫無也。遺讀曰隨。式用也。婁斂也。今王不以善政啓小人之心。則無肯謙虛以禮相卑下。先人而後已。用此自居處。斂其驕慢之過者。釋文。遺。王申反。毛如字。婁。力住反。數也。正義。以此小人皆爲惡行。莫肯自卑下。而遺去其惡心者。用此之故。其與人居處。數爲驕慢之行。故須化之。李黼平云。邶北門。政事一埤遺我。傳云。遺加也。可用以述傳。此經下字當指王說。言王莫肯下加啓教。故小人數爲驕慢也。衡謂通考全篇。首章戒王以兄弟昏姻。不可不親之意。以爲一篇之綱。二章述民之善惡。皆從王而化。以申戒王。三章擧民之善惡。以述其利病。勉王親宗族以化之也。四章專說化惡之民。言王以薄惡導民。故皆化爲惡人矣。乃言之序也。五章六章。上二句述惡俗。下二句說化之之道。七章八章。上二句述君有道。民從而化之。下二句說王不肯行道。此言王莫肯下加其德於民。用此意自居其位。敷爲驕慢之行而已。

雨雪浮浮。見晛曰流。浮浮。猶瀌瀌也。流。流而去也。如蠻如髦。我是用憂。蠻。南蠻也。髦。夷髦也。箋。今小人之行如夷狄。而王不能變化之。我用是爲大憂也。髦。西夷別名。武王伐紂。其等有八國從焉。正義。牧誓曰。及庸・蜀・羌・髳・微・盧・彭・濮人。又曰。逖矣西土之人。是西方也。衡謂。如蠻如髦。亦謂王。蠻夷不知禮義。貴壯賤老。故以王比之。

菀柳三章。章六句。

菀柳刺幽王也。暴虐無親。而刑罰不中。諸侯皆不欲朝。言王者之不可朝事也。

有菀者柳。不尚息焉。興也。菀。茂木也。箋。尚。庶幾也。有菀然枝葉茂盛之柳。行路之人。豈有不庶幾欲就之止息乎。興者。喻王有盛德。則天下皆庶幾往朝焉。正義。釋言云。庶幾。尚也。以心所念尚。即是庶幾。義相反覆也。上帝甚蹈。無自暱焉。蹈動。暱近也。箋。蹈讀曰悼。上帝乎者。愬之也。今幽王暴虐。不可以朝事。甚使我心中悼病。是以不從而近之。釋已所以不朝之意。正義。諸侯既不朝王。又相戒曰。上帝之王甚變動。而其心不恒。刑罰妄作。汝諸侯無得自往親近之。段玉裁云。檜羔裘。中心是悼。傳云。悼動也。此傳蹈動也。則是一字。箋申傳。而非易傳也。曾釗云。毛意蹈卽悼之假借。動古慟字。說文無慟字。衡謂。正義以上帝爲王。是也。言王所爲暴虐。甚悼我心。因相戒無朝焉。俾予靖之。後予極焉。靖治。極至也。箋。靖謀。俾使。極誅也。假使我朝王。王留我。使我謀政事。王信讒。不察功考績。後反誅放我。是言王刑罰不中。不可朝事也。曾釗云。小序卽毛公所作。此序云。暴虐無親。而刑罰不中。是毛公亦以此詩爲言罪事矣。傳極至也。當謂放四極之地。釋地。四極言四方之所至。卽此傳極至之義也。鄭以毛義未顯。故以極誅申成之。衡謂。曾說是也。後予至焉。言後將放予於四至之地焉。小序首句。子夏作之。繼序則歷世經師所傳。其筆之書。則在毛公耳。非毛公作之也。有菀者柳，不尚愒焉。愒息也。上帝甚蹈，無自瘵焉。瘵病也。箋：瘵接也。正義：鄭以上暱類之，讀爲交際之際，故言接也。衡謂其言無自暱焉者，以其將自病也，箋非。俾予靖之，後予邁焉。箋：邁行也。行亦放也。春秋傳曰：予將行之。正義：昭元年左傳文。有鳥高飛，亦傅于天。彼人之心，于何其臻。箋：傅臻皆至也。彼人斥幽王也。鳥之高飛，極至於天耳。幽王之心，於何所至乎。言其轉側無常。人不知其所屆。曷予靖之，居以凶矜。曷害。矜危也。箋：王何爲使我謀之，隨而罪我，居我以凶危之地，謂四裔也。正義：傳雖曷爲害，亦訓爲何。故害澣害否，亦爲何也。

都人士五章，章六句。

都人士，周人刺衣服無常也。古者長民，衣服不貳，從容有常，以齊其民，則民德歸壹。傷今不復見古人也。箋：服謂冠冕衣裳也。古者。明王時也。長民。謂凡在民上倡率者也。變易無常。謂之貳。從容謂休燕也。休燕猶有常。則朝夕明矣。壹者。專也。同也。正義。雖從容休燕之時。其容貌亦有常。則不但公朝朝夕而已。陳啓源云。朱子辨說云。都人士敘。蓋用緇衣之語。是不然。敘縱非子夏作。然其來古矣。緇衣。公孫尼子作也。尼子者。七十子之徒。與大毛公俱六國時人。毛公傳詩敘。尼子作緇衣。孰先孰後。未可定也。何知非緇衣用敘。而必敘爲用緇衣乎。古人文字互相仍襲者甚多。易詩書皆聖經。亦往往有之。敘所謂古者長民。衣服不貳。從容有常。以齊其民。則民德歸壹。當是先正遺言。敘詩者與尼子。各述所聞著之於書耳。衡謂。詩義傳自七十子。師資口相授受。以至大毛公。大毛公之時。天下之亂極矣。毛公恐其或失傳。故筆之書。以爲繼序。尼子亦七十子之徒。述其所聞以作緇衣。其源同出於七十子。其言之同。固不足怪也。

彼都人士。狐裘黄黄。其容不改。出言有章。彼彼明王也。箋。城郭之域曰都。古明王時。都人之有士行者。冬則衣狐裘黄黄然。取温裕而已。其動作容貌既有常。吐口言語。又有法度文章。疾今奢淫。不自責以過差。陳啓源云。箋疏以士爲庶民。嚴緝辨其誤。而謂士與女對擧。是貴賤之通稱。當矣。源謂。士之稱可通於貴賤。但此詩所謂士。大率主貴者言耳。

民望之。目充耳垂帶之飾。非士大夫不能當之。惟臺笠緇撮實爲賤服。然郊特牲言蜡祭諸侯使者草笠而至。貢於大羅氏。所以尊野服。諸侯使者必士大夫。玉藻云。始冠緇布冠。自諸侯下達。冠而敝之。是未敝之時。貴賤皆緇布也。然則臺笠緇撮。一則因事而服之。一則初冠而服之。雖非貴者常服。要亦有時而服焉。何必定指爲庶民。況此詩中三章。皆士女對擧。女稱君子女。則大家女也。女獨擧其貴。不應士偏指其賤。衞謂下箋云。都人之士所行要歸於忠信。其餘萬民寡識者。咸瞻望而歸之。則都人之有士行者。指位德兼備者言之。其以爲庶民有士行者。特孔疏之誤耳。咸瞻望而法傚之。則指序民德歸壹。故云萬民寡識者。鄭箋不誤矣。臺笠緇撮。蓋周初士人之野服。即序所云從容有常是也。

行歸于周。萬民所望。周忠信也。箋。于於也。都人之士所行。要歸於忠信。其餘萬民寡識者。咸瞻望而法傚之。又疾今不然。

彼都人士。臺笠緇撮。臺所以禦暑。笠所以禦雨也。緇撮。緇布冠也。箋。臺夫須也。都人之士。以臺皮爲笠。緇布爲冠。古明王之時。儉且節也。

正義。臺草名。可以爲笠。則一也。而傳分之者。笠本禦暑。故良耜曰。其笠伊糾。因可以禦雨。故傳分之以充二事焉。以緇撮爲一。知臺笠不二矣。以臺皮爲笠。緇布爲冠。不用美物。故云儉。言撮是小撮持其髻而已。是且節也。士冠禮云。緇布冠缺項。注云。緇布冠無笄者。著頍圍髮際。結項中。隅爲四綴。以固冠也。項中有𦄼。亦因固頍爲之耳。

今未冠笄者。著冠幘。頍象之所生也。是緇布冠制小。故言撮。以此益明非玄冠。衡謂。笠以竹皮爲之。無柄曰笠。有柄曰簦。可以禦雨。臺言物。笠言器。互文。故傳分臺笠爲二。緇布冠上戴臺笠。其爲野服可知矣。序從容有常。蓋謂此也。彼君子女。綢直如髮。密直如髮。箋。彼君子女者。謂都人之家女也。其情性密緻。操行正直。如髮之本末無隆殺也。釋文。綢直留反。密也。我不見兮。我心不悅。箋。疾時皆奢淫。我不復見今士女之然者。心思之而憂也。釋文。我不見。第二章作不見。後三章作弗見。一本四章同作不見。彼都人士。充耳琇實。琇。美石也。箋。言以美石爲瑱。瑱。充耳。釋文。琇音秀。徐又音誘。正義。充耳以琇之美石。實其耳。是其有節制也。衡謂。上章言野服有常。此章言盛服不貳。以互相備。所以民德歸壹也。彼君子女。謂之尹吉。尹正也。箋。吉讀爲姞。尹氏姞氏。周室昏姻之舊姓也。人見都人之家女。咸謂之尹氏姞氏之女。言有禮法。陳啓源云。毛訓尹爲正。孔疏申之。爲正直而嘉善。蓋以性行言也。鄭以謂之二字。是指成事而言。故易傳。讀吉爲姞。其說亦通。但尹是氏。姞是姓。兩家女子。一稱其氏。一稱其姓。文義不倫。且古者稱婦人。必稱其姓。未有獨舉其氏者。謂之尹吉。畢竟傳義爲長。

二章綢直。三章尹吉。皆言性行之美也。士德之美。詳於首章。女德之美。詳於二三章。美是人者。固宜詳於德矣。康成之易傳。秖因謂之二字不安耳。然尹正吉善。是美德。謂之云者。言人稱其美德如此。於文義何礙。

我不見兮。我心苑結。箋。苑猶屈也。積也。釋文苑於勿反。徐音鬱。又於阮反。

彼都人士。垂帶而厲。彼君子女。卷髮如蠆。厲。帶之垂者。箋。而亦如也。而厲。如蠆厲也。蠆必垂厲以爲飾。厲當作裂。蠆。螫蟲也。尾末揵然。似婦人髮末。曲上卷然。正義。毛以言垂帶而厲。爲絕句之辭。則厲是垂帶之貌。故以厲爲帶之垂者。禮。斂髮。無髻而有曲者。以長者盡皆斂之。不使有餘。而短者若鬢傍不可斂。則因曲以爲飾。故不同也。

我不見兮。言從之邁。箋。言亦我也。邁行也。我今不見士女此飾。心思之。欲從之行。言己憂悶。欲自殺求從古人。朱熹云。蓋曰。是不得見也。得見則我從之邁矣。思之甚也。衡謂。欲自殺從之。迫切之甚。非詩人溫柔敦厚之旨。朱說可從。

匪伊垂之。帶則有餘。匪伊卷之。髮則有旟。旟揚也。箋。伊辭也。此言士非故垂此帶也。帶於禮自當有餘也。女非故卷此髮也。髮於禮當有旗也。旗。枝旗揚起也。我不見兮。云何盱矣。箋。盱病也。思之甚。云何乎。我今已病也。

采綠四章。章四句。

采綠。刺怨曠也。幽王之時。多怨曠者也。箋。怨曠者。君子行役過時之所由也。而刺之者。譏其不但憂思而已。欲從君子於外。非禮也。

陳啓源云。叙云。刺怨曠也。蓋謂刺時之多怨曠耳。征役過時。王政之失。故復申言之云。幽王之時。多怨曠者也。則刺怨曠者。正刺幽王也。鄭氏不會叙意。釋之曰。譏其不但憂思而已。欲從君子於外。非禮也。此誤矣。韔弓綸繩。特托爲此語。以形容其必至之情。豈眞謂欲從行哉。況刺詩之作。必有關王政之興衰。民風之美惡。故聖人錄之。以爲後世永鑑。乃區區與里巷婦人較論得失。何陋也。

終朝采綠。不盈一匊。興也。自旦及食時爲終朝。兩手曰匊。箋。綠。王芻也。易得之草也。終朝采之而不滿手。怨曠之深。憂思不專於事。

釋文。芻楚具反。草也。正義。言人有終朝采此綠葉而不能滿其一匊。此采者。由此人志在於他故也。以興此婦人終日爲此家務而不能成其一事者。此婦人由志念於夫故也。李黼平云。據釋文。箋菉當作草。衡謂。今從之。予髮曲局。薄言歸沐。局卷也。婦人夫不在。則不容飾。箋。言我也。禮婦人在夫家。笄象笄。今曲卷其髮。憂思之甚也。有云君子將歸者。我則沐以待之。終朝采藍。不盈一襜。衣蔽前謂之襜。箋。藍。染草也。釋文。襜足占反。郭璞云。今之蔽膝。五日爲期。六日不詹。詹至也。婦人五日一御。箋。婦人過於時。乃怨曠。五日六日者。五月之日。六月之日也。期至五月而歸。今六月猶未至。是以憂思。正義。內則云。妾雖年老未滿五十。必與五日之御。是傳之所據也。王肅云。五日一御。大夫以下之制。婦人之思夫。必過時乃怨曠。毛雖云五日一御。不必夫行六日便即怨也。當是假御之期日以喩過時耳。孔晁曰。傳因以行役過時。刺怨曠也。故先序家人之情。而以行役者六日不至。爲過期之喩。非止六日。毛意當然也。之子于狩。言韔其弓。之子于釣。言綸之繩。箋。之子。是子也。謂其君子也。于往也。綸。釣繳也。君子往狩與，我當從之，爲之韔弓。其往釣與，我當從之，爲之繩繳。今怨曠，自恨初行時不然。

陳啓源云：韔弓綸繩，箋疏以爲婦人因夫不歸，悔當時不與之俱往。此必無之事，而或有之情也。作詩者探其情而言之耳。後儒以妨於義，改訓爲追想君子在家之事，說可通，而趣味較短。朱熹云：理絲曰綸，言欲往釣邪，我則爲之綸其繩。衡謂：凡字從侖者，皆以二者相對爲義。故從人爲倫，五倫，君與臣對，父與子對，夫與婦對，兄與弟對也。從車爲輪，兩輪相對爲用。從言爲論，我與彼論辨也。則從糸之綸，當謂合兩股絲而糾之。釋名曰：綸，倫也，作之有倫理也。蓋謂合糾兩股絲，其理粲然。故禮記緇衣曰：王言如絲，其出如綸。疏云：綸麤於絲。既合兩股絲，其麤可知矣。麻絲曰繩，綸之繩者，蓋合糾兩股麻絲，以爲釣繳也。

其釣維何，維魴及鱮。維魴及鱮，薄言觀者。

箋：觀，多也。此美其君子之有技藝也。釣必得魴鱮，魴鱮是言其多者耳。其衆雜魚乃衆多矣。

釋文：觀，古玩反。韓詩作覩。正義：俗本作觀，都誤也。定本集注並作多。朱熹云：於其釣而有獲也。又將往而觀之。衡謂：有獲而往觀之，相親之情藹然可掬。傳不釋觀字，則亦讀之如字。

黍苗五章，章四句。

黍苗。刺幽王也。不能膏潤天下。卿士不能行召伯之職焉。箋。陳宣王之德。召伯之功。以刺幽王及其羣臣。廢此恩澤事業也。

正義。此叙君臣互文以相見。言卿士不能行召伯之職。則王不能膏潤天下。謂不能如宣王也。以經言召伯不言宣王。故叙因而互文以見義也。

芃芃黍苗。陰雨膏之。興也。芃芃。長大貌。箋。興者。喻天下之民。如黍苗。然宣王能以恩澤育養之。亦如天之有陰雨之潤。悠悠南行。召伯勞之。悠悠。行貌。箋。宣王之時。使召伯營謝邑。以定申伯之國。將徒役南行。衆多悠悠然。召伯則能勞來勸說以先之。

正義。以嵩高言王命召伯定申伯之宅。又曰。因是謝人。與四章肅肅謝功相當。故知此南行。謂宣王之時。使召伯營謝邑。以定申伯之國。將徒役南行也。李黼平云。召穆公在宣王時。事業多矣。獨舉營謝之事者。是時宜臼奔申。鄭語曰。王欲殺大子以成伯服。必求之申。申人弗畀。必伐之。紀年。幽王十年。王師伐申。此詩蓋爲伐申之役。師旅困苦。還歸無時。詩人不欲顯諫。託召伯營謝。以微諷之。序所言卿士卽皇父。若言召伯爲卿士。則爲謝平其水土。皇父爲卿士。則爲謝謀其國都。刺皇父正以刺幽王也。衡謂。李亦思之矣。然經序俱不言征伐之事。

則其說非也。蓋幽王多嬖寵。爲之城其邑。民庶困病。如十月之交所陳。故述召伯營謝之事。以反照之耳。

我任我輦。我車我牛。我行既集。蓋云歸哉。任者。輦者。車者。牛者。箋。集猶成也。蓋猶皆也。營謝轉餫之役。有負任者。有輓輦者。有將車者。有牽牛者。其所爲南行之事既成。召伯則皆告之云。可歸哉。刺今王使民行役。曾無休止時。正義。秋官罪隸職云。凡封國若家。牛助爲牽傍。注。玄謂。牛助。國以牛助轉徙也。罪隸牽傍之。在前曰牽。在旁曰傍。既云將車者。牽之有牛而將之。而別云牽傍牛者。此牛在轅之外。不在轅中。故別牽傍之。李黼平云。蓋古太切。皆古諧切。古者四聲未分。音同義亦得通也。衡謂傳不釋蓋字。則讀如字也。二章三章皆述役徒之言。言我所爲南行之事既成。召伯蓋將云女等其歸哉。

我徒我御。我師我旅。我行既集。蓋云歸處。徒行者。御車者。師者。旅者。箋。步行曰徒。召伯營謝邑。以兵衆行。其士卒有步行者。有御兵車者。五百人爲旅。五旅爲師。春秋傳曰。諸侯之制。君行師從。卿行旅從。正義。傳亦見四者事別。而以言之。旅屬於師。徒行御車。還是師旅之人。而經別之者。以其所司各異。故亦歷言以類上章也。衡謂徒御以士卒言。師旅以將帥言。故經傳皆別言之。肅肅謝功。召伯營之。烈烈征師。召伯成之。謝邑也。箋。肅肅。嚴正之貌。營治也。烈烈。威武貌。征行也。美召伯治謝邑。則使之嚴正。將師旅行。則有威武也。原隰既平。泉流既清。召伯有成。王心則寧。土治曰平。水治曰清。箋。召伯營謝邑。相其原隰之宜。通其水泉之利。此功既成。宣王之心則安也。又刺今王臣無成功。而亦心安。

隰桑四章。章四句。

隰桑刺幽王也。小人在位。君子在野。思見君子。盡心以事之。

隰桑有阿。其葉有難。興也。阿然。美貌。難然。盛貌。有以利人也。箋。隰中之桑。枝條阿阿然長美。其葉又茂盛。可以庇廕人。興者。喻時賢人君子。不用而野處。有覆養之德也。正以隰桑興者。反求此義。則原上之桑。枝葉不能然。以刺時小人在位。無德於民。正義。知反求此義者。以序言小人在位。君子在野。爲相對。今擧隰而無原。故知有反求之義。以比小人無德於民矣。桑非能水之木。而言隰桑美者。以桑不宜在停水之地。宜在隰潤之所。隰之近畔。或無水而宜桑。以今驗之。實然者也。

旣見君子。其樂如何。思在野之君子。而得見其在位。喜樂無度。

隰桑有阿。其葉有沃。沃柔也。旣見君子。云何不樂。隰桑有阿。其葉有幽。幽。黑色也。段玉裁云。此謂幽卽黝之假借。周禮幽堊。鄭讀爲黝。旣見君子。德音甚膠。膠固也。箋。君子在位。民附仰之。其敎令之行。甚堅固也。心乎愛矣。遐不謂矣。中心藏之。何日忘之。箋。遐遠。謂勤。藏善也。我心愛此君子。君子雖遠在野。豈能不勤思之乎。宜思之也。我心愛之。又誠不能忘也。孔子曰。愛之。能勿勞乎。忠焉。能勿誨乎。釋文。臧之。鄭子郎反。善也。王才郎反。陳啓源云。詩中遐字。集傳多訓爲何。宗表記鄭注也。表記引隰桑遐不謂矣。遐作瑕。鄭曰。瑕之言胡。謂猶告也。此解明順。故朱子用以釋此詩。併及他詩遐瑕二字。然鄭先注記。後箋詩。箋詩時。往往改其前說。所見必有進。不應徒執其舊解也。呂記釋此以爲欲進忠告於君子。此又用左傳杜注也。左傳。鄭伯享趙孟。子產賦隰桑。趙孟曰。武請受其卒章。杜注云。武欲子產見之見規誨。東萊之說。本於此矣。然玩詩語及鄭箋。並無規誨意。鄭訓謂爲勤。勤與勞同義。論語言愛之則必勞來之。詩言愛之則必勤思之。語意相符。故鄭引之以證。不勤非證不忘也。意在愛勞。不在忠誨也。衡謂。箋意當如陳說。但謂訓勤。雖見釋詁。其義頗僻。而傳不釋謂字。則亦讀如字耳。竊謂。不謂謂也。言其居雖遠乎。豈不以欲見之告之乎。毛意恐當如此。此詩本思見君子。不當有規誨之辭。而此章盡是愛慕之言。故趙孟欲受之。予嚮者著左傳輯釋。不正杜注之誤。故特詳之。臧字本多從艸。乃王肅義也。唯古本作臧。與釋文唐石經合。今從之。

白華八章。章四句。

白華。周人刺幽后也。幽后取申女以爲后。又得褒姒。而黜申后。故下國化之。以妾爲妻。以孽代宗。而王弗能治。

周人爲之作是詩也。箋。申。姜姓之國也。褒姒。褒人所入之女。姒其字也。是謂幽后。孽。支庶也。宗。適子也。王不能治已。不正故也。正義。言姒其字者。婦人因姓爲字也。衡謂。正月傳云。褒國也。姒姓也。此亦當從之。

白華菅兮。白茅束兮。興也。白華。野菅也。已漚爲菅。箋。人刈白華於野。已漚名之爲菅。菅柔忍中用矣。而更取白茅收束之。茅比於白華爲脆。興者。喻王取於申。申后禮儀備。任妃后之事。而更納褒姒。褒姒爲孽。將至滅國。正義。言人刈白華。已漚以爲菅。又取白茅纏束之。是二者以絜白相束而成用。興婦人有德。已納以爲妻兮。又用禮道申束之兮。是二者以恩禮相與而成嘉禮者。即端正絜白之謂。鄭以爲言人既刈白華。已漚爲菅。柔韌中用兮。何爲更取白茅收束之兮。以白茅代白華。則脆而不堪用也。以興王既聘申女。已立爲后。禮儀充備兮。何爲更納褒姒。嬖寵之兮。衡謂茅言白。取其清絜。鄭取脆義。以喻褒姒。其說雖若可悅。恐非經傳之意。

之子之遠。俾我獨兮。箋。之子。斥幽王也。俾。使也。王之遠外我。不復答耦我。意欲使我獨也。老而無子曰獨。後褒姒譖申后之子宜咎。宜咎奔申。衡謂。俾我獨兮。謂王不復答我。使我獨居耳。及老而無子。則鑿矣。英英白雲。露彼菅茅。英英。白雲貌。露亦有雲。言天地之氣。無微不著。無不覆養。箋。白雲下露。養彼可以爲菅之茅。使與白華之菅相亂易。猶天下妖氣。生褒姒。使申后見黜。釋文。英如字。韓詩作泱泱同。正義。英英然者。是鮮潤之白雲下露潤彼菅之與茅。使之得長成。是天地之氣。無微不著。無不覆育。無微不著。謂養蕑芽以成大。無不覆養。亘細皆養之。故菅茅悉蒙養也。衡謂。天地覆養菅茅。而王疏外申后不答。乃後世所謂反與也。此章不分言菅茅。益信上章白華白茅俱指褒申后之事。鄭仍以茅爲指褒姒。支離不可通矣。天步艱難。之子不猶。步行。猶可也。箋。猶圖也。天行此艱難之妖久矣。王不圖其變之所由爾。昔夏之衰。有二龍之妖。卜藏其漦。周厲王發而觀之。化爲玄黿。童女遇之。當宣王時而生女。懼而棄之。後褒人有獄。而入之幽王。幽王嬖之。是謂褒姒。正義。擧足謂之步。故爲行也。猶可釋言文。言天不遺物。尚養彼菅茅。天何爲獨行艱難於我申后。令之子幽王。不可於我。而見黜退。不得覆養。是菅茅之不如也。滮池北流。浸彼稻田。滮流貌。箋。池水之澤。浸潤稻田。使之生殖。喻王無恩意於申后。滮池之不如也。豐鎬之間。水北流。正義。池水當得停。而亦言北流者。以池上引豐水。亦北流。浸灌既訖。又決而入豐。亦爲北流。鄭直云水北流。不指言豐。明池水亦北流也。衡謂。堤障以蓄水。謂之池。池水灌田之法。先□一横木於堤下。首末出於堤内外。又樹一竪木於横木内端。皆空其中。可以通水。復横穿竪木。自上至下六七孔。柄以塞之。旱則去柄洩水。以灌稻田。池水減。則去次柄。至池水竭而止。此池水灌田之法也。北流者。所洩注之水。北流灌田也。若引豐水以滿池。當直以灌田。不須作池蓄水。況引豐水入池。必汎濫決堤。此皆必無之事。禹域少水田。故孔不知池水灌田之法耳。嘯歌傷懷。念彼碩人。箋。碩大也。妖大之人。謂褒姒也。申后見黜。褒姒之所爲。故憂傷而念之。正義。王肅云。碩人謂申后也。孫毓云。申后廢黜失所。故嘯歌傷懷。念之而勞心。毛既不爲傳。意當與鄭同。衡謂。凡詩中碩人。毛皆以爲碩德之人。則此碩人亦必以爲申后矣。鄭以爲褒姒者。蓋以序言刺幽后耳。今詳考通篇。皆傷申后刺幽王之辭。未嘗一言及褒姒。然其所以至此。皆褒姒所爲。故序特言刺幽后。以明經意所在。此詩之所以不可無序。而講詩者之所以先講序也。樵彼桑薪。卬烘于煁。卬我。烘燎也。煁。烓竈也。桑薪宜以養人者也。箋。人之樵。取彼桑薪。宜以炊饔饎之爨。以養食人。桑薪。薪之善者也。我反以燎於烓竈。用炤事物而已。喻王始以禮取申后。申后禮儀備。今反黜之。使爲卑賤之事。亦猶是。釋文。烓音恚。又丘弭反。郭云。三隅竈也。說文云。行竈也。正義。烓者無釜之竈。其上燃火。謂之烘。

維彼碩人。實勞我心。衡謂。申后廢黜。我心實爲之憂勞。

鼓鐘于宮。聲聞于外。有諸宮中。必形見于外。箋。王失禮於內。而下國聞知而化之。王弗能治。如鳴鼓鐘於宮中。而欲外人不聞。亦不可止。段玉裁云。箋云。鳴鼓鐘。謂鼓與鐘二物也。靈臺。於論鼓鐘。鄭云。謂鼓與鐘也。此詩正同。孔云。鼓擊其鐘。誤。衡謂。王弗能治。鄭用敍語。則上文失禮於中。亦謂敍中以妾爲妻。以孽代宗之事。

念子懆懆。視我邁邁。邁邁。不說也。箋。此言申后之忠於王也。念之懆懆然。欲諫正之。王反不說於其所言。段玉裁云。此謂邁邁卽怵怵之假借也。韓詩。說文。作怵怵。衡謂。懆。說文云。愁不安也。愁不安。必欲言己意。故箋云。欲諫正之。然申后既廢。與男子事君者。其勢自別。不必言諫正。

有鶖在梁。有鶴在林。鶖。禿鶖也。箋。鶖也鶴也。皆以魚爲食者也。鶖之性貪惡，而今在梁。鶴絜白，而反在林。興王養褒姒而餒申后，近惡而遠善。維彼碩人，實勞我心。鴛鴦在梁，戢其左翼。箋：戢，斂也。斂左翼者，謂右掩左也。鳥之雌雄不可別者，以翼右掩左雄，左掩右雌。陰陽相下之義也。夫婦之道，亦以禮義相下，以成家道。正義：以王非義黜后，故以義責之，言有鴛鴦之雄鳥，在於魚梁，尚斂其左翼，是左翼斂在右翼之下，爲雄下雌之義。故恩情相好，以成匹耦，以興夫妻聚居，男當有屈下於女，爲陽下陰之義，故能禮義相與，以成家道。鳥之至右雌，皆釋鳥文也。衡謂鳥之雌雄相親者，莫鴛鴦若焉，故舉以興。之子無良，二三其德。箋：良，善也。王無答耦己之善意，而變異其心志，令我怨曠。有扁斯石，履之卑兮。扁扁，乘石貌。王乘車履石。箋：王后出入之禮與王同，其行登車亦履石。申后始時亦然，今見黜而卑賤。之子之遠，俾我疷兮。疷，病也。箋：王之遠外我，欲使我困病。釋文：疷，徐都禮反，又祁支反。衡謂此既使我困病矣，非欲也。疷，傳訓病，从疒氏聲。祁支反是也。

緜蠻三章。章八句。

緜蠻。微臣刺亂也。大臣不用仁心。遺忘微賤。不肯飲食教載之。故作是詩也。箋。微臣謂士也。古者卿大夫出行。士爲末介。士之祿薄。或困乏於資財。則當賙贍之。幽王之時國亂。禮廢恩薄。大不念小。尊不恤賤。故本其亂而刺之。正義。以微臣。臣之微賤者。惟士爲然。府史。則官長辟除。不在臣例。故知微臣謂士。

緜蠻黃鳥。止于丘阿。興也。緜蠻。小鳥貌。丘阿。曲阿也。鳥止於阿。人止於仁。箋。止謂飛行所止託也。興者。小鳥知止於丘之曲阿。靜安之處。而託息焉。喻小臣擇卿大夫有仁厚之德者。而依屬焉。正義。丘之與阿爲二物矣。而以丘阿爲曲阿者。以下丘側丘隅類之。則丘阿非二物也。知丘阿是丘之曲中也。衡謂。傳曲阿。解經阿字。不及丘字。正義是也。道之云遠。我勞如何。飲之食之。教之誨之。命彼後車。謂之載之。箋。在國依屬於卿大夫之仁者。至於爲末介從而行。道路遠矣。我罷勞。則卿大夫之恩。宜如何乎。渴則予之飲。飢則予之食。事未至則預教之。臨事則誨之。車敗則命後車載之。後車。倅車也。正義。教誨一也。別言之。事有至與未至。故箋因其文之先後。而分以充之。夏官戎僕掌倅車之政。道僕掌貳車之政。田僕掌佐車之政。是朝祀之副曰貳。兵戎之副曰倅。田獵之副曰佐。此是聘問之事。宜與朝祀同名。當言貳車。言倅者。周禮以相對而異名。其貳倅皆副也。散則義通。故以倅言之。衡謂以言曰誨。教則兼行與事。義有廣狹。故鄭以至與未至分之。非止以文之先後也。飲之以下。述仁者所爲。以刺今不然也。于。本或作於。今從石經岳本小字本。緜蠻黃鳥。止于丘隅。箋。丘隅。丘角也。豈敢憚行。畏不能趨。箋。憚難也。我罷勞。車又敗。豈敢難徒行乎。畏不能及時疾至也。飲之食之。教之誨之。命彼後車。謂之載之。緜蠻黃鳥。止于丘側。箋。丘側。丘旁也。豈敢憚行。畏不能極。箋。

極至也。飲之食之。教之誨之。命彼後車。謂之載之。

瓠葉四章。章四句。

瓠葉。大夫刺幽王也。上棄禮而不能行。雖有牲牢饔餼。不肯用也。故思古之人不以微薄廢禮焉。箋。牛羊豕曰牲。繫養者曰牢。熟曰饔。腥曰餼。生曰牽。不肯用者。自養厚。而薄於賓客。

陳啓源云。序言。幽王棄禮。雖有牲牢饔餼。而不肯用。華谷非之。以爲觀賓之初筵。幽王乃宴飲之過。故此詩極陳簡儉之意。似矣。然頍弁詩言。王有旨酒嘉肴。不以宴其親族。則與此序意。正相合也。況賓之初筵。刺其沈湎淫佚。非刺其奢也。蓋幽王所宴飲。匪人狎客耳。至於嘉賓懿戚。固其所疏而不欲近也。其宴飲之時。惟有載號載呶。亂我籩豆而已。至於一獻百拜之儀。又其所畏而不欲行也。賓筵詩刺其越禮。瓠葉詩刺其廢禮。惟越禮。則廢禮愈甚。牲牢饔餼。所以行禮也。宜其不肯用矣。序之言詎爲過乎。

幡幡瓠葉。采之亨之。君子有酒。酌言嘗之。幡幡。瓠葉皃。庶人之菜也。箋。亨熟也。熟瓠葉者。以爲飲酒之菹也。此君子謂庶人之有賢行者也。其農功畢。乃爲酒漿。以合朋友。習禮講道藝也。酒既成。先與父兄室人。亨瓠葉而飲之。所以急和親親。飲酒而曰嘗者。以其爲之主。於賓客。則加之以羞。易兑象曰。君子以朋友講習。正義。以此嘗之言。故知爲酒漿以會朋友也。作酒本爲行禮和親。亦是禮事。欲見敬重賓客。故言嘗以美之。以此在獻前。又無殽羞。明與下章事別。故知與父兄室人。室人者。卽家內之小大皆是也。陳啓源云。瓠壺同類而微別。瓠形長。壺體圓也。李黼平云。傳庶人二字。釋經君子。衡謂下三章獻酢酬相次。參之以此章嘗字。箋疏爲酒成先與父兄室人飲之者。洵是也。

有兔斯首。炮之燔之。君子有酒。酌言獻之。毛曰。炮。加火曰燔。獻。奏也。箋。斯。白也。今俗語斯白之字作鮮。齊魯之間聲近斯。有兔白首者。兔之小者也。炮之燔之者。將以爲飲酒之羞也。飲酒之禮。既奏酒於賓。乃薦羞。每酌言言者。禮不下庶人。庶人依士禮。立賓主爲酌名。釋文。斯首。毛如字。此也。正義。地官封人云。毛炮之豚。注云。爓去其毛而炮之。唯肉炮。內則。炮取豚若將。編萑以苴之。故云毛炮之。此述庶人之禮。傳直云毛曰炮。當是合毛而炮之。未必能如八珍之食。去毛炮之。毛斯字當訓爲此。王肅孫毓述毛云。唯有一兎頭耳。然按經有炮之燔之。且有炙之。則非唯一兎首而已。既能有兎。不應空用其頭。若頭既待賓。其肉安在。以事量理。不近人情。蓋詩人之作。以首表兎。惟有一兎。卽是不以微薄廢禮也。衡謂。一兎微也。不必更言其小者。斯訓此是也。禮不下於庶人。謂不責之以士君子之行。如獻酬之禮。未必不得行。果如鄭說。上章嘗猶飲也。而亦言言。然則庶人於禮。酒亦不得飲邪。可謂鑿矣。毛不釋言字。則亦以爲我。

有兎斯首。燔之炙之。君子有酒。酌言酢之。

炕火曰炙。酢報也。箋。報者。賓既卒爵。洗而酌主人也。凡治兎之宜。鮮者毛炮之。柔者炙之。乾者燔之。段玉裁云。說文。炕乾也。炕火。謂乾之於火。生民傳。貫之加於火曰烈。烈卽炙也。燔與火相著。炙與火相離。

有兎斯首。燔之炮之。君子有酒。酌言醻之。

醻道飲也。箋。主人既卒酢爵。又酌自飲卒爵。復酌進賓。猶今俗之勸酒。

漸漸之石三章。章六句。

漸漸之石。下國刺幽王也。戎狄叛之。荊舒不至。乃命將率東征。役久病於外。故作是詩也。箋。荊謂楚也。舒。舒鳩。舒鄝。舒庸之屬。役謂士卒也。正義。毛以戎狄叛之。經三章上四句是也。荊舒不至。下二句是也。乃命將率東征。役人久病于外。副上戎狄叛之。荊舒不至之言。爲六句之總。李黼平云。正義謂。毛以首章上四句。爲征戎狄。毛初無此義。不過以傳言漸漸山石高峻六字。在首章上四句下。王肅・孫毓。皆謂征伐。孔因據爲毛說耳。毛作傳時。本不連經。山石高峻。自釋首句。後人以傳文散付經句中。此傳當在首二句下。誤置第四句下。傳意果爲統釋征戎。第三章豕涉波月離畢。何以又不統釋。且首二章有山有川。山石高峻。非可以釋川也。總之。毛釋首二句。餘皆無傳。可同于鄭。而斷不可以王孫二家爲毛說。衡謂。經序俱言東征。不言西討北伐。則序云戎狄叛之。不過帶說以見時勢。不謂并征戎狄。首二句言其險。次二句言其遠。並指荊舒。不得分配戎狄與荊舒。毛意當然。於外。本或作在外。今從古本。石經。岳本。小字本。

漸漸之石。維其高矣。山川悠遠。維其勞矣。漸漸。山石高峻。箋。山石漸漸然高峻。不可登而上。喻戎狄衆彊而無禮義。不可得而伐也。山川者。荊舒之國所處也。其道里長遠。邦域又勞勞廣濶。言不可卒服。衡謂。路嶮而遠。役人所以勞也。餘見于序下。武人東征。不皇朝矣。箋。武人謂將率也。皇正也。將率受王命。東行而征伐。役人罷病。必不能正荊舒。使之朝於王。正義。皇正釋言文。王肅云。武人。王之武臣。征役者。言皆勞病。東行征伐東國。以困病。不暇脩禮而相朝。衡謂。毛不釋皇朝。則亦讀如字。且以下章出字他字例之。謂不暇自朝於王。非正荊舒使之朝於王。序言久病。亦正以此。皇正。本多作皇王。今從古本小字本。漸漸之石。維其卒矣。山川悠遠。曷其沒矣。卒竟。沒盡也。箋。卒者。崔嵬也。謂山巔之末也。曷何也。廣濶之處。何時其可盡服。正義。此經卒沒之義略同。而維其曷其文異者。維其言已行當竟之。曷其憂行不可盡勢相接也。衡謂。毛意蓋謂。漸漸之石。維其行之始竟矣。山川悠遠。何日其能盡之矣。蓋自鎬往楚。始嶮而後易。故其言如此。武人東征。不皇出矣。箋。不能正之令出使聘問於王。衡謂。軍中多事。不暇出營往他方也。有豕白蹢。烝涉波矣。豕豬也。蹢蹄也。將久雨。則豕進涉水波。箋。烝衆也。豕之性能水。又唐突難禁制。四蹢皆白曰駭。則白蹢其尤躁疾者。今離其繒牧之處。與衆豕涉入水之波漣矣。喻荊舒之人。勇悍捷敏。其君猶白蹢之豕也。乃率民去禮義之安。而居亂亡之危。賤之故比方于豕。正義。不但久勞。又遇大雨。爲甚苦之辭也。陳啓源云。據傳。蓋以烝涉波。爲將雨之徵也。衡謂。傳云。豕豬也。蓋謂野豬。非人家所畜者也。月離于畢。俾滂沱矣。畢噣也。月離陰星則雨。箋。將有大雨。徵氣先見於天。以言荊舒之叛萌漸。亦由王出也。豕既涉波。今又雨使之滂沱。疾王甚也。正義。畢爲月所離而雨。是陰雨之星。故謂之陰星。衡謂。詳味毛傳月離之前。謂之陰星。故月離之而雨。如正義所說。以月離畢而雨。目之爲陰星。非傳義也。豈西爲陰畢西方之宿。故謂畢爲陰星。與噣本或作蠋非。今從古本。岳本。小字本。十行本。武人東征。不皇他矣。箋。不能正之令其守職不干王命。正義。王之武人將率。以役人東征。伐荊舒之國。皆以勞病不暇更有他事矣。

苕之華三章。章四句。

苕之華。大夫閔時也。幽王之時。西戎東夷。交侵中國。師旅並起。因之以饑饉。君子閔周室之將亡。傷己逢之。故作是詩也。箋。師旅並起者。諸侯或出師。或出旅。以助王。距戎與夷也。大夫將師出。見戎夷之侵周。而閔之。今當其難。自傷近危亡。

苕之華。芸其黃矣。興也。苕。陵苕也。將落則黃。箋。陵苕之華。紫赤而繁。興者。陵苕之幹。喻如京師也。其華猶諸夏也。故或稱諸夏爲諸華。華衰則黃。猶諸夏之師旅。罷病將敗。敗則京師孤弱。正義。釋草云。苕。陵苕。黃華蔈。白華茇。陸機疏云。一名鼠尾。生下溼水中。七八月中華紫。似今紫草。華可染皀。煮以沐髮卽黑。如釋草之文。則苕華本自有黃有白。傳言將落則黃。是初不黃矣。蓋就紫色之中。有黃紫白紫耳。及其將落。則全變爲黃。衡謂。凡華開落有時。未有其幹爲華落傷病者。此以華之將落。喻周之將亡耳。不與諸侯相關也。心之憂矣。維其傷矣。箋。傷者。謂國日見侵削。正義。維其傷病矣。傷其見侵削也。

苕之華。其葉青

青。華落。葉青青然。箋。京師以諸夏爲障蔽。今陵苕之華衰。而葉見青青然。喻諸侯微弱。而王之臣當出見也。衡謂。上章以華將落。興周室將亡。則此章華落而葉青青然。喻周室之事不復可爲耳。箋以華喻諸侯。顯與序傳反。非也。

知我如此。不如無生。箋。我。我王也。知王之爲政如此。則己之生。不如不生也。自傷逢今世之難。憂悶之甚。李黼平云。首章傳苕。陵苕也。將落則黃。次章傳云。華落葉青青然。以苕華興周室。華以喻興。黃落以喻亡也。卒章傳云。牂羊墳首。無是道也。三星在罶。不可久也。喻將亡不久。人可以食。鮮可以飽。直云。治日少而亂日多。則作詩之意顯然矣。是傳以經三章皆閔周室將亡。傷己逢之。無出師之事。知我如此。我卽詩人自謂。正義皆同之。鄭說不可从也。

牂羊墳首。三星在罶。牂羊。牝羊也。墳。大也。罶。曲梁也。寡婦之笱也。牂羊墳首。言無是道也。三星在罶。言不可久也。箋。無是道者。喻周已衰。求其復興。不可得也。不可久者。喻周將亡。如心星之光耀。見於魚笱之中。其去須臾也。衡謂。牂羊以喻天下衰亂。墳首以喻王者尊榮。天下衰亂。而王者尊榮者。未之有。故云無是道也。

人可以食。

毛詩輯疏卷十一 文 完

鮮可以飽。治日少。而亂日多。箋。今者士卒。人人於晏早。皆可以食矣。時饑饉軍興乏少。無可以飽之者。衡謂。序言饑饉。而傳以治亂釋此二句者。西周之盛。有九年之蓄。雖有饑饉。民不飢也。自幽厲亂之。小饑則飢。故以治亂言之。可以食。謂僅療其飢。治日指宣王。亂日指幽厲。

何草不黃四章。章四句。

何草不黃。下國刺幽王也。四夷交侵。中國背叛。用兵不息。視民如禽獸。君子憂之。故作是詩也。正義。視民如禽獸。下二章是也。經言虎兕及狐。止有獸耳。言禽以足句。且散則獸亦名禽也。衡謂。下國。下邑也。僖公十年左傳。狐突適下國。謂曲沃新城。

何草不黃。何日不行。箋。用兵不息。軍旅自歲始草生而出。至歲晚矣。何草而不黃乎。言草皆黃也。於是之間。將率何日不行乎。言常行勞苦之甚。何人不將。經營四方。言萬民無不從役。正義。言萬民何人而不爲將率所將之衡謂。傳以此何人爲萬民從役者。則亦以上何人爲將率矣。將者。爲人所將帥也。

何草不玄。何人不矜。箋。玄。赤黑色。始春之時。草芽蘖者。將生必玄。於此時也。兵猶復行。無妻曰矜。從役者皆過時不得歸。故謂之矜。段玉裁云。鴻鴈傳。矜憐也。菀柳傳。矜危也。此蓋言夫人而危困可憐。不必讀爲鰥。衡謂。傳訓憐者。其字作矜。從矛令聲。今經傳訛作矜。無復作矜者。凡夫婦之情。人所不能忘。故詩人序行役病苦。往往以鰥寡言之。此亦當以箋爲正說。

哀我征夫。獨爲匪民。箋。征夫從役者也。古者師出不踰時。所以厚民之性也。今則草玄至於黃。黃至於玄。此豈非民乎。正義。所以厚愛民之性命。恐勞苦故也。

匪兕匪虎。率彼曠野。兕虎野獸也。曠空也。箋。兕虎。比戰士也。衡謂。傳言野獸。唯取其在野。不始比戰士也。

哀我征夫。朝夕不暇。有芃者狐。率彼幽草。有棧之車。行彼周道。芃。小獸貌。棧車。役車也。箋。狐。草行草止。故以比棧車輦者。正義。以循草比人。故知比輦者也。此棧車。卽唐蟋蟀言役車其休是矣。彼不以人輓。故知不與此同。此謂從軍供役之輦車耳。有棧是車狀。非士所乘之棧名也。李黼平云。說文云。輦輓車也。棚棧也。棧棚也。竹木之車曰棧。輦與棧別。然則以竹木爲棚謂之棧車。民間常用。徵以供役。故謂之役車。固非巾車所言之棧役。亦非鄉師之輦車矣。箋云輦者謂輓車之人耳。亦非必以爲輦也。衡謂此章興也。傳不言興者。以義易知耳。棧車疏以傳義爲役車其休之役車。毛意當然。鄭以

率彼幽草爲比役夫。故爲人輓車。然牛車亦必有人將之者。固不妨以率幽草爲比也。輦者。本多作輦車。今從岳本小字本。

毛詩輯疏卷十一 終

毛詩輯疏卷十二

日南安井衡著

文王之什故訓傳第二十三。大雅

文王之什十篇。六十六章。四百一十四句。

文王七章。章八句。

文王。文王受命作周也。　箋。受命。受天命而王天下。制立周邦。

李黼平云。經言陳錫哉周。宣十五年左傳引此詩云。文王所以造周。不是過也。造與作義同。序依經爲說也。經內言命者凡八。箋言受天命而王天下。於昭于天。箋言。故天命之以爲王。使君天下。亦依經爲說也。洛誥及緯候注。多言赤雀丹書。自是嗜奇愛博之故。及箋此詩。乃無一言及此。蓋其愼也。正義乃廣引緯候之注。以釋受命。非箋意矣。衡謂。文王三分天下有其二。而服事於殷。孔子稱爲至德。以此推之。其不生稱王。斷斷可知矣。而經序俱言文王受命者。周室有天下之形。定於文王之時。武王伐紂。特終其事耳。故武王之伐紂。自稱大子發。而中庸言追王。止於太王王季。不及文王。是皆周人以有天下爲文王之功。當時情狀。可以想見矣。此詩作於成王之時。推本其始而言之。故爲文王受命。子孫稱述祖德。固當如此。而其理亦不外乎此也。

文王在上。於昭于天。在上。在民上也。於。歎辭。昭。見也。箋。文王初爲西伯。有功於民。其德著見於天。故天命之以爲王。使君天下也。崩謚曰文。

陳啓源云。文王篇言文王受命作周。故首章卽言受命之事。首二句言未受命之先。德已著見於天。末二句旣受命之後。事天治人。皆能奉若天道。中四句。正言受命之事。而以德之顯。命之時。相配而言。蓋作周之本。在於受天之命。受命之本。在於與天合德。詩美文王德。乃第一義矣。集傳以首二句爲文王旣沒。而其神在上。昭明于天。以末二句爲其神在天。升降帝之左右。是以子孫蒙其福澤。而有天下。舍人而徵鬼。義短矣。衡謂此篇名文王。而在大雅之首。固當讚其生時之功德。而專說在天之靈。有此理乎。陳說洵是。

周雖舊邦。其命維新。乃新在文王也。箋。大王聿來胥宇。而國於周。王迹起矣。而未有天命。至文王而受命。言新者。美之也。

李黼平云。正義不釋乃字。按爾雅釋詁云。維侯也。其上文云。侯乃也。傳乃字。釋經中維字矣。

有周不顯。帝命不時。有

周，周也。不顯，顯也。顯，光也。不時，時也。時，是也。箋：周之德不光明乎？光明矣。天命之不是乎？又是矣。**文王陟降，在帝左右。**言文王升接天，下接人也。箋：在，察也。文王能觀知天意，順其所爲，從而行之。正義：天則恭敬承事以接之，人則恩禮撫養以接之。李黼平云：易泰卦象曰：后以財成天地之道，輔相天地之宜，以左右民。下接民，正是左右民。其義當佐佑。衡謂升，猶上也。以其在上，故經言陟。而傳以升釋之也。言文王上接天，下接人，察天意所在，以佐佑其民也。傳不釋下句，其意當同箋。

亹亹文王，令聞不已。陳錫哉周，侯文王孫子。文王孫子，本支百世。亹亹，勉也。哉，載。侯，維也。本，本宗也。支，支子也。箋：令，善。哉，始。侯，君也。勉勉乎不倦，文王之勤用明德也。其善聲聞日見稱歌，無止時也。乃由能敷恩惠之施，以受命造始周國，故天下君之。其子孫適爲天子，庶爲諸侯，皆百世。戴震云：春秋傳及國語引此詩，皆作陳錫載周，而以能施及布利釋其義。蓋陳，布也。古字載與栽通，栽猶殖也。言文王能布大利於天下，以豐殖周。國語說之曰：故能載周。以至於今。是也。韋昭注國語。於前夫利百物之所生也。天地之所載也。及後晉語。公子縶曰。君若求置晉君而載之。並注云。載成也。載之爲成。緣辭生訓耳。義當爲蕃殖。陳啓源云。載始兩訓。毛鄭雖殊。然載亦可訓始。其曰載行周道者。王肅述毛意耳。左傳國語引此皆作載。左傳羊舌職云。文王所以造周。不是過也。造周正是始義。衡謂。陳戴二說皆通。但載字。序解爲作。羊舌職釋爲造。造作同義。此皆周人解周時之辭。當以爲正說。

凡周之士。不顯亦世。不世顯德乎。士者世祿也。箋。凡周之士。謂其臣有光明之德者。亦得世世在位。重其功也。

世之不顯。厥猶翼翼。思皇多士。生此王國。王國克生。維周之楨。翼翼。恭敬。思辭也。皇天。楨幹也。箋。猶謀。思願也。周之臣既世世光明。其爲君之謀事。忠敬翼翼然。又願天多生賢人於此邦。此邦能生之。則是我周之幹事之臣。正義。皇者天號。故皇爲天也。衡謂。箋周之。本或作周家。今從古本。岳本。小字本。十行本。

濟濟多士。文王以寧。濟濟。多威儀也。

穆穆文王。於緝熙敬止。假哉天命。有商孫子。穆穆。美也。緝熙。光明也。假固也。箋。穆穆乎文王。有天子之容。於美乎。又能敬其光明之德。

堅固哉。天爲此命之。使臣有殷之子孫。陳啓源云。有商孫子。臣有商之子孫也。言天命之如此。二語意本協。此鄭義也。今云。卽有商之孫子觀之。既不接上義。下語又復出矣。戴震云。按敬止者。言敬愼其止居不謾也。故禮記大學篇引之。以明止於至善。緇衣篇引之。以明愼言行。說詩者。以止字爲辭助而已。於引詩扞格。則歸斷章取義。考古人賦詩斷章。必依於義可交通。未有盡失其義。誤讀其字者。使斷取一句。而併其字不顧。是亂經也。焦循云。傳解有周不顯云。有周。周也。則此有商亦商也。正義解之云。使臣有商之子孫。謂使之爲臣。以爲己有。非傳義。亦非箋義。衡謂。毛不釋止字。未知其意如何。戴說於文極順。古人引詩。雖曰斷章取義。必又不至改助辭以爲正辭。毛意恐亦當如戴說。有商孫子。陳從正義。意在駁集傳。不知朱說卽毛意。下將言商之孫子服事于周。故先以有商孫子起之。所謂詠歎淫液。似複而非複。若解有爲臣有。則侯于周服相複矣。焦說得之。

商之孫子。其麗不億。上帝既命。侯于周服。麗數也。盛德不可爲衆也。箋。于於也。商之孫子。其數不徒億。多言之也。至天已命文王之後。乃爲君於周之九服之中。言衆之不如德也。正義。鄭唯以侯爲君爲異。餘同。

侯服于周。天命靡常。則見天

命之無常也。箋。無常者。善則就之。惡則去之。殷士膚敏。祼將于京。厥作祼將。常服黼冔。殷士。殷侯也。膚美。敏疾也。祼。灌鬯也。周人尚臭。將行。京大也。黼白與黑也。冔殷冠也。夏后氏曰收。殷曰冔。周曰冕。箋。殷之臣。壯美而敏。來助周祭。其助祭。自服殷之服。明文王以德不以彊。正義。京大釋詁文。桓九年公羊傳曰。京師者何。天子之居也。京者何。大也。師者何。衆也。天子之居。必以衆大之辭言之。此京亦謂京師。故訓爲大也。宗廟之祭。以祼爲主。於禮王正祼。而后亞祼。則祼將主人之事矣。而云助行灌者。天官小宰。凡祭祀贊祼將之事。注云。又從太宰助王祼。謂贊王酌鬱鬯以獻尸。言大宰贊王。小宰贊大宰。是祼將之事。有臣助之矣。此周人尚臭。學祼將以表祭事。見殷士助祭耳。不必事助行祼也。衡謂。經言于京。必是外來之人。非仕周朝者。陪臣不助祭于王。故知殷士殷侯也。孔廣森以常爲大。常服爲矢服。矢服戎裝。非祭時所須。恐非。

王之藎臣。無念爾祖。藎進也。無念。念也。箋。今王之進用臣。當念女祖爲之法。王斥成王。正義。藎進釋詁文。陳啓源云。多士周楨。文王進臣之事也。詩之文義。前後相應。古注允矣。今解爲忠藎之臣。恐大迂。藎本染草之名。詩人以其音同。故借爲進義。毛公得於師授。當不誤也。由進而復轉爲忠。不已遺乎。今忠蓋二字。習爲常語。忘其本訓。無念爾祖。聿脩其德。永言配命。自求多福。聿述。永長言我也。我長配天命而行。爾庶國。亦當自求多福。箋。長猶常也。王既述修祖德。常言當配天命而行。則福祿自來。殷之未喪師。克配上帝。帝乙已上也。箋。師衆也。殷自紂父之前。未喪天下之時。皆能配天而行。故不亡也。亡本或作忘。今從古本。岳本。小字本。宜鑒于殷。駿命不易。駿大也。箋。宜以殷王賢愚爲鏡。天之大命。不可改易。釋文。駿音峻。易。毛以豉反。不易言甚難也。衡謂。言受大命以爲天子。甚難也。以豉反是也。命之不易。無遏爾躬。宣昭義問。有虞殷自天。遏止。義善。虞度也。箋。宣徧。有又也。天之大命。已不可改易矣。當使子孫長行之。無終女身則止。徧明以禮義。問老成人。又度殷所以順天之事。而施行之。釋文。義。毛音儀。鄭如字。正義。長行之者。常布明其善聲聞於天下。又度殷之所以順天。王引之云。宣明也。僖二十七年左傳。民未知信。未宣其用。晉語。武子宣法以定晉國。韋昭杜預注並云。宣明也。宣昭猶言明昭。周頌時邁篇。明昭有周。臣工篇。明昭上帝。是也。毛傳。義善也。問讀爲令聞不已之聞。言明昭善名於天下也。衡謂。言天命不易保守。勿行不義以遏止之於爾之躬。當慎德率道。明昭善聲聞於天下。又虞度殷順天。克配上帝時之事而施行之。

上天之載。無聲無臭。儀刑文王。萬邦作孚。載事。刑法。孚信也。箋。天之道難知也。耳不聞聲音。鼻不聞香臭。儀法文王之事。則天下咸信而順之。

大明八章。四章章六句。四章章八句。

大明。文王有明德。故天復命武王也。箋。二聖相承。其明德日以廣大。故曰大明。衡謂。大字無義。雅名明者有二篇。故編集者。其在小雅者謂之小明。在大雅者謂之大明。以別之耳。

明明在下。赫赫在上。明明。察也。文王之德。明明於下。故赫赫然著見於天。箋。明明者。文王武王。施明德于天下。其徵應炤晳見於天。謂三辰效驗。正義：明明，察也。釋訓文。陳啓源云：「明明在下」，毛傳目文王，鄭兼指文武，爲一篇之總括，鄭說勝矣。衡謂：天命周有天下，定於文王之時，「明明在下」原其始而言之，故傳以爲文王之德，是也。

天難忱斯，不易維王。天位殷適，使不挾四方。

忱，信也。紂居天位，而殷之正適也。挾，達也。箋：天之意難信矣，不可改易者天子也。今紂居天位，而又殷之正適，以其爲惡，乃棄絶之，使教令不行於四方。四方共叛之，是天命無常，維德是予耳。言此者，厚美周也。

釋文：挾，子燮反。正義：挾者，周匝之義，故爲達。周禮浹日，浹即今之匝，義同也。孔廣森云：古者堂有兩夾，謂之左達右達，是夾有達義，此挾音訓當與夾同。舊讀浹日之浹，非。衡謂：集傳挾訓有，乃其本義也。傳讀爲浹者，文王之時，紂未失天位，尺地無非其有，特號令不達行於四方耳。下章又有武王伐紂之文，故讀挾爲浹。浹者浹洽，浹洽無所不至之謂，是達義也。孔廣森讀挾爲夾室之夾，義雖可通乎，未若舊說之允當也。

摯仲氏任，自彼殷商，來嫁于周，曰嬪于京。乃及王季，維德之行。

摯國，任姓之中女也。嬪，婦。京，大也。王季，大王之子，文王之父也。箋：京，周國之地，小別名也。及與也。摯國中女曰大任。從殷商之畿內。嫁爲婦於周之京。配王季。而與之共行仁義之德。同志意也。正義。大任非謚也。以其尊加于婦。尊而稱之。故謂之大姜大任大姒。皆稱大。明皆尊而稱之。唯武王之妻。左傳謂之邑姜。不稱大。蓋避大姜故也。衡謂周人稱君所居爲京。本於公劉篇京師之野。毛彼傳云。言是京乃大衆所宜居之地也。則亦以爲地名矣。但仍不廢大義。訓京師爲大衆。釋其所以名京。故此亦訓京爲大。下章云。于周于京。周謂其國。京謂其都。而毛無傳。其意可見矣。但傳文簡古。鄭恐後人不喻其意。故云。周地小別名。乃申傳。非易之也。及周有天下。因稱天子所居爲京。或并稱京師。示不忘本也。殷以前無此稱。故周誥稱紂所居。曰大邦殷。未嘗稱京也。後儒習焉而不察。或疑此篇及公劉稱京。何其憒憒也。

大任有身。生此文王。大任。仲任也。身重也。箋。重謂懷孕也。

維此文王。小心翼翼。昭事上帝。聿懷多福。厥德不回。以受方國。回違也。箋。小心翼翼。恭愼貌。昭明。聿述。懷思也。方國。四方來附者。此言文王之有德。亦由父母也。

天監在下。有命既集。文王初載。天作之合。在洽之陽。在渭之涘。集就。載識合配也。洽水也。渭水也。涘厓也。箋。天監視善惡於下。其命將有所依就。則預福助之。於文王生。適有所識。則爲之生配於氣勢之處。使必有賢才。謂生大姒。釋文。馮翊有洽陽縣。應劭云。在洽水之陽。正義。氣勢之處。止謂洽陽渭涘是也。名山大川。皆有靈氣。嵩高曰。維嶽降神。生甫及申。水亦靈物。氣與山同。詩人述其所居。明是美其氣勢。故云。爲生賢妃於氣勢之處。使之必有賢才也。

文王嘉焉。大邦有子。嘉美也。箋。文王聞大姒之賢。則美之曰。大邦有子女。可以爲妃。乃求昏。正義。箋以此章言取大姒之事。皆文王身爲主。孫毓云。昏禮不稱主人。母在則命之。此時文王纔十三四。孺子耳。王季尚在。豈得制定求昏之事。衡謂孫說是也。詩本言天爲文王生賢妃。以成周室有天下之功。故以文王爲辭。若據其實。言王季爲文王娶之。有何趣味。不以辭害志。此類皆是也。

大邦有子。俔天之妹。俔譬也。箋。既使問名。還則卜之。又知大姒之賢。尊之如天之有女弟。釋文。俔。牽遍反。徐又下顯反。說文云。譬。喻也。韓詩作磬。磬譬也。阮元云。相臺本。十行本。閩本。明監本。毛本作俔。磬也。小字本。考文古本作譬也。案磬字是也。釋文。俔下云。磬也。正義標起止云。傳俔磬。作譬者誤。衡謂。作譬是也。釋文。徐又下顯反。爲俔字出一音。非音磬字。故曰又。說文云。譬諭也。釋傳譬字。又云。韓詩作磬。乃韓詩經文俔作磬耳。本與毛傳不相涉。其磬也二字。蓋宋人所妄補。非釋文原文也。正義標起止作俔磬。此亦後人所妄改。故下文說之云。此俔字韓詩作磬。則俔磬義同也。蓋俔磬一音之轉。故毛詩作俔。韓詩作磬。陸孔引之以廣異聞耳。而阮據以爲傳譬作磬之證。粗謬可笑。

文定厥祥。言大姒之有文德也。祥善也。箋。問名之後。卜而得吉。則文王以禮定其吉祥。謂使之納幣也。衡謂。俔天之妹。謂其美。文謂其德。善說文云吉也。故毛訓祥爲善。言大姒美而有德。故定其吉祥之禮。謂納采納幣之屬。

親迎於渭。言賢聖之配也。箋。賢女配聖人。得其宜。故備禮也。衡謂。傳意蓋謂賢女宜配聖人。今文王娶大姒。故詩人言親迎以美之。非謂非聖賢不親迎也。正義云。以賢聖宜相配。故備禮而親迎之。是以箋述傳非也。

造舟爲梁。不顯其光。言受命之宜。王基乃始於是也。天子造舟。諸侯維舟。大夫方舟。士特舟。造舟然後可以顯其光輝。箋。迎大姒而更爲梁者。欲其昭著示後世。敬昏禮也。不明乎。其禮之有光輝。美之也。天子造舟。周制也。殷時未有等制。正義。造舟至特舟。皆釋水文。李巡曰。比其舟而渡。曰造舟。中央左右相維持曰維舟。併兩船曰方舟。一舟曰特舟。孫炎曰。造舟。

比舟爲梁也。維舟連四舟也。然則造舟比舟於水。加板於上。卽今之浮橋。衡謂。言此二句。言周室受命爲天子之宜。必於此言之者。周室王業。始於文王娶大姒也。故後世美之。制天子造舟之禮。制天子造舟之禮。然後可以顯明文王娶大姒之光輝也。故擧周制。以明詩人美之之意。箋造舟周制。蓋以申毛意。不獨明其非僭也。

有命自天。命此文王。于周于京。纘女維莘。長子維行。纘繼也。莘。大姒國也。長子。長女也。維行大任之德也。箋。天爲將命文王君天下。於周京之地。故亦爲作合。使繼大任之女事於莘國。莘國之長女大姒。則配文王。維德之行。

篤生武王。保右命爾。燮伐大商。篤厚。右助。燮和也。箋。天降氣于大姒。厚生聖子武王。安而助之。又遂命之爾。使協和伐殷之事。協和伐殷之事。謂合位三五也。正義。婦之所纘。唯繼姑耳。繼姑而言維行。故知能行大任之德也。上章述大任之事云。乃及王季。維德之行。今大姒纘大任之德。則亦與文王維行矣。厚生謂聖性感氣之厚。故言天降氣於大姒也。聖人雖則有父。而聖性受之於天。故言天降氣也。又解和伐殷之事。正謂合位於三五是也。言正合。會天道於五位三所而用之。歲月日辰星五者。各有位。謂之五位。星日辰在北。歲在南。月在東。居三處。故言三所。此事在外傳。周語伶州鳩曰。昔武王伐殷。歲在鶉火。月在天駟。日在析木之津。辰在斗柄。星在天黿。星與日辰之位。皆在北維。顓頊之所建也。帝嚳受之。我姬氏出自天黿。及析木者。有建星及牽牛焉。則我皇妣大姜之姪。伯陵之後。逢公之所憑神也。歲之所在。則我有周之分野也。月之所在。辰馬農祥也。我大祖后稷之所經緯也。王欲合是五位三所而用之。衡謂。人受生於父母。然其賢愚吉凶禍福之屬。六物爲之。則謂之天篤降氣亦可。傳云。變和也。蓋謂和其象而伐之。恐不及五位三所。然事出於國語。今且存之。以備一說焉。

殷商之旅。其會如林。矢于牧野。維予侯興。

旅衆也。如林。言衆而不爲用也。矢陳。興起也。言天下之望周也。箋。殷盛合其兵衆。陳于商郊之牧野。而天乃予諸侯有德者。當起爲天子。言天去紂周師勝也。

上帝臨女。無貳爾心。

言無敢懷貳心也。箋。臨視也。女女武王也。天護視女。伐紂必克。無有疑心。正義。毛氏於詩。予皆爲我。無作取予之義。上篇侯皆爲維。言天下之望周。解維予侯興之意。王肅云。其衆維叛殷。我興起而滅殷。傳意當然也。衡謂。言天下之望周。謂其會如林以下。

牧野洋洋。檀車煌煌。駟騵彭彭。

洋洋。廣也。煌煌。明也。駵馬白腹曰騵。

言上，周下，殷也。箋，言其戰地寬廣，明不用權詐也。兵車鮮明，馬又强，則暇且整。正義。成十六年左傳。欒鍼說晉國之勇，云。好以衆整，又曰。好以暇。

維師尚父。時維鷹揚。涼彼武王。

師。大師也。尚父，可尚可父。鷹揚。如鷹之飛揚也。涼佐也。箋。尚父，呂望也。尊稱焉。鷹，鷙鳥也。佐武王者，爲之上將。正義。史記齊世家云。太公望呂尚者。東海上人。西伯出獵，得之。曰吾太公望子久矣。故號之曰太公望。載與俱歸。立爲大師。劉向別錄曰。師之，尚之，父之。故曰師尚父。父亦男子之美號。釋詁云。亮介，尚右也。左右，亮也。轉以相訓。是亮爲佐也。亮諒義同。段玉裁云。毛謂涼卽亮之假借。

肆伐大商。會朝清明。

肆疾也。會甲也。不崇朝而天下清明。箋。肆故今也。會合也。以天期已至。兵甲之强。師率之武。故今伐殷。合兵以清明。書牧誓曰。時甲子昧爽。武王朝至于商郊牧野乃誓。正義。左傳云。輕者肆焉。是肆爲疾之義。故以肆爲疾。段玉裁云。會古外切。甲與會雙聲。凡器之蓋曰會。日之首曰甲。二者演之爲居首之稱。貨殖傳蓋一州。漢書作甲一州。衡謂崇終也。自旦至食時曰崇朝。下文云。不崇朝。則毛以會朝爲早朝。故訓會爲甲。段說是也。

緜九章。章六句。

緜。文王之興。本由太王也。

緜緜瓜瓞。民之初生。自土沮漆。興也。緜緜。不絕貌。瓜瓞。瓜紹也。瓞瓝也。民周民也。自用。土居也。沮水。漆水也。箋。瓜之本實。繼先歲之瓜必小。狀似瓝。故謂之瓞。緜緜然若將無長大時。興者。喻后稷乃帝嚳之冑。封於邰。其後公劉失職。遷於豳。居沮漆之地。歷世亦緜緜然。至大王而德益盛。得其民心而生王業。故本周之興。云于沮漆也。正義。瓜之本實。謂瓜蔓近本之實。繼先歲之瓜。必小。其形狀似瓝。故謂之瓞。其瓜之與瓞。猶種不同也。必言本實小者。以其言紹。近本之實。繼先歲之瓜。猶長子之繼父。故言繼者。瓜實近本則小。今驗信然。陳啓源云。自土沮漆。是扶風之漆沮。名物疏語。已詳於吉日篇矣。馮又云。不窋徙居戎翟之間。在今慶陽府。公劉遷豳。在今西安府邠州淳化縣西百二十里。三水縣界。當涇水之西。及大王自豳遷岐。踰梁山。始至岐山北。漆沮合流之處。梁山在今西安府乾州城西北五里。當豳之西南。孔仲達緜詩疏云。漆沮在豳地。二水東流。亦過周地。非也。若漆沮在豳。則公劉于豳斯館。已有宮室。大王何爲陶復陶穴哉。正以太王初至扶風之地。故未有家室耳。源嘗三復詩詞。合之毛傳。知馮語良是也。今以緜詩首章。爲大王居豳事者。始於康成耳。毛傳本無是說也。傳於首章。即述大王避狄。去豳遷岐之事。而繼之曰。陶其土而復之。陶其壤而穴之。則明以復穴係之岐下。爲古公初到之居矣。又曰。未有寢廟。未敢有家室。蓋因五章俾立室家。作廟翼翼並言。此章止言家室。而不言廟。故補其未及。是明以此章未有。與五章俾立。遙相首尾。彼既在岐。此不應獨在豳矣。又三章傳曰。周原。漆沮之間。合周原與漆沮爲一。是明以首章之居漆沮。居此周原矣。夫遷岐之始。草萊甫闢。復穴而居。理或有之。公劉居豳。至太王已經十世。安得尚無家室。不獨于豳斯館見公劉。而再考七月篇所稱塞向墐戶。入此室處。入執宮功。亟其乘屋。躋彼公堂諸語。皆有家室之證也。至於蠶績裘裳。稱觥獻兕。凌陰春酒諸禮儀。文物燦然畢具。豈穴居人所能辨邪。則首章所言。其爲初到未遑築室時事無疑也。段玉裁云。此傳難讀。由淺人誤刪瓜瓞二字。而以瓜逗。紹也句耳。瓜紹謂之瓜瓞。瓜紹何以謂之瓜瓞。瓞者瓝也。小瓜之稱也。瓜紹之瓜。必小如瓝。故謂之瓜瓞也。何言乎瓜紹。繼先歲近本之實也。爾雅其紹瓞。當作瓜紹瓞。衡謂。陳段二說皆是也。序云。文王之興。本大王也。大王之業。遷岐始盛。豳乃其所見迫逐之處。詩人將言文王之興。何爲舍其興隆之處。而序迫逐之地哉。故傳亦云民。周民也。言初生者。乃周地之民。非豳民也。民既周民。則漆沮之爲周地可知矣。生字毛無傳。竊謂。生即文王蹶厥生之生。玉篇。生。起也。說文。起。能立也。蓋謂民初能有起立之勢也。

古公亶父。陶復陶穴。未有家室。古公。豳公也。古言久也。

亶父字。或殷以名言。質也。古公處豳。狄人侵之。事之以皮幣。不得免焉。事之以犬馬。不得免焉。事之以珠玉。不得免焉。乃屬其耆老。而告之曰。狄人之所欲。吾土地。吾聞之。君子不以其所養人而害人。二三子何患無君。去之。踰梁山。邑乎岐山之下。豳人曰。仁人之君。不可失也。從之如歸市。陶其土而復之。陶其壤而穴之。室內曰家。未有寢廟。亦未敢有家室。箋。古公據文王本其祖也。諸侯之臣。稱君曰公。復者。復於土上。鑿地曰穴。皆如陶然。本其在豳時也。傳自古公處豳而下。爲一章發。

焦循云。詩人用韻。以瓞漆穴室相協。緜緜瓜瓞一頓。民之初生自土沮漆一頓。古公亶父陶復陶穴一頓。未有家室一頓。首尾用單句。中兩兩爲抑揚。生父二字無韻。謂瓞穴一韻漆室一韻亦可。毛傳分章句。於漆字一斷。隱以漆室爲韻。每三句爲一貫也。衡謂。首三句。言大王之所以成王基。由去豳往周。故傳解之云。民周民也。此三句。言始居周地之事。故傳先序其去豳之事。而後解陶復陶穴。則其以陶復陶穴。爲至周地時之事。灼然甚明。鄭云。爲二章發。不亦左乎。陶如一人陶可乎之陶。陶其土而復之者。言取土於他處制之爲瓦，復累之地上，以爲居也。陶其壤而穴之者，壤，說文柔土也，凡鑿地穴中之土，柔軟散渙如塵坌，不可以居，故云陶其壤而穴之也。穴在陶前，而後言穴之者，謂穴居之。

古公亶父，來朝走馬。率西水滸，至于岐下。爰及姜女，聿來胥宇。率，循也。滸，水厓也。姜女，大姜也。胥，相。宇，居也。箋：來朝走馬，言其辟惡早且疾也。循西水厓，沮漆水側也。爰，於。及，與。聿，自也。於是與其妃大姜自來相可居者，著大姜之賢知也。衡謂古公之避狄來周，時勢惶遽，事事艱難，未暇作家室，故且陶復陶穴，以防雨露。既而事粗安，乃循漆沮之側東行，以相可居之地也。聿，遂也。遂，兩事之辭。始而陶復陶穴，今又來相可居之地，故曰聿。鄭以此章爲大王去豳來周之事，夫爲敵所迫逐，以去其國，艱莫大焉。大王雖賢，豈能速相膴膴之周原，以營築之哉？不思甚矣。

周原膴膴，堇荼如飴。爰始爰謀，爰契我龜。周原，沮漆之間也。膴膴，美也。堇，菜也。荼，苦菜也。契，開也。箋：廣平曰原。周之原地，在岐山之南，膴膴然肥美，其所生菜，雖有性苦者，甘如飴也。此地將可居，故於是始與豳人之從已者謀。謀從。又於是契灼其龜而卜之。卜之。則又從矣。陳啓源云。毛傳云。堇菜也。箋云。菜雖苦者。甘如飴。若是烏頭。則當云草。不當云菜。孔以爲烏頭。失毛鄭意矣。苦荼苦堇。同以苦得名。然堇味甘美。荼亦恬脆。堇則禮用以爲滑。荼則禮用以爲苄。安得謂非類乎。二菜元非苦物。但未必如飴耳。周地獨如飴。所以美也。衡謂。契開。謂灼龜開出占兆。疏云。謂出占書。失之。曰止曰時。築室于茲。箋。時是。茲此也。卜從則曰可。止居於是。可作室家於此。定民心也。正義。如箋之言。上曰爲辭。下曰爲於也。衡謂。二曰皆辭。鄭釋其意。故云作室家於此。非訓曰爲於也。迺慰迺止。迺左迺右。迺疆迺理。迺宣迺畝。自西徂東。周爰執事。慰安。爰於也。箋。時耕曰宣。徂往也。民心定。乃安穩其居。乃左右而處之。乃疆理其經界。乃時耕其田畝。於是從西方而往東之人。皆於周執事。競出力也。豳與周原。不能爲西東。據至時從水滸言也。戴震云。左右繼慰止而言。皆奠居事也。宣畝繼疆理而言。皆授田事也。宣如春秋傳。宣汾洮之宣。謂通洫澮。畝謂因水地之宜。而畝之。或南其畝。或東其畝也。自西徂東。周爰執事。又繼宣畝而言。則巡行國中。視其所當爲者。無不使民爲之。以興利。桑柔篇自西徂東。靡所定處。言無安居之所。亦以自西徂東。爲該舉域中之辭。衡謂公劉篇既順廼宣。傳云徧也。此亦當訓徧。言疆理乃徧。乃畎畝而種之。自西徂東。戴說是也。周亦徧也。

乃召司空。乃召司徒。俾立室家。箋。俾使也。司空司徒。卿官也。司空掌營國邑。司徒掌徒役之事。故召之。使立室家之位處。

其繩則直。縮版以載。作廟翼翼。言不失繩直也。乘謂之縮。君子將營宮室。宗廟爲先。廄庫爲次。居室爲後。箋。繩者。營其廣輪方制之正也。既正。則以索縮其築版。上下相承而起。廟成。則嚴顯翼翼然。乘。聲之誤。當爲繩也。正義。釋器云。繩謂之縮。孫炎曰。繩束築版。謂之縮。郭璞曰。縮者。縛束之。箋上下相承而起。解載義。

捄之陾陾。度之薨薨。築之登登。削屢馮馮。捄虆也。陾陾。衆也。度居也。言百姓之勸勉也。登登用力也。削牆鍛屢之聲馮馮然。箋。捄捊也。度猶投也。築牆者。捊聚壤土。盛之以虆。投諸版中。釋文。捄音俱。徐又音鳩。陾耳升反。說文云。築牆聲也。薨呼弘反。

爾雅。衆也。王云。亟疾也。蘽力追反。字或作摞。或作𧂐。音同。劉熙云。盛土籠也。捊薄侯切。爾雅云。聚也。說文云。引取土。正義。說文云。捄盛土於器也。捄字從手。謂以手取土。蘽者盛土之器。言捄蘽者。謂捄土於蘽也。上言削。下言屢。馮馮是聲。故知削牆下土打鍛。是屢之聲馮馮然也。禮謂脯爲鍛脩。亦謂其椎打之。段玉裁云。婁音樓。空也。鍛婁者。槌打空竅坳突處。馮馮。堅實聲也。焦循云。屢古婁字。小雅式居婁驕。箋云。婁斂也。斂謂收斂。不用削而使其溢處收斂。則必用鍛。鍛者椎也。以物椎擊之。則溢者斂。故以鍛明屢。鍛屢猶鍛斂。鍛猶鍊。鍛之使堅牢。猶鍛之使精熟。衡謂度宅。通故訓居。謂居土於版中。鄭以居字稍難解。故以投申之。非易毛也。捊本或作桴。今從古本。岳本。小字本。十行本。

百堵皆興。鼛鼓弗勝。皆俱也。鼛。大鼓也。長一丈二尺。或鼛或鼓。言勸事樂功也。箋。五版爲堵。興起也。百堵同時起。鼛鼓不能止之使休息也。凡大鼓之側。必有小鼓。謂之應鼙。朔鼙。周禮曰。以鼛鼓鼓役事。正義。傳以鼛鼓爲二鼓。箋解有二鼓之意。凡大鼓之側有小鼓。謂之應鼙朔鼙。衡謂以鼛鼓鼓役事。謂作止皆鼓之。故以爲使役夫休息之事也。

迺立皐門。皐門有伉。迺立應門。應門將將。王之郭門曰皐門。伉高貌。王之正門曰應門。將將。嚴正也。美大王作郭門。以致皐門。作正門。以致應門焉。箋。諸侯之宮。外門曰皐門。朝門曰應門。內有路門。天子之宮。加以庫雉。

正義。大王本作郭門正門耳。在後文王之興。以爲皐門應門。雖遷都於豐。用岐周舊制。故云致。得爲之也。明堂位云。庫門。天子皐門。雉門。天子應門。魯以諸侯而作庫雉。則諸侯無皐應。戴震云。天子謂之皐門。諸侯謂之庫門。天子謂之應門。諸侯謂之雉門。準考工記宮隅門阿之制言之。皐門崇七丈。天子之應門。路門。諸侯之庫門。雉門。路門。皆崇五丈。異其名。殊其制。所以辨等威也。考之經傳。不聞天子庫門雉門。諸侯皐門應門。而禮說曰。天子五門。皐庫雉應路。諸侯三門。皐應路。失其傳耳。詩追美大王。不曰庫雉而曰皐應。蓋以後日天子之制。稱其前所立者。猶詩中於王季文王之時。而稱周京也。衡謂戴說是也。但大王名郭門爲皐門。名正門爲應門。及周有天下。因以爲天子郭門正門之名。猶公劉居京。而後世稱周君所居爲京。毛故曰致。言招致後世名天子之門爲皐應也。戴以不曰庫雉而曰皐應。爲追美大王。未免微錯。又案。正義引左傳皐門之皙。爲諸侯有皐門之稱。不知彼皐如鶴鳴于九皐之皐。謂澤門。非皐門有伉之皐也。

迺立冢土。戎醜攸行。冢大。戎大。醜衆也。冢土。大社也。起大事動大衆。必先有事乎社。而後出。謂之宜。美大王之社。遂爲大社也。箋。大社者。出大衆。將所告而行也。春秋傳曰。蜃宜社之肉。

衡謂。遂爲大社。猶曰致皐門。言及周有天下。遂倣冢土。以爲大社也。肆不殄厥愠。亦不隕厥問。柞棫拔矣。行道兌矣。肆。故今也。愠恚。隕墜也。兌成蹊也。箋。小聘曰問。柞櫟也。棫白桵也。文王見大王立冢土。有用大衆之義。故不絕去其恚惡惡人之心。亦不廢其聘問鄰國之禮。今以柞棫生柯葉之時。使大夫將師旅。出聘問。其行道士衆兌然。不有征伐之意。釋文。拔蒲貝反。又蒲蓋反。正義。肆故今。隕墜。皆釋詁文。說文云。愠怨也。恚怒也。有怨者必怒之。故以愠爲恚。文王大夫。將師旅而出。師行當依大道。且其衆既多。非徒成蹊而已。傳言成蹊者。以混夷之地。野曠人稀。雖有舊道。當有荒穢。故因士衆之過。得成蹊徑。以無征伐之事。故行得相隨成徑。與鄭同也。帝王世紀云。文王受命四年。周正丙子。混夷伐周。一日三至周之東門。文王閉門脩德。而不與戰。王肅同其說。以申毛義。以爲柞棫生柯葉拔然時。混夷伐周。然則周之正月。柞棫未生。以爲毛說。恐非其旨。驗毛傳上下。與鄭不殊。焦循云。毛傳謂本無道路。至此柞棫拔去。而下已成蹊。皇矣三章柞棫斯拔。松柏斯兌。傳云。兌易直也。柞棫拔矣。與柞棫斯拔同。惟兌字一屬行道。一屬松柏。故傳互發明之。兌與銳古通。道有柞棫。則塞。塞則猶夫鈍。柞棫拔去。則通。通則猶夫銳也。松柏錯於柞棫之中。柞棫拔去。而松柏喬立。是爲易直。行道通。不煩迂曲艱險。亦易直也。混夷駾矣。維其喙矣。駾突。

喙困也。箋。混夷。夷狄國也。見文王之使者。將士衆過己國。則惶怖驚走。奔突入此柞棫之中而逃。甚困劇也。是之謂一年伐混夷。大王辟狄。文王伐混夷。成道興國。其志一也。釋文。駾徒對反。喙許穢反。正義。說文云。駾馬疾行貌。引詩云。混夷駾矣。然則馬之疾行。郎有奔突之義。故云突也。陳啓源云。晉語靡笄之役。郤獻子曰。余病喙。韋昭注云。喙。短氣貌。郤以喙爲病。豈非困乎。短氣亦困之狀。此足證毛義矣。又方言云。殄俒倦也。郭注云。今江東呼極爲殄。因引外傳郤語。又曰。瘃極也。注亦云。江東呼極爲瘃。然則喙殄瘃三字通用矣。

虞芮質厥成。文王蹶厥生。質成也。成平也。蹶動也。虞芮之君。相與爭田。久而不平。乃相謂曰。西伯仁人也。盍往質焉。乃相與朝周。入其竟。則耕者讓畔。行者讓路。入其邑。男女異路。斑白不提挈。入其朝。士讓爲大夫。大夫讓爲卿。二國之君。感而相謂曰。我等小人。不可以履君子之庭。乃相讓。以其所爭田爲間田而退。天下聞之。而歸者四十餘國。箋。虞芮之質平。而文王動其緜緜民初生之道。謂廣其德而王業大。衡謂。大王遷岐。初有周民起立之勢。至文王。能發動其勢。益廣大之。

予曰有疏附。予曰有先後。予曰有奔奏。予曰有禦侮。率下親上曰疏附。相道前後曰先後。喻德宣譽曰奔奏。武臣折衝曰禦侮。箋。予我也。詩人自我也。文王之德。所以然者。我念之曰。此亦由有疏附先後奔奏禦侮之臣力也。疏附使疏者親也。奔走使人歸趨之。釋文。本音奔。本亦作奔。奏如字。本亦作走。御魚呂反。本亦作禦。道音導。本亦作導。正義。以疏附先後。奔走禦侮四行。總該羣臣。雖有聖賢。不過此矣。直總言羣臣有此四行而已。不指其臣。云某爲疏附。某爲禦侮。衡謂。奏讀爲湊。玉篇。湊。競進也。與走義同。故本或作走。陸本作奏。孔所據則亦作本也。

棫樸五章。章四句。

棫樸。文王能官人也。

芃芃棫樸。薪之槱之。興也。芃芃。木盛貌。棫。白桵也。樸。枹木也。槱。積也。山木茂盛。萬民得而薪之。賢人衆多。國家得用蕃興。箋。白桵。相樸屬而生者。枝條芃芃然。豫斫以爲薪。至祭皇天上帝及三辰。則聚積以燎之。釋文。槱音酉。本亦作栖。積木燒也。正義。釋木云。樸枹者。孫炎曰。樸屬叢生。謂之枹。以此故云。樸。枹木也。言樸屬而生者。考工記云。凡察車之道。欲樸屬而微至。注云。樸屬猶附著。此言樸者。亦謂根枝迫迮相附著之狀。衡謂。傳云。槱積也。謂積而燎之。故鄭以祭天申之。非易傳也。或民薪之。或以燎天。喻賢才衆多。各適其用也。傳以槱積義已明。不復言祭天。疏以爲積而蓄之。失之。蕃茂也。茂盛也。蕃興。猶言盛興耳。

濟濟辟王。左右趣之。趣趨也。箋。辟君也。君王謂文王也。文王臨祭祀。其容濟濟然敬。左右之諸臣。皆促疾於事。謂相助積薪。衡謂。薪之槱之。以喻文王能官人耳。非謂實有積薪之事也。則左右趣之者。亦謂各競執其事。箋云。相助積薪。非毛意也。又案。此篇稱文王爲辟王周王者。武王之伐紂也。奉文王木主。自稱大子發。是以伐紂爲文王之事。武王特奉行其命耳。故中庸言追王不及文王。既葬而謚。禮也。武王蓋有待焉。故既伐紂。然後謚之。所以告終功也。雅美文王者。皆係追詠。故原武王之意。以王言之。或以此疑文王生稱王。非詩人之旨也。

濟濟辟王。左右奉璋。半圭曰璋。箋。璋。璋瓚也。祭祀之禮。王裸以圭瓚。諸臣助之。亞祼以璋瓚。正義。王肅云。禮本有圭瓚者。以圭爲柄。謂之圭瓚。未有名璋瓚爲璋者。王基駁云。郊特牲云。灌以圭璋。與此云奉璋峨峨。皆有明文。故知璋爲璋瓚矣。陳啓源云。王肅述毛。以爲不言祭。孔疏亦以傳解璋而不言瓚。則不以爲祭。殊不知傳云半圭曰璋。璋瓚之璋。獨非半圭乎。傳文質略。偶不及瓚耳。安見其必非祭也。肅謂璋瓚不名璋。疏引王基語駮之矣。而仍用肅說以述毛。不知何意。衡謂。諸臣奉璋。唯是聘使。圭以聘君。璋以聘夫人。若是聘使不當遺圭獨言璋。且左右奉璋。斷非序使節之辭。則毛亦必以爲璋瓚矣。陳說得之。奉璋峨峨。髦士攸宜。峨峨。盛壯也。髦俊也。箋。士。卿士也。奉璋之儀峨峨然。故今俊士之所宜。衡謂。峨本或作峩。今從石經。小字本。岳本。十行本。淠彼涇舟。烝徒楫之。淠。舟行貌。楫。櫂也。箋。烝。衆也。淠淠然涇水中之舟。順流而行者。乃衆徒船人。以楫櫂之故也。興衆臣之賢者。行君政令。釋文。淠。匹世反。方言云。楫謂之橈。或謂之櫂。釋名云。在旁撥水曰櫂。又謂之楫。段玉裁云。擢從手。引也。俗字從木。淠本或作渒。今從石經。小字本。岳本。毛本。周王于邁。六師及之。天子六軍。箋。于。往。邁。行。及與也。周王往行。謂出兵征伐也。二千五百人爲師。今王興師行者。殷末之制。未有周禮五師爲軍。軍萬二千五百人。正義。瞻彼洛矣云。以作六師。常武云。整我六師。皆謂六軍爲六師。明此六師亦六軍也。衡謂。文王征伐諸邦。未必興六軍。天子六軍。經既曰周王。故從王禮言六軍耳。追詠之辭。固當然也。倬彼雲漢。爲章于天。倬大也。雲漢。天河也。箋。雲漢之在天。其爲文章。譬猶天子爲法度于天下。周王壽考。遐不作人。遐遠也。遠不作人也。箋。周王。文王也。文王是時九十餘矣。故云壽考。遠不作人者。其政變化紂之惡俗。近如新作人也。段玉裁云。傳遠不作人。當云遠作人也。不字衍。鄭箋異義。衡謂。如段說。遠猶永也。不作。反語辭。文義似順。追琢其章。金玉其相。追彫也。金曰彫。玉曰琢。相質也。箋。周禮追師。掌追衡笄。則追亦治玉也。相視也。猶觀視也。追琢金玉。使成文章。喩文王爲政。先以心研精。合于禮義。然後施之。萬民視而觀之。其好而樂之。如覩金玉。然言其政教可樂也。釋文。追對囘反。陳啓源云。追琢其章。金玉其相。二語。皆比也。集傳以此章爲興。失之矣。章周王之文也。相周王之質也。追琢者。其文比其修飾也。金玉者。其質比其精純也。一喻一正。相爲形況。

勉勉我王。綱紀四方。箋。我王。謂文王也。以罔罟喻爲政。張之爲綱。理之爲紀。

正義。說文云。綱。網紘也。紀。別絲也。然則綱者網之大繩。故盤庚云。若網在綱。有條而不紊。是其事也。以舉綱能張網之目。故張之爲綱也。紀者。別理絲縷。故理之爲紀。以喻爲政有舉大綱。赦小過者。有理微細窮根源者。陳啓源云。綱爲罔之綱。紀爲絲之紀。以喻我王之爲政於四方。亦比也。假象於器物。而去其如似之稱。詩中比體類此者多有。如我心匪石。我心匪席。价人維藩。大師維垣諸詩。皆是。衡謂。罔罟。本或作網罟。今從古本岳本小字本十行本。

旱麓六章。章四句。

旱麓。受祖也。周之先祖。世脩后稷公劉之業。大王王季。申以百福干祿焉。

正義。福祿一也。而言百福干祿焉。福言百。明祿亦其數多也。祿言干。明福亦求得之。以經有干祿。故取而互之。段玉裁云。干祿之干是千字。假樂箋曰。子孫得祿千億是也。衡謂。孔疏不得於文。當以段說爲正。

瞻彼旱麓。榛楛濟濟。旱。山名也。麓。山足也。濟濟。衆多也。箋。旱山之足。林木茂盛者。得山雲雨之潤澤也。喻周邦之民獨豐樂者。被其君德教。正義。周語韋昭注云。榛似栗而大。陸璣云。楛。其形似荆而赤。莖似蓍。上黨人織以爲斗筥箱器。又屈以爲釵。周語引此一章。乃云。夫旱麓之榛楛殖。故君子得以樂易干祿焉。若夫山林匱竭。林麓散亡。藪澤肆既。民力彫盡。田疇荒蕪。資用乏匱。君子將險哀之不暇。而何樂易之有焉。毛依此文以爲義。彼韋昭注云。王者之德。被及榛楛。陰陽調。草木盛。故君子以求祿。其心樂易矣。用此傳爲說。陳啓源云。此詩之旨。周語及毛傳盡之矣。陰陽和。山藪殖。乃紀實事。非取喻也。山藪。民所取材也。物產蕃庶。財用富足。正所以養民。安得謂惟論草木乎。此駁正義。魚麗詩卽魚酒二物。以明萬物之盛多。此詩卽榛楛二物。以明資用之饒裕。舉一見百。其義同也。李黼平云。正義不言旱山在何處。王伯厚始引漢志南鄭旱山。以當之。閻百詩又引後漢郡國志。及水經注沔水篇云。南鄭縣漢水。右合池水。水出旱山。山下有祠。池卽沱字也。又引明一統志云。旱山在漢中府治西南六十五里。一名[illegible]山。上有雲輙雨。

豈弟君子。干祿豈弟。干求也。言陰陽和山藪殖。故君子得以干祿樂易。箋。君子謂大王王季。以有樂易之德。施於民。故其求祿。亦得樂易。

瑟彼玉瓚。黃流在中。玉瓚。圭瓚也。黃金所以飾。流鬯也。九命然後錫以秬鬯圭瓚。箋。瑟。潔鮮貌。黃流。秬鬯也。圭瓚之狀。以圭爲柄。黃金爲勺。青金爲外。朱中央矣。殷王帝乙之時。王季爲西伯。以功德受此賜。釋文。黃金所以流鬯也。一本作黃金所以爲飾。流鬯也。是後人所加。正義。定本。及集注皆云。黃金所以飾流鬯也。若有飾字。於義易曉。則俗本無飾字者誤也。衡謂。陸以有飾字爲非。孔以有爲是。今案。所以飾句。解經黃字。流鬯也。解經流字。孔說是也。若作黃金所以流鬯。是以黃金二字。爲句之鼻。義不可通。段玉裁訂本。亦從孔本。豈弟君子。福祿攸降。箋。攸所。降下也。鳶飛戾天。魚躍于淵。言上下察也。箋。鳶鴟之類。鳥之貪惡者也。飛而至天。喻惡人遠去不爲民害也。魚跳躍于淵中。喻民喜樂得所。正義。毛以爲大王王季。德教明察。著於上下。其上則鳶得飛至於天以遊翔。其下則魚皆跳躍於淵中而喜樂。是道被飛潛。萬物得所。化之明察故也。陳啓源云。道被飛潛。萬物得所。作人氣象如此。尤爲廣大也。豈弟君子。遐不作人。箋。遐遠也。言大王王季之德。近於變化其人。使如新。清酒既載。騂牡既備。言年豐畜碩也。箋。既載。謂已在尊中也。祭祀之事。先爲清酒。其次擇牲。故舉二者。

正義。桓六年左傳曰。聖王先成於民。而後致力於神。故奉牲以告曰。博碩肥腯。謂其畜之碩大蕃滋也。奉酒醴以告曰。嘉栗旨酒。謂其三時不害。民和年豐也。此傳取彼意也。清酒者。冬釀接夏而成。其餘不盡然。要皆豫作。有在三月前者。地官充人云。掌繫祭祀之牲牷。祀五帝。則繫於牢芻之三月。享先王。亦如之。以享以祀。以介景福。享祀所以得福也。箋。介助。景大也。正義。詩文諸云介福者。毛皆以介爲大。此亦謂之得大大之福。瑟彼柞棫。民所燎矣。瑟。衆貌。箋。柞棫之所以茂盛者。乃人熂燎除其旁草。養治之。使無害也。釋文。熂許氣反。芟草燒之曰熂。豈弟君子。神所勞矣。勞。勞來。猶言祐助。正義。言神之勞來君子。猶民之燎柞棫也。莫莫葛藟。施于條枚。莫莫。施貌。箋。葛也藟也。延蔓木之枝本而茂盛。喻子孫依緣先人之功而起。釋文。藟力軌反。字又作虆。同。衡謂。箋枝本。本或作枚木。今從小字本。岳本。豈弟君子。求福不回。箋。不回者。不違先祖之道。正義。此經既言依緣先祖。故知下言不回者。是不違先祖之道。衡謂。回違古通用。

思齊五章。二章章六句。三章章四句。鄭改爲四章章六句。

思齊。文王所以聖也。　箋。言非但天性。德有所由成。

思齊大任。文王之母。思媚周姜。京室之婦。　齊莊。媚愛也。周姜。大姜也。京室。王室也。箋。京。周地名也。常思莊敬者。大任也。乃爲文王之母。又常思愛大姜之配大王之禮。故能爲京室之婦。言其德行純備。故生聖子也。大姜言周。大任言京。見其謙恭自卑小也。　釋文。齊。側皆反。本作齋。莊也。正義。毛以爲常思齊敬之德不惰慢者大任也。大任乃以此德。爲文王之母。言其德堪與文王爲母也。此大任又常能思愛周之大姜。配大王之禮。而勤行之。故能爲京師王室之婦。衡謂。大姜稱周姜。避上大任之大。毛云。京室。王室也。說見于上緜篇。

大姒嗣徽音。則百斯男。　大姒。文王之妃也。大姒十子。衆妾則宜百子也。箋。徽美也。嗣大任之美音。謂纘行其善教令。　正義。史記管蔡世家云。武王同母兄弟十人。母曰大姒。文王正妃也。其長子曰伯邑考。次曰武王發。次曰管叔鮮。次曰周公旦。次曰蔡叔度。次曰曹叔振鐸。次曰郕叔武。次曰霍叔處。次曰康叔封。次曰聃季載。陳啓源云。首章正所以聖。故專美大任之德。能上慕先姑之德。下爲子婦之所纘耳。集傳以聖母賢妃並言。失輕重之權矣。衡謂。經云嗣徽音。則固歸重於大任矣。然周亂十人。大姒與在其一。而此經任姒並言。則文王雖聖。恐不得言全無內治之助。但不當謂文王聖德本於內助耳。

惠于宗公。神罔時怨。神罔時恫。宗公。宗神也。恫痛也。箋。惠順也。宗公。大臣也。文王爲政。咨於大臣。順而行之。故能當於神明。神明無是怨恚其所行者。無是痛傷其所爲者。其將無有凶禍。

釋文。⿰歹凶音凶。本又作凶。正義。書序云。班宗彝。中庸云。陳其宗器。皆謂宗廟爲宗。又下頻言神罔。則宗公是宗廟先公。故云宗神也。阮元云。相臺本。痛傷下有其所爲者四字。案有者是也。沿革例云。諸本皆無其所爲者四字。唯建大字本有之。此相臺本所出也。考正義云。無是痛傷其文王所爲者。與上句正義云。是無怨恚其文王所行者。正同。是正義本自有此四字。諸本於其字複出而脫之耳。衡謂。宗神謂宗廟之神。順之者。謂不逆其意。下兩神字指外神。此云惠于宗神。下云刑于寡妻。上下相呼。以謂協和神人。鄭解宗公爲大臣。我未聞稱大臣爲宗公者。專順大臣以爲政。又未見其爲美德。而後儒或以箋說爲是。何也。

刑于寡妻。至于兄弟。以御于家邦。刑法也。寡妻。適妻也。御迎也。箋。寡妻。寡有之妻。言賢也。御治也。文王以禮法接待其妻。至于宗族。以此又能爲政。治于家邦也。書曰。乃寡兄勗。又曰。越其御事。雝雝在宮。肅肅在廟。雝雝。和也。肅肅。敬也。箋。宮謂辟廱宮也。羣臣助文王養老。則尚和。助祭於廟。則尚敬。言得禮之宜。不顯亦臨。無射亦保。以顯臨之。保安無厭也。箋。臨視也。保猶居也。文王之在辟廱也。有賢才之質。而不明者。亦得觀於禮。於六藝無射才者。亦得居於位。言養善使之積小致高大。

正義。文王之德行。雝雝然甚能和順。在於家室之宮。其容肅肅然能恭敬。在於先祖之廟。言文王治家以和。事神以敬。傳言。以顯臨之。反其言。以不顯爲顯。則是文王之身以顯道臨民也。言安無厭也。是民安君德。無厭倦也。上句言君臨下。而下句言民化上。自相成也。定本云。保安射厭也。陳啓源云。思齊之三四五章。文義相承。故兩用肆字。肆。故今也。故者。因上生下之詞也。亦臨亦保。言君民感孚之妙。故繼以惡人殄絕。王業遠大。皆以治功言。亦式亦入。言文王性與天合。故繼以成人小子。脩德敏行。皆以學術言。章斷而意接。兩故今不虛設矣。

● 肆戎疾不殄。烈假不瑕。肆。故今也。戎大也。故今大疾害人者。不絕之而自絕也。烈業。假大也。箋。厲假。皆病也。瑕已也。文王於辟廱。德如此。故大疾害人者。不絕之而自絕。爲厲假之行者。不已之而自已。言化之深也。正義。言大疾害人者。不絕之而自絕。則亦反其言也。傳以烈假不瑕。爲業大不遠。文辭不次。故箋易之也。衡謂。不殄不瑕。皆反語辭。瑕訓遠。既見于前。今解不殄爲絕。則不瑕之爲遠可知矣。故不解。大疾害人者。豈不絕乎。功業盛大。豈不遠永乎。文辭極順。未見其不次。疏說非是。

不聞亦式。不諫亦入。言性與天合也。箋。式用也。文王之祀於宗廟。有仁義之行。而不聞達者。亦用之助祭。有孝悌之行。而不能諫爭者亦得入。言其使人器之。不求備也。正義。言文王之聖德自生知。無假學習。不聞人之道說。亦自合於法。不待臣之諫諍。亦自入於道。言其動應規矩。性與天合。

肆成人有德。小子有造。造爲也。箋。成人。謂大夫士也。小子。其弟子也。文王在於宗廟。德如此。故大夫士皆有德。子弟皆有所造成。

古之人無斁。譽髦斯士。古之人。無厭於有名譽之俊士。箋。古之人。謂聖王明君也。口無擇言。身無擇行。以身化其臣下。故令此士皆有名譽於天下。成其俊乂之美也。釋文。斁。毛音亦。厭也。鄭作擇。髦俊也。一本此下更有古之人無厭於有譽之俊士也。此王肅語。陳啓源云。唐世詩學。有毛韓二家。而疏云。作擇。不言是韓詩。則當指毛本言矣。竊意古本毛詩。元有擇斁兩文。鄭王述毛。各據一字立解。後儒傳寫。誤謀王語入傳。遂以王說當傳義。而目鄭爲易傳。幸擇字尚存他本。故不疑鄭改經耳。陸既知傳文是肅語。又云。毛音亦。訓厭。殆習而不察也。又孔疏不言作擇者係何詩。而董逌言韓詩作無擇。此特因疏語。而臆度其然。未有他據。不足信也。阮元云。髦俊也。見上棫樸傳。斁猒也。即見本篇三章傳。未必此又出傳。傳例簡嚴。複者甚少。其云此下者。謂此經文之下。衡謂。傳古之人云云。平易詳悉。不類傳文。陸以爲王肅語。當不謬。經若作擇。其義頗艱深。毛恐不容不傳。唯其作斁。而義既見于三章傳。故此不解耳。釋文斁猒也。髦俊也。陸據棫樸及三章傳自爲文。阮云。用王氏之說爲之訓。未免微誤。段玉裁則以此六字爲傳文。補入訂本。而删古之已下十二字。乃大謬也。

皇矣八章。章十二句。

皇矣。美周也。天監代殷。莫若周。周世世脩德。莫若文王。

箋。監視也。天視四方可以代殷王天下者。維有周爾。世世脩行道德。維有文王盛爾。釋文。皇矣。一本無矣字。天監代殷莫若周。絕句。周世修德。爲一句。一本無下一世字。正義。定本皇下無矣字。莫若周。又無於字。詩之正經。未有言美。而此云美者。以正詩不嫌不美。故不言所美之君。此則廣言周國。故云美周也。此實文王之詩。而言美周者。周雖至文王而德盛。但其君積世行善。不獨文王。以經有太伯王季之事。故言周以廣之也。

皇矣上帝。臨下有赫。監觀四方。求民之莫。皇大。莫定也。箋。臨視也。大矣天之視天下。赫然甚明。以殷紂之暴亂。乃監察天下之衆國。求民之定。謂所歸就也。維此二國。其政不獲。維彼四國。爰究爰度。二國。殷夏也。彼彼有道也。四國。四方也。究謀。度居也。箋。二國。謂今殷紂及崇侯虎也。正長獲得也。四國。謂密也阮也徂也共也。度亦謀也。殷崇之君。其行暴亂。不得於天心。密阮徂共之君。於是又助之謀。言同於惡也。陳啓源云。爰究爰度。傳云。究謀。度居也。此維與宅傳云。宅居也。蓋古宅度二字通用。皆待洛反。而訓居。傳義允矣。阮元云。釋文以謂夏作音。是其本當作謂夏殷也。正義云。故以二國爲殷紂夏桀也。不與釋文本同。衡謂。上四句序上帝之德。此四句言其施於人者。故傳釋二國爲夏殷也。必言二國者。以夏桀例殷紂。猶周誥罪狀殷紂必先言夏桀也。言桀紂之政。不獲其道。其民無有能定。上帝乃監觀四方有道之國。欲爰與之謀議。爰與之俱居也。

上帝耆之。憎其式廓。乃眷西顧。此維與宅。耆惡也。廓大也。憎其用大位。行大政。顧顧西土也。宅居也。箋。耆老也。天須假此二國。養之至老。猶不變改。憎其所用爲惡者浸大也。乃眷然運視。西顧見文王之德。而與之居。言天意常在文王所。段玉裁云。耆卽嗜好字。耆訓惡。猶亂訓治。徂訓存。衡謂。此四句方入正意。耆之謂惡紂。毛本脫西顧之西。

作之屛之。其菑其翳。脩之平之。其灌其栵。啓之辟之。其檉其椐。攘之剔之。其檿其柘。木立死曰菑。自斃爲翳。灌叢生也。栵。栭也。檉。河柳也。椐。樻也。檿。山桑也。箋。天旣顧文王。四方之民。則大歸往之。岐周之地。險隘多樹木。乃競刊除。而自居處。言樂就有德之甚。

釋文。屛。必領反。除也。翳。於計反。爾雅云。木自斃柛。蔽者爲翳。郭云。相覆蔽也。韓詩作殪云。因也。因高塡下也。辟。婢亦反。檉。勑丁反。剔。他歷反。檿。烏簟反。斃。婢世反。或作蔽。

栭音而。舍人注爾雅云。江淮之間。呼小栗爲栭栗。櫝。去塊反。又去軌反。草木疏云。節中腫似扶老。卽今靈壽是也。正義。周地險隘樹木尤多。競共刊除。以爲田宅。其攻作之。屛除之者。其爲菑木。其爲翳木之所也。修理之。平治之者。其爲灌木。其爲栵之處也。啓拓之。開闢之者。其爲檉木。其爲椐木之地也。攘去之。剔翦之者。其爲檿木。爲柘木之材也。各各刊除材木。以自居處。是樂就有德之甚也。釋木云。立死菑。斃者翳。李巡曰。以當死害。生曰菑。斃。死也。郭璞曰。翳樹蔭翳覆地者也。然則以立死之木。妨他木生長。爲木之害。故曰菑也。自斃者。生木自倒。枝葉覆地爲蔭翳。故曰翳也。爾雅直云斃者。傳以其非人斃之。故曰自斃。李巡曰。木叢生曰灌木。郭璞曰。栭樹似槲樕而庫小。子如細栗。某氏云。河柳謂河傍赤莖小楊。陳啓源云。八者。除椔翳灌非木名。餘五木皆嘉植也。芝栭蔆椇。人君燕食之庶羞。見內則及鄭注。栭材可爲車輹。見陸疏。河柳入藥。一年三秀。寇氏衍義謂之三春柳。天將雨。先起氣以應之。草木疏謂之雨師。又大寒不凋。有松柏之性。靈壽木似竹有節。長八九尺。圍三四寸。自然合杖。不須削理。見漢書師古注。檿柘宜蠶。取其絲以弦琴瑟。清響異常。材又中弓榦。五者皆有用於人。而與槁弊叢生之木。同在刊除之列者。詩特借此。以見民之樂就有德。歸懷日衆。嚮時園囿林麓。漸變爲民居耳。周之興也。轉榛棘爲室廬。其衰也。化宮廟爲禾黍。興衰氣象。徵於草木而可知。詩人言在此。意在彼。不可徒泥其詞也。王念孫云。作讀爲柞。周頌載芟載柞。毛傳曰。除木曰柞。周官柞氏。掌攻草木及林麓是也。內則。魚曰作之。爾雅作剒之。郭璞注曰。謂削鱗也。是作有斬削之義。衡謂。始而除自死之木。

次及灌叢無用之木。既而雖檿柘良材。亦攘剔之。經止序木名。而其民日蕃月息之狀自見。妙矣。王引之、李黼平皆謂栵與灌並言。則非木名。或讀栵爲烈。訓爲枿。或訓栭爲斗栱。爲木枝上承下附。如斗栱狀者。今案。灌爲木狀。栵爲木名。實爲不倫。然栭樹庫小。性又喜簇生。與灌木相類。故詩人並言之。不必拘於其名與狀也。

帝遷明德。串夷載路。徙就文王之德也。串習。夷常。路大也。箋。串夷。即混夷。西戎國名也。路應也。天意去殷之惡。就周之德。文王則侵伐混夷。以應天意也。釋文。串古患反。一本作患。正義。帝所以徙就文王之明德。而顧之者。以其世世習於常道。則得居是大位也。陳啓源云。帝遷明德。謂天意去殷而就周。徙就文王之德。與上章西顧與宅。相應。串夷載路。謂周家習行此常道。至文王則益大。天意徙就之以此。毛訓路爲大。當作是解。王肅述毛。以載路爲居大位。文義未安。

天立厥配。受命既固。配媲也。箋。天既顧文王。又爲之生賢妃。謂大姒也。其受命之道。已堅固也。陳啓源云。爾雅釋詁。妃媲也。天立厥配。毛傳同。毛不破字。作傳時。經文配字。當從女旁矣。故箋疏皆解爲賢妃。而以大姒當之。爾雅某氏注又引此詩。云天立厥妃。則益信矣。戴震云。配當如配命配上帝之配。合於天心之謂。言天立其合天心者。方此之時。受命則既固。而宜後之日盛大也。立妃之說。辭不倫。衡謂戴說即歐程解。而呂記嚴緝從之者。上文云。帝遷明德。而此又言立配命者。不已複乎。惠棟云。配當作妃。段玉裁訂本則直改爲妃矣。臧鏞堂云。毛詩作配。爲假借。三家詩作妃。爲正字。惠氏戴氏段氏未詳此爲古今文之異。故說多誤。此說是也。帝省其山。柞棫斯拔。松柏斯兑。兑。易直也。箋。省善也。天既顧文王。乃和其國之風雨。使其山樹木茂盛。言非徒養其民人而已。釋文。拔。蒲貝反。兑。徒外反。易。以豉反。下施易同。正義。言天顧文王之深。乃和其國之風雨。善其國內之山。使山之所生之木。柞棫拔然而枝葉茂盛。松柏之樹。兑然而材幹易直。易直者。謂少節目滑易而調直。亦言其茂盛也。陳啓源云。釋詁。省善也。帝省其山之省。正合其義。故鄭用其語。後儒以訓善驚俗。仍爲省視解。然下二語難通矣。衡謂字義差遠者。毛必訓之。今不訓省字。則亦讀爲省視之省矣。易如易耨之易。柞棫散木宜薪。人民衆多。散木拔去。則松柏之良材。間易而直長。無復屈曲者。是文王行仁。民人樂就之所致。故帝視而善之。使之作邦作對。下二語未嘗不通也。

帝作邦作對。自大伯王季。對配也。從大伯之見王季也。箋。作爲也。天爲邦。謂興周國也。作配。謂爲生明君也。是乃自大伯王季時則然矣。大伯讓於王季而文王起。釋文。大音泰。正義。既人物蒙其澤。天以爲之興作周邦。又爲之生明君。以作其配。王肅曰。大伯見王季之生文王。知其天命之必在王季。故去而適吳。大王沒而不返。而後國讓於王季。周道大興。故本從大伯讓與王季。是解見王季之意也。衡謂。傳解對爲配。卽配天之配。謂使之爲天子。維此王季。因心則友。則友其兄。則篤其慶。載錫之光。因親也。善兄弟曰友。慶善。光大也。箋。篤厚。載始也。王季之心親親。而又善於宗族。又尤善於兄大伯。乃厚明其功美。始使之顯著也。大伯以讓爲功美。王季乃能厚明之。使傳世稱之。亦其德也。正義。周禮六行。其四曰婣。注云。婣親於外親。是因得爲親也。福慶是善事。故爲善。光是明大。故爲大。王肅云。王季能友。稱大伯之讓意。則天厚與之善。錫文王之大位也。衡謂。錫之大。謂王季爲西伯。未及文王之事。受祿無喪。奄有四方。喪亡。奄大也。箋。王季以有因心則友之德。故世世受福祿。至於覆有天下。正義。由王季稱兄之故。則天厚與其善。則光錫之大位。使其子文王有天下。此文王之有天下。由王季受此福祿。無所喪亡。故至其子孫。而大有天下之四方也。衡謂。奄有四方。則謂文王。維此王季。帝度其心。貊其德音。其德克明。克明克類。克長克君。心能制義曰度。貊靜也。德正應和曰貊。照臨四方曰明。類善也。勤施無私曰類。教誨不倦曰長。賞慶刑威曰君。王此大邦。克順克比。慈和徧服曰順。擇善而從曰比。箋。王君也。王季稱王。追王也。比于文王。其德靡悔。經緯天地曰文。箋。靡無也。王季之德。比于文王。無有所悔也。必比于文王者。德以聖人爲匹。

釋文。貉本作貊。武伯反。左傳作莫。正義。此傳箋及下傳九言曰者。皆昭二十八年左傳文。彼引一章。然後爲此九言以釋之。故傳依用焉。毛引不盡。箋又取以足之。此云維此王季。彼言維此文王者。經涉亂離。師有異讀。後人因即存之。不敢追改。今王肅注及韓詩亦作文王。是異讀之驗。陳啓源云。左傳引皇矣之四章。作維此文王。詩疏及左傳疏。皆謂書有異讀。後人不敢追改。今王肅注及韓詩。亦作文王。是異讀之驗。以源意論之。當以作文王者爲正。此經毛無傳。王述毛者也。而注爲文王。則毛本作文王可知。左傳引詩作文王。復云近文德矣。申言九德爲文王之德。則傳文決無誤。況王此大邦。非文王不足當之。鄭以追王爲說。殊費冋護。衡謂上章維此王季。承自大伯王季。下因序王季之德。末句奄有四方。非王季所能當。蓋謂文王。言王季受天之祿。能無喪亡之。故至文王遂奄有四方。歸功於王季也。此章承奄有四方。故以維此文王起之。文法正與上章同。且上章述王季之德。止於友愛錫光。此章克明以下。大小絕異。判然非一人之事。陳推王注。爲毛本作文王。其說洵是。往年著左傳輯釋。以作文王爲非。失之。正義本傳貊靜也下。有箋云二

字。正義云。毛引傳文不盡。箋又取足之。段玉裁以二字爲衍文刪之。今案。下文克順
克比。比于文王。毛皆引左傳解之。無中間五德獨不引傳之理。左傳德正應和曰莫。
其義易知。此篇假借作蠻貊之貊。故毛先解字義。然後引傳文。下文類善也。嫌於勤
施其同類。故亦解字義。正與貊靜也一例。後人不察。以傳文間挾注。疑其文不類。遂
以德清應和以下爲鄭箋。可謂妄矣。今從段訂本刪箋云二字。其德靡悔。比於上代
文德之王。其德與之相若。無有所悔恨也。經緯猶言財成輔相。天地生物而不能盡
其用。其成之則在乎聖人。猶絲麻不能自成布帛。
婦人以爲經。以爲緯。而成錦綺之文。故以爲喩耳。

既受帝祉。施于孫子。

箋。帝天也。祉福也。施猶易也。延也。

衡謂。施如葛覃篇施于中谷之施。故箋云。易也。延也。

帝謂文王。無然畔援。無然歆羨。誕先登于岸。

無是畔道。無是援取。無是
貪羨。岸高位也。箋。畔援猶跋扈也。誕大。登成。岸訟也。天語文王曰。女無
如是跋扈者妄出兵也。無如是貪羨者侵伐人土地也。欲廣大德美者。
當先平獄訟。正曲直也。

正義。言天帝告謂文王。無是叛道而援取人之國邑。無是貪求以羨樂人之土地。以是之故。能大先天下。升於
高位。衡謂。下將言征伐。故先提此四句。言文王從天戒。故其出師。不敢畔道
以貪求土地。高位謂天子之位。不畔道以貪求。乃所以登于天子之位也。

密人

不恭。敢距大邦。侵阮徂共。國有密須氏。侵阮。遂往侵共。箋。阮也。徂也。共也。三國犯周。而文王伐之。密須之人。乃敢距其義兵。違正道。是不直也。釋文。毛云。徂往也。正義。毛以阮共爲周地。爲密須所侵。

王赫斯怒。爰整其旅。以按徂旅。以篤于周祜。以對于天下。

旅師。按止也。旅地名也。對遂也。箋。赫怒意。斯盡也。五百人爲旅。對答也。文王赫然與其羣臣盡怒曰整其軍旅而出。以卻止徂國之兵衆。以厚周當王之福。以答天下鄉周之望。正義。釋詁云。旅師。俱爲衆也。對則爲少多之異。散則可以相通。故云旅師。嫌其止出一旅之人。故明之也。陳啓源云。孟子引徂旅作徂莒。以旅爲地名者良是。旅莒音相近。故異文。與衡謂。對遂釋言文。戴記月令。百事乃遂。注遂猶成也。對于天下之望。卽是成天下之望。故訓對爲遂。鄭訓答。乃申毛義。非易之也。

依其在京。侵自阮疆。陟我高岡。無矢我陵。我陵我阿。無飮我泉。我泉我池。

京。大阜也。矢陳也。箋。京。周地名。陟登也。矢猶當也。大陵曰阿。文王但發其依居京地之衆。以往侵阮國之疆。登其山脊。而望阮之兵。兵無敢當其陵及阿者。又無敢飲食於其泉及池水者。小出兵而令驚怖如此。此以德攻。不以衆也。陵泉重言者。美之也。每言我者。據後得而有之而言。正義。當密人之來侵也。依止其在我周之京丘大阜之傍。其侵自阮地之疆爲始。乃升我阮地之高岡。周人見其如此。莫不怒之。曰女密須之人。無得陳兵於我周地之陵。此乃我文王之陵。我文王之阿。無得飲食我周地之泉。此乃我文王之泉。我文王之池。言皆非女之有。不得犯之。民疾密須如是。故文王遂往伐之。王引之云。依。兵盛貌。依其者。形容之辭。言文王之衆。依然其在京地也。依之言殷也。馬融注豫卦曰。殷。盛也。小雅出車篇。楊柳依依。薛君章句曰。依依盛貌。車舝篇。依彼平林。毛傳曰。依。茂木貌。木盛謂之依。猶兵盛謂之依也。周頌載芟篇。有依其士。依亦壯盛貌。言農夫壯盛。足任耕作。故下文遂言有略其耜。載南畝也。衡謂。王云。依其。形容之辭。極是。訓依爲盛。亦是。但曰文王之衆依然在京地。則失之。其意蓋謂。經以依其形容兵盛。不可以謂密人。故從箋爲文王之衆耳。案毛傳訓依爲茂木貌。說文。茂。草豐盛也。則茂訓盛。蓋衆多之義。非壯盛之謂也。密人敢距大邦。其兵當衆多。故詩人以依其狀之。毛不訓依字者。兵卒衆多。猶樹木衆多。其會如林。亦以木衆狀兵衆。傳既於車舝篇訓依字。以義可知耳。

度其鮮原。居岐之陽。在渭之將。萬邦

之方下民之王。小山別大山曰鮮。將側也。方則也。箋。度謀。鮮善也。方猶鄉也。文王見侵阮。而兵不見敵。知己德盛而威行。可以遷居。定天下之心。乃始謀居善原廣平之地。亦在岐山之南。居渭水之側。爲萬國之所鄉。作下民之君。後竟徙都於豐。正義。征密既勝。文王於是謀度其鮮山之旁。平泉之地。此地居岐山之南。在渭水之側。背山跨水。營建國都。乃爲萬邦之所法則。下民之所歸往。釋山云。小山別大山曰鮮。孫炎曰。別不相連。論語云。且知方也。謂知禮法。此則亦法也。故以爲則也。段玉裁云。將之爲側。從雙聲得其訓詁。與行翮也同。衡謂。方鄉也。人所方鄉。必斯則之。故訓則耳。帝謂文王。予懷明德。不大聲以色。不長夏以革。不識不知。順帝之則。懷歸也。不大聲見於色。革更也。不以長大有所更。箋。夏諸夏也。天之言云。我歸人君有光明之德。而不虛廣言語。以外作容貌。不長諸夏以變更王法者。其爲人不識古。不知今。順天之法而行之者。此言天之道。尚誠實。貴性自然。

正義。天帝告語此文王曰。我當歸於明德。以文王有明德。故天歸之。因說文王明德之事。不大其音聲。以見於顏色。而加人。不以年長大。以有變革於幼時。言其天性自然。少長若一。不待問而自識。不由學而自知。其所動作。常順天之法則。陳啓源云。疾言遽色。賢者不免。惟聖人德性中和。學養純粹。方可信其無。衡謂。下文六句。皆帝謂文王之言。則不大以下。亦帝稱文王之言。文王受命。年踰九十。長大與少壯對。蓋謂衰老時。人老血氣既衰。多自縱肆。而文王不變更於少壯之行。故稱爲盛德也。不識不知順帝之則者。言文王之德。自然與天合。雖其所不知識之事。其所施爲。盡順帝之法則。所以帝歸之也。

帝謂文王。詢爾仇方。同爾兄弟。以爾鉤援。與爾臨衝。以伐崇墉。

仇匹也。鉤鉤梯也。所以鉤引上城者。臨臨車也。衝衝車也。墉城也。箋。詢謀也。怨耦曰仇。仇方。謂旁國諸侯爲暴亂大惡者。女當謀征討之。以和協女兄弟之國。相率與之往。親親則方志齊心一也。當此之時。崇侯虎倡紂爲無道。罪尤大也。

正義。臨者在上臨下之名。衝者從旁衝突之稱。故知二車不同。兵書有作臨車衝車之法。顧炎武云。伏湛傳引同爾弟兄。入韻。

臨衝閑閑。崇墉言言。執訊連連。攸馘安安。是類是禡。是致是附。四方以無侮。閑閑。動搖也。言言。高大也。連連。徐也。攸所也。馘獲也。不服者。殺而獻其左耳曰馘。於內曰類。於野曰禡。致致其社稷羣神。附附其先祖。爲之立後。尊其尊。而親其親。箋。言言猶孽孽。將壞貌。訊言也。執所生得者。而言問之。及獻所馘。皆徐徐以禮爲之。不尚促速也。類也。禡也。師祭也。無侮者。文王伐崇。而無復敢侮慢周者。正義。玉藻云。聽誓任左。故不服者。殺而獻其左耳曰馘。罪其不聽命服罪。故取其耳以計功也。王制云。天子將出。類乎上帝。禡於所征之地。尚書夏侯歐陽說。以事類祭之。春官肆師注云。類禮依郊祀而爲之。禡。師祭也。祭造軍法者。其神蓋蚩尤。或曰黃帝。於內曰類。於外曰禡。謂境之外內。內非城內也。致者運轉之辭。附者依倚之義。以社稷於人無親。故以致言之。先祖則依其子孫。故以附言之。陳啓源云。崇國見春秋宣元年。晉趙穿帥師侵崇。曰秦急崇。必救之。是崇乃秦與國。當在雍地。與故崇相去不遠。豈非文王克崇。復徙封於此。故東周之世。其國尚存乎。

臨衝茀茀。崇墉仡仡。是伐是肆。是絕是忽。四方以無拂。茀茀。彊盛也。仡仡。猶言言也。肆疾也。忽滅也。箋。伐謂擊刺之。肆。犯突也。春秋傳曰。使勇而無剛者肆之。拂猶佹也。言無復佹戾文王者。正義。肆與大明肆伐大商文同。故以肆爲疾。左傳隱九年云。使勇而無剛者。嘗寇而速去之。文十二年左傳云。若使輕者肆焉。其可。其言皆不與此同。鄭以輕者與勇而無剛義同。故引之。而遂謬也。李黼平云。釋詁。卒泯忽滅。俱訓盡也。則忽滅義同。忽亦可訓滅。衡謂。疾戰之疾。故鄭以奔突申之。非易傳也。輕者與勇而無剛同。故合引兩文而明之。非謬也。

靈臺五章。章四句。

靈臺。民始附也。文王受命。而民樂其有靈德。以及鳥獸昆蟲焉。箋。民者。冥也。其見仁道遲。故於是乃附也。天子有靈臺者。所以觀祲象。察氣之妖祥也。文王受命。而作邑於豐。立靈臺。春秋傳曰。公既視朔。遂登觀臺以望。而書雲物。爲備故也。正義。王制注云。昆明也。明蟲者。得陽而生。得陰而藏。陰陽卽寒溫也。

經始靈臺。經之營之。庶民攻之。不日成之。神之精明者稱靈。四方而高曰臺。經度之也。攻作也。不日有成也。箋。文王應天命度始靈臺之基趾。營表其位。衆民則築作。不設期日而成之。言說文王之德。勸其事。忘已勞也。觀臺而曰靈者。文王化行。似神之精明。故以名焉。**經始勿亟。庶民子來。**箋。亟急也。度始靈臺之基趾。非有急成之意。衆民各以子成父事。而來攻之。**王在靈囿。麀鹿攸伏。**囿所以域養禽獸也。天子百里。諸侯四十里。靈囿。言靈道行於囿也。麀牝也。箋。攸所也。文王親至靈囿。視牝鹿所遊伏之處。言愛物也。**麀鹿濯濯。白鳥翯翯。**濯濯。娛遊也。翯翯。肥澤也。箋。鳥獸肥盛喜樂。言得其所。釋文。翯戶角反。字林云。鳥白肥澤曰翯。**王在靈沼。於牣魚躍。**沼池也。靈沼。言靈道行於沼也。牣滿也。箋。靈沼之水。魚盈滿其中。皆跳躍。亦言得其所。釋文。牣音刃。躍羊略反。跳徒彫反。陳啓源云。嚴緝譏毛傳靈道行於囿沼之語。以爲鹿之馴。鳥之潔。魚之躍。皆性之常。豈必靈道之行。嚴語非是。鹿與魚鳥至微之物。亦各適其天性。正見萬物得所。文王德化之無不徧也。

虡業維樅。賁鼓維鏞。於論鼓鐘。於樂辟廱。

植者曰虡。橫者曰栒。業。大版也。樅。崇牙也。賁。大鼓也。鏞。大鐘也。論。思也。水旋丘如璧曰辟廱。以節觀者。箋。論之言倫也。虡也栒也。所以懸鐘鼓也。設大版於上。刻畫以爲飾。文王立靈臺。而知民之歸附。作靈囿靈沼。而知鳥獸之得其所。以爲音聲之道與政通。故合樂以詳之。於得其倫理乎鼓與鐘也。於喜樂乎諸在辟廱中者。言感於中和之至。

正義。釋器云。木謂之虡。郭璞曰。懸鐘磬之木。植者名爲虡。然則懸鐘磬者。兩端有植木。其上有橫木。謂直立者爲虡。謂橫牽者爲栒。栒上加之大版。爲之飾。釋器云。大版謂之業。孫炎曰。業所以飾栒。刻版捷業如鋸齒也。其懸鐘磬之處。又以彩色爲大牙。其狀隆然。謂之崇牙。言崇牙之狀。樅樅然。集注及鏞大鐘之下云。論思也。則其義不得同鄭也。段玉裁云。毛傳論同侖。思同䚡理之䚡。箋申毛耳。說文亼部曰。侖思也。侖部曰。侖理也。思如角有䚡理。毛謂論爲侖之假借。鼓與鐘合其思理。書所謂無相奪倫。記所謂論倫無患也。衛謂四章五章。蓋謂人物各得其所。故奏樂於辟廱。以樂之。所謂與民同樂也。鄭云。音聲之道。與政通。故合樂以詳之。文王未必作樂。其所奏蓋舊來相傳之樂耳。豈能與文王之政通哉。且以文王之聖。聞樂聲而後知政事得失。有此理乎。可謂迂矣。段讀思爲緦。訓爲理。差涉僻澁。然思字不可通。姑從之。於論鼓鐘。於樂辟廱。鼉鼓逢逢。矇瞍奏公。鼉魚屬。逢逢和也。有眸子而無見曰矇。無眸子曰瞍。公事也。箋。凡聲使瞽矇爲之。

下武六章章四句。

下武。繼文也。武王有聖德。復受天命。能昭先人之功焉。箋。繼文者。繼文王之王業而成之。昭明也。

下武維周。世有哲王。武繼也。箋。下猶後也。哲知也。後人能繼先祖者。維有周家最大。世世益有明知之王。謂大王王季文王。稍就盛也。正義。不通數武王者。此言哲王。卽是下文三后。王配之文。別在於下。故知世有之中。不兼武王也。三后在天。王配于京。

三后。大王。王季。文王也。王。武王也。箋。此三后既沒登遐。精氣在天矣。武王又能配行其道于京。謂鎬京也。衡案。遐本或作假。今從古本。岳本。小字本。十行本。王配于京。世德作求。箋。作爲。求終也。武王配行三后之道於鎬京者。以其世世積德。庶爲終成其大功。正義。求終釋詁文。陳啓源云。此求字元作逑。玉篇云。逑終也。亦作求。則此詩求字乃通用耳。字可通。而義不可改也。後儒不知。遂別爲之說。永言配命。成王之孚。箋。永長。言我也。命猶教令也。孚信也。此爲武王言也。今長我之配行三后之教令者。欲成我周家王道之信也。王德之道成於信。論語曰。民無信不立。正義。此承王配于京。是配三后。不配天。故以命爲教命。此篇是武王之詩。於此獨云此爲武王言者。餘文是作者以己之心論武王之事。此則稱武王口自所言。故辨之也。成王之孚。下土之式。式法也。箋。王道尚信。則天下以爲法。勤行之。永言孝思。孝思維則。則其先人也。箋。長我孝心所思。所思者。其維則三后之所行。子孫順祖考爲孝。媚茲一人。應侯順德。一人。天子也。應。當。侯維也。箋。媚。愛。茲。此也。可愛乎武王。能當此順德。謂能成其祖考之功也。易曰。君子以順德。積小以高大。

正義。序言繼文。此言順德。故知是順其先人之心。成其祖考之德。所引易者。升卦象辭。升卦巽下坤上。故言木生地中。木漸而順長。以成樹。猶人順德以成功。彼謂一人之身。漸積以成。此則順父祖而成。事亦相類。故引以爲證。定本作愼德。準約此詩上下及易。宜爲順字。又集注亦作順。疑定本誤。衡謂。上云三后在天。王配于京。是天子之稱未定。故此云媚茲一人。而傳云。一人天子。美武王成功也。李黼平云。一人謂紂。言武王媚茲天子。當維順德也。下經昭哉嗣服。服事也。即嗣文王之服事也。顯與序昭先人之功相反。非也。

永言孝思。昭哉嗣服。箋。服事也。明哉武王之嗣行祖考之事。謂伐紂定天下。昭茲來許。繩其祖武。許進。繩戒。武跡也。箋。茲此。來勤也。武王能明此勤行。進於善道。戒愼其祖考所踐履之迹。美其終成之。

正義。以禮法既許而後得進。故以許爲進。繩戒。武迹。皆釋訓文。來勤。釋詁文。戒愼祖考踐履之迹。謂謹愼奉行。陳啓源云。疏申許進也。殆是臆說。毛意未必然。案後漢書注東平王引詩云。昭哉來御。愼其祖父。御本有進義。意來御者。詩之原文與。段玉裁云。六月傳云。御進也。據東平引作御。此傳訓爲進。疑作許是聲之誤。後見廣雅。許進也。本此傳。則毛詩本作許。作御者。蓋三家。李黼平云。傳無讀若之例。凡字異而訓同者。明古字相通。如度宅皆訓居。誘牖皆訓道是也。六月。飲御諸友。傳云。御進也。此許字亦訓進。是御許古通。衛謂東平王之時。毛詩未盛行。其所引必三家詩。毛詩多假借。傳訓許爲進。蓋以許爲御字假借也。箋踐履。本多作履踐。今從小字本。

於萬斯年。受天之祜。箋。祜福也。天下樂仰武王之德。欲其壽考之言也。受天之祜。四方來賀。於萬斯年。不遐有佐。遠夷來佐也。箋。武王受此萬年之壽。不遠有佐。言其輔佐之臣。亦宜蒙其餘福也。書曰。公其以予萬億年。亦君臣同福祿也。段玉裁云。此皆不警警也。不盈盈也之例。不遠有佐者。遠夷來佐也。遐不作人者。遠作人也。

文王有聲八章。章五句。

文王有聲。繼伐也。武王能廣文王之聲。卒其伐功也。箋。繼伐者。文王伐崇。而武王伐紂。

文王有聲。遹駿有聲。遹求厥寧。遹觀厥成。箋。遹述。駿大。求終。觀多也。文王有令聞之聲者。乃述行有令聞之聲之道所致也。所述者。謂大王王季也。又述行終其安民之道。又述行多其成民之德。言周德之世益盛。

文王烝哉。烝君也。箋。君哉者。言其誠得人君之道。

段玉裁云。說文引遹作欥。王引之云。說文有欥字。注云。詮詞也。從欠從曰。曰亦聲。引詩欥求厥寧。然則欥蓋本文。省作曰。同聲假借。用聿與遹。詮詞者。承上文所發端。詮而繹之也。焦循云。毛訓聿脩厥德之聿爲述。

毛詩輯疏卷十二終